АНДРЕЙ ВОРОНИН

СЛЕПОЙ

СТРЕЛЯЕТ БЕЗ ПРОМАХА

АСТ
Москва
Современный литератор
Минск
2002

УДК 821.161.1
ББК 84 (2Рос=Рус)6
В75

Художественная разработка серии
С.А. Порхаева

Подписано в печать 11.12.01. Формат 84×108 1/32.
Усл. печ. л. 21,84. Тираж 6000 экз. Заказ № 8695.

Воронин А.

В75 Слепой стреляет без промаха / А. Воронин. — М.: ООО «Издательство АСТ»; Минск: «Современный литератор», 2002. — 414, [2] с.

ISBN 5-17-003422-9 (ООО «Издательство АСТ»)
ISBN 985-456-221-2 («Современный литератор»)

Глеб Сиверов, получивший кличку Слепой за феноменальную меткость и способность видеть в кромешной тьме, — профессиональный убийца на службе у ФСБ.

«Кто я?» — не раз приходится задаваться мучительным вопросом Сиверову, человеку, сменившему фамилию, биографию, внешность.

Трагически гибнут сослуживцы, которым было известно его прошлое. Казалось бы, можно начать еще одну жизнь. Однако ФСБ — не та организация, от которой можно уйти…

Преступный беспредел, ликвидация «авторитетов» и отъявленных негодяев, война с мафией — в новом боевике Андрея Воронина «Слепой стреляет без промаха».

УДК 821.161.1
ББК 84 (2Рос=Рус)6

ЧАСТЬ ПЕРВАЯ

ГЛАВА 1

«Жигули» восьмой модели цвета мокрого асфальта въехали в один из арбатских переулков и остановились у подворотни, но двигатель продолжал работать. Водитель бросил взгляд в зеркальце заднего вида и недовольно поморщился.

Несколько минут автомобиль так и стоял с работающим двигателем. Затем водитель нажал педаль газа, переключил скорость, и «жигули» медленно въехали в подворотню, развернулись в небольшом дворике и, проехав еще несколько метров, остановились у подъезда.

Водитель не спешил покинуть автомобиль. Он взял с приборной панели пачку недорогих сигарет, неторопливо вскрыл ее, сунул сигарету в рот, немного помедлив, щелкнул зажигалкой, затянулся. Все это время он внимательно следил за двором, за подворотней, через которую въехал.

После трех-четырех затяжек он выбрался из машины. Все такой же меланхоличный, чуть настороженный. Одет он был в серую вельветовую куртку, слегка тесноватую для его широких плеч. Русые волосы были аккуратно зачесаны. Он поправил очки с притемненными стеклами в тонкой оправе и еще раз внимательно огляделся.

У одного из подъездов сидели три старухи. Они о чем-то энергично судачили, ничуть не придавая значения появившемуся во дворе автомобилю. Еще несколько автомобилей самых разных моделей стояли во дворе.

Бегло взглянув на номера, мужчина довольно усмехнулся.

— Кажется, все в порядке, — негромко сам себе сказал он и, затянувшись в последний раз, швырнул сигарету на асфальт, а затем высокой подошвой спортивного ботинка энергично раздавил окурок. Он наступил на него так сильно, что остался лишь темный след на асфальте.

Взяв из машины спортивную сумку, в которой что-то звякнуло, он закинул ее на плечо. Достал из бокового кармана куртки связку ключей, взвесил ее на руке, подбросил. Ключи зазвенели.

«Это напоминает мелочь», — подумал мужчина и вновь внимательно огляделся по сторонам.

Старухи продолжали что-то обсуждать, размахивая руками.

«Наверное, разговаривают о ценах или о том, что жизнь им надоела. Но умирать, как ни удивительно, ни одна из них не собирается, — подумал мужчина, глядя на ситцевые платья, на шерстяные кофты, глядя на акацию, растущую у подъезда, в тени которой и судачили старухи. — Да, все только и говорят, что жить стало хуже, но все живут».

Затем мужчина сделал движение левой рукой, и на крепком запястье блеснули массивные часы. Несколько мгновений мужчина смотрел на стрелки, сузив стального цвета глаза. Он вглядывался в стрелки, будто их движение, их расположение могли дать ответ на какой-то давно тревожащий его вопрос.

Затем он вновь сел в машину. Спортивная сумка осталась висеть на плече. Удобно устроившись и прикрыв дверь, мужчина указательным пальцем нажал на клавишу приемника и медленно принялся поворачивать ручку настройки. Секунда, две, три, четыре, пять...

И вдруг он услышал отчетливый голос:

«Раз, два, три, семнадцать. Раз, два, три, семнадцать».

— Что ж, все в порядке, — скривив тонкие губы, прошептал мужчина.

Выключив приемник, он вышел из машины, захлопнул дверцу и, еще раз оглядевшись, направился к подъезду. Старухи продолжали говорить о своем.

Во дворе появилось два водопроводчика с железными ящиками в руках. Они были в грязных замызганных спецовках, в кепках и навеселе. Сантехники подошли к старухам и о чем-то громко с ними заспорили. Одна из женщин вскочила со скамейки и стала размахивать руками, проклиная домоуправление и отсутствие горячей воды.

«Да, у всех проблемы, — подумал мужчина, внимательно прислушиваясь к ругани. — Одним воды горячей не хватает, другим — денег... Каждому свое».

Войдя в подъезд, пропахший кошачьими испражнениями и чем-то кислым, мужчина поморщился. Подъезд этого пятиэтажного дома выглядел так, словно в нем уже несколько месяцев, а может, даже год никто не убирал. Вокруг валялись бумажки, апельсиновые и банановые корки.

И, рискуя поскользнуться на какой-нибудь сгнившей скользкой корке, мужчина стал подниматься вверх. Он решил не пользоваться лифтом. Вообще, старые лифты с зарешеченными проволочными дверями он не любил. Да и что такое пятый этаж для него, полного сил! Он поднимался легко и спокойно, дышал ровно.

На четвертом этаже приостановился и внимательно прислушался. Ему показалось, что внизу скрипнула дверь, поэтому он решил задержаться еще на несколько минут. А затем вытащил из кармана связку ключей, зажал ее в кулаке и буквально взбежал наверх.

Минуя пятый этаж, он поднялся на шестой. Там было две двери. Одна, обитая железом, с надписью на стальной дощечке: «Мастерская художника-графика Олега Преснякова». Мужчина ухмыльнулся. Вторая дверь, слева, была деревянной с облупившейся и висевшей лохмотьями коричневой краской. Под коричневой краской было видно еще несколько слоев.

На площадке было довольно темно. Но мужчина легко ориентировался в темноте. Он протянул вперед руку, и ключ тут же попал в замочную скважину. Хрустнул и скрежетнул механизм. Тяжелая деревянная дверь абсолютно бесшумно открылась наружу. Мужчина извлек ключ, затем в темноте нащупал следующий — длинный, больше похожий на сверло, чем на ключ, — и сунул его в замочную скважину. Затем достал из кармана маленький ключик, вставил его во второй замок и неторопливо шесть раз повернул. Послышался едва различимый писк, и черная бронированная дверь медленно открылась внутрь.

Мужчина шагнул в темноту, а затем прикрыл за собой дверь. Засовы первой двери вошли в глубокие пазы, а сверкающие стальные ригели второй двери бесшумно сдвинулись с мест, и мужчина, толкнув плечом бронированную дверь, убедился, что и она заперта. Послышался отчетливый звук, сигнализировавший, что дверь надежно закрылась.

«Ну что ж, теперь без моего на то ведома никто не сможет сюда войти».

Нашарив на стене выключатель, мужчина щелкнул им, и большую комнату залил желтый свет.

Когда-то давно это помещение принадлежало художнику-акварелисту. Лет пятнадцать назад он умер. Было довольно много претендентов на эту мастерскую, но она досталась волею случая молодому студенту Суриковского института Дмитрию Малиновскому. Два года он в ней работал, а затем решил, что в Советском Союзе ему делать нечего. Тем более что дипломаты уже купили у него несколько картин.

Окрыленный этим успехом, Дмитрий решил эмигрировать. Он женился на одной из туристок, являвшейся подданной Британской короны, и вместе с ней покинул родину, — покинул Советский Союз и Москву.

Мастерскую пришлось переоформить, и теперь ее хозяином стал Молчанов Федор Анатольевич, он же Виноградов Игорь Александрович, он же Сергиевский Павел Рудольфович, он же Кшиштоф Павловский, по паспорту немец. Все эти фамилии и паспорта были реальными, настоящими, не поддельными. Даже немецкий паспорт был настоящим.

Конечно же, хозяин этой мастерской знал, что у Дмитрия Малиновского ничего не получилось, что сейчас он живет в Англии и занимается совсем другим делом. Что у него маленькая лавка по продаже картин, которые ему привозят из России. А свое творчество Дмитрий Малиновский забросил. У него трое детей, и шансов стать богатым и знаменитым — никаких.

Хозяин мастерской огляделся по сторонам. О существовании этого помещения знали несколько человек. Вернее, знали многие: знал сосед, знали в домоуправлении. Мастерская была оформлена на некоего Алексея Мартынова. Но такого художника никто не знал. Может, где-то и был Мартынов, может быть, он даже был знаменит, но это абсолютно не интересовало Молчанова Федора Анатольевича. А его настоящую фамилию, имя и отчество знали всего лишь два человека.

И вот сейчас хозяин этого помещения на шестом этаже одного из домов в арбатских переулках ждал встречи с тем, кто знал его настоящую фамилию.

А настоящая фамилия тридцатисемилетнего мужчины была Сиверов, звали его Глеб, по отчеству Петрович.

Глеб осмотрелся по сторонам. Все, что было в мастерской, говорило о том, что уже давно в нее никто не входил. Слой пыли лежал на столе, на мольберте, на глубоком кожаном кресле, на всех вещах, заполнявших мастерскую. Но, собственно, сама мастерская Глеба не интересовала.

Он подошел к книжному стеллажу, левой рукой прикоснулся к одной из полок. Раздался щелчок. Мужчина медленно отодвинул полку в сторону. Она подалась удивительно легко, без скрежета и скрипа. За полкой была небольшая, ниже человеческого роста, стальная дверь с кодовым замком. Быстро набрав комбинацию цифр, Глеб Сиверов сунул в замочную скважину длинный, похожий на штопор ключ, повернул его. Дверь бесшумно отворилась, и сразу же вспыхнул мягкий, спокойный свет.

Эта комната была совсем не похожа на мастерскую художника. Она скорее напоминала маленький компьютерный центр. Железные стеллажи были уставлены всевозможными приборами. Самое интересное то, что факс, стоящий на столике, работал. Горела зеленая лампочка, и на столешнице лежало несколько выброшенных из факса листов белой бумаги.

Глеб подошел, взял страницы и прочел их. Затем включил ав оответчик. Он сидел на вертящемся стуле и прослушивал магнитофонные записи. Их было не так уж много. Но интересовала его всего лишь одна: «Нам стало известно, что вас интересует партия сахара, — говорил женский голос. — Так вот, сахар поступил. Если желаете получить, нужна предоплата. Наш телефон вам известен. Позвоните, будем ждать».

Услышав это сообщение, Глеб стер пленку, вернул ее в исходное положение.

— Что ж, прекрасно, — сказал он сам себе, — значит, я опять нужен, значит, появилось какое-то важное дело. По пустякам меня беспокоить не станут.

Глеб покинул комнатку и взял со стола свою спортивную сумку. Затем извлек из нее пластиковый футляр с дискетами, включил компьютер, набрал код. На мерцающем экране высветился текст: «Приветствую тебя, хозяин. Готов к сотрудничеству».

— Ты всегда готов, — пробурчал Глеб и принялся нажимать на клавиши, вызывая нужные файлы.

На экране медленно полз текст. Глеб быстро читал его, но ничто не привлекало его внимание. Это были статьи из газет. Они были на русском, английском и немецком. Глеб владел этими языками свободно. По-немецки говорил с чуть заметным английским акцентом, а по-английски — с немецким. Было несколько любопытных статей из английских газет. Глеб прочел их более внимательно. Затем выключил компьютер, извлек из узкой прорези дискету, спрятал ее в футляр.

— Прекрасно!

Он взглянул на свои массивные часы: оставалось еще полчаса.

— Надо приготовить кофе, — сказал он сам себе.

Приготовление кофе не заняло много времени. И вскоре Глеб уселся на вертящийся стул, держа в руке чашку с дымящимся ароматным напитком. Он взял из футляра маленькую дискету и принялся читать списки из самых разнообразных фамилий и кличек. Когда какая-то фамилия или кличка интересовала его, он быстро набирал на клавиатуре код, и раскрывался файл, в котором содержалась подробная характеристика на обладателя той или иной клички либо фамилии. На нескольких Глеб задержался, внимательно изучая информацию.

Допив кофе и закончив чтение, Глеб вышел из маленькой комнатки, предварительно осмотрев черный низкий сейф в углу. Все было в том же состоянии, как он и оставил полтора месяца назад.

— Ну что же, у меня еще есть время послушать музыку.

Закрыв дверь и вернув книжную полку на место, Глеб Сиверов вышел в мастерскую. У дивана стоял музыкальный центр. На полке рядом с музыкальным центром были составлены лазерные диски в пестрых пластиковых коробочках. Пробежав по ним пальцами, быстро, как пианист по клавишам, он вытащил один. Вспыхнула красная лампочка на регуляторе громкости. Глеб уселся на диван и нажал клавишу.

Мастерскую заполнила музыка... Когда отзвучала увертюра, вступил хор...

Глеб сидел, прикрыв глаза. Когда закончилась первая ария, Глеб выключил музыку и поднялся с дивана. Его загорелое лицо выглядело просветленным. Музыка всегда приносила ему облегчение. Он не любил эстраду, не переваривал громкую музыку. Его любовью была опера. В оперной музыке он разбирался, считал себя специалистом. Он легко мог общаться с музыковедами, дирижерами, музыкантами и композиторами. Глеб любил музыку с детства, сам неплохо играл на фортепиано. Вернее, он бы играл просто замечательно, у него были незаурядные данные, но его судьба сложилась по-другому, и сейчас изменить что-либо было невозможно.

В детстве он мечтал стать музыкантом. А еще он мечтал стать разведчиком. Ни то и ни другое не осуществилось. Вернее, осуществилось, но совсем не так, как мечтал Глеб в двенадцать лет. Тогда он еще жил с отцом в Питере. Его папа имел высокий чин и часто ездил за границу торговым представителем или представителем по вопросам культуры. Иногда он брал с собой и сына.

Глеб снова наполнил чашку горячим напитком и взглянул на часы. Стрелки неумолимо двигались вперед. Через пять минут должен был появиться гость. Гость всегда появлялся с предупреждением, соблюдая все правила конспирации.

Вот и на этот раз, едва секундная стрелка заняла вертикальное положение, зазвонил телефон. Глеб даже не подошел к нему, он просто повернул голову и сделал глоток. Два сигнала — перерыв — один, затем еще один.

— Значит, все в порядке, — удовлетворенно хмыкнул Глеб Сиверов и поставил чашечку на пыльный стол. На ней уже был один круг, и Глеб, неизвестно почему, переставил чашечку на первый. Затем он взял со стеллажа чистую чашку с блюдцем и поставил рядом со своей.

На столе также появилась массивная металлическая пепельница чугунного литья на тонких гнутых ножках. Эта пепельница принадлежала еще отцу Глеба, который любил курить «Беломор», как все ленинградские интеллигенты. А вот Глеб папирос не любил, да и курил он немного - только тогда, когда не работал.

Сейчас он мог себе это позволить.

Когда секундная стрелка сделала пять кругов, послышался стук в дверь. Три приглушенных удара, затем более громкий и опять два приглушенных. Глеб подошел к двери, и сверкающие стальные ригели сдвинулись. Дверь бесшумно отворилась.

В проеме стоял коренастый мужчина в сером твидовом пиджаке и голубой рубашке. Галстук был в тон пиджака. На широком лице, обрамленном седыми волосами, выделялись массивные очки в темной оправе.

Гость улыбнулся.

— Проходи, — сказал Глеб, протягивая для рукопожатия ладонь.

Мужчины уже в комнате внимательно посмотрели друг на друга.

— Я вижу, ты хорошо отдохнул, загорел, — сказал вошедший.

— Как тебе сказать... отдыхать — не работать, — пробормотал Глеб и улыбнулся.

А вот мужчина в ответ не улыбнулся.

Глеб обратил внимание, что лицо гостя сосредоточено, а за стеклами очков взгляд куда-то все время убегает, словно выскальзывает. И Глеб, как ни старался поймать взгляд гостя, это ему не удалось.

— Проходи, проходи, присаживайся. Кофе? Сигареты? Извини, у меня здесь не убрано, пыльно.

— Может, тебе нанять домработницу?

— Если только из штатных сотрудников и с длинными ногами.

— Неужели тебя все еще интересуют женщины? — спросил гость, усаживаясь на диван.

— По-моему, они интересуют всех мужчин, начиная с пятилетних детей и кончая пятисотлетними стариками.

Гость захохотал, показывая крепкие белые зубы. Но его взгляд остался неподвижным. Смеялись только губы, а вот в глазах была настороженность, холодность и какая-то отчужденность.

— Чем ты так озабочен? — спросил Глеб, подвигая к гостю блюдечко и чашечку с горячим кофе.

— Есть дела, Глеб.

— Ясно, что есть, иначе ты не появился бы у меня.

— Действительно, ты догадлив. Только не надо употреблять твою любимую фразу: «Это же элементарно, Ватсон», — пошутил гость.

— Это действительно элементарно, — улыбнулся Глеб, но тут же посерьезнел. — Если ты меня ищешь — значит, я тебе нужен. А если я тебе нужен, значит, есть какая-то срочная работа. А если есть срочная работа...

— Правильно, Глеб, если есть работа, то ее надо быстро сделать.

— Ну что ж, говори, — сказал Глеб.

Мужчина взял чашечку, сделал маленький глоток.

— Хороший кофе.

— Да, настоящий, с кофеином.

— Хороший кофе, очень хороший, — смакуя, сказал мужчина, и на его лице появилась блаженная улыбка, словно он смог расслабиться впервые за много дней напряженной работы.

Поставив чашечку на стол, мужчина положил руки с короткими пальцами на колени и запрокинул голову. Он прикрыл глаза, снял очки, извлек из кармана пиджака безукоризненно чистый носовой платок и стал протирать стекла.

— Ну, говори, говори же, я жду.

Глеб неторопливо раскурил сигарету и почему-то подумал, что сейчас услышит что-то не очень приятное.

— Ты знаешь, что случилось, пока тебя не было? — водрузив очки на широкое лицо и откинув седую прядь, спросил гость.

— Думаю, что за полтора месяца многое могло произойти. И, скорее всего, произошло.

— Да, у нас поменялось начальство.

— И кто же стал твоим непосредственным шефом?

— Ты его знаешь. Это человек президента, — прозвучала фамилия.

— По-моему, толковый мужик, — сказал Глеб.

— Я пока присматриваюсь.

— Обо мне он, конечно, не знает.

— О тебе знаю только я.

— Почему только ты? — подался вперед Глеб.

— Потому что Альберта Кострова нет в живых.

— Как нет?! — воскликнул Глеб, отставляя чашечку на стол и медленно опуская сигарету с цилиндриком пепла на край пепельницы.

— Он погиб в Югославии.

— Будь она проклята! — прошептал Глеб. — Ненавижу мусульман, ненавижу все их дела.

— Да, я знаю. Ведь и тебя ранили там же.

— Да ну к черту! Лучше об этом не вспоминать. Давай помянем Альберта, — сказал Глеб.

Он резко встал, даже было слышно, как в напряженной тишине хрустнули его суставы. Он решительно подошел к холодильнику, открыл дверцу и вернулся к столику с бутылкой водки и двумя рюмками.

— Давай помянем. Пусть земля ему будет пухом, — сказал Глеб.

— Не земля, а вода, — сказал гость.

— Сергей, как это произошло? — грустно и настороженно осведомился Глеб и наполнил рюмки холодной водкой.

— Точно я не знаю. Известно лишь то, что вертолет, в котором летел Альберт с двумя нашими людьми, был сбит над морем, сбит ракетой. Из вертолета никто не спасся. С берега видели, как горящий вертолет упал в море. Найти никого не удалось...

— А тебе точно известно, что Альберт был там?

— Да, абсолютно точно. Есть дюжина свидетелей, видевших, как он садился в вертолет. И потом, уже с воздуха, он разговаривал с берегом, разговаривал с землей. И знаешь, Глеб, уезжая туда, в эту долбаную Югославию, он сказал: «Чую, Сергей, это моя последняя поездка». Я как мог успокоил его, сказал, что ничего не произойдет, но попросил быть осторожным.

— Альберт всегда был осторожен. Я это помню. Мы же начинали вместе с ним, — сказал Глеб.

— Да, и я начинал вместе с ним и с тобой. Вот такие дела, брат, — сказал Сергей Соловьев, поднимая свою рюмку.

Мужчины выпили, не чокаясь.

— Светлая ему память, — сказал Сергей Соловьев и посмотрел на Глеба.

— Мы все уходим понемногу... — ответив стихами на его взгляд, Глеб поднялся и двинулся к холодильнику.

— Да у тебя там ничего нет. А если есть, так только высохший сыр, — заметил Соловьев.

— Нет, у меня есть несколько банок консервов.

— Не хочу консервы. Вообще не хочу есть.

— Ну что ж, тогда пей кофе, кури.

— Да у меня и времени мало, Глеб.

— Ну, тогда говори, в чсм дело.

Сергей Васильевич Соловьев сунул руку с короткими пальцами в нагрудный карман пиджака и извлек оттуда темно-синий узкий конверт. Конверт был не запечатан.

— Это тебе. Возьми, прочти.

— Что здесь?

— Здесь выписки из досье, фотографии, адреса и карта.

— А сроки? — даже не заглядывая в конверт, поинтересовался Глеб.

— Сроки, как всегда, — сжатые. Чем быстрее, тем лучше. И еще одна деталь...

— Какая, говори.

— Труп должен остаться. Его должны увидеть и затем должны быть похороны, во время которых мы кое-что отследим.

— Ясно, — сказал Глеб, и его пальцы легли на плотную бумагу конверта.

Он извлек пачку сложенных вдвое страниц и шесть фотографий. Одна была групповая. Мужчины сидели за столом, густо уставленным бутылками и закусками.

— Второй справа — это он, — сказал Соловьев.

— Я его знаю, — ответил Глеб.

— Конечно, знаешь. Хотя он себя не афиширует и по телевидению его не показывают. А откуда ты его знаешь? — задал вопрос Соловьев.

— Он у меня есть в компьютере.

— А кого у тебя в компьютере нет? — поинтересовался Соловьев.

— Многих нет. Тебя нет, меня, нет Альберта.

— Альберта уже нет вообще, — сказал Соловьев и, протянув сильную руку, взял бутылку за тонкое горлышко.

— Наливай, наливай, не стесняйся, — поддержал его Глеб.

— Но я за рулем.

— Я тоже за рулем, — сказал Глеб, — но, тем не менее, надо выпить.

Мужчины вновь, не чокаясь, выпили. И на этот раз Сергей Васильевич Соловьев позволил себе закурить.

— Разбалуешься, привыкнешь, потом не отвыкнешь, — заметил Глеб.

— Не беспокойся, Глеб. Завтра об этом я забуду. Утренняя пробежка, бассейн — и все в порядке.

— Ты все еще так же силен? — улыбнулся Глеб.

— Даже не знаю, как тебе сказать, — засмеялся Соловьев. — Может, не так силен, как ты, но в общем-то стараюсь поддерживать себя в форме, не распускаться.

— Но я вижу, ты килограмма два набрал за эти полтора месяца, что я тебя не видел.

— Не два, а килограмм семьсот, — сказал Соловьев. — А как ты определил?

— У тебя на щеке есть складка. Когда ты действительно в форме, она хорошо видна, а как только ты полнеешь, она исчезает, делается почти незаметной.

— Ну у тебя и глаз! Я даже и не думал, что так можно высчитывать вес.

— Можно. Надо быть всего лишь наблюдательным.

— Хорошо, хорошо, к следующей встрече я постараюсь сбросить эти килограмм семьсот.

— Не стоит. Думаю, тебе лучше быть при этом весе. Ты выглядишь моложаво.

— Да какое там моложаво! Сорок лет — это далеко не молодость.

— Но знаешь, Сергей, это и не старость.

— А вот у Альберта сорок лет — это вся его жизнь.

— Хватит об этом, каждый из нас может погибнуть, — сказал Глеб и плеснул в рюмки понемногу водки.

— Да наливай по полной, — сказал полковник Соловьев. — Как знаешь, как прикажешь. Ведь по званию ты выше меня.

— Да, капитан, выше.

— Капитан, капитан... — на мотив известной песенки пропел Глеб Сиверов, — никогда я не стану майором, а тем более, полковником, как ты.

— Ты сам выбрал такую судьбу, и сейчас нечего...

— Да я не жалуюсь, — сказал Глеб.

Если взглянуть на этих мужчин даже очень внимательно, пристально всмотреться в их лица, прислушаться к разговору, невозможно было определить, что они выпили. Они казались спокойными и ведущими какую-то неспешную беседу.

Бутылка водки опустела.

Глеб еще сварил кофе и, перекладывая фотографии, просматривая бумаги, продолжал разговор.

— Да, и еще... — сказал полковник Соловьев.

Сейчас его голос звучал уже немного по-иному. Он

говорил уверенно — так, словно отдавал приказание и знал, что каждое его слово будет принято к сведению, все будет именно так, как он пожелает.

— ...Глеб, послушай, все это должно произойти не в городе и должно быть понятно, что он не умер, не попал под машину, не бросился под поезд, а был убит. Убит специально, убит нанятым киллером.

— Я понял, полковник, — в тон своему гостю сказал Глеб, — все будет выполнено, как приказываете.

— Да перестань ты издеваться!

— А ты перестань разговаривать таким тоном.

— Извини, привык за целый день.

— Ну ладно, я пошутил. Разговаривай так, как тебе хочется.

Полковник Соловьев положил свою ладонь на колено Глеба и сжал.

— Только, пожалуйста, будь осторожен. Ведь ты у меня единственный, кто остался, единственно надежный. Ты меня еще ни разу не подвел.

— Я понял. И подставляться, как ты понимаешь, не собираюсь. Кто об этой операции будет знать еще?

— Не понял?.. — сказал полковник Соловьев.

— Я спрашиваю, кто, кроме тебя, будет знать об этой операции? — повторил свой вопрос Глеб Сиверов, глядя в глаза гостю.

Тот недоуменно пожал плечами.

— Ты что, Глеб? Как всегда — никто. Я один.

— Хотя, впрочем, это не имеет значения, — равнодушно махнул рукой Глеб, но это равнодушие было деланным, и это не ускользнуло от цепкого взгляда Сергея Соловьева.

— Будем действовать по тому же графику, как и всегда, — сказал Соловьев.

— Хорошо, я согласен. Если появится какая-то полезная информация — сообщи.

— Обязательно, — сказал полковник Соловьев и поднялся с дивана. — А ты все продолжаешь слушать музыку? — увидев, что музыкальный центр включен, заметил Соловьев.

— Да. Ты знаешь, люблю.

— А я просто не перевариваю музыку.

— Каждому свое. Ты оттягиваешься, читая книги, а я — слушая музыку. Так проще, да и глаза не устают.

— Да-да, глаза тебе надо беречь. А у меня, знаешь, зрение начало садиться. Уже не могу прочесть так быстро книгу, глаза устают, начинают слезиться.

— По-моему, ты и так прочел уже столько книг и столько всяких бумаг, что на твоем месте я бы уже давно ослеп.

— А я бы на твоем месте, Глеб, давным-давно оглох. Ладно, хватит подначивать, — улыбнулся Соловьев.

На этот раз его улыбка была спокойной и доброжелательной. Она была даже дружеской, теплота сквозила в ней. Да и глаза полковник Соловьев не отводил в сторону. Он стал спокоен, ведь он рассказал тяжелую новость, они выпили, вспомнили кое-что из своей жизни, поговорили, можно сказать, по душам. А самое главное, полковник Соловьев дал задание Глебу Сиверову и теперь мог быть спокоен. Действительно, Глеб Сиверов не подвел его ни разу.

Они простились, крепко, по-мужски, пожали друг другу руки, и немного растроганный полковник Соловьев даже обнял Глеба Сиверова за плечи.

— Ну, до встречи. Удачи тебе, Глеб.

— К черту, к черту, — прошептал Сиверов.

Когда двери закрылись, когда засовы вошли в пазы, Глеб Сиверов опустился на диван и прижал ладони к лицу. Он несколько минут сидел, раскачиваясь из стороны в сторону, но затем решительно поднялся, поставил диск Верди. Тяжелая музыка полилась из больших черных колонок. Глеб вслушивался в звуки, и ему казалось, что он парит, что он отделился от земли и мчится над ней с невероятной скоростью, прошивая насквозь облака — так, как острая игла пробивает белое полотно простыни.

ГЛАВА 2

Полчаса, а может быть, чуть больше, Глеб слушал музыку.

А затем взялся изучать бумаги, которые передал ему Соловьев. Да, кое-что на Мартынова Петра Петровича у него было.

Мартынов был знаменитым человеком. Он стоял на самой верхушке иерархической лестницы воров в законе. Это был знаменитый человек, в прошлом медвежатник, совершивший не одно дерзкое ограбление. Но последние десять лет за Мартыновым Петром Петровичем не числилось никаких уголовных дел. И как было ясно из бумаг, подобраться к нему «органы» никак не могли, слишком уж совершенной была система. Седой, а именно такой была кличка у Мартынова, действовал очень осторожно, тщательно обдумывая все свои дела. Из бумаг следовало, что Мартынов со своими друзьями контролирует два банка и крупную трастовую компанию. И скорее всего, основным капиталом этих банков и трастовой компании являлись деньги воровского общака, а может быть, даже деньги самого Мартынова. Ведь он вышел из тюрьмы и сразу же стал богатым, хотя особо не светился.

Мартынова и предстояло убрать Глебу Сиверову. И убрать требовалось показательно: нужно было сделать все так, чтобы воры подумали, что произошла какая-то разборка, и Седого убрали свои же. Вот поэтому нужен был труп, вот поэтому тело Мартынова не должно было бесследно исчезнуть.

— Мартынов... Мартынов... — шептал Глеб Сиверов.

Банк в Новосибирске, банк в Питере. И оба эти дела оказались нераскрытыми, хотя по почерку следовало, что ограбления провел Мартынов. Но это было давно, пятнадцать лет назад, и возможно, именно те деньги из тех банков вложены сейчас в трастовую компанию, которую наверняка возглавляет подставное лицо. А сам Мартынов со своими дружками только руководит деятельностью компании и банка. Он контролирует всю работу и получает неслыханные барыши. Об этом свидетельствовали колонки цифр. Причем, Глеб Сиверов понимал, что цифры взяты не с потолка, что они проверены. А на самом деле, возможно, они и уменьшены в несколько раз, хотя и сейчас поражали количеством нулей.

Затем он взял фотографию. С черно-белого снимка на него смотрело суровое квадратное лицо с маленькими глазками.

Да, настоящий медвежатник. И это даже не лицо, а морда. Морда зверя... Скорее всего, он безжалостен к своим соперникам и, наверное, безжалостен к партнерам. Своенравный человек... Об этом свидетельствовали тяжелая нижняя челюсть, раздвоенный подбородок и глубокие складки, идущие от носа ко рту.

Еще несколько снимков. На них медвежатник Мартынов по кличке Седой выглядел уже совершенно по-иному. Это был респектабельный пожилой мужчина.

В бумагах была и биография Мартынова, были фамилии его друзей, фамилии компаньонов и партнеров по бизнесу. Из биографии следовало, что Мартынов Петр Петрович родился в 1935 году. В пятидесятом первый раз сел в колонию. Школу он не закончил. В пятьдесят третьем был освобожден по амнистии, а в пятьдесят шестом сел вновь. Но на этот раз за ограбление банка. В шестьдесят третьем вновь сел. Затем пять лет был на свободе. Затем сел ненадолго. В семьдесят третьем был избран «вором в законе». Это звание ему было присвоено на воровской сходке в Донецке. На сходке присутствовали Богаевский Иосиф Самсонович и еще семь воров в законе.

Теперь Богаевский был партнером Седого по бизнесу. У Богаевского было две клички: Дьякон и Монах. Он был известен своими крупными валютными операциями и ограблениями. Но ограблениями он занимался в молодости, а затем понял, что лучше заниматься валютой.

«Интересно, два таких разных человека, — подумал Глеб, — и вместе ведут бизнес. Ведь Богаевский умен, окончил университет, говорит по-английски, часто представляется сотрудником консульства или министерства внешней торговли. Изыскан, очень любит антиквариат. Собирает картины и старинную мебель...»

На бриллиантах Богаевский чуть не погорел, но сумел выкрутиться. Адвокатам было заплачено так много, что они смогли вытащить его из тюрьмы.

— Что ж, это все интересно, — сказал Глеб и посмотрел на фотографию Богаевского.

Это был тот же групповой снимок, где воры в законе сидели за богато убранным столом. Подкопаться к ним было невозможно. Никаких улик, прямо показывающих на то, что именно эти люди руководят двумя банками и трастовыми компаниями, не было. Да если и были какие-то улики, вряд ли удалось бы взять и Седого, и Монаха.

Около часа Глеб изучал бумаги, вчитываясь в каждое слово, изучая адреса, тщательно запоминая фамилии и факты. Затем он прошел в свою маленькую комнату, включил компьютер и внес кое-какую информацию. И уже после всего, щелкнув зажигалкой, сжег все бумаги, принесенные полковником Соловьевым.

Память у Глеба была замечательная. Стоило ему раз увидеть фотографию, он запоминал лицо, изображенное на ней, на всю жизнь. Если бы он умел рисовать, то без труда воспроизвел бы его на бумаге. Но рисовать Глеб не умел. Этим талантом Бог его обделил.

Правда, Глеб никогда по этому поводу и не сокрушался, хотя в душе завидовал своему соседу художнику. Ведь тот легко и свободно мог нарисовать любого прохожего, мог нарисовать любую из девушек, которые часто появлялись в его прокуренной тесной мастерской.

Сейчас Глеб знал, что Олега Преснякова нет, что он уехал куда-то на Север рисовать то ли церковь, то ли белые ночи. Каждое лето Пресняков уезжал из Москвы, а возвращался со стопками картона, на которых были серые, покосившиеся церквушки, валуны, покрытые мхом, кривые сосны, темно-свинцовое небо и такая же темно-свинцовая вода с белыми барашками волн. Также он привозил множество всевозможных портретов.

Глеб всегда с интересом всматривался в эти портреты. Пресняков умел невероятно схватывать сходство. Правда, люди на его рисунках и этюдах были чуть карикатурными, немного шаржированными. Но, тем не менее, похожи были невероятно. И в этом Глеб убедился. В его мастерской висело два рисунка, один углем, второй — коричневая сангина. На белой пористой бумаге, плотной, словно картон, Олег Пресняков быстро, в течение какого-нибудь получаса нарисовал Глеба. Он был похож, более похож, чем на любой из фотографий, хотя лицо Глеба Сиверова было в общем-то неприметным. Прямой нос, тонкий рот, нервные губы, серые глаза стального оттенка, темные брови, русые волосы. Усы Глеб никогда не носил. Крепкая шея и широкие, покатые плечи. Но они не казались в общем-то широкими, ведь Глеб был довольно высок — метр восемьдесят пять — и весил восемьдесят один килограмм. За своим весом Глеб следил неукоснительно. Дома у него были напольные весы, на которые он становился каждое утро после того, как возвращался из душа, отдав полчаса физической подготовке...

Самое интересное было то, что у Глеба Петровича Сиверова не имелось паспорта на эту фамилию. Глеб Петрович Сиверов восемь лет тому назад погиб и был похоронен очень далеко от Москвы. Были свидетели его смерти, были люди, видевшие его труп. Было даже медицинское заключение, и был разговор с людьми из контрразведки. Вернее, с двумя людьми, одним из которых был ныне здравствующий Соловьев, а другим — Альберт Костров, ныне покойный. Глеб вернулся из Афганистана под именем Молчанова Федора Анатольевича и зажил совершенно иной жизнью. Везде он числился погибшим, а вот Молчанов Федор Анатольевич жил и выполнял ответственные задания, выполнял не только в России и на территории бывшего СССР, но и за границей. Иногда Глеб проклинал себя за то, что дал согласие стать другим человеком. Была сделана пластическая операция, была изменена внешность так сильно, что даже тот, кто его знал близко, вряд ли узнал бы в чуть сутуловатом мужчине капитана контрразведки Глеба Сиверова.

У него была кличка, под которой он действовал — кличку он оставил за собой, — Странный. Еще он проходил под кодом Слепой. Эту кличку он получил, еще будучи курсантом. Он обладал уникальным зрением и мог видеть даже ночью. Стрелковым оружием он владел прекрасно, стрелял лучше всех в бригаде. Даже инструкторы, признанные специалисты в этом деле, говорили, что если бы Глеб занялся спортом, то наверняка стал бы чемпионом по стрельбе. Но спортсменом Глеб не стал.

Его настоящую фамилию знал только Соловьев, и от него одного Глеб получал информацию, задания и деньги. На связь они выходили очень сложным способом: была система кодов, оповещения, объявления в газете. Затем телефонный звонок с записью на автоответчик и далее еще несколько паролей.

Когда догорели фотографии и листы с распечатанным текстом, Глеб выбросил пепел в унитаз и спустил воду. Затем он запер свою тайную комнату и покинул мастерскую.

Спустившись вниз, он подошел к машине, ударил ногой по скату, зачем-то обошел машину кругом. Затем открыл дверцу, уселся, вставил ключ в замок зажигания и, заведя мотор, медленно выехал через арку в переулок.

Смеркалось. Кое-где уже горели фонари. В переулке было немноголюдно. Глеб ехал не спеша. Он включил приемник, нашел станцию, которая передавала погоду на следующие сутки, и удовлетворенно улыбнулся.

Завтра будет гроза. Обещают порывистый ветер, но тем

не менее будет тепло, так, как и сегодня, — двадцать—двадцать два. Жару Глеб не переносил. Вернее, переносил, но не любил. Ему больше нравился умеренный климат и умеренная погода. Зимой он любил небольшой мороз, а летом — теплую погоду. В сильную жару у него начинали ныть раны. Так же они ныли, когда стояли сильные морозы.

Но Глеб уже давно привык не обращать на это внимания. Он смирился со своими ранами и радовался, что тогда остался жив. Ведь пуля прошла в нескольких миллиметрах от сердца. И если бы он стоял немного не так, то наверняка сейчас не сидел бы за рулем своих «жигулей», не ехал бы медленно по московским вечерним улицам, а лежал в земле далеко-далеко от России.

Вспоминать о своих командировках в Афганистан и Иран Глеб не любил. И вообще не очень любил вспоминать. Он старался жить сегодняшним днем.

Вот и сейчас, глянув в зеркальце заднего вида, он еще немного покружил по московским улицам и, увидев таксофон, остановился возле него. Затем вышел, вновь оглянулся по сторонам, словно проверяя, что за ним никто не следит, подошел к автомату и быстро набрал номер.

— Говорите, говорите, — послышалось в трубке.

Глеб даже вздрогнул, услышав этот знакомый милый голос.

— Даже и не знаю, что тебе сказать. Добрый вечер, — проговорил Сиверов, прижимая микрофон к губам.

— Федор! Ты откуда? Здравствуй, дорогой!

— Вот я и вернулся.

— Боже, как долго я тебя не слышала! Как долго не видела!

— Чем ты занята, Ирина?

— Чем я занята? — послышалось из трубки. — Да, собственно говоря, ничем. Слушала музыку, читала книгу...

— А как ты отнесешься к тому, если мы где-нибудь поужинаем?

— Зачем где-нибудь? Федор, приезжай ко мне.

— Заманчивое предложение... — сказал Глеб и улыбнулся сам себе.

— Ты сейчас где?

— На улице, звоню тебе из автомата.

— Нет-нет, на какой ты улице?

— В Центре.

— Ну так ты можешь добраться до меня довольно быстро. Садись на метро...

— Нет, я на машине, — сказал Глеб.

— Тогда еще проще. Приезжай, я буду очень рада.

— Ты одна?

— Да-да, одна. Но через несколько дней вернется Оля.

— А где она?

— Она у бабушки, в деревне, в Подмосковье.

— Ей, наверное, хорошо там?

— Хорошо. Но рвется в Москву, словно здесь еще лучше.

— А ты как?

— Приезжай, поговорим, расскажу, — послышалось из трубки. — Или ты не можешь?

— Почему не могу? Могу. Этот вечер у меня свободен, и я решил посвятить его тебе.

— Ну, тогда я жду.

— Хорошо, приеду. К половине девятого я буду у тебя.

Глеб посмотрел на часы. В его распоряжении было еще пятьдесят минут.

— Целую, — послышался голос Ирины, и она повесила трубку.

Глеб резко обернулся. У автомата стоял какой-то парень, высокий и худой, с длинными волосами, собранными в косичку на затылке. Он постукивал пальцами в стекло и торопливо бормотал:

— Дайте позвонить, дайте позвонить, меня девушка ждет.

— Слушай, меня тоже девушка ждет, дорогой, — сказал Глеб и вышел из таксофона.

Парень благодарно кивнул и принялся торопливо набирать номер. Глеб сделал несколько шагов и обернулся. Парень в джинсовой куртке смотрел на него и прижимал к уху трубку.

«Неужели ты за мной следишь?» — мелькнула мысль.

Но парень вдруг закричал в трубку:

— Валюша! Валюша! Ты?..

— ...

— Кто?.. Мальчик? Девочка?...

— ...

— Ну говори же скорее, говори! Не тяни!

— ...

— Да? Четыре килограмма, пятьдесят три сантиметра?

— ...

— Ну, а как он? Как? Все хорошо, да?

— ...

— Ура!

— ...

— Конечно же, счастлив, конечно же, рад!

Парень прижимал трубку к уху и переминался с ноги на ногу. Казалось, он сейчас бросится в пляс.

Глеб улыбнулся. Парень повесил трубку и почему-то бросился вдогонку за Глебом.

— Слышишь, друг, у меня родился сын! Сын! Он будет музыкантом, я научу его играть на гитаре. Он будет классным музыкантом, лучше, чем я.

— А ты музыкант? — осведомился Глеб, глядя в безусое лицо парня, в его расширенные от радости глаза.

— Да какой я музыкант! Так, лабу в ресторане играю. А вот из сына я сделаю музыканта, настоящего... Он будет так играть, так играть...

— А вдруг у него не будет слуха? — иронически заметил Глеб Сиверов.

— Да ну, не будет слуха! Ведь Валя пианистка, я — гитарист, и у сына должен быть слух.

— А, тогда понятно.

— Знаешь, друг, моя жена окончила Гнесинку, она даже один раз выиграла конкурс.

— Ну что ж, поздравляю.

— А потом, знаешь, она вот связалась со мной, и ей уже стало не до музыки, не до конкурсов.

— Напрасно, надо было играть.

— Да она играет, она даже беременная не вылезала из-за пианино.

Глеб подошел к машине. Парень почему-то шел за ним.

— Слушай, друг, может, выпьем? Вот у меня здесь с собой бутылка коньяка.

— Да нет, приятель, ты что, я за рулем.

— Да к черту! Брось машину, я здесь недалеко живу, вот в этом доме, — парень кивнул на старый пятиэтажный дом. — Телефона у меня нет, так я выскочил к автомату.

— Послушай, а почему ты не едешь в роддом? Купи цветов и поезжай.

— Я бы и поехал, да у меня нет денег на цветы. Деньги обещали только завтра.

— Я тебя поздравляю. Сын — это очень хорошо. А у меня еще куча дел.

— Да какие дела? Брось! — настаивал парень, явно не желая так просто расстаться с Глебом. — Тебя как зовут?

Глеб почему-то вздрогнул. Права и паспорт были на фамилию Молчанова Федора Анатольевича.

— Меня зовут Федор.

— А меня — Паша, Павел, — сказал парень, ударив себя в грудь. — Так вот, Федор, я назову сына в твою честь.

— Да нет, не надо, — улыбнулся Глеб.

— Почему не надо? Красивое имя. Федор Шаляпин... — мечтательно произнес парень, тряхнув длинным хвостом за спиной.

— Назови его лучше Глебом.

— Как ты говоришь? Глеб? Тоже классное имя. Ладно, скажу жене: Глеб или Федор. А кто такой Глеб?

— Глеб — это князь, — сказал Сиверов, глядя в глаза парню. — А еще у меня был друг, его звали Глебом.

— Пусть она выбирает. Мне, в общем-то, все равно как его назвать — Глеб или Федор. Мне нравится и то, и другое имя, — и парень вытащил из сумки бутылку коньяка. — Ну, давай хоть по глотку!

— Нет-нет, — сказал Глеб, — мне надо ехать. Извини. А тебя поздравляю, — он крепко пожал худую ладонь парня и хлопнул его по плечу. — Удачи тебе, приятель. Лучше Глеб, — добавил и почувствовал, что смутился.

— Хорошо, пусть будет Глеб, — парень сорвал пробку с коньяка и прямо из горлышка сделал несколько глотков. — На, глотни.

— Нет, извини, — Глеб быстро сел в машину, запустил двигатель и рванул с места.

Проехав метров пятьдесят, он взглянул в зеркальце заднего вида. Парень растерянно стоял у дороги, сжимая в руках бутылку коньяка.

«Счастливец, — подумал Глеб. — Интересно, назовет он моим настоящим именем своего сына или нет?»

Но додумать эту мысль он не успел. Впереди появился гаишник и, махнув жезлом, приказал остановиться. Глеб прижался к бровке тротуара. Сержант милиции неторопливо, вразвалочку подошел к «жигулям», посмотрел на номер, затем представился.

— Ваши права.

Глеб абсолютно спокойно протянул документы.

— Вы проехали на красный свет, — заметил сержант.

— Да что вы говорите?! Не может быть! — изумился Глеб.

— Я вам точно говорю, на красный, я видел.

— Ну, извините меня, сержант, просто у парня родился сын, и он решил назвать его моим именем.

— У какого парня? Что вы мне голову морочите? — переминаясь с ноги на ногу, сказал милиционер. — Будете платить штраф.

— Хорошо, заплачу, — кивнул Глеб. — Сколько?

Милиционер наклонился и прошептал:

— Десять.

— А, десять... Ну хорошо.

Глеб вытащил из кармана куртки деньги, достал десятидолларовую бумажку и протянул гаишнику. Тот быстро сжал ее в кулаке, затем спрятал в карман.

— Проезжайте, проезжайте... Только впредь не нарушайте правил.

«Неужели я нарушил? Неужели я действительно проскочил на красный?» — подумал Глеб.

И тут он заметил, что за ним следует черная «волга». Выражение его лица мгновенно изменилось. Он стал сосредоточен, и резкие складки образовались у уголков рта. Жилистые руки крепче сжали баранку.

«Интересно, кто же это может быть?»

Глеб ехал неторопливо, спокойно и уверенно обгонял машины, уверенно поворачивал, стараясь проскочить на желтый свет. Черная «волга» следовала за ним. Глеб видел, что в ней три пассажира, не считая водителя.

«Значит, четверо. И чего же им надо? — думал он. — Если это просто хулиганы, то хорошо. А если это другие люди, и если они следили за Соловьевым, а затем взялись следить за мной, то дела плохи».

Он свернул в переулок, выскочил на магистраль и прибавил газу. Теперь он был абсолютно уверен, что эта машина следует за ним.

Он подпустил черную «волгу» поближе, прочел номера, запомнил их и только после этого утопил педаль газа в пол. Его «восьмерка» цвета мокрого асфальта сорвалась с места и помчалась. Через пять минут Глеб понял, что оторвался от преследователей. Он сделал поворот, выехал на дорогу и увидел черную «волгу».

Машина стояла у тротуара. Двое широкоплечих парней в кожаных куртках вышли из нее и, зло переругиваясь друг с другом, нервно курили.

Глеб припарковал машину, спрятав ее за джип, выбрался и неторопливо двинулся по тротуару. Он смешался с толпой. Улица была многолюдной. Двигаясь в толпе, он старался услышать, о чем разговаривают эти парни в кожаных куртках.

— Слушай, козел, ведь Вася сказал, что у него есть деньги, что у него пачка денег, а ты, задница, не мог сесть ему на хвост!

— Да твой Вася придурок. Ведь в милицию кроме придурков никого не берут! — сказал коротко стриженный парень и сплюнул себе под ноги.

«Ах, вот оно в чем дело, — подумал Глеб, — просто гаишник работает вместе с этими бандитами, и они трясут тех, у кого есть баксы, по наводке гаишника. Все понятно. Значит, ни на какой красный я не проезжал. Просто ему надо было уточнить, есть у меня деньги или нет».

Глеб вернулся, сел в свою «восьмерку», вырулил и медленно-медленно поехал по улице. Он знал, что ребята сейчас увидят его машину и поедут за ним.

Действительно, все произошло так, как рассчитывал Глеб. Тот, с короткой стрижкой и с массивным браслетом на запястье правой руки, вдруг дернулся и крикнул, ударив в плечо своего приятеля:

— Смотри, вон этот «жигуль»! Давай за ним! Давай!

— Интересно, а откуда он взялся? — заметил другой.

Глеб спокойно свернул с Тверской, затем проехал и свернул в почти безлюдный переулок. Он остановился, не доезжая метров десяти до фонаря, и вышел из машины. Затем открыл капот и склонился над мотором.

Черная «волга» заехала следом и встала перед «жигулями». Из нее вышли трое. Глеб слышал их шаги, слышал, как поскрипывают подошвы их ботинок. Ребята, по всему было видно, решили действовать без разговоров и не выяснять никаких отношений.

Глеб резко повернулся и посмотрел на своих соперников. Это были трое широкоплечих крепких парней. Двое такого же роста, как Глеб, один — пониже.

«Скорее всего, бывшие спортсмены, — решил Глеб. — Что же, сейчас посмотрим».

Эта мысль промелькнула в его голове молниеносно.

— Ребята, вы, наверное, чего-то хотите? — обезоруживающе улыбнулся Глеб, глядя в лицо самому широкоплечему.

Тот сузил глаза, свел к переносице брови.

— Козел, деньги гони! А иначе мы тебя сейчас изувечим.

— Деньги? Какие деньги? — непонимающе пробормотал Глеб.

— Деньги гони! — рявкнул второй.

— Деньги всем нужны... — мечтательно проговорил Глеб Сиверов и приподнял правую руку, словно бы собрался запустить ее в карман и извлечь оттуда пухлый кошелек.

— Быстрее! И не дергайся! — в левой руке коренастого щелкнул выкидной нож, и сверкнуло лезвие.

— Ой, ребята, вы что, зарезать меня собрались? —

Глеб шутил, но его взгляд цепко следил за каждым движением.

— Резать мы тебя не будем, но шкуру попортим, — процедил сквозь зубы и сплюнул себе под ноги коренастый. — Возьми у него кошелек, — сказал он своему соседу справа.

Тот сделал шаг к Глебу и протянул руку. На запястье сверкнул браслет.

— Ребята, да вы никак спортсмены? Наверное, греблей занимались или тяжелой атлетикой?

— Сейчас узнаешь, — процедил коренастый.

— А, точно, наверное, штангисты. Вот ты-то точно штангист, по фигуре видно, — скороговоркой бормотал Глеб, — у всех штангистов такие плечи и низкий лоб. Наверное, и извилин у тебя, парень, маловато, если ты решил разбогатеть за мой счет.

— Да я тебе извилины сейчас на животе нарисую, — коренастый сделал шаг вперед. — Кошелек! — прошипел он.

— Так возьмите, ребята, вот он, — Глеб извлек из кармана портмоне и положил его на капот «жигулей». — Берите, берите, он мне не нужен.

Высокий протянул руку.

— Эй, нет, подожди! Лучше я отдам тебе деньги, а кошелек оставлю себе.

— Заткнись, козел! — рявкнул коренастый, по его голосу можно было понять, что он здесь главный. — Чего ты тянешь? Бери!

Высокий парень взял кошелек.

Но Глеб перехватил его руку и на несколько мгновений задержал.

— Ребята, подождите! Может, вы передумали?

— Да я тебя... — почувствовав жесткую хватку на своем запястье, закричал парень и попытался вырвать руку.

Этого Глебу только и нужно было. Он развернулся молниеносно, вывернув руку нападавшему, затем сделал резкое движение, и в тишине переулка послышался неприятный хруст суставов. Правая рука налетчика повисла как плеть, а он, покачнувшись, рухнул прямо на тротуар.

Коренастый не стал медлить. Выбросив вперед руку с ножом, он кинулся на Глеба. Разворот, хруст суставов — и коренастый, ударившись головой о крыло «жигулей», упал на четвереньки, затем истошно завопил и перевернулся на спину. Его левая рука с ножом тоже была сломана, и из носа густыми струями лилась кровь.

Третий явно растерялся. Ведь вся драка заняла каких-то пять-шесть секунд.

— На кошелек, ты же хотел денег, — сказал Глеб, подавая портмоне своему сопернику, который отступил на шаг к черной «волге». — Бери же, бери, что медлишь? Здесь много денег, очень много, — отчетливо произнес Глеб Сиверов.

— Нет, не хочу, не надо... — правая рука парня скользнула за отворот кожанки и в руке появился тяжелый «ТТ».

Глеб узнал оружие моментально. Но парень даже не успел прикоснуться к предохранителю, как пистолет уже вылетел из его руки, выбитый ногой Глеба, а удар ребром ладони пришелся в шею. Парень, запрокинув голову, с открытым ртом рухнул на асфальт. Он жадно хватал воздух.

Коренастый поднялся и, схватив нож в правую руку, бросился на Глеба. Нож прошел в нескольких миллиметрах от плеча. Глеб перехватил руку, увернулся и, создав своим плечом рычаг, быстро вывернул правую руку за спину.

Но он не стал ее ломать, ведь с соперниками он уже разобрался. Он сильно завел ее за спину.

— Так вот, штангист, что я тебе скажу: прежде, чем ты решил забрать у кого-нибудь кошелек, спроси у него, хочет ли он его отдавать. Если хочет, то никогда не бери.

— Отпусти, сволочь! Отпусти! Ты мне сломаешь руку...

— Нет, я тебе не буду ломать руку, — прошептал Глеб прямо в ухо коренастому и сильным, резким ударом сбил его с ног.

А затем, пока еще коренастый не рухнул на асфальт, нанес удар в солнечное сплетение.

Мотор в черной «волге» взревел. Глеб поднял пистолет и навел его на водителя.

— Стоять! — крикнул он.

Водитель понял. Мотор заглох.

— Выходи!

Парень выбрался из машины. Это был тщедушный юноша лет двадцати.

— Ты что, у них за водителя?

— Да, да... Они попросили меня ехать, приказали... Сказали, убьют.

— И ты послушался?

— Да, я послушался. А что мне оставалось делать?

— Оружие есть? — глядя в глаза трясущемуся парню, спросил Глеб.

— Нет, нету у меня никакого оружия...

— А документы?

— Документы есть... Вот права.

— Чья машина?

— Машина — моего отца.

— Ах, отца? Ну-ну, давай документы, посмотрим.

Юноша протянул документы. Глеб спрятал их в карман своей вельветовой куртки, затем вытащил ключ из замка зажигания.

— Так вот, чтобы никогда больше не садился за руль папиной машины.

— Никогда! Никогда! Простите... Отдайте документы... Отдайте.

— Документы заберешь в ГАИ.

— Нет! Нет! Отдайте!

— Замолчи, — сказал Глеб, забираясь в кабину «жигулей».

Мотор завелся моментально и, сдав немного назад, Глеб резко развернулся в узком переулке, и вскоре габаритные огни серых «жигулей» растворились в ночи.

«Ну и подонки, — подумал Глеб и посмотрел на «ТТ», лежащий на сиденье его «жигулей». — И зачем он мне нужен? Ну, хоть на трех болванов станет на улице меньше. А еще, они никого не пристрелят из этого пистолета».

Притормозив, Глеб вытащил обойму. Она была полная. «Ну что ж, неплохо».

Глеб спрятал пистолет в свою спортивную сумку,

стоящую на заднем сиденье, и просмотрел документы парня.

«Ничего страшного не произошло, у меня ни одной царапины. А им будет наука».

Увидев газетный киоск, Глеб подошел к нему.

— Послушайте, вот я нашел документы. Может быть, кто-нибудь о них спросит? А лучше передайте какому-нибудь милиционеру.

Киоскерша изумленно взглянула на высокого сутуловатого мужчину.

— Да-да, конечно, передам. А где вы их нашли?

— Да вот, возле вашего киоска. Дайте мне «Известия» и «Совершенно секретно». А еще дайте мне «Таймс».

Киоскерша взяла деньги, Глеб взял свои газеты и не стал дожидаться, пока седая женщина в очках с толстыми стеклами отсчитает ему сдачу. Он сел в машину и уехал.

«Прежде чем поехать к Ирине, надо обязательно купить цветы», — подумал он и счастливо улыбнулся.

В его воображении возникло лицо Ирины Быстрицкой. Они были знакомы уже более года. Ирина ему нравилась. Она никогда не задавала лишних вопросов, не приставала к Глебу с замечаниями. И он относился к ней очень тепло. И возможно, если бы не его работа, лучше жены, чем Ирина, ему не найти — умна, образованна, красива.

«Да-да, красива. Правда, она красива не славянской красотой, а какой-то восточной. У нее темные глаза, черные как смоль волосы, гладкая кожа, немного асимметричное лицо. Да, она красива».

ГЛАВА 3

После встречи с Глебом Сиверовым полковник Соловьев отправился домой. Он жил в Центре, в доме у Патриарших прудов. Жена и дети в это время были за городом, на даче. Соловьев быстро прошел в квартиру, снял пиджак и бросил его в прихожей. Под левой рукой была кожаная кобура с пистолетом. Соловьев снял револьвер и с удовольствием потянулся. Затем взглянул на часы.

— О, Господи, времени-то у меня почти нет! — сказал он себе и, спрятав револьвер в сейф, направился в ванную.

Он минут пятнадцать стоял под упругими струями холодной воды, смывая дневную усталость, приводя свои мысли в порядок.

Наконец он вышел из-под душа, растерся большим махровым полотенцем и принялся бриться, хотя лицо и было выбрито. Но встреча требовала глянца, и Соловьев решил: если уж надо, то надо. Он тщательно выбрился, побрызгался дорогой туалетной водой, причесался и немного близорукими глазами посмотрел на свое отражение в забрызганном каплями воды зеркале.

«А я еще ничего... Мужчина — хоть куда».

Он поднял руки и напряг бицепсы. Под кожей вздулись твердые комки мускулов.

«Да, я еще ничего. Но действительно, нужно сбросить лишний вес. Тут Глеб прав. Вот дьявол! И глаз же у него! Заметил, да еще так точно определил. Я бы никогда не смог. Тем не менее, Глебу не позавидуешь. Работа у него собачья. А у меня? — задал себе вопрос Сергей Соловьев. — У меня что, хорошая? Такая же собачья работа. Кого-то искать, выслеживать... кого-то устранять. Но другого-то я и делать не умею. Всю жизнь только этим и занимался. Сразу же после армии попал в спецназ, а из него в КГБ. А затем началось медленное продвижение вверх по служебной лестнице».

— Очень медленное, — сказал сам себе Соловьев и похлопал ладонью по щекам.

Затем надел очки и так, совершенно голый, вышел в гостиную. Из гостиной он прошел в спальню. Теперь ему предстояло облачиться в парадный костюм. Он вытащил изысканный серый костюм, строгий и торжественный. Надел безукоризненно отутюженную рубаху с накрахмаленным воротом, повязал галстук. Одежда сидела на нем как влитая. Она была куплена в самом дорогом московском магазине.

— Да, выгляжу я хорошо. Респектабельно.

Затем Соловьев вернулся в кабинет. Открыв сейф, он взял из него деньги, сунул их во внутренний карман пиджака. Посмотрел на пистолет.

«Вот его-то на этот раз я с собой брать не буду».

Затем переложил документы из твидового пиджака в свой парадный.

«Вот так, пожалуй, можно и ехать. Смокинг мне не нужен, я и в костюме выгляжу вполне представительно».

Его седеющие волосы были аккуратно причесаны, лицо сияло доброжелательностью и весельем. Но, конечно же, и доброжелательность, и веселье были напускными. Это была одна из масок, которую так любил примерять и носить полковник Соловьев.

Ему было ровно сорок. Он, конечно же, многого достиг. Но ему все равно казалось, что этого мало.

Он подошел к телефону и позвонил на дачу. Трубку сняла двенадцатилетняя дочь.

— Юля, здравствуй, это папа.

— Здравствуй, папочка! — послышалось в ответ.

— Как у вас дела?

— А мы ходили по грибы.

— Кто это — мы?

— Ну как... я, Андрей, мама и Николай Петрович.

— Какой такой Николай Петрович? — деланно произнес в трубку Соловьев.

— Ну как же... дедушка Николай Петрович, наш сосед по даче.

Соловьев заулыбался. С ними по соседству жил отставной генерал, любитель мемуаров и грибов, а также рыбалки и своего участка. Он без устали занимался обрезкой деревьев, выведением каких-то новых сортов помидоров. И действительно, помидоры и огурцы у отставного генерала были отменными. Огурцам всегда поражался не только Соловьев, но и все соседи по даче. Огурцы были отличные — маленькие, хрустящие. Стоило лезвию ножа впиться в огурец, как впереди лезвия уже начинала бежать трещина. Огурцы напоминали маленькие спелые арбузы. А черные пупырышки легко обламывались под пальцами, не раня кожу.

— Ну и как ваши успехи, Юля? — поинтересовался полковник Соловьев.

— Николай Петрович завел нас очень далеко, и мы набрали целую корзину. А Андрюша нашел такой большой белый гриб, что он едва вместился в ведро.

— Так вы набрали корзину или ведро?

— Мы с мамой набрали корзину, а Андрей набрал ведро. Но не большое, а маленькое, пластмассовое. Помнишь, красное?

— Да-да, помню, Юлечка, красное ведерко. А чем сейчас занимается мама?

— Она на кухне занимается грибами, перебирает их с Андреем. Ой, нет, Андрей ушел к Николаю Петровичу.

— Хорошо. Скажи маме, что завтра я обязательно позвоню. Или пусть она часов в десять позвонит мне.

— Папа, папа, так я ее сейчас позову к телефону!

— Ладно, не надо, Юля. Пусть занимается своим делом. А ты почему ей не помогаешь?

— Ну, папа, как же можно — разговаривать по телефону и чистить грибы?

— Ага, тогда понятно, — улыбнулся Соловьев. — Знаешь что, передай ей привет и поцелуй от меня в щеку.

— А меня разве ты не хочешь поцеловать, папочка? — капризным голосом бросила в трубку дочь.

— Конечно же хочу, дорогая! Считай, что я тебя поцеловал.

— Я не слышу, — послышался детский дурашливый голос.

— Ну, тогда слушай, — и Соловьев громко чмокнул в микрофон трубки.

— Ну вот, теперь слышу. И я тебя целую, папочка.

— Спасибо, родная. Маме и Андрюше привет и поцелуй.

— Хорошо, хорошо. Только не забудь полить цветы, — строгим голосом сказала дочь. — В кактусы много не лей, а вот остальные полей хорошо. Кактус не любит воды.

Соловьев улыбнулся. Голос дочки был такой же, как и голос жены.

— Хорошо, родная, не забуду. Обязательно полью.

Он положил трубку на рычаги аппарата и посмотрел на цветы. Конечно же, он о них напрочь забыл. Жена с дочкой были любителями всяческой зелени. Цветы росли на балконе и по всей квартире. Даже в кухне стояло несколько горшков с азалиями.

— Ай, полью, когда приеду, — сказал сам себе Сергей Васильевич и, еще раз оглядевшись — не забыл ли чего — направился к двери.

Его машина — темно-вишневые «жигули» — стояла у подъезда. В машине был телефон. Он сел в машину и запустил двигатель.

Через двадцать пять минут Соловьев подъехал к филиалу одного из известных московских банков. У входа, отделанного черным мрамором и никелем, стояло дюжины две дорогих иностранных автомобилей. Здесь должна была состояться презентация. И по количеству автомобилей полковник догадался, что уже почти все гости собрались. И скорее всего, презентация началась.

Он взглянул на часы — было ровно девять.

«Странные люди эти банкиры, любят устраивать презентации почти в полночь. Неужели им мало рабочего дня?.. А вообще-то правильно... Они действуют по капиталистическому принципу — в рабочее время все должны работать, а праздники и сабантуи — только после работы».

Он выбрался из машины, оправил пиджак, прикоснулся к узлу галстука и только в этот момент подумал, что, может быть, было бы лучше надеть к серому костюму темно-вишневый галстук, привезенный женой из Парижа. Но затем махнул рукой.

«Господи, все эти банкиры, все эти гости, которые соберутся, в галстуках смыслят не больше моего».

Он поднялся на мраморные ступеньки. У входа стояли два дюжих молодчика в черных костюмах с рациями в руках.

— Ваше приглашение, — обратился один из охранников к полковнику Соловьеву.

— Мое приглашение? — полковник немного смутился. — Ах, извините, кажется, я его забыл дома.

Телохранитель сделал движение и преградил дорогу Соловьеву. Но Соловьев взглянул на парня так, что тот тут же отошел в сторону.

— Тогда документ какой-нибудь у вас есть?

— Документ у меня есть, — и полковник Соловьев показал охраннику свое служебное удостоверение.

Тот был настолько хорошо выучен, что чуть ли не вытянулся по стойке «смирно» перед полковником контрразведки.

— Проходите, проходите...

— Вот это другое дело, — пробормотал полковник Соловьев, вновь прикоснулся к узлу галстука, затем одернул рукава пиджака и вошел в распахнутую перед ним услужливыми охранниками дверь.

— А кто это? Ты чего так напрягся? — спросил один охранник у другого.

— Полковник из ФСБ.

— А-а, — сказал второй, — надо сообщить. Ты фамилию не запомнил, Жора?

— Нет, фамилию я не запомнил, но фотография — его.

— Первый, первый, это семнадцатый... К нам в офис вошел полковник ФСБ.

— Хорошо.

— Он в сером костюме, у него седые волосы.

— Хорошо. Спасибо.

К полковнику Соловьеву прямо в холле направился немолодой мужчина в смокинге и при бабочке.

— Добрый вечер, Сергей Васильевич! Как мы рады, что вы к нам пожаловали!

— Ну что же, не отказываться же от приглашения! — каким-то скромным, но в то же время очень самоуверенным голосом, сказал Соловьев.

— Проходите, уже все собрались.

— Только не говорите, что не начинали из-за того, что ждали меня.

— Да нет, об этом я даже и не собирался вам говорить. Но, тем не менее, презентация еще не началась.

Все было как всегда. Да и лица были знакомые, ведь многие из собравшихся числились в картотеке Соловьева. Большинство из них были «новыми русскими», но присутствовали и те, которые и раньше работали в банках, в министерствах, в правительстве. В общем, на этой презентации было не очень много людей — человек сто—сто двадцать. Единственно, на кого приятно было смотреть, так это на женщин. Все в дорогих платьях от лучших портных, в сверкающих украшениях.

«Да, банкиры умеют все красиво обставить», — подумал полковник Соловьев и увидел, что к нему с озабоченным лицом направляется хозяин этого банка, председатель совета директоров.

Он еще издали увидел Соловьева, замахал рукой. Перед ним все расступались. Ведь, собственно говоря, он являлся виновником торжества. Это его банк открывал свой очередной офис в центре Москвы.

— А что, мэра нет? — глядя в глаза банкиру, спросил полковник Соловьев.

— Как это нет? Вон — он там, — кивнул в гущу толпы банкир.

Фамилия банкира была Бортеневский, а звали его Альфред Иннокентьевич. Ему было тридцать девять лет. Эти данные полковник Соловьев держал в памяти.

— Что ж, Альфред Иннокентьевич, спасибо за приглашение. А где же ваши артисты?

— Сейчас будут. С Пугачевой мы не смогли договориться, больно уж она дорого стоит, а вот ее дочка будет петь и плясать.

— Я, собственно говоря, к музыке равнодушен, Альфред Иннокентьевич.

— Сергей Васильевич, — банкир взял полковника под локоть, — отойдем немного в сторону, есть кое-какие сообщения.

— Слушаю, — вяло бросил полковник Соловьев.

Они остановились у мраморной колонны, и к ним тут же подошла длинноногая девушка с подносом, на котором, тесно прижавшись друг к другу, стояли высокие бокалы с шампанским.

— Шампанское? Или что-нибудь еще? — поинтересовался услужливый банкир.

— Для начала можно и шампанского.

Полковник Соловьев взял бокал за тонкую ножку. Банкир тоже взял бокал и, кивнув головой, дал понять девушке, что она свободна. Та элегантно развернулась, вильнула точеным задом и исчезла.

— Хороша, чертовка! — хмыкнул полковник.

— Да. Я сказал, чтобы были самые лучшие, чтобы не было шлюх, которые вешаются на шею всем мужикам, у которых есть деньги.

— Это вы, наверное, правильно сделали. Чем меньше блуда — тем лучше.

— Знаете, Сергей Васильевич, сегодня мне опять звонили и назначили на завтра встречу.

— Кто звонил? — осведомился полковник, пригубив шампанское.

— Все те же, те же мерзавцы. Они хотят, чтобы я плясал под их дудку.

— Я все уладил, Альфред Иннокентьевич, — както спокойно, даже немного равнодушно сказал полковник Соловьев, — скоро они заткнутся и начнут заниматься своими делами, а о вас и о вашем банке забудут.

— Как скоро? — немного испуганно, но в то же время обрадованно уточнил банкир.

— Я думаю, что через несколько дней. Самое большое — неделя-полторы. Так что продержитесь это время.

— Деньги можете взять сегодня, — глядя в пол, проговорил банкир.

— Я хочу взять только половину. А вторую половину оставьте в своем банке, и пусть деньги работают. Так у вас говорят? — взглянув в глаза немного побледневшего банкира, поинтересовался полковник Соловьев.

— Да-да, я буду рад. Такой вкладчик, как вы...

— Только не надо ни о чем говорить.

— На чье имя положить деньги?

— Лучше ни на чье. Придумайте что-нибудь. А вообще-то, если вам так нравится соблюдать формальности, то на имя Петрова Николая Павловича.

— Извините, это реальный человек? — немного дрогнувшим голосом поинтересовался банкир.

— Конечно же, реальный. И он стоит перед вами.

— Хорошо, хорошо. Так и будет сделано.

— А вторую половину я заберу после презентации.

— Как вам будет угодно.

— А вот после того, как они от вас отстанут, я приеду за второй половиной.

— Да, конечно, — сказал банкир, — пойдемте, я познакомлю вас со своей женой.

— Что ж, пойдемте. Наверное, она красива?

— Вы напрасно иронизируете, Сергей Васильевич, она победительница конкурса красоты. Правда, это было пять лет назад, но тем не менее.

Народ веселился вовсю. На импровизированной эстраде пела дочь Аллы Борисовны Пугачевой, публика прихлопывала в такт. Все были довольны.

Бортеневский подвел полковника Соловьева к столику, за которым сидела молодая красивая женщина. Полковнику бросилось в глаза очень дорогое бриллиантовое колье на ее шее.

— Анжела, позволь тебе представить нашего друга Соловьева Сергея Васильевича.

Женщина подала руку. Соловьев склонился и поцеловал.

— Вам нравится на презентации, Сергей Васильевич? — тут же поинтересовалась женщина, улыбнувшись.

Ее улыбка была сногсшибательной. Темно-вишневое короткое бархатное платье подчеркивало все ее прелести.

— Да, любопытно.

— А можно, я буду вас называть просто Сергей? — вновь очаровательно улыбнувшись, произнесла Анжела, демонстрируя прекрасные ровные зубы.

— Конечно. Я буду только рад. Я вообще не люблю, когда ко мне обращаются по имени-отчеству. А так проще.

— А как вас называет жена? — взглянув на обручальное кольцо, поинтересовалась Анжела.

— Сергей, — пожал плечами полковник Соловьев.

— Тогда хорошо. Сережа, давайте выпьем. Мой муж ужасный зануда. Он почти не пьет, и с ним невозможно ни о чем говорить серьезно. У него на уме одни лишь цифры, цифры, цифры, счета, договора, контракты, строительство офисов, расширение банка — настоящая скука. А о чем вы разговариваете со своей женой? — Анжела оценивающе оглядела полковника Соловьева.

Такие мужчины ей всегда нравились. Она догадалась, что муж не зря представил ей этого человека. Наверное, Сергей Соловьев очень тесно связан с мужем и, скорее всего, он занимает немалый пост в каком-нибудь министерстве.

— Вы служите в министерстве финансов? — глядя в ускользающий за стеклами очков взгляд, полюбопытствовала Анжела.

— Я служу, Анжела, но не в министерстве финансов, а в министерстве безопасности, — глядя в глаза женщины, произнес полковник Соловьев.

— О, как интересно! — Анжела даже всплеснула руками. — И чем вы там занимаетесь?

— Я бы вам рассказал, но я не говорю об этом даже со своей женой.

— Понятно. Вы, наверное, большой чин, и ваши дела окутаны тайной.

— Да, говорить о них не стоит. Лучше поговорим о чем-нибудь другом.

После пяти минут беседы Соловьеву стало немного не по себе. Анжела при всей ее напускной бесшабашности и немного нагловатой откровенности оказалась чрезвычайно интересной собеседницей. Она неплохо разбиралась в литературе, ее суждения были довольно любопытными.

— А чем вы занимаетесь, Анжела?

— Сергей, называй меня на «ты», — сказала женщина.

— Ну хорошо. Чем ты занимаешься?

— Я лежу на диване, играю в теннис, хожу в бассейн, читаю, слушаю музыку. Я мужняя жена. Раньше мне ка залось, что это интересно, а сейчас я понимаю, что если не начну что-нибудь делать серьезное, то так и останусь женой банкира Бортеневского.

— А почему бы тебе не заняться чем-нибудь? Не открыть какое-нибудь предприятие, какое-нибудь дело?

— Честно признаться, я уже подумываю об этом. Только не знаю, что делать.

— Извечный русский вопрос, — пожал плечами полковник Соловьев и пригубил вино из бокала.

— А чем бы ты мне посоветовал заняться, Сергей?

— Не знаю, не знаю. Я бы на твоем месте оставался мужней женой. По-моему, это лучше всего и безопаснее.

— Я вижу, Сергей, что ты даешь только профессиональные советы. Но я хочу, чтобы мне было интересно жить, я же не могу целыми днями сидеть дома и пить кофе или переезжать с корта в бассейн?

— Это не самое худшее занятие, на мой взгляд.

— А по-моему, скука ужасная. Я думаю открыть рекламное агентство. Ведь я когда-то была «Мисс», — немного горькая улыбка появилась на прекрасном лице Анжелы, — и у меня осталось много знакомых. А у мужа есть деньги, и думаю, он выступит спонсором. Даже если моя затея и окажется затратной, думаю, муж не разорится.

— А ты возьми его в консультанты.

— Даже если бы я этого и не хотела, он все равно стал

бы меня консультировать. Ведь едва дело доходит до денег, как он садится на коня и начинает размахивать шашкой. В деньгах он разбирается так, как я не разбираюсь в одежде.

— Это его профессия, это делает ему честь. И думаю, ему было бы приятно услышать твои слова. Кстати, где он?

— Как где? — пожала плечами Анжела. — Наверное, разговаривает с мэром или еще с кем-нибудь из высокопоставленных людей. Он вечно занят, у него вечно проблемы. И не успевает решить одну, как тут же принимается за следующую.

— Наверное, ему интересно жить?

— А тебе интересно? — задала вопрос Анжела и на этот раз поймала взгляд Сергея Соловьева.

— Мне в общем-то интересно. У меня забавная работа.

— Забавная? — изумленно вскинула брови Анжела.

— Ну да, забавная, чтобы не сказать — опасная.

— А тебя могут убить?

— Кто? — задал вопрос Соловьев.

— Ну как кто... преступники, шпионы...

— Да какие шпионы, какие преступники? Я в общем-то аналитик.

— Аналитик? Ты занимаешься тем, что высчитываешь потенциальных преступников?

— Сформулировано почти верно. Я стараюсь предотвратить преступления.

— Наверное, вам интересно жить, — почему-то перешла на «вы» Анжела, — наверное, ваша жизнь наполнена смыслом...

— Да, — признался Соловьев. — Знаете что, давайте выпьем и не будем говорить о работе. Я хотел расслабиться, когда шел сюда, — Соловьев улыбнулся бесшабашно и искренне.

Но на самом-то деле он явился на эту презентацию для того, чтобы увидеть Бортеневского, чтобы решить с ним финансовые проблемы по поводу очередного дела. Ведь Бортеневский обратился прямо к нему, объяснив и честно рассказав о том, что воры в законе хотят контролировать его банк. Соловьев потратил некоторое время, высчитал, какая группировка, говоря современным языком, «наехала» на банк Бортеневского, и согласился помочь. Эта услуга стоила не дешево, потому что была неофициальной. Ведь Бортеневский понимал, что стоит ему официально обратиться в ФСБ, как это, вполне вероятно, станет известно бандитам. И тогда ему несдобровать, тогда уж точно — договориться ни с кем из них он не сможет, и его уберут — так, как были убраны многие из непокорных банкиров. Поэтому через своих знакомых он обратился к Соловьеву, и тот пообещал помочь.

— Так вы говорили, что пришли расслабиться? Так давайте будем расслабляться, — предложила Анжела. — Вы не танцуете, Сергей?

— А почему это мы с вами, Анжела, снова перешли на «вы»?

— Я, честно говоря, и сама не знаю. Но перед вами я как-то немного робею, чуть обескуражена.

— Чем же?

— Вашей основательностью и решительностью.

— Да перестаньте, я вовсе не решительный человек, я стеснительный.

— А вот это вы врете. Стеснительных людей с такими лицами, как у вас, Сергей, и с такими широкими плечами, не бывает. Возможно, вы стесняетесь своей силы.

К их столику постоянно кто-то подходил, приветствовал Анжелу, целовал руку, отходил. А она давала короткие пояснения — кто этот человек, что здесь делает.

— Вот это — известный журналист, это — владелец газеты, а это — жена одного банкира. Это директор крупного завода со своей любовницей. Ну, этот — артист, вы его знаете. Его принято приглашать на всякие презентации.

— А с чем это связано? Такой обычай? — осведомился Соловьев.

— Говорят, что когда его приглашают, предприятие будет удачным, его не закроют, оно не разорится и не обанкротится.

— А-а, — заулыбался Соловьев.

— Если я буду открывать какое-нибудь предприятие,

обязательно его приглашу. Правда, он может и не согласиться, он уже не молод и довольно капризен — и, кстати, большой любитель молоденьких женщин, особенно блондинок.

— Наверное, восточная кровь, — заметил Соловьев, глядя, как лихо отплясывает артист с длинноногой красоткой в маленьком черном платье.

— Наверное, он ее затащит в постель, — улыбнулась Анжела, — ведь он всегда увозит какую-нибудь девушку — будь то из театра, будь то из ресторана или с презентации. Наверное, если бы он появился на правительственном приеме, то и оттуда увез бы какую-нибудь даму.

— А вот это вряд ли.

— Да-да, Сергей, не улыбайтесь. А если бы эта знаменитость появилась у вас в конторе...

— Я не люблю, когда мою организацию называют «конторой», — строго заметил Соловьев.

— Хорошо-хорошо, в вашем ведомстве... то и от вас он укатил бы с какой-нибудь дамочкой. А вообще, все это ерунда. Мне обо всех этих людях говорить не интересно... Пойдемте танцевать!

Как раз заиграла негромкая музыка. Соловьев поднялся из-за стола, помог встать Анжеле, и они стали медленно танцевать.

— И где это вы так хорошо научились танцевать?

— В школе бальных танцев, — пошутил Соловьев, — я окончил ее с отличием, с золотой медалью.

— Вы мне нравитесь, потому что шутите, потому что уверены в себе.

— А мне ничего больше не остается. Вы мне тоже, Анжела, нравитесь.

— А вот этого, Сергей, вам не следовало говорить. Потому что мой муж, кроме всего, ужасный ревнивец. Он даже может броситься на вас со столовым прибором.

— И что дальше?

— Перережет горло или задавит.

— А вас?

— Меня он не тронет, — заулыбалась Анжела, — меня он любит и считает совершенством.

— А на самом деле? — тихо прошептал Соловьев.

— На самом деле я такая же, как все, — не лучше и не хуже. Со своими слабостями, пороками, глупыми желаниями и женскими мыслями о счастье.

— Кстати, а где сейчас ваша дочь?

— Дочь в Питере, у моей мамы. Завтра они прилетают.

— Завтра утром? — уточнил Соловьев.

— Да, завтра утром.

— Вы поедете их встречать?

— Да нет, муж отправит машину, и их привезут.

— Понятно, — сказал Соловьев.

Музыка закончилась. Он подвел даму к столику, помог ей сесть.

— Давайте выпьем вина за знакомство? Среди друзей мужа так мало интересных собеседников! И вообще, все, кто связан с финансами, — удивительно тоскливый народ.

— Это вам всего лишь кажется, — сказал полковник Соловьев, наполняя бокалы искристым шампанским...

Первыми презентацию покинули мэр со своей командой. Бортеневский и его коллеги пошли проводить его. А когда вернулись, обнаружили, что вечер сразу оживился. Быстрее заиграли музыканты, громче запела артистка, приглашенная на презентацию.

Возможно, этот вечер и закончился бы хорошо, если бы на улице вдруг не прогремел взрыв. Задрожали стекла. Все испуганно переглянулись.

Музыка тут же смолкла.

— Что это? — закричал Бортеневский.

Появился испуганный охранник с рацией. Его руки дрожали.

— Альфред Иннокентьевич, взорвалась ваша машина!

— Моя машина? — воскликнул Бортсневский и ударил кулаком по спинке кресла.

— Да, да, ваша машина.

— А водитель?

— Вместе с водителем. Он сел в нее, и она через минуту взорвалась.

— Почему он сел в нее? Он что, выходил?

Соловьев вышел на улицу. «Мерседес» банкира догорал. Он стоял поодаль от остальных машин на площадке. В общем-то, это и спасло от взрыва соседние машины.

Вечер был испорчен. Но не прошло и десяти минут, как Бортеневскому подали трубку телефона.

— Да, я слушаю, — раздосадованно бросил в нее банкир.

— Ты видел, как взлетела твоя машина в воздух? Так же взлетишь и ты. Ничего от тебя не останется. Понял?

— Кто это говорит? Кто? Кто?

— Ты знаешь, кто это говорит, — раздалось из трубки.

Соловьев стоял рядом с банкиром, и по его трясущимся губам понял, что Бортеневский страшно перепуган.

— Это они... — прошептал он и, взяв Соловьева за локоть, потащил в кабинет.

Там банкир поставил на стол граненую бутылку с коньяком и два бокала.

— Ну, что будем делать?

— Они перешли к активным действиям, — негромко сказал Соловьев.

— Машина... моя машина... Хотя черт с ней! Ведь в нее мог сесть я, моя супруга... Ведь мы бы погибли, правда, полковник?

— Да, погибли бы, — откровенно признался Соловьев. — Но, думаю, ваша смерть им сейчас не нужна. Их интересует ваше согласие.

— Так что мне делать?

— Лучше будет, если вы завтра уедете.

— Я? Уеду? Но это невозможно! У меня куча дел! У меня на завтра назначены важные встречи, я не могу уехать... У меня распланирован день до минуты. Завтра я встречаюсь с мэром.

В дверь постучали, и на пороге возник дюжий охранник с рацией.

— Там пришла милиция. Что им сказать?

— Пусть разбираются, — бросил Бортеневский. — Это ваши люди? — спросил он у Соловьева.

— Нет, не мои. Пусть разбираются, — повторил Соловьев слова банкира.

Народ быстро и молча покидал презентацию. Подобного никто, конечно, не ожидал. Даже Соловьев был удивлен слишком большой торопливостью, с которой бандиты начали приводить в действие свои угрозы. Он думал, что у него еще есть неделя времени, чтобы опередить их и нанести упреждающий удар. Но, как он сейчас понял, бандиты торопились, и их слова с делом не расходились.

— Что же мне делать?! Что же мне делать?! — шептал банкир и метался по кабинету.

Соловьев сидел в мягком кресле и пил коньяк.

— Да ничего вы сейчас не сделаете. Единственное, что я вам посоветовал бы, это завтра утром встретить дочь и тещу.

— Ах, да, дочь... Дочь! — испуганно зашептал Бортеневский, — ведь они могут ее захватить. Это будет ужасно! Ужасно! — он истерично заломил руки.

— Выпейте и успокойтесь, — немного равнодушно и холодно сказал Соловьев. — Я вам пообещал, что они скоро замолчат. Так оно и будет.

— Скоро... скоро... Когда это «скоро»? Ведь и сегодня они могут меня убить. А если не сегодня, то завтра.

— Вы что, так боитесь за свою жизнь?

— А вы на моем месте не боялись бы? — прошептал побелевшими от страха губами банкир. — Не боялись бы? Ходили бы спокойно по улицам? Приезжали бы на работу?

— Но ведь у вас хорошая охрана, ее много. Вы можете нанять еще.

— А жена? Дочь?

— Вот о них стоит позаботиться в первую очередь.

Когда Соловьев выходил из кабинета банкира, он увидел одиноко стоящую у мраморной колонны Анжелу. Он подошел к ней.

— Сергей, что же это происходит?

— Вы сами знаете, что происходит, Анжела. И я могу вам дать только один совет — быть как можно более осторожной, не выходить из дому, никому не открывать дверь. А самое главное — встретить дочь и оберегать ее.

— Да-да, дочь... — зашептала Анжела, и по ее лицу

Соловьев догадался, как эта прекрасная холеная женщина дорожит своим ребенком. — Да-да, я сама поеду ее встречать, сама...

— А вот этого я бы вам не советовал делать. Лучше действительно послать охрану.

— Спасибо, Сергей, спасибо.

— Ничего не бойтесь, Анжела, все будет хорошо.

— Но ведь они взорвали машину, а в ней мог быть муж, я, даже могли бы быть вы...

— Нет, я бы в ней не поехал.

— Так что, вы знали?

— Нет, зачем. У меня есть своя машина, — Соловьев кивнул в сторону стоянки.

— Ну что ж, спасибо, вы меня утешили, — дрогнувшим голосом бросила Анжела и, резко развернувшись, направилась в сторону кабинета мужа.

Соловьев несколько минут постоял в раздумье, затем подошел к группе сотрудников милиции.

— Ну, и что вы можете сказать? — обратился он к майору.

— А кто вы такой?

— ФСБ, — спокойно сказал полковник Соловьев, показывая свое служебное удостоверение.

— Извините, пока ничего не можем сказать, кроме того, что под машину была подложена мина.

— Надеюсь, с дистанционным управлением? — немного иронично заметил полковник.

— Это мы и пытаемся сейчас выяснить.

Вокруг машины, которую уже погасили пожарные, работало уже несколько сотрудников милиции. Соловьев посмотрел на их действия, затем взглянул на часы и, сев в свои «жигули», которые стояли между двух дорогих «мерседесов», выехал на улицу.

«Значит, они начали действовать. Надо поторопить Глеба. В ответ на их удар надо нанести свой удар, и как можно скорее. Но подставлять Глеба я не имею права. Даже за десять таких банкиров, как Бортеневский».

Машина полковника Соловьева быстро мчалась по улице.

ГЛАВА 4

После небольшого приключения, связанного с дракой в полутемном переулке, настроение Глеба улучшилось. Вернее, до этого оно было у него спокойным и ровным, а сейчас он стал немного возбужденным. Кровь вновь кипела в его жилах, сердце стучало быстрее.

— Да, форму я еще не потерял, — сказал сам себе Глеб, вдавливая педаль газа и резко выворачивая руль.

«Восьмерка» цвета мокрого асфальта, взвизгнув тормозами, резко развернулась и помчалась в противоположную сторону.

— Вот так-то будет лучше, — сказал Глеб и, щелкнув клавишей, вставил кассету в магнитофон.

Из колонок зазвучала негромкая музыка. Это была увертюра к опере Верди «Аида». Глеб знал эту оперу прекрасно, она всегда его волновала, принося какие-то новые, неизведанные чувства. Он негромко начал напевать и вдруг вздрогнул.

«Боже, я же забыл купить цветы! Как это я, такой респектабельный мужчина, — с иронией подумал Глеб, — и приеду к любимой женщине без цветов! Обязательно нужно купить цветы, тем более, что я опоздал уже на полчаса, — Глеб взглянул на свой хронограф, — да, на полчаса. Она, наверное, волнуется. Ведь если я говорю, что приеду во столько-то, то почти не опаздываю. Вот сейчас случилась накладочка».

Он внимательно смотрел по сторонам. В районе ВДНХ он увидел цветочные лотки.

«Вот здесь я и куплю подарок».

Он притормозил и, даже не захлопнув дверь, пружинисто выскочил из автомобиля. Продавцы цветов сразу же обрадовались.

Из раскрытой кабины «жигулей» неслась музыка. Но эта музыка для продавцов цветов казалась странной. И две девушки, стоявшие к автомобилю ближе других, переглянулись.

— Слушают всякую ерунду! Нет чтобы какую-нибудь хорошую музычку, — сказала одна девушка другой и подмигнула.

Глеб решительно подошел к ним и придирчиво начал осматривать цветы.

— Вот эти, вот эти, мужчина, — сказала девушка и заискивающе улыбнулась.

Глеб посмотрел на большой букет уже распустившихся роз.

— Нет, эти мне не нравятся.

— Тогда вот эти. Они еще не совсем раскрылись, они раскроются завтра утром, — принялась советовать девушка, вытаскивая из пластикового ведра благоухающий букет белых роз.

— Мне нужны красные. Ярко-красные, пунцовые, — сказал Глеб.

— Извините, ярко-красных уже нет, только вот эти.

— Ладно, тогда я возьму белые.

Быстро расплатившись, купив большой букет, Глеб аккуратно взял его на руки — так, как обычно держат маленького запеленутого ребенка, и направился к машине. Он даже не стал дожидаться, когда девушка отсчитает сдачу.

— Богатый, наверное, — сказала одна из девушек.

— Если бы он был очень богатым, — заметила другая, — то наверняка не ездил бы на «восьмерке».

— Это ни о чем не говорит, — ответила подруга. — Ты видела его часы?

— Нет, на часы я не обратила внимания.

— Так вот, такие часы стоят штуку баксов.

— Сколько?

— Штуку, — улыбнувшись, сказала девушка. — Один мой знакомый бизнесмен купил себе такие.

— Да ладно тебе врать! Все твои бизнесмены торгуют в ларьках.

Девушки расхохотались, понимая, что каждая из них по-своему права...

Глеб слышал их разговор. Да, действительно, часы у него были дорогие. Куплены они были не здесь, не в России. Когда-то давно он купил их в специализированном магазине. Он долго выбирал, приценивался. То, что он искал, ему не попадалось. Но вдруг он увидел хронограф. Часы лежали в дальнем углу витрины на черном бархате.

— Вот эти покажите, — сказал тогда Глеб, и услужливый хозяин магазина тут же достал часы.

Глеб примерил. Это было именно то, что ему хотелось. И Глеб Сиверов даже не стал торговаться. Он рассчитался и, довольный, покинул магазин.

«Да, девочки, вроде бы на вид простушки, а в вещах разбираются. И глаз у них наметан. Ладно, все это ерунда».

Глеб удобнее устроился на сиденье, положив шелестящий букет рядом с собой.

«А вот теперь можно к Ирине», — подумал он, повернул ключ, запустил двигатель, и его «восьмерка» рванула с места, взвизгнув колесами.

— Ну и ездит! — сказала девушка, глядя на быстро удаляющиеся красные габаритные огни «восьмерки».

— Сломает голову, — заметила подруга, и они опять захохотали.

— Везет тебе на богатых клиентов, Соня! Везет.

— Да, вот такая я, — сказала девушка. — Вот повезло бы мне еще на мужа, никогда бы не торчала здесь на улице.

— А мне нравится продавать цветы. Все-таки это хороший товар.

— Мне, если признаться, тоже нравится. Но я не люблю, когда покупают четное количество роз.

— А кто же это любит? — отозвалась подруга.

И они вновь стали серьезными, сосредоточенными, снова стали смотреть по сторонам, выглядывая покупателя. И, завидев мужчину или женщину, обративших внимание на их цветы, начинали зазывать:

— У нас, только у нас самые лучшие розы! Самые свежие! Возьмите, мужчина, в подарок! Возьмите, не пожалеете!

Но час был довольно поздний, и вскоре девушки стали собираться, тем более что приехал «пикап», который забирал их цветы, чтобы завтра вновь привезти девушек и цветы на это место, рядом с ВДНХ.

Москву Глеб знал прекрасно. Он свернул в Берингов проезд и уже через семь минут оказался у дома Ирины Быстрицкой. Из автомобиля он взглянул на окна ее квартиры. На окнах кухни были жалюзи. Ему даже показалось, что сквозь них он видит силуэт Ирины.

«Наверное, волнуется. Какой же я все-таки...»

Но он не стал додумывать. Он резко свернул к дому, заехал во двор и вклинился своей «восьмеркой» между «москвичом» и обшарпанным «джипом». Затем выбрался из машины, бережно взял шелестящий сверток, огляделся по сторонам.

Ничего подозрительного не было. Двор был тих и спокоен. У одной из машин под развесистой акацией возились двое парней. Они были явно чем-то озадачены. Капот их «жигулей» был поднят. Один светил зажигалкой, второй, отчаянно матерясь, копался в моторе. В другой раз Глеб, наверное, помог бы, но не сейчас.

Сейчас он думал об Ирине.

Глеб быстро взбежал по лестнице и остановился перед дверью, обитой коричневым дермантином. Приложив букет к глазку, нажал на кнопку звонка. За дверью послышалось движение. Глеб реально представил себе, как Ирина прильнула к глазку.

— Кто там? — раздался ее голос, в котором была радость.

— Это я, — ответил Глеб, и дверь тут же раскрылась. В мягком свете прихожей стояла Ирина. На ней был шелковый золотистый халат. Ее темные глаза блестели, волосы волнами падали на плечи.

— Ух! — воскликнул Глеб, переступая порог. — Это тебе, Ирина, — он подал букет.

— Какая прелесть! — воскликнула женщина, уткнувшись лицом в пряно пахнущий букет. — Какие они прекрасные! Здравствуй, Федор, — Ирина отвела в сторону букет, привстала на цыпочки и нежно поцеловала Глеба в губы.

Он обнял ее за плечи, прижал к себе и почувствовал своим телом, что и Ирина прильнула к нему. Ее полные губы приоткрылись, и Глеб жадно поцеловал женщину.

— Хватит, хватит, не здесь... — сказала Ирина, увлекая Глеба в квартиру.

Защелкнулась дверь. Глеб оглянулся. Он всегда реагировал на всевозможные щелчки и металлические звуки, тем более, щелчок замка был похож на щелчок взводимого затвора.

— Ты задержался, и я уже начала волноваться.

— С машиной возникли проблемы.

— Что такое? — поинтересовалась Ирина.

— Да что-то не хотела заводиться. Пришлось повозиться.

Глеб соврал, но не почувствовал никаких угрызений совести. Ирина взяла руки Глеба в свои ладони и посмотрела на них. На одном из суставов была кровь.

— Ты где-то поранился, Федор?

— Да, когда открывал капот, — вновь соврал Глеб.

Ирина знала Глеба как Федора Молчанова.

— Ну что же ты стоишь, проходи, — сказала женщина, заглядывая Глебу в глаза.

— Погоди, дай я на тебя полюбуюсь, — сказал Глеб и отошел чуть в сторону.

Ирина была хороша собой. Ее влажные черные волосы вились крупными локонами. Ирина улыбалась. Ее лицо сияло.

— Где ты пропадал так долго, Федор? — негромко спросила она.

— Да ты знаешь, были дела...

— По-моему, ты загорел.

— Нет, просто обветрился.

— Ну проходи же, проходи к столу. Я тебя ждала, приготовила пирог, сделала несколько салатов. Извини, все это было сотворено на скорую руку. Ты позвонил и предложил поужинать, но я подумала, что самый хороший ужин — это дома.

— Да, конечно, — кивнул Глеб, подошел к Ирине, прижал ее к себе и поцеловал в шею.

Он ладонями провел по спине Ирины и почувствовал, что кроме халата на ней ничего нет. И это его взволновало.

— Ну пойдем же, пойдем к столу.

— Погоди, я помою руки.

Ирина была архитектором. Она уже несколько лет занималась проектированием коттеджей и дач для «новых русских». Это у нее прекрасно получалось. О том, что Ирина хороший архитектор и дизайнер, говорило и то, как была отделана ее собственная квартира. Раньше, до ремонта, это была обыкновенная «хрущовка» со смежными комнатами. Ирина перепланировала свою квартиру. Все здесь было сделано со вкусом, из импортных материалов.

Глеб вошел в ванную и помыл руки. Все сияло чистотой. Не было ни одного лишнего предмета. Ему нравилось у Ирины, нравилась та простота, которая как бы даже не бросается в глаза. Но каждая вещь находилась на своем месте, каждая вещь была нужна.

Глеб сполоснул лицо и взглянул на свое отражение в прямоугольном зеркале. Затем аккуратно причесал волосы, смочив расческу, и подмигнул сам себе.

— Что ты так долго возишься?

— Иду, иду, — сказал Глеб.

Он подошел к столу. На столе, в центре, стоял букет роз, принесенных им в подарок Ирине. Рядом с ним две бутылки красного вина и бокалы.

«Не хватает только свечи в дорогом подсвечнике», — подумал Глеб.

И тут же послышался голос Ирины:

— Сейчас я зажгу свечу, и мы погасим свет. Ведь мы так редко с тобой видимся, Федор.

— Давай лучше зажжем свечу тогда, когда будем пить кофе, — предложил Глеб.

— Что ж, как хочешь, — пожала плечами Ирина, повернулась к Глебу и вновь счастливо улыбнулась.

«Чертовски хороша, — отметил про себя Глеб и затем подумал: — Это, наверное, потому, что я не видел ее целых полтора месяца».

— Как дочка? — спросил он.

Ирина пожала плечами.

— Звонила сегодня, — и кивнула на телефон.

— Как она там?

— Ну, как может быть в деревне ребенку? Возится на участке, собирает цветы. Бабушка ее любит. Подружилась с каким-то мальчиком из Питера. В общем, у нее все прекрасно.

— Это хорошо, — сказал Глеб, усаживаясь к столу. — Ну, давай, угощай меня, — Глеб взял бутылку, бросил взгляд на этикетку и наполнил бокалы.

Ирина принялась ухаживать за ним, время от времени восторженно на него поглядывая.

Глеб ел быстро. По всему было видно, что он голоден.

— Ты знаешь, — сказал мужчина, — я могу съесть все, что ты приготовила.

— Можешь есть. Холодильник полон продуктов, так что я не боюсь.

Когда бутылка опустела, лицо Ирины немного раскраснелось.

— Я надеюсь, — чуть смущенно сказала женщина, не глядя Глебу в глаза, — ты останешься до утра?

— А ты этого хочешь? — тихо спросил Глеб.

— По-моему, ты об этом догадался.

— Да, догадался, — сказал Глеб, вспомнив, как его руки скользили по шелку халата, вспомнив, что на Ирине ничего, кроме желтого халата, не было.

Хотя нет, было — золотая цепочка с маленьким золотым крестиком, таким тонким, что казалось, возьми его в пальцы, чуть сожми, и он легко изогнется, как проволока.

— Так где ты так долго был? — спросила Ирина, подвигаясь к Глебу. — Я тебя уже давно знаю, но никак не могу взять в толк, чем же ты таким занимаешься, почему тебе нужно постоянно уезжать, исчезать и звонить мне откуда-то издалека? Вернее, ты иногда даже не звонишь мне по месяцу, а то и по два, и я теряюсь в догадках, думая, что ты обо мне забыл, бросил...

— Тебе это не нравится?

— А кому это может нравиться?

— А мне нравится, — улыбнулся Глеб, но улыбнулся как-то горько.

— По-моему, ты садист и, по-моему, тебе доставляет удовольствие меня мучить, — Ирина уперлась лбом в плечо Глеба.

— Нет, нет, я не хочу тебя мучить, Ирина, и меньше всего хочу мучиться сам. А почему я тебе ничего не рассказываю... поверь, что тебе об этом лучше и не знать.

— Но я хочу знать, — настойчиво прошептала Ирина и, приподняв голову, поцеловала Глеба в мочку уха.

— Когда ты обо мне все узнаешь, тебе станет со мной неинтересно, и я даже опасаюсь, что тебе станет страшно.

— Ох, какой ужас! — засмеялась Ирина прямо в ухо Глебу. — Хочешь, я попробую отгадать, чем ты занимаешься?

— Попробуй, — сказал Глеб и провел ладонью по ее темным, чуть влажным волосам.

— Наверное, ты полярный летчик, — рассмеялась Ирина, — или командир атомной подводной лодки.

— Хорошо, что ты не сказала «капитан». На подводных лодках бывают только командиры.

— Вот видишь, как много я о тебе знаю.

— Наверное, ты в детстве очень любила книги о летчиках-полярниках и покорителях Арктики.

— Да я вообще такие книги никогда не любила!

— А что тебе нравилось?

— Мне всегда нравились английские романы. Люблю читать детективы.

Глеб вздрогнул.

— Да, я знаю, я видел твои книжные полки. Ну вот, теперь и ты обо мне много знаешь.

— А можно я совершу еще одну попытку? — сказала Ирина.

— Соверши. Только теперь попробуй взять чуть теплее.

Рука Ирины скользнула под ворот рубахи.

— Вот здесь тепло. Наверное, ты, Федор, работаешь шпионом.

— О, да, — заулыбался Глеб, — я самый главный шпион России — Джеймс Бонд. И пробую завербовать тебя.

— А на какую разведку ты работаешь? — прошептала в ухо Ирина.

— На все сразу. Я тройной агент.

— И на Моссад тоже?

— От случая к случаю — когда они хорошо платят. А почему ты это спросила? Хочешь эмигрировать в Израиль?

— Нет, не хочу, мне и здесь неплохо. Я, конечно же, шучу, — серьезным голосом сказала Ирина. — Но мне кажется, я не далека от истины, и в моей шутке есть большая доля правды.

— В твоей шутке доли правды нет, — сказал Глеб, приложив указательный палец к пухлым губам Ирины.

— Если бы я не знала, кто ты такой, я бы не боялась произнести это вслух.

— Тогда скажи.

— Нет, нет, не буду.

— Если не хочешь — не говори. — Глеб взял Ирину за плечи и встряхнул. — Послушай, ты можешь включить музыку?

— Конечно. Может, ты хочешь послушать Верди?

Глеб вспомнил, что по дороге к Ирине он слушал увертюру к опере «Аида», когда покупал цветы.

— Нет, Верди я не хочу. Поставь что-нибудь попроще.

— Тогда Моцарта — «Волшебную флейту».

— Вот это подходит. Там есть несколько изумительных мест, — сказал Глеб, — и они меня ужасно волнуют.

— Даже больше, чем я?

— Не надо сравнивать. Это разные вещи.

Глеб прильнул к Ирине и жадно поцеловал ее в полураскрытые пухлые губы. Ирина ответила ему таким же страстным поцелуем.

— Пойдем... — она взяла его за руку и увлекла в спальню.

Спальней была узкая длинная комната, всю стену которой занимали книги, а весь дальний угол — большая тахта, из-за которой невозможно было подойти к окну.

Халат соскользнул к ногам Ирины.

— Погоди, я включу музыку, — прошептала женщина, и через несколько мгновений из черных колонок полилась музыка.

Глеб, раздражаясь, что каждым своим движением попадает в такт музыки, принялся раздеваться. Он пытался выйти из этого заколдованного круга, но ничего не получалось. На сильные доли такта расстегивалась пуговица, скрип застежки молнии сливался со звоном тарелок. Это было точно так же, как идти по полупустому предпраздничному проспекту, когда из динамиков льется маршевая мелодия.

Глеб не любил, когда на него смотрели.

А Ирина, забравшись в постель и натянув простыню до подбородка, внимательно, каким-то немного холодным взглядом, рассматривала своего любовника.

И выход был только один — как можно скорее улечься рядом с ней, прильнуть к женщине так, чтобы она не могла видеть твоего тела, приблизить свое лицо к ней так, чтобы можно было видеть только глаза друг друга, полные тоски и желания.

Белье показалось Глебу немного прохладным и влажным, когда он устроился рядом с Ириной на мягком, гасящем звуки движений, матрасе. Ирина вдруг резко отстранилась от Глеба и прикоснулась к его плечу кончиками холодных пальцев.

Глеб даже ощутил прикосновение твердых, отполированных ногтей.

— Меня почему-то ужасно волнуют твои раны, — извиняясь, пробормотала женщина. — Но я ничего не могу с собой поделать. Мне хочется и хочется к ним прикасаться.

— Наверное, ты жалеешь меня?

— Нет, это немного другое чувство. Они меня почему-то возбуждают. Скажи, тебе больно? — Ирина слегка надавила подушечками пальцев на твердый рубец.

— Я даже не чувствую твоего прикосновения. Вернее, чувствую, но словно бы ты прикасаешься ко мне через стекло.

— Удивительно, — сказала Ирина и нежно коснулась губами белеющего в полумраке шрама.

Затем она изогнулась и нащупала губами рану на груди. Это было место, куда вошла пуля.

— Наверное, когда я прикасаюсь к твоим ранам, ты вспоминаешь, где и когда их получил?

— Я не люблю об этом вспоминать. И как мне кажется, я даже успел забыть, откуда они взялись.

— Нет, ты врешь. Я заставлю тебя вспомнить. Я вижу по твоим глазам, в них проплывают ужасные видения. Погоди-погоди... — женщина взяла его голову в ладони и заглянула в глаза.

И Глебу показалось, что Ирина и впрямь видит взрывы, видит, как горячий ветер несет сухую пыль, видит обезумевшее лицо бандита, который выпускает длинную, пока не смолкнет автомат, очередь, конца которой он не услышал. И если бы тогда рядом не оказалось друга, если бы рядом не было Альберта Кострова, который разрядил свой автомат в бандита, весь магазин, сейчас Глеб не лежал бы здесь с Ириной. Ведь это Костров тогда вытащил его на плечах, ведь это он тогда отдал ему свою кровь и спас его жизнь. И Глебу в самом деле не хотелось сейчас об этом вспоминать.

Он отстранил женщину, прикрыл ладонью рану на груди.

— Принеси мне вина, пожалуйста, и я скажу тебе одну новость.

Это прозвучало так, словно бы он предлагал Ирине какой-то обмен. Ирина, немного удивившись, выбралась из-под простыни и, не стесняясь своей наготы, вышла в соседнюю комнату. Она принесла два бокала, до половины наполненных вином, один из них протянула мужчине.

— Ну, и какую же новость я должна услышать?

— Извини, Ирина, если испорчу тебе настроение, но мне об этом нужно кому-то сказать. Только сегодня я узнал, что человек, которому я обязан своей жизнью, погиб.

В глазах женщины даже не промелькнуло страха, в них не возникло даже и отблеска удивления. Она просто отпила глоток вина и негромко сказала:

— Тогда выпьем за него. Выпьем за то, что мы с тобой сегодня вместе.

— Выпьем, — ответил Глеб.

— Когда я тебя долго не вижу, меня мучат предчувствия. Ты представить себе не можешь, сколько раз я в мыслях тебя уже хоронила, сколько раз я убеждала себя в том, что мы больше никогда не увидимся. И самое страшное то, что никто мне не скажет, погиб ты или остался жив, никто не скажет мне, где ты находишься.

— Сейчас я здесь, — улыбнувшись, сказал мужчина. А вот завтра... не знаю.

— Ты собираешься уехать? — встревожилась Ирина.

— Я же сказал — не знаю. Не будем об этом.

Глеб крепко обнял женщину и, закрыв глаза, нашел ее губы, пахнущие терпким вином. Глебу показалось, что музыка в динамиках зазвучала громче. На него прямо-таки обрушилось жизнелюбие Моцарта, и ему не хотелось думать о том, что он и сам может погибнуть, как погиб Костров, как погибло уже много его друзей...

И он понимал, знакомых у него уже больше в том, загробном мире, чем здесь. И поэтому он так дорожил связью с этой женщиной, которая, как ему казалось, никогда не лгала ему и которой он сам старался не лгать. Можно чего-то не говорить, но нельзя обманывать. И тогда будешь счастлив, будет куда прийти, будет куда вернуться, будет плечо, на которое можно опереться и к которому можно прижаться лбом, пряча взгляд, полный слез.

Ирина всегда удивляла Глеба тем, что каждый раз, когда они оказывались в постели, могла становиться какой-то новой, какой-то еще не изведанной им женщиной. Он никогда не мог предугадать, чего же ей захочется на этот раз. Она была то сдержанно-холодной, то яростной, до безумия страстной. Иногда она в кровь раздирала ему спину, а иногда, как сейчас, была нежной и податливой, повинуясь каждой его прихоти, каждому его желанию. И Глебу хотелось, чтобы эта близость длилась вечно. Он боялся, что наслаждение станет менее острым.

Глеб, сжимая Ирину в объятиях, перевернулся на спину. Женщина страстно вздохнула, запрокинула голову и сбросила простыню...

— Еще, еще... — зашептала Ирина, нетерпеливо теребя мочку его уха.

— Не спеши, — прошептал Глеб, — помни, все хорошее когда-нибудь кончается.

— Не разговаривай, молчи... — зашептала женщина, и ее ладонь легла Глебу на губы.

Затем Ирина откинулась, высоко запрокинув голову. Темные волосы рассыпались по плечам. Она медленно раскачивалась, сладострастно вздыхая при каждом движении. Глеб покусывал губы, лаская руками ее грудь.

— Быстрее... быстрее.... — прошептала Ирина, — быстрее...

Их вздохи слились со звуками музыки...

Ирина улеглась рядом с Глебом. Она положила голову ему на грудь.

— Я слышу, как бьется твое сердце.

— Это ты заставила его стучать так сильно и так быстро.

— Мое тоже бьется быстрее, — сказала Ирина и, взяв руку Глеба, положила себе на грудь.

— Я слышу, — прошептал Глеб, ощутив под пальцами твердый сосок.

— Но ты меня обманываешь, твое бьется в такт музыке. Ты любишь Моцарта, а не меня.

— Нет, Ирина, я люблю тебя, — спокойно сказал Глеб, — и хочу, чтобы у нас с тобой все было хорошо.

— А разве у нас что-то не так? — задала вопрос женщина и, приподняв голову, заглянула в глаза Глебу.

Она запустила свои пальцы в его русые волосы и нежно, как ребенка, принялась ласкать. Крестик на золотой цепочке качнулся, сверкающей искоркой проплыл перед его глазами. Глеб попытался схватить его губами, и это ему удалось.

— Я спрашивал у тебя когда-нибудь, кто подарил тебе этот крестик?

— Это крестик моей бабушки, — сказала Ирина. — Она была очень набожна, и когда я была еще маленькой девочкой, бабушка отдала его мне.

— А я не помню свою бабушку, — сказал Глеб. — Она вместе с дедом погибла в блокаду в Питере.

Ирина вздохнула.

— А я хорошо помню свою бабушку. Она меня очень любила — больше, чем всех внуков. Наверное, потому, что я всегда и во всем ее слушалась и не смеялась над ней, когда она молилась Богу.

— А я никогда не молился сам и не помню, чтобы кто-то из моих родителей ходил в церковь.

— У каждого человека в жизни бывает момент, когда его тянет в храм, — задумчиво произнесла женщина. — Когда ты пропадаешь подолгу, я иногда захожу в церковь и ставлю свечку. И, глядя на дрожащий огонек, шепчу молитву. Я прошу, чтобы с тобой все было хорошо. Я шепчу ту молитву, которой меня научила бабушка.

— И помогает? — усмехнулся Глеб.

— Как видишь, ты здесь. Я помню, как однажды, когда я была совсем маленькой, бабушка повела меня в церковь. И я помню, как какой-то мужчина не хотел пускать меня в храм. Он говорил, что бабушка, если хочет, может туда идти, а я должна подождать ее на паперти. Но потом бабушка все-таки упросила его, и я впервые оказалась в церкви. Я до сих пор помню сладковатый запах горящих свечей, помню низкий бас дьякона, сверкание окладов, коленопреклоненных старух. И помню, что лики на иконах мне показались какими-то очень мрачными, очень сердитыми. И я спросила у бабушки: они что, на нас сердятся? А бабушка только приложила палец к губам и не стала мне ничего объяснять. А затем, сжалившись надо мной, прошептала: «Они нас с тобой любят». Я была единственным ребенком в церкви. Вокруг были только старики и старухи, которые казались мне тогда очень древними, словно я попала в загробный мир. Заметив мою растерянность, ко мне подошел священник и дал поцеловать крест. Крест был холодный, и до сих пор не могу понять, почему я совсем не противилась этому. Я прильнула губами к холодному металлу и до сегодняшнего дня, до этой минуты, наверное, и в последующем буду помнить вкус этого поцелуя. Знаешь, когда я прикасаюсь губами к твоим ранам, то мне вспоминается тот далекий день. Вспоминается бабушка, вспоминается полумрак церкви и густой голос дьякона.

— Ну, ты сейчас и договоришься, — деланно смеясь, сказал Глеб, — может, ты еще скажешь, что мои раны — это стигмы, а я — Христос?

— Иногда мне это кажется, — призналась Ирина.

— Тогда постарайся уснуть.

Глеб обнял женщину. Та потерлась щекой о его плечо и счастливо замерла, словно боясь малейшим движением вспугнуть то эхо наслаждения, которое все еще звучало в ней...

По ровному дыханию Ирины Глеб понял — женщина уснула.

Он осторожно высвободил руку, на которой она лежала, и отодвинулся к краю кровати. Теперь он мог видеть Ирину всю, не прикрытую простыней. Видел, как чуть заметно приподнимается ее плечо, видел, как подрагивают ресницы, как кривятся в сонной улыбке губы, немного припухшие после поцелуев.

Мужчина встал, приподнял простыню и бережно накрыл ею женщину. Затем, ступая по холодному полу, вышел в гостиную и бесшумно притворил за собой дверь.

Свеча в мраморном подсвечнике уже догорала, желтоватый парафин сосулькой свисал до самого стола. Пламя трепетало, дробясь отражениями в стекле бокалов. Тонкими струйками поднимался черный дым.

Глеб пальцами поправил фитиль, затем подошел к телефону и быстро набрал номер. Послышалось три гудка, затем раздался механический щелчок, и зазвучал голос автоответчика: «Партия сахара прибыла. Жду, как вы ею распорядитесь».

Глеб тяжело вздохнул и отложил трубку.

«Лишь бы она не проснулась прежде, чем я уйду!»

Он посмотрел на свои часы. Секундная стрелка неумолимо бежала по кругу. Глебу было ясно, что случилось что-то экстренное. Он сел на стул, взял за тонкое горлышко бутылку и плеснул вина в бокал.

«Неужели мне не придется всю ночь провести с Ириной? Или, может быть, плюнуть на все, остаться с ней до утра? Нет, я должен буду поехать. Но ведь я пообещал...»

Глеб вошел в спальню. Ирина лежала все в той же позе, все так же счастливо улыбалась во сне. Глеб быстро бесшумно оделся. Затем подошел к спящей женщине и, наклонившись, тихо прошептал:

— Ирина, я должен уехать.

— Что? — не поняла она и приподняла голову, не открывая глаз. — Куда уехать?

— Я должен ехать, — повторил Глеб.

— Федор, что-то случилось? Что-то очень важное? — глаза Ирины открылись, и она, все еще непонимающе, посмотрела на Глеба.

— Да, скорее всего, случилось, и мое присутствие необходимо.

— Вот так всегда...

— Завтра я тебе позвоню.

— Обещаешь? — прошептала Ирина и потянулась к Глебу.

Он не отстранился. Он обнял ее за теплые плечи и поцеловал в губы.

— Только обязательно позвони. Я завтра буду целый день дома.

— Хорошо, — кивнул Глеб и быстро покинул квартиру Ирины Быстрицкой.

На улице было прохладно, особенно после теплой постели. Глеб не чувствовал себя уставшим. Он был бодр и готов к действию. Открыв машину, он устроился и нажал кнопку приемника. Джаз сменился программой ночных новостей. Передавали о курсе доллара и прочей ерунде, которая Глеба не интересовала.

«Так, сейчас я должен уехать и как можно скорее попасть к себе».

Глеб выехал на пустынную улицу и посмотрел в зеркальце заднего вида. Никого за ним не было.

«Ну что ж, видно, все складывается совсем не так, как рассчитывал полковник. Иначе он не стал бы оставлять столь экстренную информацию».

Глеб мчался по ночной Москве. Он уверенно вел машину и думал о том, как дорога ему женщина, которую он только что оставил.

«Наверное, она сейчас не спит... Но лучше об этом не думать», — приказал он себе.

Но его тело, губы помнили Ирину, ему казалось, что она находится рядом, находится внутри него.

Светофоры на перекрестках полыхали желтым, и Глеб мчался, не сбавляя скорости. Он въехал в арбатский переулок, поднялся на шестой этаж, вошел в мастерскую, отодвинул книжный стеллаж, набрал код, и бронированная дверь послушно отворилась. Он тут же включил компьютер. На экране появился текст, из которого Глеб узнал, что взорван «мерседес» банкира Бортеневского.

Значит, времени у него оставалось совсем мало.

ГЛАВА 5

У полковника Соловьева, когда он отправился на презентацию, были какие-то недобрые предчувствия. И сейчас, ночью, сидя в своем кабинете дома, он понял: интуиция его не обманула. Еще вечером он был спокоен, ведь он поручил задание своему человеку, договорился с Глебом Сиверовым о ликвидации одного из воров в законе — именно того, кто «наезжал» на банкира Бортеневского.

Он ходил по своему кабинету взад и вперед, нервно курил сигарету. Он рассчитывал, что эту ночь проведет в постели с какой-нибудь привлекательной длинноногой девицей. Но обстоятельства сложились так, что было не до развлечений. Время от времени он звонил Бортеневскому домой. Тот срывающимся голосом начинал кричать в трубку:

— Сергей Васильевич, что делать? Что? Они мне вновь звонили!

— Я знаю, — говорил полковник.

Ему докладывали о каждом звонке банкиру, но откуда звонили, высчитать было невозможно. Каждый из звонков делался из телефона-автомата, а их в городе было бессчетное количество. Звонки были на удивление короткими, и все выглядели примерно так: «Ну что, ты еще не решил подписать с нами бумаги?». Бортеневский по совету Соловьева отвечал: «Дайте мне подумать. Дайте мне хотя бы еще сутки». «Суток тебе, сволочь, никто не даст. Времени у тебя — до десяти утра», — уточняли бандиты.

«Куда пропал Глеб? — размышлял полковник Соловьев. — Куда он делся? Неужели он уже уехал, и его сейчас нет в городе? Тогда перспектива выглядит довольно мрачной».

— Я заплачу столько, сколько будет нужно, — срывающимся голосом говорил банкир. — Я готов отдать все деньги, которые у меня есть, только спасите меня от этих мерзавцев! Спасите, полковник! — умолял банкир.

— Успокойтесь, Альфред Иннокентьевич. Все будет хорошо. Это обычная процедура. Они «наезжают», надеются, что вы вот-вот сломаетесь, и тогда они смогут вить из вас веревки, — как мог, утешал Соловьев Альфреда Бортеневского.

Но тот был слишком испуган, чтобы внимать голосу разума. Соловьеву казалось, что он даже слышит, как у Бортеневского стучат зубы.

— И самое главное, Альфред Иннокентьевич, не пейте больше, не пейте, я вас прошу... — говорил Соловьев, наливая себе в стакан коньяк.

— Моя жена плачет. Она напугана.

— Да, я понимаю, — говорил Соловьев, — но будьте спокойны, усильте охрану и никуда не выходите из дому. А самое главное, завтра утром встретьте дочь. Я пошлю двоих людей со своей стороны. Они в случае чего подстрахуют. Вы меня поняли, Альфред Иннокентьевич?

— Да-да, полковник, я понял. Все будет сделано. Я сам поеду встречать дочь.

— Нет, вы должны сидеть дома. Пусть поедут ваши люди.

— Хорошо, я понял.

Банкир клал трубку, а Соловьев тяжело вздыхал и вновь расхаживал по кабинету.

Наконец, далеко от дома Соловьева, Глеб взял телефон и позвонил другу.

Тот сразу же обрадовался.

— Послушай, — сказал Соловьев, — произошли события, которые требуют скорейших действий.

— Я слушаю, — спокойным голосом ответил Глеб. — Говори, что произошло.

— Они взорвали «мерседес» Бортеневского. Хорошо, что в нем никого не оказалось.

— Да, действительно хорошо, — согласился Глеб Сиверов.

— Так вот, я думаю, что они попытаются реализовать угрозу в самое ближайшее время. Послезавтра должно быть заседание банка, и к этому времени они хотят решить свою проблему.

— А как банкир? — осведомился Сиверов.

— Он перепуган.

— Да, понятно. Наверное, был хороший «мерседес», — пошутил Глеб.

— Конечно хороший, разве может быть у Бортеневского плохая машина?

— Думаю, у него хватит денег, чтобы купить колонну таких машин.

— Да-да, — кивнул полковник Соловьев, — так что, Глеб, прими меры.

— Хорошо. Я подумаю, что можно сделать.

— Если что, можешь звонить мне. Я буду дома или на работе. Ни тот, ни другой телефоны не прослушиваются.

— Это точно? — поинтересовался Глеб.

— Да, я проверял много раз.

— Тогда прекрасно. Где найти меня, ты знаешь. Вернее, знаешь, где оставить информацию.

— Конечно, Глеб. Но, пожалуйста, действуй осмотрительно и как можно скорее.

— Хорошо, — сказал Глеб, вешая телефонную трубку.

Глеб Сиверов не чувствовал усталости. Наоборот, он был в приподнятом настроении. Скорее всего, это было связано со встречей с Ириной Быстрицкой, а может, просто, как всегда перед важным делом, Глеб чувствовал легкое возбуждение. Он был как сжатая тугая пружина. Его мозг работал быстро, движения были четкими.

Он поднял доску пола, затем еще одну и открыл крышку металлического ящика, выкрашенного в защитный болотный цвет. Этот большой ящик длиной метр и шириной сантиметров восемьдесят был полон оружия. Глеб вытащил револьвер. Это был американский армейский «кольт».

Взял три обоймы, проверил механизм, щелкнул затвором, а затем, не глядя, загнал обойму. Кожаная кобура была повешена на плечо.

— Думаю, этого мне хватит, — негромко прошептал Глеб, щелкнул двумя замками крышки и закрыл свой тайник.

Все оружие, лежащее в ящике, было привезено из-за границы. Оно не проходило ни по каким спискам. Ведь после каждого дела оружие, которым пользовался Глеб, уничтожалось. Все оно было пристрелянное, на него можно было положиться.

Глеб сварил себе крепкий кофе и долго сидел с чашечкой в руке. Слушать музыку ему не хотелось. Он размышлял о том, что могут предпринять бандиты. Он знал фамилии, знал имена и клички. Он даже знал, где их можно найти, ведь адреса были в компьютере. Но сейчас его это не интересовало. Он пытался высчитать, какой следующий шаг будет предпринят бандитами...

Но все получилось совсем не так, как думал Глеб Сиверов, не так, как рассчитывал полковник Соловьев.

В пятом часу утра в квартире Бортеневского раздался телефонный звонок. Звонили по межгороду. Бортеневский дрожащей рукой схватил трубку. Из трубки послышался вкрадчивый голос:

— Можно Бортеневского? Доброе утро.

— Да, да, я слушаю, — выкрикнул в микрофон банкир.

— Слушай внимательно. Твоя дочка находится в наших руках.

Бортеневский чуть не потерял сознание. Он побелел как бумага.

— Что вы хотите? — прошептал он.

— Яснос дсло, что нам надо от тсбя. Если ты говоришь «да», то после подписания бумаг получишь свою дочку. А если «нет», то все равно получишь ее, но по частям, вначале пальчики, потом ручку или ножку, затем головку. Понял?

— Нет! Вы не сделаете этого! Не сделаете! — закричал Бортеневский.

— Мы это сделаем, — ответил мягкий вкрадчивый голос, и в трубке раздались короткие гудки.

Трясущимися пальцами Бортеневский принялся набирать питерский номер. Но сколько он ни пытался дозвониться, никто трубку не снимал.

Через четверть часа полковник Соловьев был в курсе. Он знал, что бандиты не остановились на взрыве «мерседеса», а пошли намного дальше. Ему было не по себе. Ведь деньги, которые ему лично уплатил банкир Бортеневский, были немалыми, а защитить банкира он не смог.

Глеб Сиверов сидел в кресле и дремал. Вернее, казалось, что он дремлет. На самом деле Глеб спал, спал без сновидений, глубоко, дышал ровно. Но, тем не менее, он слышал, как скрежеща стучит кусок железа на крыше, слышал, как поскрипывает форточка.

Раздался звонок.

Глеб стряхнул сон, потянулся к телефону и, взяв трубку, вздохнул.

— Послушай, это я, — раздался взволнованный голос Сергея Соловьева.

— Да, я слушаю, — ответил Глеб.

— Они украли ребенка Бортеневского.

— Когда это произошло?

— Скорее всего, ночью. Они взяли девочку заложницей. И теперь у Бортеневского нет выхода, он должен соглашаться на их условия, а иначе...

— Понятно, — сказал Глеб. — Ты знаешь, откуда они звонили?

— Звонили из Питера, по межгороду, — сообщил полковник Соловьев.

— Понятно. Что ты предлагаешь?

— Не знаю, — задумчиво произнес Соловьев.

— А может, мне сейчас же заняться делом и убрать Мартынова с Богаевским?

— Я думаю, что без подготовки сделать это будет очень непросто, — сказал Соловьев.

— А другой выход есть? — чуть взволнованно осведомился Глеб.

— Не знаю, не знаю. Вот поэтому я тебе и позвонил.

— Может, встретимся и подумаем? — сказал Глеб.

Соловьев тут же согласился.

— Только знаешь что, давай ты заезжай за мной. Встретимся на перекрестке, где и всегда.

— Хорошо, — сказал Глеб.

Закрыв замки, Глеб сбежал вниз. Он сел в машину, запустил двигатель, но несколько минут сидел, слушая рокот мотора. Оглядевшись по сторонам, медленно покинул двор и выехал на центральную улицу. Здесь он вдавил педаль газа и, набирая скорость, помчался в сторону Патриарших прудов.

Соловьев уже стоял на перекрестке. Глеб притормозил, полковник влез в машину и пожал Глебу руку.

— Ну и что ты предлагаешь? — сразу же спросил Глеб.

— Не знаю. Но я сказал Бортеневскому, чтобы он больше не тянул, а сказал, что согласен на все условия. Самое главное, чтобы оставили в покое ребенка. До заседания совета банка еще есть время, и мы кое-что можем успеть.

— По-моему, для начала надо освободить девочку, — сказал Глеб.

— Да, — согласился Соловьев. — Но ведь она в Ленинграде, и мы не знаем даже адреса, где ее прячут.

— Это точно, — согласился Глеб. — Но мне кажется, ты знаешь людей, которые помогут нам найти девочку.

— Я знаю двоих. И если их хорошенько прижать, то, возможно, они проговорятся.

— Говори адреса, — не сбавляя скорости, предложил Глеб.

Соловьев назвал два адреса и две фамилии.

— Но ведь это в Питере.

— Сейчас мы поедем на военный аэродром. Самолет на Питер вылетает через сорок минут.

Глеб посмотрел на свои часы.

— Ты хочешь, чтобы я полетел прямо сейчас?

— Да.

— Ты договорился с летчиками?

— Этот вопрос я решу на месте, — сказал Соловьев и вытряхнул из пачки сигарету.

— Не кури, пожалуйста, в машине, Сергей.

— Ладно, не буду, — смяв сигарету, Соловьев швырнул ее в открытое окошко.

Рассвет Глеб Сиверов встретил в военном самолете, который летел на высоте девять тысяч метров. Глеб сидел, откинувшись на спинку кресла, и внимательно смотрел в иллюминатор. Под самолетом плыли бело-розовые облака, окрашенные первыми лучами восходящего солнца. Это зрелище было так знакомо Глебу, что у него даже мурашки прошли по спине, а по позвоночнику побежала тонкая струйка холодного пота.

«Да, да... Эти белые ватные облака, за которыми не видно земли... Сколько же раз мне приходилось прыгать с парашютом, потом пробираться по горам, через жуткие пески и все время опасаться, что прогремит выстрел, его эхо раскатится по ущелью и пуля вопьется в спину! Да, сколько же друзей я потерял после вот таких прыжков! Многие разбивались, а многие гибли потом, в узких ущельях. Многих даже приходилось бросать так, ведь не было времени даже похоронить их...»

Глеб с содроганием вспоминал свое военное прошлое, те времена, когда он был командиром диверсионной группы. Он вспоминал горящие селения в Афганистане, искаженные ужасом лица своих товарищей, дымящиеся раны на их телах. Неосознанно он сунул руку под куртку и нащупал бугорок на левом плече.

«И мне досталось, — Глеб Сиверов отвел глаза от бледно-розовых облаков, тянущихся под крылом военного самолета. — Моя жизнь ужасна, она была ужасна, ужасна и сейчас. Наверное, каким-то высшим силам угодно испытать меня на прочность, и поэтому с каждым разом испытания все более ужасные и страшные. Сколько же я потерял друзей?! Сколько раз рисковал собственной жизнью, был на волосок от смерти?! Но судьбе все время было угодно вытаскивать меня, и я оставался в живых. А вот друзья... Друзья гибли. Их догоняла пуля, находил осколок гранаты или мины. А были замечательные ребята, возможно, даже самые лучшие. Нет, наверное, все же лучшим был я, если смог остаться в живых. И теперь я должен жить за них».

Глеб закрыл глаза и ему показалось, что бледно-розовые облака стали багряно-красными, потом коричневыми, цвета запекшейся крови на серых, опаленных солнцем камнях.

«Боже, опять эти видения! Опять этот кошмар! Когда же, наконец, он перестанет преследовать меня?»

Невероятным усилием воли Глеб заставил себя не думать, не вспоминать. Он просто молча сидел, положив руки на колени, и считал. Когда он дошел до семисот, то почувствовал, что ни о чем не думает, что ему стало легче.

«Надо поспать», — приказал себе Глеб Сиверов и тут же почти мгновенно погрузился в сон.

Он чувствовал, как тяжелый самолет снижается, как подрагивают его крылья, чувствовал, как выпускаются шасси, и открыл глаза в тот момент, когда до посадки осталось несколько секунд. Пилоты были опытные, и тяжелый самолет, мягко коснувшись бетонной дорожки, покатился по взлетной полосе.

— Командир, прилетели, — сказал один из пилотов, выйдя в салон.

— Да, я слышу и вижу, — ответил Глеб и улыбнулся.

— Вас будут встречать? — спросил молодой пилот.

— А что такое? — задал встречный вопрос Глеб и положил руку на свою спортивную сумку.

— Нет, ничего. Просто можем подбросить в город.

— Это будет просто замечательно.

— Ну, тогда хорошо. А вы по делам? — задал неосмотрительный вопрос молодой пилот.

— Конечно, по делам. По торговым, — соврал Глеб и подмигнул безусому пилоту.

Тот как-то странно усмехнулся: дескать, знаем мы вас, сотрудников ФСБ, по каким таким торговым делам вы летаете на военных самолетах.

Но Глеб Сиверов никак не отреагировал на эту усмешку. Он встал с кресла, забросил спортивную сумку на плечо и направился к выходу.

На синем «рафике» Глеб Сиверов и экипаж военного самолета доехали до города. Пилоты предложили подвезти Глеба по нужному ему адресу. Но Глеб отказался.

— Нет, не надо. Высадите меня вот здесь.

Водитель послушно притормозил. Глеб пожал руки летчикам и покинул автомобиль.

Глеб хорошо помнил адреса и фамилии, названные Соловьевым. Он знал эти адреса, ведь все его детство и часть юности прошли в Питере. Один из адресов был в центре города, и Глеб решил направиться туда.

Он прошел полквартала, затем остановил такси и назвал водителю адрес. Тот как-то немного странно взглянул на Глеба.

— Что такое? — спросил Сиверов.

— Да ничего, хозяин, — сказал водитель такси, — просто мне ваше лицо знакомо. Вы случайно не с Васильевского острова?

Глеб вздрогнул, но тут же овладел собой и скрыл замешательство. Действительно, все его детство прошло на Васильевском острове. Но как мог водитель узнать Глеба? Его же внешность была изменена!

— Нет, я никогда не жил на Васильевском острове, я жил возле Марсова поля.

— А, бывает, показалось. Просто парень из моего двора был очень похож на тебя.

Глеб посмотрел на коротко стриженный затылок водителя. Тот уверенно вел машину, явно куда-то торопясь.

— А куда ты так гонишь?

— Знаешь, хозяин, надо зарабатывать деньги, — уже совсем другим тоном заговорил водитель.

— Я тебе хорошо заплачу, только не гони.

— Что, боишься скорости?

— Да нет, скорости я не боюсь, но разбиться не хочется.

— Знаешь, хозяин, кому суждено быть повешенным, тот не разобьется на машине.

— А что, тебе суждено быть повешенным? — съязвил Глеб.

Водитель усмехнулся.

— Как-то давно, лет пятнадцать назад, на вокзале мне

погадала цыганка...

— И что она тебе нагадала? Что тебя повесят?

— Да, — признался водитель, — она сказала, что меня повесят, — и его крепкая шея вдруг порозовела.

Глеб внутренне улыбнулся.

— Да, приятель, вот тебя, может, и повесят. А насчет своей судьбы — я не знаю. Может, мне суждено погибнуть в автомобильной катастрофе. Так что ты не гони.

— Так если погибнем, то погибнем вместе, — пошутил водитель.

Глеб рассмеялся. Водитель тоже заулыбался. Наконец-то они приехали, и Глеб сказал:

— Вот здесь притормози.

Рассчитавшись с водителем, он направился вдоль реки, поглядывая на окна домов. На улице было уже довольно много прохожих. Глеб зашел в небольшое кафе на углу квартала. Подошел к стойке и заказал себе двойной кофе и бутерброды.

Рыжеволосая барменша посмотрела на Глеба и улыбнулась.

— Что-то не так? — спросил Глеб, глядя в ярко-синие глаза пышнотелой женщины.

— Да нет, что вы, все так.

— А почему вы тогда улыбаетесь?

— Просто я вас раньше не видела в нашем кафе.

— А вы, наверное, здесь давно работаете и всех знаете?

— В общем-то да, — сказала женщина.

— А я вот просто шел по улице и решил, что если не выпью у вас кофе, то где-нибудь усну.

— Наверное, вы провели веселую ночь, мужчина.

— Вот и ошиблись. Просто болела голова. Наверное, давление.

— Да-да, — сказала рыжеволосая барменша, — сегодня очень высокое давление, и у меня сердце побаливает, — она приложила ладонь к своей левой груди. — Колет и колет, и голова болит.

— Вот видите! Вам я тоже советую выпить двойной кофе.

— А мне кофе не помогает, — сказала женщина.

— Тогда я не знаю, чем вам помочь.

Глеб выпил кофе, съел бутерброды и, попрощавшись, вышел из кафе...

А через полчаса Глеба Сиверова уже невозможно было узнать. Это был совсем другой человек. Единственное, что осталось прежним, это брюки и ботинки. А вот куртка и майка были другими, и лицо его изменилось. Накладная бородка и брови, а также парик сделали его совершенно непохожим на самого себя. Вот в таком виде Глеб Сиверов и вошел во двор дома на Фонтанке.

Второй этаж, пятикомнатная квартира. Глеб поднялся, посмотрел на дверь, затем поправил пистолет, тяжело висевший под мышкой, и позвонил в дверь.

Очень долго никто не открывал. Затем послышались торопливые шаги, и осторожный голос произнес из-за дубовой двери:

— Кто там?

— Свои, — громко сказал Глеб.

— Кто свои?

— Я же сказал — свои. Открывай!

— Кто? — нервно прозвучал мужской голос.

— Открывай скорее! Я от Седого, прилетел из Москвы.

— От Седого? — с недоверием проговорили из-за двери, и Глеб услышал, как медленно щелкнул один ключ, затем второй, и дверь чуть-чуть приоткрылась.

Натянулась толстая стальная цепочка. Глеб привычно поставил ногу между дверью и косяком.

— Я же сказал, от Седого. Давай, открывай.

— Кто ты? — спросил небритый мужчина.

— Я Слепой.

— Почему я тебя не знаю, Слепой?

— А ты меня и не должен знать. Я к Цыгану, срочно.

Мужчина попытался прикрыть дверь, но нога Глеба не позволила это сделать.

— Ну давай же скорее, не тяни! — нервно выкрикнул Глеб в приоткрытую дверь.

За дверью послышался шепот:

— Он говорит, от Седого.

— А, тогда открой.

Звякнула цепочка, и массивная дверь открылась.

Глеб вошел в квартиру. Перед ним стоял небритый широкоплечий парень с пистолетом в руке, а за ним, нервно теребя в руках салфетку, стоял мужчина в желтом шелковом халате. Он действительно был похож на цыгана: черные кучерявые волосы, короткие густые усы и темные глаза, которые буквально ощупывали Глеба с головы до ног.

— Так ты говоришь, от Петра?

— Да, я от него.

— Что-то ты не то клеишь, мужик, — в руках широкоплечего небритого парня щелкнул затвор пистолета.

Глеб отнесся к этому равнодушно.

— Пушку убери. Я сказал, убери пушку! — негромко произнес он, делая шаг вперед.

— Стоять! — нервно выкрикнул парень.

— Мне надо поговорить с тобой, — Глеб смотрел на Цыгана. — Брат сказал, что дело очень важное.

— Мне брат не звонил и не предупреждал о твоем приезде.

— Во-первых, я не приехал, а прилетел, — уточнил Глеб.

— Так кто ты? — переспросил Цыган.

— Я Слепой.

— Это понятно, что ты слепой, — пошутил Цыган.

Но по его движениям было видно, что он настороже и в любой момент готов предпринять любые действия. Да и его телохранитель держал в руках «ТТ», нацеленный прямо в грудь Глеба.

— Седой просил поторопиться с девчонкой.

— Что значит — поторопиться? — Цыган пожал плечами под многочисленными складками желтого халата.

Глеб знал о Цыгане достаточно много. Ему было известно, что Цыган трижды судим, но все время, благодаря хорошим адвокатам, он получал небольшие сроки; что в тюрьме Цыгану жилось прекрасно. Ведь его опекал старший брат, а связываться с Седым навряд ли кто-нибудь бы осмелился в любой зоне бывшего СССР. Теперь Цыган имел несколько автозаправочных станций, получал откуда-то левый бензин и жил с этого очень неплохо. Он также был акционером нескольких небольших питерских банков.

— Что-то я тебя, парень, не знаю и не помню, чтобы мой брат когда-нибудь упоминал о Седом.

— А ты позвони ему, прямо сейчас, и он тебе все расскажет.

— Но я же разговаривал с братом ночью, — глядя в глаза Глеба, сказал Цыган, — он мне о тебе ничего не сказал. Так что, наверное, парень, ты клеишь что-то не то. А может, ты вообще мент?

— Я? Мент? — вытаращив глаза на Цыгана, с изумлением произнес Глеб. — Неужели я похож на мента?

— Нет. В общем-то на мента ты совсем не похож, — захохотал Цыган. — А ты держи его под прицелом, — велел он своему телохранителю.

Но было уже поздно. Глеб ударил ногой по запястью телохранителя Цыгана. «ТТ» с грохотом полетел в потолок, ударил в люстру. Зазвенел хрусталь, посыпались сотни осколков. Телохранитель от неожиданности отшатнулся в сторону, но этого Глебу и надо было. Следующий удар ребром ладони был нанесен прямо в горло. С тяжелым хрипом телохранитель взмахнул руками и, запрокинув голову, рухнул на пол, опрокидывая кресло на витых ножках.

Цыган отпрянул к стене, и в его руке сверкнул нож.

— Знаешь, я не люблю колющих и режущих инструментов, — произнес Глеб, быстро выхватив из кобуры тяжелый армейский «кольт» с коротким глушителем, — я очень не люблю ножи.

— Эй, эй, спокойно, — побледнев, закричал Цыган, размахивая перед собой ножом.

— Слушай, я думаю, ты понимаешь, что если я нажму на курок, пуля попадет тебе прямо в середину лба.

— Кто ты? — выходя из себя, прошептал Цыган.

— Я Слепой, — спокойно сказал Глеб. — Брось нож.

— Нет! — выкрикнул Цыган и метнулся в сторону. Глеб тоже сделал стремительный прыжок, но Цыган был хитер. Это было обманное движение, и Глеб чуть не попался. Цыган резко остановился и взмахнул ножом, целясь Глебу в горло. Только несколько миллиметров оставались между сверкающим лезвием и горлом Глеба Сиверова. И если бы он прыгнул чуть дальше, то наверняка нож вошел бы в горло.

Глеб решил больше не разговаривать. Он стремительно выбил нож, заломил Цыгану правую руку и опрокинул его на пол. А в другом углу огромной прихожей корчился на полу и скреб скрюченными пальцами ковер телохранитель.

— Лежи тихо, а то я точно сделаю тебе дырку в голове.

— Кто ты? Что тебе надо? — прошипел Цыган.

— Я же тебе сказал, меня зовут Слепой, и я хочу, чтобы ты, Цыган, ответил мне на несколько вопросов.

— Я ничего не скажу.

— А вот это мы сейчас увидим.

Глеб легко поднял Цыгана, который был довольно щуплым, поставил его на ноги и нанес сильный удар в солнечное сплетение. Казалось, от этого удара глаза Цыгана вывалятся из орбит. Его лицо было обезображено болью, он судорожно хватал воздух. Пока Цыган приходил в себя от сокрушительного удара, Глеб подошел к распростертому на полу телохранителю и рукояткой своего пистолета ударил его по затылку. Тот несколько раз судорожно дернулся, пальцы его рук задрожали, и он замер.

Глеб наклонился, выдернул из джинсов телохранителя кожаный ремень с блестящими заклепками и в несколько секунд связал парня, прикрутив его к радиатору.

Глеб прикрыл дверь, защелкнул замки и вытер руки о свою куртку. Затем вернулся к Цыгану:

— Так ты говоришь, не будешь со мной разговаривать, да?

На этот раз голос Глеба звучал зловеще. Но даже если бы Цыган и захотел что-то сказать, вряд ли он смог бы это сделать. Он все еще корчился и хватал бледными губами воздух.

— Ах, тебе плохо? Тебе не хватает воздуха? А представляешь, что будет, если я прострелю тебе вначале одну ногу, затем другую, а затем отстрелю яйца? Причем, знаешь, Цыган, все это произойдет без шума.

— Кто? Кто тебя прислал? — наконец-то прошептал Цыган, пытаясь броситься в приоткрытую дверь гостиной.

— А вот этого делать не надо, — и Глеб еще раз ударил его.

Тот рухнул на пол и на четвереньках пополз в гостиную. Глеб спокойно двинулся за ним следом. Цыган попытался спрятаться под столом. Глеб наклонился и пальцем поманил Цыгана.

— Выходи, выходи по-хорошему.

— Нет! Нет! Не убивай меня! Не убивай!

Глеб схватил Цыгана за шиворот и выволок на середину гостиной.

— Сядь в кресло и слушай меня внимательно. Только очень внимательно. И пока ничего не говори.

Цыган сел в мягкое кожаное кресло. Глеб опустил пистолет.

— Где сейчас дочка банкира?

— Так это он! Он прислал тебя!

— Я велел не разговаривать! — каким-то спокойным, почти что замогильным голосом бросил Глеб Сиверов и спрятал пистолет.

— Ты кто, мент? Или тебя нанял этот банкир?

— Я Слепой, — повторил Глеб, — и заткнись, Цыган, я с тобой долго церемониться не собираюсь. У меня нет времени на длинные расспросы. И не морочь мне голову.

— Слушай, может, тебе нужны деньги? Так я дам много денег, очень много.

— Деньги — это хорошо, — сказал Глеб, глядя в бегающие, перепуганные глаза Цыгана.

Тот явно сообразил, что шутки плохи и выхода у него уже не остается. Слишком очевидным был перевес в силе. И он пожалел, что так опрометчиво открыл дверь. А затем пожалел о том, что вечером отпустил двух телохранителей, оставив себе лишь одного, самого, как ему казалось, расторопного и крутого. Но увидев собственными глазами, как этот мужчина с черной бородкой расправился с его телохранителем, Цыган сообразил, что перед ним не какой-то рэкетир или бандит, а настоящий наемный убийца, которого, скорее всего, нанял банкир.

Интересно, сколько же денег посулил ему Бортеневский за спасение дочки? И может быть он, Цыган, сможет перекупить этого бандита, переманить его на свою сторону или хотя бы откупиться. Драться Цыган не умел, хотя и был трижды судим, не умел и не любил. Слишком уж он был физически слабым для этого дела, и слишком уж о нем заботился старший брат.

— Так сколько ты хочешь? — дрожащими губами прошептал Цыган, и Глеб увидел, как его лицо покрылось крупными каплями холодного пота.

— А сколько ты можешь предложить? — как-то безразлично произнес Глеб.

— Двадцать тысяч зеленью. Двадцать тысяч, слышишь?

— Сколько? — спокойно переспросил Глеб.

— Тридцать пять, — сказал Цыган.

— Зеленью? И сразу?

— Да, сразу. Сорок пять. Только ты пообещай, что не станешь меня убивать.

— Что ж, пообещать я могу, но какие гарантии, что ты мне отдашь эти деньги?

— Я тебе отдам их прямо сейчас, прямо сию минуту.

— Не надо. Сиди, — сказал Глеб и покачал указательным пальцем. — Ты, Цыган, должен ответить на мои вопросы, а потом мы обсудим с тобой финансовую сторону.

— Я не знаю, где девочка.

— Что ж, очень жаль. Тогда мне придется тебя пристрелить.

На руках Глеба были тонкие кожаные перчатки, и он несколько раз сжал пальцы. Послышалось скрипение кожи. От этого звука у Цыгана мурашки побежали по спине, и он еще сильнее вжался в кресло.

По глазам Цыгана Глеб догадался, что тот знает, где находится дочка банкира, но все еще боится назвать адрес.

«Скорее всего, он боится своего старшего брата. А может быть, просто тянет время».

— Ты мне скажешь, где девочка, а потом дашь мне пятьдесят штук, и я оставлю тебя в живых. Ясно?

— У меня нет пятидесяти с собой.

— Найдешь, — спокойно сказал Глеб.

— Девочка за городом, на даче.

— Адрес, телефон, сколько там человек охраны?

— Шестеро, — сказал Цыган и назвал адрес.

— А теперь ты позвонишь туда по телефону и скажешь, что скоро будешь. А лучше скажи, чтобы они привезли девочку к тебе.

— Они мне не подчиняются. Это люди моего брата и Дьякона. Так что я тут ничего не могу сделать.

— Ты имеешь в виду Богаевского, Цыган? — спросил Глеб.

— Да-да, его и моего брата.

— Позвони им и скажи, что ты приедешь, — Глеб взял со стола трубку радиотелефона и бросил Цыгану.

Тот несколько мгновений перепуганно смотрел на нее, словно бы забыл, как набирается телефонный номер.

— Ну, что же ты тянешь? — Глеб положил руку себе на грудь, затем сунул ее под мышку — туда, где висела кобура с кольтом.

— Сейчас, сейчас, погоди... не спеши, — Цыган принялся судорожно набирать номер. — Эй, эй, это Цыган...

— Разговаривай спокойно, — сказал Глеб, вытаскивая пистолет.

— Я скоро приеду к вам, есть дело. Ну, через час, может, чуть позже.

— Правильно. А теперь попрощайся и положи трубку, — шепотом произнес Глеб, поводя стволом пистолета из стороны в сторону.

Цыган выполнил его приказание.

— А ты богато живешь, — оглядываясь по сторонам, спокойно сказал Глеб. — Мебель из карельской березы, дорогие ковры... Хрусталь, хорошая техника. Наверное, ты очень крутой.

— Нет! Нет! Это все не мое, это все брата. Это его квартира!

— Да что ты говоришь?! — заулыбался Глеб, показывая крепкие белые зубы. — А теперь давай мне деньги и ключи от машины.

— Машина внизу, во дворе.

— Синий БМВ — это твой?

— Да-да, синий... мой... моя тачка.

— Ключи?

— Они у моего водителя.

— У того, что в прихожей?

— Да, у него в кармане.

— Это хорошо. Деньги!

— Погоди, я дам тебе деньги...

Цыган поднялся со своего места. Глеб спрятал револьвер в кобуру. Пошатывающейся походкой Цыган подошел к большому книжному шкафу, стал перед ним на колени и открыл его. Глеб увидел в середине черную дверь сейфа.

— Так ты хранишь деньги не в сберкассе, а дома?

— Понимаешь, мне нужна наличка, чтобы рассчитываться с людьми.

— Понимаю, понимаю. Ну, открывай же свой сейф.

Цыган дрожащим пальцем принялся набирать цифры. Затем повернул ручку, и дверь сейфа медленно отъехала в сторону.

— Смотри, смотри, сколько у меня денег! Бери их все, только не убивай...

Цыган вытащил одну толстую пачку и швырнул к ногам Глеба, затем вторую. Глеб, казалось, не смотрит на Цыгана. Он стоял вполоборота.

— Сволочь! — вдруг пронзительно закричал Цыган, и в его руке появился черный револьвер.

Но Глеб видел отражение Цыгана в экране большого телевизора. Он сделал шаг в сторону, затем пригнулся, и прозвучал негромкий хлопок. Цыган упал на спину. Его револьвер отлетел в сторону. Глеб мгновенно определил, что Цыган мертв — пуля попала прямо в сердце. Он подошел к сейфу и медленно переложил деньги в свою спортивную сумку. Затем вышел в коридор. Телохранитель без сознания сидел у радиатора. Его голова свесилась набок.

Глеб запустил руку в карман его куртки и извлек связку ключей. Затем приставил револьвер к виску небритого телохранителя и спокойно нажал на курок.

Ровно через полминуты Глеб Сиверов уже открывал дверь синего автомобиля.

ГЛАВА 6

Альфред Иннокентьевич Бортеневский всю ночь не ложился спать. Он ходил по своей огромной квартире в Лаврушинском переулке из одной комнаты в другую. Его жена сидела на диване в гостиной, поджав под себя ноги. Ее глаза были красны от слез. Бортеневский то и дело поглядывал на телефон. В квартире, кроме самого банкира и жены, находилось четверо телохранителей. Это были самые лучшие, самые преданные охранники из его банка. Двое из них сидели в прихожей, один — у двери на балкон, а еще один — в кухне. Они были вооружены.

В восемь утра вновь зазвонил телефон. По звонку Бортеневский догадался, что звонок междугородный. Он судорожно схватил трубку, прижал ее к уху.

— Алло, я слушаю!

— Так вот. Ты еще не решил? — раздался уже знакомый банкиру голос.

— Я согласен на все, согласен... Я подпишу все бумаги, все бумаги будут подписаны!

— Вот когда бумаги будут подписаны, тогда ты получишь свою дочь.

— Что с ней? — выкрикнул в трубку Бортеневский. — Она жива?

— Конечно, жива.

— Дайте ей трубку, я хочу слышать ее голос.

— Ты плохой отец, — раздался голос мужчины.

В его голосе не было и нотки сочувствия. Это была простая констатация факта.

— Дайте, дайте, я вас умоляю! — срываясь на крик, просил Бортеневский.

— Девочка спит. Она изрядно переволновалась и будить ее не стоит.

— Дайте, я вас прошу! — Бортеневский почти совсем не владел собой. — Очень прошу, заклинаю!

Его жена вскочила с дивана и подошла.

— Что?! Что они говорят?! Скажи!

Бортеневский пожал плечами и поднял указательный палец, предупреждая жену, чтобы она молчала.

— И еще послушай, — раздался тот же спокойный и уверенный голос, — только не вздумай обращаться в милицию. Я предупреждаю. Иначе ты никогда не увидишь своего ребенка, не увидишь целиком.

— Хватит меня пугать! — истерично завопил Бортеневский. — Дайте ей трубку, я хочу услышать ее голос!

Несколько мгновений царила тишина. Затем послышался детский плач, тонкий, пронзительный голосок.

— Доченька, это ты? — закричал в трубку Бортеневский.

— Подожди, сейчас ты услышишь ее голос, — сказал мужчина.

И действительно, через несколько секунд в трубке послышалось прерывистое дыхание:

— Папочка, папа, забери меня отсюда!

— Доченька, доченька, как ты себя чувствуешь?

— Папочка, забери меня! Мне здесь очень плохо, они забрали меня у бабушки, забрали...

— Доченька, не бойся, все будет хорошо, я тебя заберу...

Жена вырвала у Бортеневского трубку и громко закричала:

— Доченька! Родная моя... родная...

— Все. Разговор закончен. Послезавтра должны быть подписаны все бумаги. Скажи своему мужу. Ясно тебе? — в трубке раздались гудки.

А жена банкира так и осталась стоять у стола. По ее щекам бежали крупные слезы, губы дрожали. Она как-то истерично вскрикнула и со злостью швырнула трубку на стол.

Один из телохранителей заглянул в комнату.

— Все в порядке? — осведомился он.

— Пошел вон! — закричал Бортеневский.

Мужчина в белой рубашке с револьвером под мышкой виновато кивнул и покинул комнату.

Бортеневский устало опустился в кресло. Судорожно дыша, он несколько минут пытался прикурить сигарету. Но зажигалка все время выскальзывала из дрожащих пальцев.

Наконец Бортеневский смог зажечь сигарету и жадно затянулся.

— Это сумасшествие. Наверное, я не доживу до завтрашнего дня, у меня страшно болит сердце.

Он бросился к комоду и принялся рыться в верхнем ящике. Он выбрасывал наверх бутылочки, яркие коробочки с лекарствами. Наконец нашел таблетки. Дрожащими руками он разорвал упаковку и бросил сразу две таблетки в рот.

— Тебе плохо? — участливо спросила жена, но по ее виду нетрудно было догадаться, что и она нуждается в помощи.

Ее тонкие пальцы дрожали, а лицо судорожно дергалось. Казалось, она вот-вот разрыдается, рухнет на пол и будет биться в истерике.

— Все хорошо, все будет хорошо. Не волнуйся. У меня много денег, я все улажу.

— Да к черту твои деньги! — закричала молодая женщина. — К черту! К черту! Все из-за них! Ненавижу... ненавижу тебя и твои деньги! Из-за них мы потеряем дочь! Из-за них... из-за тебя...

— Успокойся! — крикнул Бортеневский, судорожно глотая воду. — Я тебя прошу, успокойся.

Но жена и не думала успокаиваться. Она зло, с ненавистью смотрела на мужа.

Бортеневский схватил телефон и принялся звонить Соловьеву. Но того нигде не было.

Прошло еще полчаса.

Нервы у всех были напряжены.

Только телохранитель в кухне чувствовал себя спокойно. Он заварил себе кофе и, покуривая сигарету, не торопясь пил горячий ароматный напиток. Это был начальник охраны Бортеневского. Раньше он служил в спецназе, но за какие-то провинности был оттуда уволен. Бортеневский подобрал его. Он платил этому офицеру в несколько раз больше, чем тому платили в «органах», и надеялся, что деньги сделают этого человека преданным ему. И что если будет надо, то этот офицер сделает все, чтобы спасти Бортеневского.

Офицер был спокоен.

Он привык бороться с видимым врагом, привык преследовать противника, стрелять, догонять, убивать. Но сейчас противник был невидим, и опасность не представлялась ему реальной. В душе офицер относился к богатому банкиру с изрядной долей скепсиса. Он считал, что вообще всех этих банкиров надо посадить в тюрьму, что все они воры и мошенники. Но платили хорошие деньги, а за деньги он готов был делать все — даже стрелять, убивать.

Зазвонил телефон. Бортеневский схватил трубку.

— Алло! Алло! Слушаю!

— Альфред Иннокентьевич, это Соловьев. Вы меня искали?

— Да, да! Сергей Васильевич, я вас искал.

— Что-нибудь срочное?

— Да. Они вновь звонили.

— Вы разговаривали с дочкой?

— Я слышал ее голос, — нервно прокричал Бортеневский.

— Это уже лучше. Я же вам говорил, что они с девочкой ничего не сделают до тех пор, пока вы не подпишете бумаги.

— А если я подпишу? Я сказал, что на все согласен...

— Правильно сделали, — спокойно проговорил Соловьев, — это очень разумно. У нас еще есть время, и я думаю, мы успеем решить все проблемы.

— А где же... Где ваши люди? Что делают они? Я же

вам хорошо плачу... Мы же с вами договорились.

— Спокойно. Не надо об этом по телефону. Я в курсе всех дел. Мои люди работают, я жду результатов.

— А вы? Почему вы здесь? Почему вы с ними не договорились?

— Я же вам сказал, Альфред Иннокентьевич, — Соловьев говорил таким голосом, словно учитель разговаривает с учеником, — не волнуйтесь, все уладится. Мои люди знают свое дело, и до собрания все точки над і будут расставлены. Поверьте.

— Хотелось бы верить, — выкрикнул в трубку Бортеневский. — Очень хотелось бы.

— Как себя чувствует жена? — спокойно и участливо осведомился Соловьев.

— Да что жена... У нее истерика, она кричит.

— А вот это зря. Поберегите нервы, успокойте жену. Охрана у вас хорошая? Или, может быть, прислать своих людей?

— Охраны у меня хватает — полон дом.

— Ну, тогда я за вас спокоен. Из дому не выходите, в банк лучше не ездите. Позвоните своим заместителям, пусть решают вопросы. Отложите все встречи, все совещания и находитесь дома.

— Спасибо за совет, Сергей Васильевич.

— Вы должны им воспользоваться. Это в ваших же интересах.

— Хорошо. Но что с моей дочкой?

— Я занимаюсь этим вопросом. Очень плотно занимаюсь, — уже твердо, каким-то стальным голосом сказал Соловьев.

И Бортеневский понял, что больше говорить уже не о чем.

Глеб Сиверов мчался на синем БМВ в сторону Выборга. Стрелка спидометра скакала от ста двадцати до ста пятидесяти. Время от времени Глеб посматривал на часы. Он рассчитывал, что доберется до дачи минут за пятьдесят. Пока все идет хорошо, волноваться не о чем. Если в квартиру Цыгана наведаются его друзья, то скорее всего, они решат, что произошли какие-то разборки. Денег в сейфе нет, два трупа. Оружие валяется на полу...

«Итак, двое уже мертвы...»

Глеб был спокоен, как всегда при выполнении задания. Он негромко принялся напевать одну из арий Верди, не убирая ноги с педали газа. Автомобиль Цыгана был прекрасным, и Глеб Сиверов его не щадил. Он резко тормозил, идя на обгон, не обращал внимания на рытвины, когда свернул с трассы на проселок, засыпанный гравием.

«Интересно, — подумал Глеб, — почему это бандиты не смогли проложить асфальт прямо до своих дач? Хотя, может быть, — тут же подумал он, — эти дачи не принадлежат бандитам».

Вскоре он увидел указатель «Синий Остров».

«Романтичное название, — присвистнул Глеб. — Синий остров, Синий остров... Где-то я что-то читал. Наверное, в каком-нибудь оперном либретто. Такие названия подходят Бизе: Искатели жемчуга, Синие острова... В общем-то полная романтика. Боюсь, что сейчас этот Синий Остров станет красным. А может быть, все обойдется».

Три километра, обозначенных на указателе, пролетели мгновенно. Глеб затормозил, не доезжая до открытого шлагбаума шагов двенадцать, и свернул на обочину. Он заглушил двигатель, перекинул сумку через плечо и выбрался из автомобиля, оставив дверь открытой.

Вначале надо как следует осмотреться. Он двинулся через кусты орешника. Веточки похрустывали под ногами. Глеб вдыхал лесной воздух, пропахший смолой и цветами.

«Хорошо было бы все бросить и пойти в лес, пособирать грибы, просто побродить под деревьями... Но нет, надо торопиться, ведь у них в руках ребенок, и они с ним церемониться не станут. Надо действовать».

Глеб приблизился к проволочной ограде и пошел вдоль нее, прячась в тени деревьев, время от времени останавливаясь.

Наконец он увидел двухэтажный красный дом. Это было довольно-таки крупное сооружение.

«Да, неплохо живется бандитам», — отметил про себя Глеб.

Он поправил под мышкой кобуру с пистолетом, а затем, потянувшись, хрустнул суставами и поправил пистолет, засунутый сзади за джинсы. Цепким взглядом Глеб сразу же заметил одного из бандитов, который сидел в кресле-качалке на веранде дома. Он так же заметил, что у того под курткой короткий автомат Калашникова.

«Неплохо они вооружены. Не дай Бог у всех будут автоматы. Ну ладно, с этими-то я как-нибудь справлюсь. Это не профессионалы, а обыкновенные бандиты. И обращаться с автоматами они вряд ли толком умеют».

Глеб двигался осторожно. Сейчас ни одна ветка не хрустела под его ногами. Он был похож на тень, бесшумно скользящую вдоль ограды. Он обошел дом со всех сторон. Дверь гаража была приоткрыта. Глеб не знал расположения комнат, не знал, в какой из них находится дочь банкира.

И тут в его голове созрел план операции.

Он развернулся и быстро направился к брошенному автомобилю. Поудобнее усевшись, он запустил двигатель, сдал назад, въехал на гравийку и направился прямо к дому, не сбавляя скорость. Он подъехал к даче вплотную и, затормозив, трижды просигналил.

Внизу открылась дверь, и появился один из охранников в коричневой кожаной куртке.

— Это Цыган приехал, — крикнул он, сбегая по крыльцу вниз.

Стекла БМВ были тонированы, и естественно, что бандит не мог видеть, кто сидит в машине. Подойдя со стороны водителя, бандит приостановился.

Глеб опустил стекло и поманил бандита пальцем.

— Иди сюда, я от Седого.

— От Седого? А почему сам Цыган не приехал?

— Но он же вам звонил.

— Да, звонил. А ты кто такой?

— Не твое дело! — резко сказал Глеб. — Возьми-ка вот эту сумку.

Бандит открыл дверь и всунулся в салон. Глеб схватил его за голову и втащил в машину. Ствол армейского «кольта» с глушителем ткнулся бандиту в подбородок.

— Если шевельнешься или пикнешь — ты сразу же станешь мертвым. Ясно?

Бандит испуганно моргнул, давая этим понять, что все понял.

— Сколько человек в доме?

— Пятеро, — пролепетал бандит.

— Где они находятся?

— Двое спят внизу, один на веранде, один с девочкой наверху. А один пошел в лес.

— Зачем он пошел в лес? — задал вопрос Глеб, нажимая стволом пистолета на горло бандита.— Зачем?

— Он сказал, что хочет пройтись.

— Когда он вернется?

— Не знаю, — сказал бандит и вновь испуганно заморгал глазами.

— Ну-ка, наклонись вперед!

Бандит покорно склонил голову. Рукоятка тяжелого револьвера обрушилась ему на затылок. Бандит бесчувственно завалился на сиденье. Глеб взглянул на его лицо, затем обшарил карманы, извлек «вальтер», две обоймы и нож. Все это Глеб спрятал в свою спортивную сумку.

— Полежи, приятель, полежи. А я пойду разберусь.

Он вышел из машины, перекинул через плечо сумку и быстро взбежал на ступеньки.

— Стой! — послышался окрик.

Глеб резко развернулся и выстрелил почти в упор. Грузный, коротко стриженный бандит, смешно взмахнув руками, медленно опустился на колени. Затем схватился за перила и с грохотом упал на газон с цветами. Но Глеб уже успел вскочить в дом — туда, где внизу, в гостиной, на диване лежали два бандита. Он дважды нажал на курок своего кольта и подумал, что эти ребята уже никогда не проснутся, что они навсегда попали в царство сна.

В этот момент тишину распорола автоматная очередь.

Глеб упал на пол и покатился. Тот бандит, который сидел на веранде, стрелял сквозь окно. Наверху послышались топот и пронзительный крик ребенка.

Глеб подкатился к окну и лег так, чтобы его нельзя было увидеть. Бандит, будучи полностью уверенным, что убил Глеба, спокойно, но в то же время с автоматом наизготовку вошел в гостиную. Он сделал несколько шагов, и в этот момент «кольт» Глеба дважды выстрелил. Две пули вошли в грудь бандита. Его автомат упал на пол, а бандит еще несколько секунд раскачивался из стороны в сторону. Затем привалился к стене и медленно осел, оставляя за собой кровавую полосу на светлых обоях.

— Вот так-то будет лучше, — проговорил Глеб.

Он взял автомат, передернул затвор. Патрон вошел в патронник. Затем с автоматом в одной руке и с «кольтом» в другой Глеб медленно, прижимаясь к стене, направился в соседнюю комнату, в которой, как он понимал, была лестница, ведущая на второй этаж.

— Что там? Что там случилось? — раздался сверху мужской голос. — Цыган, это ты? Что такое?

— Я! Я! Выходи.

— Сука! — послышался крик, и загрохотали пистолетные выстрелы. — Сука!

Глеб понимал, что ни он, ни его враг ничего не могут сделать друг другу в этой ситуации и что как-то надо выманить бандита сверху.

А еще он слышал истошный плач девочки.

— Эй, ты, сука, я ее застрелю! Я ее застрелю! — кричал бандит.

Затем все смолкло. И у Глеба сжалось сердце. Но вдруг вновь раздался крик.

— Кто ты такой? Кто тебя прислал? — слышалось сверху.

— Не твое дело.

— Что тебе надо?

— Мне нужна девочка. И если ты мне ее отдашь — останешься в живых.

— Никогда! — проревел бандит.

Глеб помнил, что у задней стены дома стоит длинная

деревянная лестница. И он решил ею воспользоваться. Неслышно крадучись, он выскользнул на веранду, затем обошел дом и подвинул лестницу к окну на втором этаже. Затем взобрался по ней и, разбив стекло, начал стрелять в потолок. Он стрелял до тех пор, пока не кончились патроны. А затем, ломая оконную раму, ввалился в комнату, держа перед собой пистолет.

— Брось оружие! — услышал он голос. — Брось, иначе я ее пристрелю!

Бандит держал на руках девочку, приставив пистолет к ее виску.

— Брось, я тебе сказал! — повторил он.

— Сейчас брошу, — глядя прямо в наполненные страхом глаза бандита, проговорил Глеб. — Вот уже бросаю, — и нажал на курок.

Бандит разжал руки. Пуля вошла ему в глаз. Девочка упала на пол.

Глеб бросился к ней.

— Скорее! Скорее! — он схватил ее на руки и побежал вниз.

Когда он с девочкой на руках выбежал на крыльцо, раздались выстрелы. Одна из пуль оцарапала плечо. Глеб скривился. На его куртке тут же выступило кровавое пятно. Стрелявший спрятался за бетонной плитой у клумбы.

Глеб Сиверов тоже упал на землю, прикрывая собой девочку. Та беззвучно плакала. Ее маленькое тело сотрясалось от страха и рыданий.

— Успокойся, успокойся, маленькая, — шептал Глеб, — сейчас я с ним разберусь, сейчас...

Девочка попыталась вырваться, но Глеб успел схватить ее. Вновь прогремел выстрел. Пуля впилась в деревянные ступени крыльца. Глеб понял, что на этот раз у него соперник посерьезнее, чем предыдущий.

Он вытащил пистолет, перезарядил обойму.

— Ну что ж, держись.

Он прицелился и принялся стрелять. Пули били по краю бетонной плиты. Глеб поднялся на ноги, продолжая стрелять, и с девочкой на руках бросился к машине. За машиной он притаился в ожидании, когда же появится бандит.

И вот Глеб увидел, как тот приподнялся над бетонной плитой. Глеба на прежнем месте не было, и бандит растерялся. Он испуганно оглянулся. Глеб выстрелил. Бандит вскрикнул и спрятался за бровку. Глеб недовольно поморщился.

Нестерпимо болело плечо.

— Черт побери, как же я так промахнулся!

Бандит принялся стрелять по машине. Глеб улучил момент, приподнялся над капотом и, зажав «кольт» в двух руках, трижды нажал на курок. Бандит покачнулся и рухнул на плиту. Пистолет выпал из его руки.

Глеб стремительно рванул дверцу машины и увидел, что бандит, которого он оставил в машине, мертв. Пуля вошла ему в висок.

— Я не хотел тебя убивать, — проговорил Глеб, вытаскивая безжизненное тело из салона.

Двигатель запустился. Глеб усадил плачущую девочку на переднее сиденье и рванул с места. Машина неслась по гравийке, поднимая клубы пыли. У самого выезда на шоссе Глеб затормозил. Он взял аптечку, лежащую у заднего стекла, вытащил бинт, продезинфицировал рану и быстро сделал себе перевязку.

— Вот теперь можно ехать.

Он натянул окровавленную куртку.

— Куда? Куда вы меня везете? — негромко взвизгнув, спросила девочка.

— Сиди тихо, не бойся. Я везу тебя к папе с мамой. Ведь они тебя ждут, беспокоятся.

— Да, да, ждут! — девочка вновь расплакалась.

— Ничего, ничего, скоро мы будем дома. Только бы нам добраться до города. Самое главное — добраться до города.

Через час они были в городе. У одного из почтовых отделений на окраине Глеб затормозил.

— Посиди в машине, я скоро вернусь.

В кабинке переговорного пункта Глеб быстро набрал номер полковника Соловьева.

— Соловьев слушает, — послышалось из трубки.

— Все в порядке, — коротко сказал Глеб, — девочка у меня. Встретимся в мастерской.

— Все понял. Молодец, — в трубке раздались гудки.

Глеб заспешил к машине...

Соловьев откинулся на спинку кресла и с облегчением вздохнул.

«Наконец-то все в порядке. Глеб, как всегда, не подвел. Удивительный человек, хотя очень опасный. И лучше его держать в друзьях, нежели быть его врагом».

Затем Соловьев набрал телефонный номер Бортеневского.

— Альфред Иннокентьевич? Соловьев.

— Да, слушаю, — выдохнул в трубку банкир.

— Хочу вам сообщить, что все в порядке. Ваша дочь находится у моих людей. Мы забрали ее.

— Как забрали? — еще не веря услышанному, выкрикнул Бортеневский.

— Как забрали — долго объяснять. Мне сообщили, что вскоре она будет в городе.

— Немедленно! Я хочу немедленно видеть дочь!

— Не спешите, Альфред Иннокентьевич, все в свое время.

— Как она себя чувствует? С ней все в порядке?

— Скорее всего, все в полном порядке. Так что не переживайте, успокойте жену. Я думаю, к вечеру вы получите свою дочь.

— Боже, как я вам благодарен, Сергей Васильевич! Я теперь ваш вечный должник.

— Об этом мы поговорим в другой раз. А сейчас всего доброго. Кланяйтесь вашей красавице жене и скажите, пусть не нервничает, пусть не проливает слезы. Все хорошо. У меня всегда все хорошо, — сам себя похвалил Соловьев.

Бортеневский подошел к жене.

— Ты слышала?

— Что я должна была слышать? — нервно и немного зло выкрикнула женщина.

— Нашу девочку спасли! Забрали!

Жена Бортеневского не поверила услышанному.

— А где она сейчас?

— Скоро ее привезут.

Бортеневский взял бутылку коньяка и плеснул в два бокала.

— Давай выпьем, дорогая.

— Да, я выпью. Выпью с удовольствием. Я вся извелась.

А в это время Глеб Сиверов добирался к вокзалу. Его попытался остановить постовой милиционер, но Глеб не прореагировал на его свисток. Он подъехал к вокзалу, бросил машину, взял на руки девочку, которая немного успокоилась, и направился к билетным кассам. До поезда на Москву оставался еще целый час.

Глеб подошел к билетной кассе.

— Мне, пожалуйста, купе до Москвы.

— Купе нет, — проговорила кассирша.

— Мне, пожалуйста, купе до Москвы, — Глеб сунул в окошко четыре крупных банкноты.

Кассирша увидела деньги и все поняла.

— Пожалуйста, пожалуйста. Сейчас постараюсь что-нибудь для вас сделать, мужчина.

И буквально через полминуты у Глеба уже были билеты. С девочкой на руках он постарался затеряться в толпе.

— Ты чего-нибудь хочешь? — спросил он.

— Хочу пить, дядя.

— Меня зовут Федор Анатольевич, — сказал Глеб.

— Федор Анатольевич, дядя Федор, я хочу пить.

— Хорошо, хорошо, маленькая, сейчас что-нибудь придумаем.

Глеб протолкался без очереди к киоску, купил две бутылки сока.

— Пойдем, пойдем, сейчас я открою, и мы попьем.

— А стаканчик? — заметила девочка.

Глеб вернулся и взял два пластиковых стаканчика. Он

смотрел, как девочка жадно пьет сок. Когда она напилась, он спросил:

— Ну, чего ты хочешь еще?

— Я хочу спать, хочу к маме с папой.

— Скоро мы приедем.

— А бабушка? — спросила девочка.

— Бабушка? Не знаю. Бабушка, наверное, уже там.

— Где? У нас дома?

— Да-да, у вас дома. А где вы живете?

— В Лаврушинском переулке, — сказала девочка и назвала номер дома, впервые за все это время улыбнувшись.

Ей было приятно, что она такая умная.

Глеб тоже заулыбался.

— Да ты, я смотрю, умница, даже знаешь свой адрес.

— Я, дядя Федор, даже знаю номер телефона.

— Ну, ты совсем большая. Сколько тебе лет?

— Шесть лет и два месяца, — девочка показала два пальца. Один из пальцев был перепачкан темным виноградным соком.

— А ты не хочешь умыться или в туалет?

— Хочу, — кивнула девочка. — Только я боялась вам об этом говорить.

— Ну что ж, мы сейчас пойдем, и ты умоешься. А затем сядем в поезд и поедем.

— А почему мы едем на поезде, а не на самолете?

— На самолет нет билетов.

— А вот у моего папы всегда есть билеты на самолет, — и девочка принялась рассказывать, как папа, мама и еще два дяди провожали их в Ленинград. Это было месяц назад. Потом она взялась рассказывать, какой замечательный кот у бабушки и какая бабушка хорошая. Еще рассказала, что она несколько раз ходила в зоопарк и какой там смешной ослик. Они с бабушкой всегда покупали печенье, и ослик кушал печенье, беря его из рук. А вот крокодилы дочке Бортеневского почему-то не нравились. Также ей не нравились и жирафы.

— Они большущие-большущие и глупые-глупые. Я хотела с ними познакомиться, а они не хотят.

— Ничего, когда ты подрастешь, ты с ними познакомишься. И даже, наверное, подружишься.

— А я скоро подрасту, дядя Федор?

— Довольно скоро, — Глеб задумался.

Он не знал, какую цифру назвать.

А потом сказал:

— Примерно, лет через пять-семь.

— Ой, это же очень долго.

— Не очень долго. Это тебе сейчас так кажется.

— А вообще я хочу шоколадку, — сказала девочка.

— Ну что ж, пойдем поищем шоколадку.

— Я хочу с орехами.

Они шли по вокзалу, держась за руки. Глеб слушал лепет девочки и пристально смотрел по сторонам, боясь, что в любой момент могут показаться враги. Он был весь как натянутая струна, готовый в любой момент к бою, готовый к неожиданному прыжку, готовый выхватить из-под куртки оружие и дать достойный отпор.

Но все было спокойно. Сновали пассажиры, кто-то куда-то спешил, кто-то спал, кто-то ругался. Вообще была обычная вокзальная толчея.

— Эй, дядя Федор, не идите так быстро, я потеряюсь!

— Не бойся, не потеряешься, я рядом с тобой.

Глеб взял девочку за руку и почувствовал, как сильно болит плечо.

— Вам плохо, дядя Федор? — девочка заметила обильную испарину на лице Глеба.

— Нет-нет, ничего, просто немного жарко.

— А почему у вас кровь на руке? Я видела в машине.

— Ах, ты все запомнила. Это я оцарапался.

— А зачем вы стреляли?

— Господи, да ты и это знаешь?

— Знаю-знаю, я видела в кино. Вы их всех убили, да?

— В общем-то да. Они плохие.

— А, тогда правильно. Они наши враги?

— Да, они наши враги.

— А вы хороший, дядя Федор?

Глеб пожал плечами.

— В общем-то, наверное, хороший. А как ты считаешь?

— Вы хороший. Такой же, как мой папа.

Наконец-то они купили шоколадку и именно такую, какая нравилась девочке, и вдвоем принялись ее грызть.

Ровно за десять минут до отправления поезда Глеб Сиверов и его маленькая спутница вошли в вагон. Они подали билеты молоденькой проводнице.

— А кто еще едет с вами?

— Мы едем вдвоем, — сказал Глеб, затем наклонился к уху проводницы и прошептал: — Знаете, эта девочка очень больна, поэтому пришлось купить все купе, чтобы никто ее не беспокоил.

— А что с ней? — таким же шепотом осведомилась проводница.

— Мне даже не хочется об этом говорить.

— Это ваша дочь? — спросила сердобольным голосом девушка.

— Нет, к счастью, не дочь, — горько улыбнулся Глеб.

Они вошли в купе. Глеб закрыл дверь и уложил девочку на нижнюю полку.

— Спи.

— А когда я проснусь, мы уже будем в Москве? Да, дядя Федор?

— Не знаю. Если ты будешь хорошо спать, то скорее всего, да. А если проснешься раньше, то тоже не страшно. Мы с тобой поговорим, во что-нибудь поиграем.

— Нет, я хочу спать. Я всю ночь глаз не сомкнула. Они так ругались, что я все время плакала. Они плохие, так им и надо. Но вы же, дядя Федор, их не по-настоящему убили?

— Конечно, не по-настоящему. Спи, спи, — Глеб поудобнее подвинул подушку.

Девочка отвернулась к стене, подложила ладошки под пухлую щеку. Ее белесые ресницы дрогнули, глаза закрылись, и поезд даже не успел тронуться, как она уснула.

«А теперь самое главное — спокойно добраться до Москвы», — подумал Глеб, глядя на мирно уснувшую девочку.

И только сейчас он почувствовал, как голоден. Он съел еще кусок шоколада и запил его холодным соком.

Глеб не мог спать. Дверь купе была закрыта. Он сидел, откинувшись к стенке. Под подушкой лежал «кольт». Глеб был готов в любое мгновение выхватить его.

В дверь купе негромко постучали.

— Кто там? — спросил Глеб, сунув руку под подушку.

— Это я. Вы чай будете пить?

Глеб узнал голос проводницы.

— Да-да, — сказал он и, спрятав пистолет за спину, осторожно открыл дверь.

— Она уснула? — участливо спросила проводница.

— Да-да, уснула. Чай мы будем пить. И пожалуйста, если можно, бутерброды.

— Сейчас принесу.

Вскоре на столе стояли чай, тарелка с бутербродами. Глеб снова закрыл дверь и, глядя на стаканы с горячим чаем, вдруг понял, насколько устал. Его нервы были целые сутки напряжены до предела.

«Сомневаюсь, чтобы все закончилось вот так просто и благополучно», — думал Глеб, неторопливо жуя бутерброды.

Он смотрел в окно на быстро сменяющиеся пейзажи, на зелень, уже тронутую осенними красками, и у него на душе было тревожно. Когда-то давно, примерно такой же порой он с отцом ехал в купе из Ленинграда в Москву. Отец читал газеты, что-то постоянно подчеркивая ногтем, и негромко бурчал. Глебу было тогда лет четырнадцать.

— Ты чем-то недоволен, папа? — спросил Глеб.

— А чем можно быть довольным? Если бы ты, сын, был немного взрослее, я бы тебе кое-что объяснил. А так еще не время.

— Почему не время? И когда придет то время, когда ты будешь разговаривать со мной серьезно?

— Я с тобой всегда разговариваю серьезно и честно. Но политика — дело грязное. Это ты запомни.

— Как, грязное? — не понял Глеб.

— Все политики, чтобы оставаться у власти, вынуждены обманывать народ, вынуждены обманывать друг друга. И если политик не умеет обманывать, он никогда не удержится у власти.

— Даже если он очень умный? — спросил Глеб.

— Будь он мудрым и умным, как сам Соломон. Никогда. А для того, чтобы лучше обманывать, они придумали массу всяких вещей.

— Каких, папа?

— Они придумали газеты, радио, телевидение — все то, что мы читаем, слушаем и смотрим. Но тебе, Глеб, лучше пока об этом не задумываться.

— Пап, у тебя что-то случилось? — спросил Глеб, глядя в серые, стального оттенка отцовские глаза.

— Да, случилось. И наверное, мне придется уйти со службы.

— Почему?

— Когда подрастешь — поймешь, — сказал отец и зло швырнул газету на полку.

И сейчас Глеб вспомнил все это настолько отчетливо, словно все происходило сию минуту, у него на глазах, словно на том месте, где спала спасенная им девочка, сидел отец — немолодой генерал Комитета Государственной Безопасности.

ГЛАВА 7

Полковник Соловьев Сергей Васильевич подъехал к Ленинградскому вокзалу на черной служебной «волге». Он припарковался и не спеша закурил, пытаясь представить себе действия своего друга Глеба Сиверова. Соловьеву казалось, что он достаточно хорошо изучил все привычки и все черты характера Глеба.

И сейчас он пытался вычислить, каким путем Сиверов с девочкой выйдет из вокзала.

Он закурил, долго вертя в руках сверкающую зажигалку.

«Так, так, — рассуждал сам с собой полковник Соловьев, — скорее всего, Глеб пойдет через центральный вход — там, где наибольшее количество людей, где самая густая толпа. Он попытается смешаться с ней, раствориться и уже затем, выбравшись, возьмет такси, и поедет в свое убежище. Ведь они договорились встретиться в мастерской. Да, Глеб, конечно, незаменимый человек: он принес мне уже столько денег...»

И полковник Соловьев представил сумму в одном из Швейцарских банков. Сумма была довольно значительной. Трижды Соловьев проверял, поступают ли деньги на его счет. Деньги всегда поступали, еще ни разу не было проколов. А если бы прокол случился, то тогда, скорее всего, не поздоровилось бы кому-нибудь из заказчиков. И Соловьев мысленно представил себе тех людей, которые заказывают убийства. Они заказывали убийства ему, полковнику Соловьеву, который был тесно связан кое с кем из финансовых кругов. А уже потом Соловьев заказывал убийства Глебу Сиверову. Тот работал безукоризненно и четко, как механизм совершенных часов.

«Да. Но и с Глебом придется расстаться. Он слишком много знает обо мне. Слишком. Он слишком много знает о моих делах и, скорее всего, догадывается, что я работаю не только на государство, и что деньги я получаю не из казны, а от частных лиц, от известных банкиров и промышленных воротил. А может, и не догадывается. Глеб считает меня своим другом, настоящим другом, таким, как Альберт Костров. Ведь начинали мы все вместе, втроем. Вернее, нас было двенадцать человек — очень близких друг другу, связанных одним делом. Сейчас из тех двенадцати в живых осталось только двое — я и Глеб. Да и Глеба можно считать мертвецом, ведь никто из официальных лиц не знает о его существовании. Все уверены, что Глеб погиб. Только я и он знаем всю правду, вернее, всей правды Глеб не знает, ее знаю только я один, — и на лице полковника Соловьева появилась самодовольная ухмылка. — Если бы Глеб знал... Наверное, он даже не подал бы мне руки, наверное, он скрылся бы. У него тоже достаточное количество денег, и он тоже достаточно талантлив, чтобы исчезнуть. Исчезнуть так, что его не найдет ни ФСБ, ни ЦРУ, ни Моссад — никто. Он просто пропадет, растворится. Глеб Сиверов как никто умеет это делать, умеет залечь на дно и не никак не обнаруживать себя.

Зачем он этим занимается? — задал себе вопрос полковник Соловьев. — Неужели только за деньги? Нет-нет, Глеб не такой человек. Он работает за идею, и поэтому очень опасен. Как только он засомневается во мне — сразу же переменит свое отношение к делу. Хотя такой человек, как Глеб, в наше время просто золотое дно. Он незаменим. Большего профессионала я, полковник Соловьев, на территории бывшего Советского Союза не знаю. Хотя встречаться мне доводилось с очень многими профессионалами, да и себя я таковым считаю».

Сигарета медленно догорала в крепких пальцах полковника Соловьева. А он смотрел сквозь тонированное стекло автомобиля на привокзальную толчею, и у него на душе было неспокойно. Он и сам не мог себе ответить, что же его беспокоит.

«А может, я просто устал? Может, мне все надоело и пора отдохнуть, уехать на дачу. А может, уехать куда-нибудь подальше, хорошенько выспаться, расслабиться, попить хорошего вина, поплавать в море — и тогда вернется душевное равновесие, вернется спокойствие. Нет, — тут же сам себе сказал полковник Соловьев, — душевного равновесия мне уже не видать. Слишком много всяких дел тянется за мной, слишком длинный шлейф преступлений. Хотя, если разобраться, это не преступления. Всех, кого Глеб убивал с моей помощью, по моему заказу, суд признал бы преступниками. Все они бандиты и воры, казнокрады. Все эти банкиры занимались махинациями, а ворам в законе — вообще нет места в нашей жизни. — И тут же Соловьев задал себе следующий вопрос: — А я? Не похож ли я на вора в законе? Не такой же ли я преступник, как и они? Ведь, прикрываясь своим положением, своим званием, я зарабатываю деньги. И огромные деньги — такие, какие и не снились моим коллегам. Это я тогда уговорил Глеба Сиверова стать человеком без имени, человеком без прошлого. Это по моей указке Глеб нажимает на спусковой крючок, и гибнут люди. Гибнут без вынесения приговора, без суда и следствия. Я так решаю. Вернее, не я, решают за меня, — на губах полковника Соловьева появилась разочарованная, смешанная с досадой улыбка. — А может, и мне скрыться? Уехать за границу, в Цюрих, а оттуда еще куда-нибудь в Аргентину или на какие-нибудь Зеленые острова, в небольшое государство и там окончить свою жизнь. Нет-нет, — одернул себя Соловьев, — это не для меня. Я должен сделать карьеру. И я уверен в своих силах, уверен, что смогу добиться того, о чем мечтаю. Я должен попасть в самый высокий эшелон власти. Может быть, с помощью Глеба, а может, с помощью еще кого-то. И тогда я буду недосягаем, недосягаем для своих коллег, недосягаем ни для кого».

Соловьев откинулся на спинку сиденья и прикрыл глаза. Он уже видел себя в огромном кабинете с множеством телефонов. Он даже видел телефон без диска, на котором был герб — золотой двуглавый орел.

«Да, я добьюсь того, что смогу напрямую звонить Президенту, смогу давать ему советы. Но, может быть, пока лучше оставаться в тени, оставаться неизвестным и незаметным, и тихо продвигаться вперед, заводить дружбу с банкирами, помогать им избавляться от конкурентов. А что будет, если банкиры решат отделаться от меня? — Соловьев похолодел, и тонкая струйка липкого пота побежала вдоль позвоночника. — Да, им может прийти в голову подобная мысль. Они могут нанять киллера, и я, выходя из подъезда своего дома, получу пулю в затылок. А после все будут говорить, что вот погиб еще один борец за справедливость, борец с преступным миром. Бандиты с ним рассчитались. А он, невзирая ни на что, до конца выполнял свой долг. Будут говорить так, как говорят о моих коллегах. Хотя многие из них продажны, и я об этом знаю, у меня есть на них досье. Вот эти мои досье, наверное, и есть моя гарантия безопасности. Вот они-то и стоят дороже моей жизни. Там записаны все заказы, фамилии всех заказчиков, известных банкиров, предпринимателей и промышленников, по чьей указке я убирал их конкурентов. А также на дискету занесена информация на моих коллег».

Соловьев приоткрыл окошко и выкинул окурок. Затем выбрался из машины, запер замки и неторопливо направился к центральному выходу из вокзала.

Прозвучал искаженный динамиком голос: «Поезд Ленинград–Москва прибывает на первый путь».

— Ну что ж, прекрасно, — сказал сам себе Соловьев, — вот здесь я и буду стоять. Вот здесь я и перехвачу Глеба, заберу девочку и отвезу к Бортеневскому. А от него с деньгами вернусь домой.

— Скорее, скорее, дядя Федор! — радостно говорила девочка, подпрыгивая и глядя в окошко.

— Не торопись, — одернул ее Глеб.

— Почему не торопиться? Я же хочу скорее к маме, к папе.

— Мы поедем к твоим маме и к папе, — сказал Глеб и поморщился от боли.

Плечо нестерпимо болело. Иногда кружилась голова, и крупные капли холодного пота выступали на лице Глеба Сиверова.

— У вас болит голова, дядя Федор? — спросила девочка, видя, как Глеб морщится от боли.

— Нет-нет, дорогая, у меня просто разболелся зуб.

— У вас такая интересная борода... Можно я ее потрогаю? — спросила девочка.

Глеб поморщился, но затем улыбнулся.

— Конечно, потрогай. Только аккуратно.

Девочка прикоснулась к бороде.

- - Какая она...

— Какая? — спросил Глеб.

— Ну очень шершавая, очень жесткая.

Глеб усмехнулся.

— Ладно, ладно, все в порядке. Сейчас выходим.

Он перекинул через плечо свою спортивную сумку, взял за руку девочку, и они направились по опустевшему вагону к выходу. Молоденькая проводница стояла у двери.

— Всего доброго, — сказал Глеб, — спасибо за беспокойство.

— Как она? — участливо осведомилась проводница, кивнув в сторону девочки.

— В порядке. Спасибо за чай, за бутерброды.

— Пожалуйста. Не за что.

Глеб улыбнулся девушке.

«Если бы она только знала, что перед этим я убил восемь человек! Наверное, она не улыбалась бы мне так весело и призывно», — подумал Глеб и, повернувшись, махнул рукой проводнице.

Та послала в ответ воздушный поцелуй.

«Какой интересный мужчина! Какой заботливый!»— подумала она и зашла в вагон, чтобы проверить, не остался ли кто-нибудь из пассажиров в купе.

Полковник Соловьев взглянул на часы. Он внимательно ощупывал взглядом выходящих на площадь людей. Глеба Сиверова и девочки не было.

«Что за черт? — подумал Соловьев. — Неужели он решил лететь самолетом? Этого не может быть! Глеб не настолько глуп, чтобы так сильно рисковать. Хотя почему... Может, он придумал какой-нибудь очередной трюк и преспокойно уже давным-давно прилетел в Москву. А я как дурак торчу здесь, встречаю его».

Глеб взял девочку на руки. Она прижалась к нему, и только после этого, цепко осматривая все вокруг, он вошел в двери. Еще издали он увидел Сергея Соловьева. Тот стоял в стороне от толпы, внимательно осматривая выходящих. Глеб застыл на месте.

«Странно, — подумал он, — ведь мы договорились встретиться у меня в мастерской. Что он делает здесь?»

Глеб около минуты стоял, следя за Соловьевым. Затем быстро вышел с вокзала через другой выход.

— Почему мы идем сюда? — спросила девочка.

— Так надо, дорогая, сиди смирно, — Глеб вновь поморщился от острой жгучей боли.

Девочка прикоснулась к его плечу своей легкой ладошкой, и это ее движение причинило нестерпимую боль. У Глеба перед глазами поплыли круги.

С девочкой на руках он обошел Соловьева и приблизился к нему сзади.

— Что случилось, Сергей? — негромко сказал Глеб, остановившись в двух шагах за спиной полковника Соловьева.

Тот испуганно вздрогнул, узнав голос Глеба, и резко обернулся.

— Стой спокойно.

— Пошли быстрее отсюда, мы торчим на виду у всех, — и Соловьев, больше не оборачиваясь, двинулся к своему автомобилю. — Как все прошло? — спросил Соловьев, открывая заднюю дверцу.

— Нормально. Только много трупов, — тихо, чтобы не слышала девочка, сказал Глеб.

— Много — это сколько?

— По-моему, восемь, — сказал Глеб.

— Да, ты разошелся, — как-то невнятно пробормотал Соловьев. — Тебя куда отвезти?

— Просто подальше от вокзала. Хотя нет. Знаешь, я передумал. Бери девочку, отвезешь ее родителям, а я доберусь сам.

— Ты куда сейчас?

— К себе.

— Часа через полтора я к тебе заеду.

— Хорошо, — сказал Глеб, — только предварительно позвони.

— Все как всегда?— заглянув в глаза Глеба, уточнил Соловьев.

— Да, все как всегда, — мужчины пожали друг другу руки.

— Что с тобой, Глеб? — вдруг спросил Соловьев. — Тебя зацепили?

— Да, — спокойно ответил Глеб.

— Сильно?

— Достаточно сильно. Но кость не задели.

— Черт! — с досадой воскликнул полковник Соловьев. — Что же ты молчишь? Давай отвезу тебя к врачу.

— Нет-нет, я сам разберусь.

— Ну что ж, смотри... Как знаешь.

Мужчины расстались. Глеб мгновенно смешался с толпой, и буквально через три секунды, как Соловьев ни всматривался, не мог увидеть своего приятеля, не мог рассмотреть Глеба Сиверова, хотя людей было не так уж и много.

«Черт! Он растворяется, как капля, упавшая в стакан с водой. Просто моментально. И его невозможно увидеть. Наверное, его даже невозможно выследить».

Сев в машину, полковник Соловьев взглянул на девочку. Та смотрела в толпу в том направлении, где исчез Глеб.

— А куда пошел дядя Федор?

— Он пошел к себе домой. И ты сейчас окажешься дома.

Соловьев запустил двигатель и помчался по улицам, обгоняя один за другим автомобили.

— Скажите, а папа с мамой знают, что я еду?

— Конечно, знают, — улыбнулся Соловьев, — они очень рады.

— А знаете, там было все как в кино.

— Где — там?

— Ну, в лесу, в большом красном доме.

— Что значит «как в кино»?

— Ну, все стреляли. Я видела такой фильм.

— Знаешь что, ты об этом лучше никому не рассказывай, договорились?

— А папе с мамой можно?

— Папе можешь рассказать, а маме не говори ничего.

— Хорошо, — обрадованно кивнула девочка, поудобнее устраиваясь на заднем сиденье черной служебной «волги».

Глеб Сиверов, смешавшись с толпой, добрался до стоянки такси. И у него на душе тоже появилось какое-то странное беспокойство. Что-то не то было в поведении его друга, чего-то Соловьев недоговаривал. Глеб попытался сосредоточиться, но раненое плечо нестерпимо болело и отвлекало Глеба, не давая возможности сконцентрироваться на своих ощущениях.

«Что же не то в поведении Сергея? Что же? — задавал себе вопрос Глеб, но не мог найти ответа. — И зачем он приехал на вокзал? Почему не действовал так, как мы с ним договорились? Почему не приехал ко мне в мастерскую? Зачем ему понадобилось светиться на вокзале?»

Глеб подошел к стоянке такси. Он выбрал неприметный старенький «москвич», девятый или десятый в очереди, подошел, склонился к открытому окошку.

— Командир, на Арбат подбросишь?

— Какой я вам командир? — сказал пожилой мужчина с седыми висками. — Я не командир, я доктор наук.

— Ну хорошо, доктор наук, извините. Подвезете на Арбат?

— Конечно. Садитесь.

Глеб устроился на заднем сиденье, положил свою

спортивную сумку на колени. Водитель осторожно выехал и неторопливо, пристально вглядываясь в поток машин, двинулся от Ленинградского вокзала.

— Вы что, из командировки?

— В общем-то да, — ответил Глеб.

— Ну и как там жизнь в Питере? — поинтересовался водитель, глядя на Глеба в зеркальце заднего вида.

— Нормально. Так же, как и в Москве. Только Питер очень грязный.

— Да и Москва грязная. Я ее и не помню такой. Даже после войны было чище.

— А вы помните, какая она была после войны?

— Да. Я тогда был мальчишкой. Еще стояли противотанковые ежи на улицах. Кругом траншеи, окна заклеены. Кое-какие дома были разрушены.

— Да, представляю, — как-то меланхолично сказал Глеб, — зрелище не из приятных.

— Да что там зрелище! Есть было нечего, вот что плохо.

— Но сейчас же еды хватает?

— Да не хватает и сейчас, — сказал мужчина, и на его лице появилось странное выражение — жалость и презрение и какое-то пренебрежение к окружающей жизни. — Вот я, — мужчина ударил себя кулаком в грудь, — доктор наук, а вынужден шоферить.

— Да, это плохо, — согласился Глеб.

— Плохо... Да это ни к черту не годится! У меня была хорошая работа, хорошая лаборатория, а затем все это свернулось, люди поувольнялись. Кто помоложе — рванули за границу, кое-кто ушел в бизнес. А я совсем не приспособлен к новой жизни. Торговать я не умею. Единственное, что мне остается, — так это шоферить и копаться на дачном участке.

— У вас хоть дача есть, — немного иронично улыбнулся Глеб.

— Да какая там дача... Маленький домик, вот и все. Дети выросли, разлетелись. Думал, будем жить большой семьей... А вы сами москвич?

— Нет, я родился в Питере.

— В Питере?

— Да, в Питере, на Васильевском острове.

— А чего же вы не живете там, а переехали в Москву?

— Так сложилась жизнь, — сказал Глеб и поморщился.

— Вам что, плохо? — увидев лицо Глеба в зеркальце заднего вида, спросил водитель.

— Да нет, ничего, просто зуб разболелся.

— О, зубы — это плохо. Сейчас вылечить зуб стоит дороже, чем раньше было заказать костюм у хорошего портного.

— Да, все дорого, — согласился Глеб и прикрыл глаза.

Несколько минут они ехали молча. Мужчина осторожно, словно щадя, вел свою машину.

— Ну и как, кормит вас машина? — поинтересовался Глеб.

— Кормить-то кормит, но вот не поит. Я уже на нее столько истратил на ремонт, что, наверное, можно было бы купить новую.

— Так в чем дело? Купили бы, тогда не надо было бы возиться с ремонтом.

— Не надо было бы возиться... Так вот в чем дело — денег-то у меня нет, чтобы купить новую машину. Да и эту жалко. Я полжизни проездил на ней. Двадцать лет назад купил, когда получил премию, и езжу по сей день. И знаете, что самое интересное?

— Что?

— А то, что она, как верный друг, никогда меня не подводила. Машина тоже может быть другом, и притом настоящим.

— Конечно, — согласился Глеб и тут же подумал о Сергее Соловьеве.

«Верный друг... Скорее всего, что-то произошло, о чем Соловьев мне не сказал. Но надеюсь, скажет при встрече».

Мужчина молчал. И вдруг его словно прорвало. Он повел машину еще медленнее.

— А вот вы почему никуда не уехали? Почему остались в России? Ведь здесь деньги только у бандитов, только у воров и торговцев, только у спекулянтов. Здесь невозможно зарабатывать деньги честно.

— Как вам сказать... — ответил Глеб. — Я побывал за границей и довольно много раз. Но знаете, мне там жить не хочется.

— Вам не хочется? А вот я бы согласился. Но у меня здесь уже немолодая жена, она все время болеет. У меня здесь дети, квартира, вот эта машина. Мне нравится этот воздух, мне нравится выезжать в Подмосковье, нравятся леса, поля, речки... Я не могу оставить Россию, не могу.

— Не расстраивайтесь, — спокойно сказал Глеб, — со временем, надеюсь, все уладится и войдет в свое русло. И тогда жизнь станет иной.

— Когда это произойдет? Мне кажется, я уже не увижу той жизни. А смотреть на сытые рожи «новых русских» мне надоело. Тошнит. Они же ничего не умеют делать. Они все недоучки, бандиты. Они живут за мой счет, за счет моих детей, за счет народа.

Глебу стало немного не по себе, ему было искренне жаль этого немолодого мужчину с лицом школьного учителя. Он понимал, что человека жизнь выбросила на обочину, и этот человек никак не может поверить, что жизнь изменилась и не может найти в ней своей ниши, своего места.

«А мое место какое? — задал вопрос Глеб, задал сам себе, — Место убийцы? Место человека, который вершит суд? Но кто уполномочил меня на это?»

— Знаете, иногда мне хочется разогнаться на этом стареньком «москвиче», выжать из него все, что можно, и врезаться в какой-нибудь черный «мерседес». Пусть я погибну, пусть. Но и каким-нибудь одним мерзавцем станет меньше.

— Это не выход, — сказал Глеб.

— Вы говорите — не выход. А где выход? Кто его знает? Депутаты? Президент? Министры? По-моему, его никто не знает, не видит. Президент держится за власть, вцепившись в нее обеими руками, министры ему помогают, и никому нет дела до меня, до человека, до доктора наук. Ведь я бы мог приносить огромную пользу, мог бы делать научные открытия. А меня просто вышвырнули из института, лабораторию закрыли. Что мне теперь делать? Ведь я еще не так стар, мне всего лишь шестьдесят. Я мог бы работать, и хорошо работать. А вынужден шоферить, подвозить пьяных, всяких проституток.

— Ну, по-моему, проститутки не очень любят ездить на такой машине, как у вас.

— Да им все равно, — сказал мужчина, — вот вчера вечером села ко мне одна на Белорусском вокзале и говорит: «Отвези меня, дедушка, на Лосиный Остров, я с тобой хорошо рассчитаюсь». Мне-то что, я запустил двигатель, повез, а она вытащила пачку денег и принялась пересчитывать. Денег было много. Я отвез, там ее встретили два мужика. А когда я спросил: «А где же деньги?» — один из них вытащил пистолет и сказал: «Вали отсюда и поскорее, а то сейчас получишь девять граммов».

— И что вы? — осведомился Глеб, морщась от боли.

— Что я? Развернулся и уехал, проклиная себя за то, что согласился везти эту тварь.

— Да, бывает. Не расстраивайтесь, — сказал Глеб.

— Да, не расстраивайтесь. Если бы это было впервые, а то случается почти каждый день.

— А вы берите деньги вперед, — дал совет Глеб Сиверов и улыбнулся.

Мужчина-водитель развеселился.

— Вот с вами хорошо ехать, вы шутите. Наверное, у вас в жизни все складывается наилучшим образом.

— Я бы не сказал, — ответил Глеб и вновь поморщился от боли.

Перед глазами поплыли разноцветные круги, синие, зеленые, желтые. Они искрились, таяли. Глеб знал, если он не сконцентрируется, расслабится хотя бы на пару секунд, то потеряет сознание, поэтому он собрался в комок. Он не слышал, о чем говорил водитель, не смотрел в окно. Он закрыл глаза, опустил голову и крепко сжал кулаки. Так сильно, что ногти впились в ладони.

— Любезный, да вам, наверное, плохо? — водитель притормозил и тронул Глеба за плечо.

Он тронул его как раз за то плечо, которое было ранено. Глеб вскрикнул.

— Вам плохо? Может, в больницу?

— Нет, нет. Везите меня на Арбат.

Вскоре «москвич» въехал в переулок, и Глеб попросил притормозить, затем вытащил из внутреннего кармана две десятидолларовые бумажки, подал водителю.

— Это очень много, — удивленно воскликнул мужчина.

— Ничего, берите, спасибо, что довезли.

Водитель был в изумлении.

Глеб выбрался и быстро зашагал по улице. Свернув за угол, он вошел в подворотню, огляделся. Не заметив ничего подозрительного, он подошел к лавочке у подъезда, устало опустился на жесткие брусья. И только после того, как посидел минут пять, тяжело поднялся и вошел в подъезд, пропахший жареной картошкой и кошачьими испражнениями. Глеб понял, что до шестого этажа подняться будет трудновато, и решил не искушать самого себя, подошел к лифту, нажал пальцем кнопку. Когда кабина опустилась, он вошел и привалился к стенке. Лифт медленно пополз вверх. Глеб видел, как проплывают этажи, но ему казалось, что лифт поднимается не вверх, а падает в какую-то угрожающую бесконечную бездну, черную узкую шахту.

«Что со мной такое? Ведь рана на первый взгляд несерьезная, просто пробиты ткани, кость не задета, пуля прошла насквозь. Почему же так больно?»

Лифт дрогнул и остановился. Глеб выбрался на площадку и прислушался. В подъезде царила гулкая тишина, было слышно, как поскрипывают тросы лифта. Но вот внизу хлопнула дверь — не входная, а чья-то квартирная, — и послышались детские голоса. Глеб вытащил из кармана связку ключей, подошел к двери и, превозмогая боль, открыл одну, затем вторую дверь.

Войдя в мастерскую, он сразу же сбросил куртку, стянул с себя рубашку. Повязка на плече вся пропиталась кровью, в крови были даже рукав рубахи и кобура. Глеб разделся, подошел к шкафу, открыл его и вытащил плоский пластмассовый ящик. В его руке сверкнул шприц, упакованный в пластиковую капсулу. Глеб зубами разорвал упаковку, разрезал скальпелем повязку. Затем, чуть прищурив глаза, воткнул шприц в мышцу у самой раны и медленно выдавил содержимое. Из раны сразу же полилась густая кровь. Глеб взял бинт, промокнул кровь, обработал рану и наложил плотную повязку.

От укола ему стало легче. Он нашел металлическую упаковку с таблетками и, подумав, взял две небольшие желтые таблетки, забросил в рот и, подойдя к крану, пустил воду и принялся жадно пить. Ему хотелось под душ, хотелось, чтобы тугие холодные струи смыли с него пот, смыли усталость, чтобы опять вернулась бодрость. Но он понимал, что с повязкой лучше душ не принимать.

Глеб плеснул в широкий граненый стакан коньяка и сел в мягкое кресло. Он сидел и медленно, глоток за глотком, пил коньяк. По телу разливалось тепло. Глебу хотелось как можно скорее прийти в себя. Время от времени он посматривал на циферблат своих часов, на секундную стрелку, которая медленно ползла по кругу. Единственное желание, которое было у него сейчас, — это взять телефон и позвонить Ирине. Но Глеб знал, что делать это сейчас не надо, что сейчас он еще слаб, еще не пришел в себя.

И все равно ему страстно хотелось услышать спокойный и уверенный голос Ирины. Его рука сама потянулась к телефону.

— Нет, — сказал он сам себе, вставая с кресла. Боли в плече уже не было. Глеб поднял руку и взмахнул, затем несколько раз сжал и разжал пальцы.

— По-моему, все в порядке. Главное спокойствие. Звонить никуда не надо. Вначале надо дождаться Сергея. Надо встретиться с ним и попытаться разобраться, что же произошло.

Глеб вернулся в кресло, плеснул в стакан еще коньяка, но тут же понял: надо сварить кофе, очень крепкий и густой. И выпить две чашки. И только после этого он сможет нормально соображать.

Глеб чертыхнулся, выбрался из кресла и пошел к маленькой плите. Но по дороге передумал, решил сварить кофе в итальянской кофеварке. Он засыпал очень большую порцию молотого кофе, закрыл крышкой, залил в кофеварку холодную воду и нажал кнопку. Буквально через минуту в стеклянную колбу начали падать черные капли. По мастерской пополз густой терпкий аромат. Глеб сглотнул слюну.

— Сейчас все будет в порядке, — сказал он сам себе и, подойдя к музыкальному центру, опустил иглу на диск.

Прозвучали первые аккорды. Моцарт.

На губах Глеба появилась блаженная улыбка. Он подошел к зеркалу, аккуратно сорвал бородку, протер лицо одеколоном, наклонился над умывальником и вымыл лицо холодной водой. Постепенно он приходил в себя. Глеб даже чувствовал, что сердце стало биться абсолютно ровно и спокойно. «Наверное, у меня сейчас давление сто двадцать на восемьдесят. Может быть, чуть выше».

Глеб положил пальцы правой руки на запястье левой и посмотрел на часы.

«Пульс в норме, — ухмыльнулся он сам себе, — восемьдесят девять ударов в минуту. Что же, я еще крепок. А ведь могло быть и хуже».

И перед глазами Глеба, как в ускоренной видеозаписи, проплыли все картины предыдущего дня. Он видел складки шелкового халата Цыгана, сверкающее лезвие ножа, его темные глаза, наполненные смертельным ужасом, видел красный дом, глаза девочки...

«Почему я не спросил, как ее зовут? — подумал Глеб, — А если бы у меня была такая же дочь? Как бы я ее назвал?»

Глеб Сиверов улыбнулся.

«Наверное, я назвал бы ее Юлей. Ведь она такая подвижная, разговорчивая и веселая. Да, я назвал бы ее Юлей».

Звучала музыка, Глеб представлял то, что сейчас должно было бы происходить на сцене. Он знал эту оперу наизусть. Он мог напеть партию Царицы ночи, партию Памины, ее дочери, партию Принца.

Он вспомнил, как приходил на «Волшебную флейту» в Вене, еще ребенком, с отцом. Он вспомнил восхищение, охватившее его после того, как раздвинулся тяжелый бархатный занавес.

Глеб отключил кофеварку, наполнил кофе большую белую чашку, уселся в кресло и, прикрыв глаза, сделал первый глоток обжигающего ароматного напитка. Под звуки музыки Глебу виделись странные картины, он вспоминал свое детство, вспоминал своих друзей, одноклассников, видел лица погибших товарищей. Видел перед собой своих друзей, тех, кого уже не было в живых. Он подумал:

«Как странно! Родившиеся в один год люди умирают в разное время. Это странно и, наверное, несправедливо. Видно, действительно, это счастье — прожить долгую жизнь с любимой женщиной. И умереть в один день».

И Глеб увидел перед собой лицо Ирины Быстрицкой, увидел ее глаза, ощутил на своих губах прикосновение ее пальцев.

«Надо будет сделать все, чтобы Ирина и ее дочь были счастливы. Надо сделать все, чтобы мы все вместе были счастливы. Может быть, надо отказаться от этой жизни и начать все сначала. Бросить все, уехать, забыть о том, что было. Жить настоящим, любить друг друга, принадлежать друг другу и умереть в один день. Чтобы потом никому не было горько, чтобы никто не ощутил утраты».

Отставив чашку с кофе, Глеб взял широкий граненый стакан с коньяком, одним глотком осушил его. Тепло разлилось по телу, а голова вдруг стала абсолютно ясной. Мысли больше не путались, все видения исчезли.

И Глеб принялся анализировать поведение Сергея Соловьева.

ГЛАВА 8

Когда «волга» полковника Соловьева остановилась во дворе дома в Лаврушинском переулке, Бортеневский, его жена и три телохранителя стремглав бросились вниз. Бортеневский подбежал к машине, рванул на себя дверцу.

Девочка с радостным криком бросилась на руки к отцу. Бортеневский ощупывал ребенка, ласкал, прикасался пальцами к глазам, к белесым волосикам и шептал:

— Доченька, доченька, ты себя хорошо чувствуешь?

— Да, папочка.

— Хорошая моя.

Бортеневский прижал ребенка к груди.

— Дай же. Дай же мне, — со слезами на глазах шептала жена и тянула руки к дочери.

Девчушка увидела мать и потянулась к ней.

— Мамочка, мамочка, как давно я тебя не видела.

— Родная моя, здравствуй, доченька.

Казалось, слезам не будет конца, они бежали по щекам Анжелы, и она ничуть их не стеснялась. Сейчас она была самой обыкновенной женщиной. Исчезла ее надменность, холодность, сейчас она не выглядела красавицей. Она была обыкновенной женщиной, но самой счастливой на всем свете. А то, что она чувствовала себя самой счастливой в Москве, это уже точно. Даже на лицах суровых телохранителей было какое-то смущенное выражение. Но они не забывали пристально поглядывать по сторонам, прикрывая собой хозяина, его жену и дочь.

— В дом. Идите же в дом, — сказал строго и уверенно полковник Соловьев.

Все тут же направились к подъезду.

— Как я счастлив! Спасибо вам, Сергей Васильевич, — Бортеневский жал крепкую руку полковника Соловьева. — Вы даже не можете представить, что сделали.

Соловьев пожал плечами.

— Это было сделать не очень-то легко.

— Да-да, я понимаю, Сергей Васильевич. Все затраты я компенсирую. Я отблагодарю вас за это по-царски. Я очень богатый человек, — счастливо и растроганно шептал банкир.

— Хорошо, об этом мы еще поговорим.

Один из телохранителей закрыл входную дверь подъезда и опрометью бросился наверх. Затем закрылась дверь квартиры. Сейчас все чувствовали себя в безопасности. Анжела наслаждалась радостью встречи с дочерью.

— У тебя ничего не болит? А где это ты так перепачкалась? Что это у тебя? Ссадина, синяк! О, Боже! Смотри, смотри, Альфред, у нее ссадина. Сейчас же надо прижечь йодом.

— Да успокойся ты, дорогая.

— Как же я могу успокоиться? Видишь, они мучили нашего ребенка.

Полковник Соловьев стоял, прислонясь спиной к стене, наблюдая за идиллией, царившей в квартире Бортеневских. Анжела была вне себя от радости, она без умолку щебетала, охала, ахала, хохотала. А девочка взволнованно рассказывала:

— А знаете, дядя Федор стрелял! Там было такое, такое! Как в кино. Помнишь, папа, мама, помнишь, мы смотрели кино, и там один дядя всех застрелил. Всех до единого.

— Доченька, успокойся, не волнуйся, — Бортеневский взял девочку на руки. — Мы сейчас с тобой поговорим.

Он опустил девочку на пол, взял за руку и увлек в свой кабинет.

Соловьев направился следом за Бортеневским. Там Альфред Иннокентьевич усадил девочку на стул, опустился перед ней на колени, строго взглянул в глаза.

— Ты уже большая девочка, — сказал он.

— Да, мне почти семь лет, — ответила девочка.

— Так вот, послушай меня. Ты никому и никогда не должна ничего рассказывать. Ясно?

— Почему?

— Так надо. Когда подрастешь, я тебе все объясню. А сейчас запомни: никому не рассказывай о том, что с тобой произошло.

— Даже тебе и маме? — спросила девочка.

— Даже мне и маме, — сказал Бортеневский и взглянул на Соловьева.

Тот утвердительно кивнул головой.

— А как вы думаете, Сергей Васильевич, она не слишком взволнована? Может быть, у нее нервный срыв?

Соловьев абсолютно раскованно улыбнулся.

— Да нет, что вы, Альфред Иннокентьевич, ребенок прекрасно себя чувствует. Она уже давным-давно успокоилась. Это вы с Анжелой на грани нервного срыва, а с ней все в порядке. Правда? — Соловьев подошел и положил свою ладонь на плечо девочке.

— Да, правда, — спокойно ответила та и улыбнулась полковнику.

Ее улыбка была наивной и искренней.

— Вообще, я хочу искупаться и лечь спать, — она взглянула на отца.

Тот засуетился.

— Анжела, Анжела! Девочку нужно выкупать и уложить спать.

— Вначале я ее накормлю, — голос Жанны был полон заботы. — Сейчас, я уже готовлю ужин.

Девочка побежала на кухню к матери. Соловьев закрыл дверь кабинета.

— Ну вот, Альфред Иннокентьевич, все и закончилось.

— Да, слава Богу. Теперь они мне не страшны.

— Нет, напрасно вы так думаете, — Соловьев хрустнул пальцами и уселся в вертящееся кресло, в котором только что сидела дочь Бортеневского. — Они вас не оставят в покое. Пока у них есть хоть малейший шанс оказывать на вас давление, они вас не оставят.

— Но у них нет теперь никаких козырей.

— Они попытаются вас пугать.

— Это бессмысленно, — гордо вскинув голову, выкрикнул Бортеневский. — Бессмысленно! Я пошлю их к черту.

Лицо банкира, казалось, было преисполнено честности и гордости, преисполнено чувством собственного достоинства. Полковник Соловьев взглянул на банкира немного скептично и усмехнулся.

— А знаете, Альфред Иннокентьевич, с вас можно картины писать. Или снимать фильм о честном неподкупном банкире, который стоит на страже вкладов населения.

— А что, разве это не так? — на сто процентов веруя в свою порядочность, произнес банкир.

— Если вам нравится в это верить, пожалуйста, верьте. Мне нужны наличные деньги, прямо сейчас.

— Но у меня здесь нет такой суммы.

— Вы отдадите мне половину, а вторую переведете на мой счет.

— Хорошо, хорошо, — засуетился Альфред Иннокентьевич, направляясь к дальней стене своего кабинета.

Там был сейф. Он размещался за картиной, которая тоже стоила немало. Это был женский портрет кисти Боровиковского. Бортеневский снял картину со стены, поставил на пол и принялся открывать сейф. Он вытащил четыре довольно толстых пакета.

Соловьев следил за суетливыми и немного нервными движениями банкира.

— Здесь сто тысяч, — положив деньги на лакированную столешницу, гордо произнес банкир.

— Сто тысяч, хорошо, — прошептал Соловьев, взяв деньги в руки.

— Можете не пересчитывать: все точно, как в банке.

— Я вам верю, Альфред Иннокентьевич, — улыбнулся Соловьев.

Он и не думал пересчитывать деньги, а только вскрыл один из конвертов и заглянул внутрь. Там лежали стодолларовые купюры.

— Прекрасно, — констатировал он и, посмотрев по

сторонам, увидел на стеллаже небольшую кожаную папку с молнией, — я возьму это.

— Да-да, — согласно закивал головой Бортеневский. — Пожалуйста, считайте, она ваша.

Соловьев спрятал деньги в папку, застегнул молнию.

— Ну, Альфред Иннокентьевич, а что мы будем делать с Мартыновым и Богаевским?

Банкир пожал плечами.

— Я думаю... мне уже все равно...

— Но ведь вы же заказывали?

— Да ну их к черту. Они уже не опасны.

— Вы думаете не опасны?

— А вы как думаете, Сергей Васильевич? — насторожился банкир.

— Поживем, увидим. Но думаю, что они не оставят вас в покое.

— Черт подери, как все это дорого стоит.

— Я думаю, все это стоит намного дешевле, чем платить им.

— Да-да, это уж без сомнения. Ведь они меня могут разорить.

— Вы мне будете должны, Альфред Иннокентьевич, еще двести тысяч — и один из этих бандитов исчезнет навсегда, а второй будет так напуган, что ему уже будет не до вас.

Бортеневский задумался. Его лоб сморщился, а глаза забегали.

— Даже и не знаю, как быть...

— Давайте подождем пару дней и потом решим, — спокойно, как о поездке на дачу, сказал полковник Соловьев, подошел к Бортеневскому и подал руку.

Тот судорожно схватил ее и пожал. Соловьев ощутил, какие холодные и липкие ладони у банкира. Его чуть не передернуло от этого скользкого прикосновения.

«Как лягушка», — подумал Соловьев, направляясь к выходу.

Он не стал прощаться с женой Бортеневского. Один из телохранителей услужливо открыл дверь, предварительно выглянув в глазок.

И полковник Соловьев покинул квартиру банкира.

Он вышел на улицу, взглянул на часы. Настроение было радостное: он держал в руках деньги, а когда в руках Соловьева были деньги, он всегда чувствовал себя радостным и возбужденным, как от бокала хорошего шампанского.

«Так. Теперь Глеб, — подумал Соловьев, — наверное, он меня уже заждался. Надо из первых уст узнать все, как было. Надо поговорить с Глебом и сказать ему, что пока надо остановиться и ничего не предпринимать. Выждать хотя бы несколько дней».

Через двадцать минут петляния по московским ночным улицам Соловьев въехал в арбатский переулок, через подворотню загнал машину во двор и затормозил прямо у подъезда. Сунув за пояс пистолет, одернув свою неизменную вельветовую куртку, в которой он любил ходить, когда был не на службе, и спокойно вошел в подъезд пятиэтажного кирпичного дома.

Подойдя к лифту, Соловьев хлопнул себя по лбу: он вспомнил, что Глеб ему не откроет без предварительного звонка по телефону.

— Чертова конспирация, — зло буркнул полковник, вышел на улицу, сел в машину и снял трубку.

Предупредив Глеба, он вернулся в подъезд и поднялся на дребезжащем лифте на пятый этаж. Преодолев один лестничный пролет, Соловьев оказался у нужной двери. Она медленно открылась, и Сергей Васильевич вошел в мансарду. В руках у него была кожаная папка банкира Бортеневского.

В мастерской было полутемно, пахло кофе и коньяком, негромко играла музыка.

— Как ты, Глеб? — поинтересовался Соловьев.

— Уже все в порядке. Понемногу пришел в себя, — улыбнулся Глеб Сиверов.

— Ну-ну. Сильно задело?

— Изрядно, — сказал Глеб, вспомнив рану.

— Укол сделал?

— Да, конечно, — Глеб небрежно махнул рукой.

Соловьев посмотрел на светильник, в котором горела только одна лампочка.

— А чего ты сидишь в потемках?

— Так легче приходить в себя. От яркого света режет в глазах.

Соловьев вспомнил, почему Глеб имел кличку «Слепой» — ему никогда не нравился яркий солнечный свет, зато он как никто другой прекрасно ориентировался в темноте. В темноте он видел так, словно у него на глазах был прибор ночного видения. Соловьев усмехнулся.

— Ты при таком свете, наверное, даже можешь читать?

— Не знаю, не пробовал. Но думаю, смогу.

Глеб поставил на стол еще один широкий стакан и бутылку с коньяком, принес кофейник и две маленькие чашечки.

— Кофе выпьешь? — заглянув в глаза Соловьеву, спросил Глеб.

— И от кофе и от коньяка не откажусь, так как дело почти закончено.

— Почему почти? — Глеб возился с кофейником и говорил, не оборачиваясь к другу.

— Потому почти, что еще не ясно, следует продолжать операцию или нет.

— Ладно, садись, потом расскажешь.

Соловьев опустился в мягкое кресло, в котором только что сидел Глеб, а тот правой здоровой рукой подвинул кресло потяжелее и устроился напротив.

Соловьев наполнил чашки дымящимся кофе и посмотрел на кожаную папку, сиротливо лежащую на краю стола.

Глеб перехватил взгляд.

— Там деньги? — спросил Сиверов.

— А как ты угадал?

— Это несложно, — ответил Глеб, — у тебя всегда блестят глаза, когда в твоих руках деньги, и кажется, что ты вот-вот заплачешь от счастья.

— Да ну тебя к черту, Глеб, — усмехнулся полковник Соловьев, — но там действительно деньги.

Он взял папку, мягко прошуршала открывающаяся молния, и на стол легли два темно-синих конверта.

— Здесь ровно пятьдесят тысяч, — сказал Соловьев, — Это твой гонорар.

— И кто это так хорошо платит? — улыбнулся Глеб, бросив короткий взгляд на конверт, а затем — на сильно похудевшую кожаную папку.

— Думаю, ты знаешь, кто заплатил.

— Догадываюсь: банкир Бортеневский.

— Да, он, — спокойно подтвердил полковник Соловьев.

— Что ж, я рад.

— А теперь плесни-ка коньяка, — сказал Соловьев.

Глеб левой рукой взял бутылку и аккуратно налил, следя, дрожит ли горлышко. Он хотел проверить, хорошо ли работает его рука. Пальцы слушались, рука сгибалась. Наполнив до половины стаканы, Глеб поставил бутылку на середину стола.

— Что, проверял руку?

Сергей Соловьев посмотрел на окровавленную рубаху, валявшуюся на полу.

— Да, проверял. Не люблю, когда пальцы меня не слушаются.

— Остался доволен?

— Да, — просто ответил Глеб.

Они подняли стаканы и, глухо чокнувшись, пригубили коньяк.

— Я закурю с твоего разрешения? — сказал Соловьев.

— Кури, если хочешь, — Глеб повернулся и коснулся пальцем левой руки кнопки напольного вентилятора.

Лопасти завертелись и исчезли, будто бы их не было. Легкое приятное жужжание заполнило тишину мансарды.

— А теперь расскажи, как все было. Только с подробностями. Так, чтобы я был в курсе всего.

Глеб пожал плечами.

— Честно говоря, не хочется вспоминать.

— Надо, Глеб, — сказал Соловьев.

— Если надо, то слушай.

Глеб отхлебнул кофе и, посмотрев на конверт с деньгами, сказал:

— Младшего брата Мартынова пришлось убить, но он был не один в квартире. Там был еще телохранитель.

— Небритый? Его тоже пришлось убить? — спросил Соловьев.

— Да, конечно. Но следов я там не оставил. От Цыгана я узнал, где находится девочка.

— И где она была?

— На его даче. Там пришлось попотеть. Правда, охраняли ее непрофессионалы, но их было много. Шесть человек, я убрал пятерых, шестого они убили сами. Именно шестой меня и ранил.

— А ты говоришь, непрофессионалы.

— Если бы не девочка, я думаю, все обошлось бы без моей крови. Кстати, как она?

— Да с ней все в порядке. Ее, наверное, уже накормили, вымыли и уложили спать. Она называет тебя дядей Федором и говорит, что все было как в кино.

— Не совсем как в кино. Но, наверное, похоже. Ей виднее.

Глеб допил свой коньяк и взялся за кофе. Соловьев сидел, понуро опустив голову. Глеб ждал, что же скажет его друг. Но тот упорно продолжал молчать.

— Серега, мне не нравится выражение твоего лица. Ты чем-то озабочен?

— Нет, все в порядке. Просто я очень устал.

— Ну, устать и я устал.

— Если все будет хорошо, ты можешь снова уехать куда-нибудь отдыхать. Но необходимо, чтобы несколько дней ты побыл в городе, и чтобы я мог тебя найти.

— Ты думаешь, Мартынов предпримет какие-то действия против Бортеневского?

— Я в этом просто уверен. Тем более, он не настолько глуп, чтобы не понять, что девочку спасала не милиция, а профессионалы, нанятые банкиром. И тем более, что он не простит убийства своего младшего брата.

— Ты, как всегда, рассуждаешь логично. Недаром ты считался хорошим аналитиком.

— Да ладно тебе, Глеб, шутить, — сказал полковник Соловьев, взял бутылку и наполнил свой стакан до половины, — давай еще немного выпьем, расслабимся.

— Я больше не буду. Я уже выпил до твоего прихода, плечо болело.

— Понятно-понятно. Может, тебе стоит показаться врачу?

— В этом нет необходимости. Рану я обработал и думаю, что вскоре она затянется. Кость не задета. Просто повреждена мышца сквозным ранением.

— Как ты считаешь, что подумает питерская милиция, когда увидит, что ты наворотил? — задал вопрос полковник Соловьев.

— А, пусть думают что хотят. Скорее всего они спишут все это на разборки между бандитскими группировками. Ведь Цыган, как я понял, торговал нефтью, скупал антиквариат и тому подобное.

— Было бы хорошо, если бы было так. А вот Мартынов, наверное, догадается.

Соловьев в два глотка допил коньяк, вытряхнул из пачки сигарету и жадно затянулся.

— Как хорошо, — прошептал он, — музыка, ты. Словно не было долгих лет, словно нам с тобой по двадцать... Только не хватает женщин, — ехидно продолжил Соловьев.

— Да, действительно, на первый взгляд ничего не изменилось. Только ты, Серега, стал другим, да и я, наверное, тоже.

Глеб взял чашечку с кофе и сделал маленький глоток.

— Как ты можешь пить такой крепкий кофе? — Соловьев откинулся на спинку кресла и снова затянулся.

— Мне нравится.

— Ты совсем себя не бережешь.

— Ну ты, Сергей, даешь... Сам посылаешь меня черт знает куда, и еще упрекаешь, что я себя не берегу, попивая крепкий кофе.

— Ладно, я пошутил.

— Больше так не шути.

— Хорошо, не буду. Ты останешься ночевать здесь? — спросил полковник, не глядя в глаза Глебу.

Тот пожал плечами.

— Наверное, здесь. Уже довольно поздно. К себе домой ехать не хочу, больше, как ты понимаешь, мне ехать некуда.

— Так уж и некуда? — шутливо переспросил Соловьев.

— Вот представь себе, некуда.

— Тогда мне тебя жаль.

— Знаешь, Серега, мне тоже себя жаль.

Мужчины молчали, из динамика плыла музыка.

— Как ты можешь слушать эти оперы? По-моему, ты их слушаешь уже в тысячный раз.

— Их можно слушать всю жизнь. Когда звучит Моцарт, не стыдно плакать.

— Но ты же не плачешь? А насколько я понимаю, это как раз Моцарт?

— Да, это Моцарт. И прекрасно, что я его слышу.

— Временами ты меня пугаешь, Глеб. Ты бываешь таким сентиментальным и непонятным, таким загадочным, словно находишься... в трансе.

— Это все музыка, Сергей, музыка. Она виновата.

— Знаешь, я бы еще посидел с тобой... — сказал полковник Соловьев, поднимаясь с кресла.

— Так что тебе мешает, сиди.

— У меня еще есть кое-какие дела, и я должен ими заняться.

— Ну что ж, тогда до встречи, — Глеб тоже поднялся со своего кресла.

Полковник Соловьев погасил сигарету в мраморной пепельнице, посмотрел на Глеба. В его взгляде было что-то странное, и от этого взгляда сердце Глеба сжалось так, словно на него было нацелено два ствола...

Дверь закрылась. Глеб стоял, прислушиваясь к шуму опускающегося лифта.

«Что-то не так. Но что? Что? Почему он так на меня посмотрел?»

Глеб сел в кресло, налил в стакан коньяк и взглянул на то место, где еще минуту назад сидел Соловьев. Глебу казалось, что Соловьев все еще перед ним, он видел его глаза, губы, его пальцы.

«Что-то не так. Но что? Что?»

Глеб сделал один глоток, второй. Потом поднялся, отодвинул книжный стеллаж, открыл дверь в свою тайную комнату с компьютером, вскрыл тайник с оружием, спрятал туда «кольт» с глушителем и «ТТ», вытащил из сумки наручники, нож и тоже спрятал. Затем закрыл крышку, защелкнул замки, навел порядок и вернулся в мастерскую.

Ирина Быстрицкая лежала на кровати и читала книгу. Перевернув страницу, она тяжело вздохнула. Ирина заставляла себя не думать о Федоре Молчанове, но все мысли постоянно возвращались к мужчине, который был ей очень дорог. С Федором она была согласна связать свою жизнь.

«Почему он не звонит? — уже в который раз думала она. — Ведь он же обещал, что позвонит мне утром. А если он что-то обещал, то обязательно выполнял... Прежде. А может быть, с ним что-нибудь случилось? Странный он человек. Удивительный. И сколько я ни пытаюсь узнать, кто же он, понять его, мне это не удается. Он как бы ускользает от моего взгляда. Не поддается разгадке, уходит. Но то, что он необычный человек, это понятно. Дважды приходил ко мне с оружием. На его теле есть раны...»

Вспомнив о ранах, женщина сладко и в то же время болезненно вздрогнула, ее рука легла на грудь.

— Почему ты не звонишь? Почему ты сейчас где-то далеко? А может быть, где-нибудь совсем рядом? И кто ты? Кто? Я хочу знать, — шептала она.

Ирина натянула простыню до подбородка, поежилась, сжалась, свернулась клубочком и стала похожа на маленькую девочку. Стала похожа на свою дочь.

Та тоже, когда засыпала, всегда сворачивалась клубочком, подсовывала ладошку под щеку и только после того, как Ирина рассказывала ей сказку, засыпала.

С дочки ее мысли вновь перебросились на Федора.

Ей хотелось, чтобы сильные мужские руки ласкали ее тело, прикасались к груди, к бедрам, к мочкам ушей, чтобы волосы путались в пальцах, перебирающих пряди. Чтобы влажные сильные губы мужчины прикасались к ее губам.

Ирина от этих мыслей выпрямилась, словно разжалась пружина. Она быстро поднялась и, шлепая босыми ногами по паркету, пошла в кухню, открыла холодильник, достала запотевшую бутыль минеральной воды, налила в бокал и жадно выпила, затем взяла сигарету и, сидя одна в темной кухне, закурила.

Она смотрела на тлеющий огонек, и по ее щекам бежали слезы. Она боялась потерять Федора, боялась, что он не позвонит, не приедет больше. И она останется одна, одна навсегда.

«Но почему, почему он забывает обо мне?»

Зазвонил телефон. Ирина вздрогнула, цилиндрик пепла упал на пол. Она потянулась к аппарату.

— Слушаю вас, — негромко сказала.

— Здравствуй, Ирина, — странно, словно очень издалека, прозвучал знакомый, волнующий голос.

Ирина сильнее прижала трубку к уху.

— Это ты? — выдохнула она в микрофон.

— Да, это я. Извини, утром позвонить не смог, набежали дела, которые необходимо было срочно решить.

— Боже, как я волновалась.

— Ты уже спала? Я тебя разбудил? — спросил Федор.

— Нет, я не спала.

— А что ты делала, если не секрет?

— Думала о тебе, — призналась женщина.

— Это здорово, когда кто-то обо мне думает, — сказал Федор.

— Где ты? Откуда звонишь?

— Я в Москве, звоню из автомата.

— Приезжай, я жду тебя. Я очень жду тебя.

— Правда, ждешь?

— Да. Я не могу уснуть, — прошептала женщина.

— Тогда приеду.

Пошли гудки.

Слезы катились из глаз Ирины. Она держала трубку, из которой неслись далекие гудки. Ей казалось, что это гудки парохода, который отходит от причала и уплывает в безбрежный океан...

Она накинула на плечи шелковый халат, посмотрела на себя в зеркало.

— Ну и чудовище, — сказала сама себе женщина и тут же счастливо улыбнулась.

Ее глаза сияли, грудь напряглась, соски отвердели, словно к ним прикоснулись сильные мужские пальцы.

— Скорее приезжай, скорее!

Она умылась и принялась молоть кофе. Запах свежесмолотого кофе наполнил гостиную. Этот запах был уютным, домашним и в то же время возбуждающим, терпким.

«Ну скорее же, приезжай!»

Ирина глянула на часы. Стрелка сползла к половине второго. За окнами проносились запоздалые редкие машины. Она включила магнитофон. Зазвучала негромкая мягкая музыка. Ирина неторопливо, как бы в такт, начала накрывать на стол. Появилась бутылка вина и фрукты... Потом Ирина взялась за бутерброды. Она аккуратно резала хлеб, намазывала маслом, сверху укладывала ломтики рыбы и веточки зелени.

А Глеб на своих «жигулях» цвета мокрого асфальта мчался по ночной Москве, летел навстречу мигающим желтым светофорам. На его губах играла улыбка. Сегодня, наверное, с ним случилось что-то невероятное — виной ли тому было ранение, тревожные мысли о Соловьеве или внезапно появившееся страстное желание тепла и счастья, — но он, всегда такой осторожный, не взял с собой оружия и сейчас не видел, что за ним мчится черный «опель», в котором сидят двое. В кармане его куртки лежал синий конверт с деньгами и документы на имя Молчанова Федора Анатольевича.

— Ну он и гонит, — сказал крепко сбитый водитель.

— Смотри, не отставай.

— Да, несется, как на свадьбу. Интересно, с кем он разговаривал по телефону.

— А может, с нашим шефом?

— Может быть, — сказал крепко сбитый парень, — но шеф велел следить за ним. А ты знаешь, кто это?

Парень пожал плечами.

— Я знаю, что это Молчанов. И знаю, что мы должны сделать все, чтобы он нас не заметил. Поэтому следуй за ним, но аккуратно.

За ВДНХ «жигули» Глеба Сиверова свернули в Берингов проезд, затем — к дому Ирины. И только въезжая во двор, Глеб вспомнил о предосторожности. Он обернулся и взглянул на улицу. Одинокий черный «опель» промчался по ней.

«Наверное, показалось», — подумал Глеб.

Но он еще долго не подъезжал к дому, не въезжал во двор.

А черный «Опель» свернул в переулок и остановился.

— Как ты думаешь, он нас засек? — спросил водитель своего напарника.

— Черт его знает! Может быть, и нет.

— А может, и засек.

— Если засек — это плохо.

— И без тебя знаю, что плохо. Слушай, ты сиди в машине, а я выйду и вернусь пешком.

Глеб повернул ключ в замке зажигания, когда по улице, пьяно пошатываясь, прошел крепко сбитый парень. Но и сейчас Глеб ничего не заподозрил.

А парень запомнил дом, к которому проехала «восьмерка» цвета мокрого асфальта, по светящимся окнам догадался, что скорее всего Федор Молчанов направился в квартиру на третьем этаже. Еще минут через пять он вернулся во двор, увидел машину, за которой они с напарником следили.

А напарник, лейтенант ФСБ, сидел за рулем и дремал.

— Ты что, уснул?

Тот вздрогнул и потряс головой.

— Ну тебя к дьяволу. Напугал. Где он?

Крепкосбитый забрался в машину, взял трубку радиотелефона, набрал номер и, услышав в трубке голос полковника Соловьева, доложил:

— Объект, за которым мы следим, зашел в дом, квартира на третьем этаже.

Соловьев довольно ухмыльнулся:

— Продолжайте следить, — и отключил телефон. — Ай да Глеб, ай да сукин сын! А говорил, что нет женщины. Но по ночам к мужчинам не ездят.

Соловьев был доволен сегодняшним днем, доволен тем, как идут дела. Деньги, привезенные им от Бортеневского, уже лежали в сейфе, там же лежал и пистолет.

Ирина Быстрицкая окончила сервировать стол и, нажав на клавишу, включила микроволновую печь. В это время прозвенел звонок. Она бросилась к двери.

На мгновение замерла в прихожей и взглянула на свое отражение. На лице сияла счастливая улыбка. Она даже не спросила, кто там, а сразу открыла дверь.

Глеб смущенно улыбнулся и, переступив порог, обнял Ирину. Их губы встретились.

— Ты почему никогда не спрашиваешь, кто за дверью? Почему никогда не смотришь в глазок?

— Но я же знаю, что это ты, — радостно прошептала Ирина, обнимая Глеба за шею.

— Погоди, — сказал мужчина, отстранив ее, — больше никогда так не делай. Обещай мне, что, подойдя к двери в любое время, ты будешь спрашивать, кто там, и смотреть в глазок.

— Хорошо, хорошо, буду. Как ты? Что с тобой? Где ты пропадал?

— По-моему, я отсутствовал не очень длительный срок, — улыбнулся Глеб.

Но Ирина по лицу догадалась, что что-то не так. Она посмотрела на Глеба проницательным взглядом.

— Не обманывай меня, я же вижу, что что-то случилось.

— Ничего страшного.

— Нет, ты скажи, что произошло.

— Потом, дорогая, потом, — ответил Глеб и, стянув с плеч куртку, направился в ванную комнату.

Пока он мыл руки, Ирина зажгла свечу на круглом столе и погасила свет.

Глеб вышел и ахнул.

— Как красиво! А ты, Ирина, просто прекрасна.

— Да ладно тебе обманывать. Ты свалился как снег на голову. Ты хоть знаешь, сколько сейчас времени?

— Конечно, знаю, — грустно улыбнулся Глеб.

— Твое счастье, что мне завтра не надо на работу.

— А почему? — спросил мужчина, подходя к столу и беря в руки бутылку красного вина.

— Потому, что я закончила работу и сегодня встречалась с заказчиком.

— Да ты просто молодец, отличница.

— Знаешь, Федор, он пригласил меня в ресторан.

— И ты, конечно, отказалась?

— Да, — твердо сказала Ирина и улыбнулась.

— Тогда ты вдвойне молодец, — он обнял Ирину.

— Я очень скучала без тебя, Федор. И волновалась, — запрокинув голову, прошептала Ирина и закрыла глаза.

Глеб обнял ее за плечи и поцеловал в губы. Тело женщины напряглось и вмиг обмякло в руках мужчины.

— Знаешь, я, кажется, уже не могу жить без тебя, — сказала Ирина и принялась расстегивать пуговицы на рубашке мужчины.

— Погоди, осторожно, — прошептал он, когда рубашка упала на пол.

— Ой, что это? — воскликнула Ирина и отпрянула.

ГЛАВА 9

Этой же ночью вор в законе Мартынов Петр Петрович по кличке Седой получил сообщение из Питера, что его родной брат Сергей Мартынов по кличке Цыган убит в своей квартире на Фонтанке. Эта новость повергла Седого в ужас и привела в бешенство. Он метался по своему загородному дому, потрясал сжатыми кулаками, стучал по столу, грязно ругался и кричал:

— Всех, всех уничтожу! Суки! Подлые суки! Убили брата! Я не пожалею никаких денег, узнаю, кто это сделал. И тогда тот умрет страшной смертью, страшной!

Но эта новость была еще полбеды. Буквально через час, когда Седой уже немного успокоился, раздался очередной звонок, и тоже из Питера. Один из дружков Седого, его подельник по питерскому делу, по кличке Крапленый сообщил, что люди Седого и Дьякона зверски убиты, а дочка банкира Бортеневского исчезла.

Седой просто неистовствовал. Он даже забыл об осторожности. Он выкрикивал фамилии, называл имена, проклинал тех, с кем был связан и кого он подозревал в этих убийствах.

— Я вырежу им языки! Выпущу кишки! Я выжгу на их спинах и задницах каленым железом кресты и звезды! Они будут мучиться так, как не мучатся в аду!

Седой разорвал пижаму на своей волосатой, украшенной татуировками груди.

— Всех уничтожу, всех до последнего! Никто не уйдет от расплаты! Что, они не понимали, с кем связались? Они затронули меня, самого Седого. Я подниму на ноги всех, но я найду тех, кто это сделал.

Он тут же среди ночи позвонил своему другу Богаевскому и прокричал в трубку:

— Иосиф, ты что, сука, спишь? И не знаешь, что произошло?

После непродолжительной паузы в трубке раздался раздраженный голос Богаевского Иосифа Самсоновича:

— Ты чего орешь, Седой? Поднял меня среди ночи. Ты хоть знаешь, сколько сейчас времени?

— Да плевать я хотел на время! Плевать мне на все!

— Объясни толком, что произошло?

— Они убили Цыгана. Понимаешь, убили моего брата! Они перестреляли твоих и моих людей и украли девчонку, дочку Бортеневского.

— О дьявол! — прорычал в трубку Богаевский и тут же заговорил абсолютно другим голосом. — Слушай, успокойся. Самое главное — спокойствие и равновесие. Я сейчас еду к тебе. Через минут сорок буду у тебя, и тогда разберемся. Ничего не предпринимай, никуда не звони, а то сгоряча наломаешь дров, и потом не расхлебаем.

— Да куда уж дальше, Дьякон? И так все хуже некуда.

Седой после разговора с Богаевским позвонил еще двум своим приятелем, известным на весь бывший Советский Союз бандитам и приказал им немедленно приехать к нему держать совет. Седому, конечно же, отказать никто не мог.

Он метался по своему огромному дому. Но постепенно успокаивался. Его движения становились все более уверенными и осторожными. И когда к дому подъехал черный «мерседес» в сопровождении двух черных «волг», Седой уже оправился от первого потрясения. Он выглядел спокойно и уверенно. Он снял разорванную пижаму, надел шелковую рубаху с коротким рукавом. Золотая цепь с крестом, украшенным бриллиантом, сверкала на его волосатой груди. Он сидел, понуро опустив голову, за большим старинным столом в гостиной.

Богаевский, щуплый мужчина с глубоко посаженными глазами на худощавом лице, семенящей походкой подошел к Седому, положил ему руку на плечо.

— Держись, брат, держись. Мы этим сукам продажным еще покажем! Я понимаю — Цыгана не вернуть, но теперь придется действовать осторожно, максимально осторожно и осмотрительно. Кто тебе позвонил из Питера?

— Крапленый.

— А разве он был в курсе?

— Да, он знал.

— Так говоришь, знал? — каким-то дребезжащим голосом уточнил Дьякон.

— Он знал только о девочке, но чья она дочь, Крапленому было не известно.

— И он не мог узнать?

— От кого? Кто ему скажет? — зло пробурчал Седой и приказал одному из своих помощников: — Принеси сюда водку и закуску.

На столе появилась литровая запотевшая бутылка водки и всяческая снедь. Седой наполнил рюмки, и они с Богаевским выпили, не чокаясь.

— Будь они все прокляты, суки продажные! — сказал Седой, отламывая маленький кусочек хлеба.

Затем он взял массивную вилку и легко изогнул ее, чуть не завязав в узел своими мощными руками.

— Ненавижу! Ненавижу продажных шакалов!

— Послушай, Петр, — Богаевский подвинул свой стул поближе к Мартынову и, махнув рукой, приказал всем выйти из комнаты.

Этого его движения хватило, чтобы все бандиты исчезли за дверью.

— Я думаю, что все далеко не так, — сказал Богаевский и заглянул в глаза Седому. — Я думаю, что это действовали люди Бортеневского.

— Но ведь мы же его предупредили, что если он обратится куда-нибудь за помощью, его девочка будет мертвой.

— Видишь, Петр, мы ошибались в Бортеневском. Он оказался не робкого десятка, и на наши предупреждения отреагировал по-своему.

— Да сука он последняя! Я уничтожу его! Уничтожу, не пожалею денег! И он будет трупом.

— Не горячись. Здесь все надо хорошо обдумать, взвесить, обсудить. На даче было трое твоих людей и пятеро моих. У меня в Питере есть один знакомый мент. Я ему хорошо плачу, и утром мы будем иметь информацию по этому делу. Нам расскажут все.

— Да что толку! Цыгана уже не вернешь, а он был у меня один. Я для него ничего не жалел.

— Ладно, ладно, — сказал Дьякон, — ты сейчас об этом не думай. Давай лучше выпьем.

И они вновь наполнили рюмки, молча выпили. Седой даже не притрагивался к еде. А вот Богаевский взял ломтик осетрины, вилкой свернул его в трубочку и принялся жевать, расхаживая по огромной гостиной. Он ходил сутулясь, сгорбившись, опустив голову. Его длинные седые волосы, за которые он и получил кличку Дьякон, лежали на плечах.

— Мне кажется, все не так просто, — скрипучим голосом бурчал Дьякон. — Мне кажется, здесь что-то не так. Понимаешь, Петр, концы не сходятся с концами.

— Послушай, сколько мы потеряем, если Бортеневский откажется с нами сотрудничать? Сколько? — вставая из-за стола, с грохотом отодвигая стул, воскликнул Седой.

— Мы теряем много. С его банка мы могли бы получать почти треть того, что имеем. Треть — это много, — сказал Дьякон и, подойдя к столу, наполнил рюмку. — Ты понимаешь, что это очень большие деньги, а даже за маленькую часть этой суммы можно нанять таких профессионалов, что они уберут, не моргнув глазом, и тебя, и меня, и всю нашу родню.

— Но слушай, Дьякон, что ты городишь? Кто эти профессионалы? Мы с тобой знаем почти всех.

— Ты знаешь всех медвежатников, я знаю всех торговцев бриллиантами, но ни ты, ни я не знаем киллеров, не знаем специалистов, которые работают на разведку.

— Да ну, окстись, Дьякон! Что ты такое городишь? Какая разведка будет заниматься Цыганом? Какая разведка будет стрелять?

— Это я так, к слову, Седой. Но скорее всего действовал профессионал.

Седой устало опустился на свой стул и, опершись локтями о край стола, принялся яростно тереть волосатыми кулаками глаза.

— Знаешь, что я думаю... — проскрипел Дьякон. — Только ты не горячись, не кричи, а выслушай меня.

— Да ладно, говори. К чему эти предисловия?

— Так вот. Был убит Цыган, твой брат. А то, что девочка находится на его даче, знал только он. Его, как я понимаю, убили первым и убили только после того, как узнали о девочке.

— Что ты хочешь сказать? — отняв ладони от лица, сверкнул глазами Седой.

— Ничего. Я всего лишь рассуждаю.

— Осторожнее рассуждай, Дьякон. Я не верю в то, что ты хочешь сказать. Не мог Цыган меня сдать, не мог.

— Он сдал не тебя, он спасал свою жизнь.

— Этого не могло быть! Цыган не тот человек. Ты же его хорошо знаешь, Иосиф.

— Но как они узнали о даче?

— А черт их знает! — выкрикнул Седой и грохнул кулаком по столу.

Посуда задребезжала, бутылка повалилась на пол, но Богаевский успел ее подхватить.

— Успокойся, не нервничай. Будь таким, как всегда, и мы разберемся.

— Да что тут разбираться, Иосиф? Надо кончать с этим банкиром.

— Если бы это было так просто, — Богаевский задумчиво подошел к окну и, осторожно отодвинув тяжелую штору, выглянул на улицу.

Во дворе стояли его люди и курили. Они о чем-то переговаривались. Богаевский смотрел на красные точечки огоньков в их руках.

— Послушай, — сказал он Седому, подошел и положил ему на плечо свою худую руку, украшенную массивными золотыми часами и двумя перстнями с бриллиантами, — я сейчас позвоню своему менту, и мы все узнаем. Вернее, завтра все узнаем.

— Ладно, звони. Валяй, — сказал Седой, наливая в рюмку водку.

Богаевский взял телефон, быстро набрал номер. Долго никто не снимал трубку. Седой, повернув голову, смотрел на Дьякона. Но лицо того было сосредоточенным, глубоко посаженные глаза — полуприкрытыми.

«Ну и страшен же ты! Как покойник», — почему-то подумал Седой и опрокинул рюмку водки себе в рот.

— Алло, алло, — проскрипел Богаевский.

— ...

— Да, это я.

— ...

— Конечно, ты уж извини, что так поздно. Но знаешь, мне сейчас не до приличий. Там у вас, на Фонтанке, погиб вчера один человек, Мартынов Сергей Петрович, по кличке Цыган.

— ...

— Знаешь? Ну и что ты думаешь обо всем этом?

— ...

— Еще ничего не думаешь? Так вот, это будет дорого стоить, если ты хорошо подумаешь. Завтра я позвоню часов в одиннадцать-двенадцать. В общем, я должен знать об этом убийстве все, что знают милиция и розыск. Ты понял?

— ...

— Да, хорошо. И еще... не вешай трубку. На даче Мартынова произошла какая-то бойня. Там куча трупов.

— ...

— Откуда мне это известно? — проскрипел Дьякон. — Известно от верных людей.

— ...

— Ах, этим занимается ФСК или ФСБ? Да мне плевать, кто этим занимается! Я хочу завтра знать все о том, что там произошло. Вернее, это будет уже не завтра, это будет сегодня.

— ...

— Да, уж постарайся. И, как поется в песне «мы за ценой не постоим».

Разговаривая по телефону, Богаевский тер свой перстень о бедро, смотрел на сверкание прозрачного камня, и в его глазах вспыхивали колючие злые звездочки.

Наконец он положил трубку. Седой тяжело повертел головой и прохрипел:

— Кто он, этот мент поганый? Кто?

— Полковник, вот кто.

— Всегда ты якшался с начальством и ментами, Дьяк.

— Заткнись, Седой. Ты тоже не лыком шит. К полудню нам с тобой уже все станет известно, и тогда мы сможем начать действовать. А сейчас я могу дать тебе один совет...

— Надеюсь, бесплатно? — пошутил Седой.

— Если ты такой богатый, так заплати, — пошутил в ответ Дьякон.

Но его шутка была какая-то беззлобная. Он произнес это абсолютно равнодушно, своим мертвым, будто искусственным голосом.

— Я бы тебе посоветовал усилить охрану, не высовываться, не появляться на людях, сидеть дома.

— Да ты что, Дьякон, уже совсем с ума сошел? Тебе что, уже повсюду мерещатся менты?

— Нет, Седой, я думаю, здесь все куда страшнее. Зачем Бортеневскому отдавать нам с тобой третью часть дохода, когда он имеет возможность за одну десятую или двадцатую часть этих денег нанять таких убийц, что они достанут нас с тобой из-под земли и укокошат. Ты только вспомни, сколько наших постреляли в этом году и сколько банкиров пристрелили? И учти, ни одно из этих дел не раскрыто.

— Да знаю я, что ты меня пугаешь? Но и сидеть, ничего не делая, я не буду.

— Мне кажется, что сейчас нам следует думать и действовать осторожно — так, как если бы ты шел на сейф, который не знаешь, как открыть.

— Да ты что, Дьякон, совсем отъехал? Я никогда не ходил брать те сейфы, которые не знал, как открыть.

— Вот я тебе об этом и говорю. Вначале надо узнать, как сейф открывается, потом действовать. Мы же думали, что откроем легко — припугнем, пригрозим, возьмем в заложники девочку, и дело будет сделано, бумаги будут подписаны. А ты видишь, как повернулось?

— Вижу, — сказал Седой.

— Значит, брат, не все мы с тобой продумали, и не открылся этот сейф с первого раза.

Той же ночью Седой позвонил в Питер Крапленому и попросил заняться похоронами брата. А Богаевский отправил в Питер своих людей, чтобы те разнюхали все о загадочной стрельбе на даче и о похищении девочки.

Глеб и Ирина Быстрицкая проснулись в десять часов утра. Ирина заставила Глеба лежать в постели, а сама направилась готовить завтрак. Она включила музыку, приняла душ, привела себя в порядок, и через полчаса они с Глебом уже сидели за столом в гостиной и завтракали.

— Какие у тебя планы на сегодня? — спросила женщина. Глеб пожал плечами.

— Может, съездим за город, погуляем по лесу?

— Думаю, это можно сделать.

— Я уже так давно не была в лесу.

— Я тоже, — сказал Глеб и тут же вспомнил, как он шел по сосновому лесу, обходя и осматривая дачу Цыгана. Выражение его лица мгновенно стало жестким.

— О чем ты думаешь? — спросила женщина.

— Да так... об одной прогулке по лесу, — признался Глеб.

— Расскажи мне.

— Не стоит, — взял в руки чашку чая Глеб.

— Расскажи, расскажи, — просила Ирина, придвигаясь к нему поближе и стараясь заглянуть в глаза.

— Ирина, мне не хочется, не настаивай.

— Но я тебя прошу...

— Это что, допрос? — иронично усмехнулся Глеб.

— Если хочешь — то да. И с пристрастием.

— А с пристрастием — это как?

— Ну, это значит, что я от тебя не отстану, пока не узнаю все.

— Все не узнает никто и никогда. Все не известно никому. Хотя, каждый думает, что он знает все.

— Не философствуй, на заговаривай мне зубы. Лучше расскажи о прогулке по лесу, — настаивала Ирина, все ближе и ближе подвигаясь к Глебу и кладя ладонь ему на колено.

Глеб поежился.

— Наверное, Ирина, из тебя получился бы неплохой следователь, причем очень красивый. Мужчины с удовольствием рассказывали бы тебе все свои тайны, поверяли бы тебе свои секреты. Но не приставай ко мне, не пытай, не мучь. Я ничего не скажу.

— Скажешь, скажешь, — воскликнула Ирина и обхватила Глеба за шею.

Она это сделала так быстро и ловко, что Глеб даже не успел опомниться.

— А теперь говори.

— Не так давно я был в лесу.

— Говори дальше.

— Это было не очень приятное путешествие.

— Ты был один? — женщина заглянула в глаза мужчине.

— Да, я был один, — не отводя глаз, признался Глеб.

— Это уже лучше. Что ты делал в лесу?

— Я гулял, собирал грибы.

— Врешь. Я вижу по глазам. Когда ты меня обманываешь, у тебя сужаются зрачки.

— Это полная ерунда. Зрачки сужаются не потому, что я вру, а потому, что ты придвигаешься или отодвигаешься от меня. И зрачок реагирует на количество света. Он то сужается, то расширяется.

— Какой ты умный, даже неприятно. Хотела тебя уличить, даже признак нашла, а ты все так легко опроверг.

Глеб расхохотался. Он усадил Ирину на колени, обнял, прижал к себе.

— Давай об этом не будем. Это не очень приятный разговор.

И тут Ирина, уже в который раз за эту ночь и утро, вспомнила о тугой повязке на его плече.

— Ты не хочешь вспоминать из-за этого? — она легко, подушечками пальцев коснулась плеча Глеба.

— И из-за этого тоже.

— Ладно, не рассказывай, — сказала женщина, — я вижу, тебе это неприятно.

— Да, удовольствия это мне не доставляет никакого.

— Давай тогда в лес не пойдем. Давай съездим к моей маме, тем более, она очень обрадуется, увидев тебя, Федор.

Глеб задумался. Он принялся помешивать крепко заваренный чай в тонкой, почти прозрачной чашке. Ложечка звякала, а он смотрел, как закручивается темно-янтарная жидкость. Затем отряхнул ложечку и положил ее на блюдце.

— Ты ничем не расстроен, Федор? — спросила Ирина, заглядывая ему в глаза.

— Нет, я ничем не расстроен. Хотя мне все надоело.

— Что все? — напряглась женщина.

— Это не относится к тебе, дорогая, — сказал Глеб и поцеловал Ирину в шею. — Я сам надоел себе.

— Как это, Федор?

— Это долго объяснять и, может быть, когда-нибудь я тебе обо всем расскажу.

— А почему ты не хочешь рассказать мне об этом прямо сейчас? У нас много свободного времени, я тебя выслушаю.

— В другой раз, Ирина. Ладно?

Он смотрел на женщину каким-то настолько грустным и беззащитным взглядом, что сердце Ирины сжалось. Она провела ладонью по волосам Глеба, она погладила его так, как женщина может гладить только своего любимого ребенка. И Глеб в этот момент вспомнил руки своей матери.

Она умерла рано, когда ему было семь лет. Но он помнил прикосновение ее пальцев так отчетливо, словно это было вчера, словно это было час назад. Он помнил, что от рук матери исходил едва различимый запах цветочного мыла и табака. Его мать до самого последнего дня курила «Беломор». Она пережила блокаду в Ленинграде, и Глеб помнил, как трепетно она относилась к хлебу. И он подумал, что, скорее всего, мать назвала его Глебом из-за хлеба.

Его сердце дрогнуло. Ему показалось, что пальцы матери вновь и вновь прикасаются к нему.

«Боже, если бы она меня сейчас увидела! — подумал мужчина. — Она никогда бы не узнала, что перед ней ее родной сын».

И Глеб прижал ладони Ирины к своему лицу, уткнулся в них так, как когда-то в детстве в тяжелые минуты своей жизни прятал лицо в ладони матери.

Ирина почувствовала, что на душе мужчины творится что-то неладное.

— Что с тобой? — она попыталась отвести свои ладони, но Глеб крепко прижимал их к лицу.

Затем он отпустил руки. Ирина отняла свои ладони и увидела, что по щекам Глеба текут слезы.

— Господи, что с тобой? Прости меня, прости... Я не хотела... Извини, я больше не буду ни о чем у тебя спрашивать. Глупая женщина... Понимаешь, я очень любопытна и еще к тому же ужасно ревнива. Ты, наверное, не знаешь об этом. Я обычно скрываю это свое чувство, но я очень ревнива.

— Для ревности нет оснований, — мягко и задумчиво произнес Глеб. — Абсолютно никаких оснований, поверь мне, Ирина, я честен перед тобой.

Женщина нежно сжала виски Глеба своими теплыми ладонями и так же нежно поцеловала его во влажные глаза. Душа Глеба сжалась, он взял Ирину на руки, прижал к себе и легко, словно бы она ничего не весила, закружил по гостиной, а затем спокойно понес в спальню, положил на постель и принялся одну за другой расстегивать перламутровые пуговицы ее шелкового халата. Ирина лежала, закрыв глаза, касаясь кончиками пальцев лица Глеба.

Придя утром на работу, полковник Соловьев быстро просмотрел бумаги, лежащие на его рабочем столе, затем запросил сводку по Питеру. Он получил документы незамедлительно. Из всего перечня преступлений и правонарушений его интересовало только два. О них была довольно скупая информация: шесть трупов на даче под Питером и два трупа в квартире на Фонтанке. Один из убитых в квартире — рецидивист по кличке Цыган, второй — его охранник по фамилии Иванов, шестьдесят второго года рождения, бывший десантник из Афгана.

Соловьев долго курил, затем связался с Питером. Он попросил более подробную информацию по этим двум убийствам. То, что он услышал, его не удивило. Как ему объяснил майор, занимающийся убийствами на Фонтанке, это была одна из версий, вполне устраивающая уголовный розыск: кто-то свел счеты с Цыганом, похитил из сейфа деньги, застрелил его охранника и застрелил самого Цыгана. А вот по событиям на даче сообщили следующее: там скорее всего действовал один или двое профессионалов. Но мотивы убийства были непонятными.

Полковник Соловьев остался вполне доволен услышанным. Он попросил, чтобы его держали в курсе, и если появится какая-нибудь новая информация, чтобы обязательно тотчас сообщили ему. Питерские коллеги пообещали полковнику Соловьеву держать его в курсе.

«Что ж, Глеб Сиверов, как всегда, работает безупречно. Придраться, даже если бы и хотелось, не к чему. Ни единого свидетеля! Никто даже не видел, как он входил или выходил, никто не знает о дочери Бортеневского, которая была на даче. А это самое главное. Потому что если выйдут на Бортеневского, то выйдут и на него, на полковника Соловьева».

И в этот момент Соловьеву пришла в голову странная мысль — было бы неплохо, если бы Бортеневского убили, если бы и он исчез.

Ровно в полдень черный «мерседес» Богаевского Иосифа Самсоновича остановился у железных ворот загородного дома Седого. Металлические створки ворот разъехались, черный «мерседес» вкатил во двор.

Седой сам вышел на крыльцо, чтобы встретить Дьякона.

— Ну? — едва взглянув на своего приятеля, спросил Седой. — Что узнал, с чем приехал?

— Погоди, Петр, все по порядку.

Они вошли в гостиную, закрылись, сели в мягкие кожаные кресла друг против друга. Богаевский вытащил из кармана золотой портсигар, достал из него сигарету, закурил.

— Так вот слушай, что сказал мой мент.

Седой подался вперед и положил голову на жилистые узловатые руки.

— Говори, не тяни.

— Они считают, что на Фонтанке произошли разборки. Кто-то грохнул твоего брата и его охранника, забрал из сейфа деньги. Но никаких отпечатков нет.

— Как нет? — насторожился Седой.

— Вообще никаких отпечатков посторонних нет.

— Хорошо, говори дальше.

— А вот на даче всех перестрелял один или два профессионала. Действовали очень быстро и умело. Думаю, что никто из наших сделать этого не смог бы. Тем более, как я знаю, на Цыгана никто бы не полез из наших. Долгов у него никаких не было, он никому ничего не торчал. Да и все знают, кто стоит за Цыганом. А по-моему, никто ни с тобой, ни со мной связываться не станет. Так что, я думаю, скорее всего Бортеневский нанял каких-то профессионалов, не известных нам. Я уверен, что это не милиция, потому что они об этом знали бы.

— Слушай, а твой мент не водит нас за нос?

— Я ему слишком много плачу, чтобы он вешал лапшу на уши. Да и к тому же у меня на него есть кое-какие бумаги. И стоит мне их засветить, как его тут же посадят.

— Ты, Иосиф, как всегда молодец. Так кто, ты думаешь, это все устроил?

— Я думаю, Бортеневский. Мне кажется, мы пережали с его дочкой.

— Я же тебе говорил, Дьяк, не стоило связываться с ребенком, не стоило ее брать!

— Говорил, говорил, — махнул рукой Дьяк. — Ну и что из того, что ты говорил?

— А то, что мой брат мертв, и наших людей перестреляли, как уток.

— Цыгана жалко, а остальных... — с досадой махнул рукой, сверкнув перстнями, Дьякон.

— Завтра едем в Питер хоронить Цыгана, — сказал Седой, и эти его слова прозвучали, как приказ.

— Знаешь, что я думаю, Петр?

— Ну? — буркнул сквозь зубы Седой.

— Хорошо бы нам перекупить этих людей.

— Кого ты имеешь в виду?

— Этих профессионалов. И пусть они работют на нас.

— А ты уверен, что они согласятся?

— Всех можно купить. Кто не продается за большие деньги, тот продается за очень большие. А тот, кто не продается и за очень большие, — того можно купить за очень-очень большие.

— А ты не думаешь, Дьяк, что с такими людьми опасно связываться?

— Если будешь исправно платить, то абсолютно никакой опасности. Они работают только за деньги. Они отстреливают всех, за кого хорошо платят.

— А ты не думал, что они в один прекрасный момент могут пристрелить и нас с тобой? И им, может быть, уже заплачено? — сказал Седой.

— Петр, я сам тебе вчера об этом говорил. Ты, наверное, забыл.

— Да помню я. Но знаешь, я, Иосиф, уже никого не боюсь.

— Послушай, а может, свалить отсюда?

— Куда?

— Может, уехать в Израиль? Может, уехать в Австрию, во Францию — куда хочешь? И там нас никто не достанет, — покрутил перед лицом Седого пальцем с отполированным ногтем Дьяк.

— Я никого не боюсь. Я рассчитаюсь с этим Бортеневским. Может, я и не доберусь до его людей, но до него доберусь точно.

— Погоди, все это еще надо узнать. И не пори горячку, не ломай дров.

— Да что ты меня все время осаживаешь, Иосиф?

— Я тебя пытаюсь удержать от опрометчивых шагов. Мы же с тобой партнеры, у нас с тобой одно дело.

— Ну да, это так.

Седой поднялся и тяжело, как-то по-медвежьи, вразвалку прошелся по гостиной, держа по старой зековской привычке руки за спиной и покачиваясь из стороны в сторону.

Богаевский следил глазами за своим приятелем, и ему казалось, что они сидят сейчас не в гостиной в загородном доме, а находятся в тюремном дворе. И медвежатник Седой мерит внутренний дворик тюрьмы шагами: туда двенадцать шагов, назад. А он, Дьякон, сидит на корточках, прижавшись спиной к шершавой бетонной стене, и смотрит на однообразные движения заключенного.

— Слушай, сядь. Мне кажется, что мы с тобой не у тебя в доме, а в тюрьме.

— Да брось ты, — расцепив пальцы мускулистых рук, буркнул Седой. — Пока не в тюрьме, и думаю, мы там уже не окажемся.

— Не зарекайся.

— Я не зарекаюсь. И знаешь, почему мы там не окажемся?

Дьякон приподнял голову, тряхнув своими длинными пепельными волосами.

— Ну? — сказал он.

— Нас пристрелят, возможно, раньше, чем посадят.

— Не каркай! — вскочил со своего места щуплый и сутулый Дьяк. — Ты вечно каркаешь, кличешь беду на нашу голову.

— Я не каркаю, я рассуждаю. Если они смогли убить восемь человек, то на этом не остановятся.

— А зачем им ты или я? Дочку Бортеневский забрал, наехать на него мы не можем и, как говорят, дело закрыто.

— Можем наехать, — сказал Седой, — мы пристрелим

его. Я заплачу свои деньги. А если не хватит, то я возьму у тебя.

— Тише, тише, успокойся, — попытался урезонить Седого Дьяк.

Но тот уже принял решение. Он ходил по гостиной, сжимая и разжимая пальцы, ходил широкими ровными шагами, весь собранный в комок, готовый к действиям.

— Он труп, я тебе это обещаю. Только надо нанять таких же профессионалов, как нанял он. Я хочу, чтобы мертвыми были он, его жена и его дочка.

Богаевский сцепил пальцы, украшенные перстнями, хрустнул суставами, затем поднялся и тоже заходил, заложив руки за спину. Опять гостиная напоминала дворик тюрьмы, а они — двух заключенных, обдумывающих план побега.

— Как ты думаешь, сколько это будет стоить? — спросил Седой, не останавливаясь.

— По максимуму тысяч двести пятьдесят-триста.

— Ты найдешь такого человека? — задал следующий вопрос Седой.

— Можно попробовать.

— Но потом надо будет сделать так, чтобы и этот человек исчез.

— Да, я понимаю, — сказал Дьякон.

Он остановился, сбросив свой шикарный пиджак, остался в белой рубашке и галстуке, на котором сверкала заколка с маленьким бриллиантом. Он расслабил галстук, сосредоточенно размышляя.

ГЛАВА 10

Прошла неделя. Мартынов и Богаевский вернулись из Питера в Москву. Младший брат медвежатника Седого Цыган был похоронен с большими почестями на одном из лучших кладбищ. Гроб был итальянский, на похоронах играл лучший оркестр, на могиле воздвигли большущий мраморный крест, на котором были высечены такие слова: «Невинно убиенному рабу Божьему ... от брата и друзей». Стояли даты. Могила тонула в пышных венках из живых цветов. На похороны, затем на поминки в ресторан собрались чуть ли не все знаменитости воровского мира. По количеству шикарных автомобилей и охранников можно было подумать, что в загородном ресторане отмечают день рождения или свадьбу кого-нибудь из членов правительства.

Вся территория была оцеплена охранниками с рациями в руках, никто из посторонних в банкетный зал не был допущен. Звучало много добрых слов в адрес Седого и его покойного брата.

Полковник Соловьев был осведомлен обо всем, что происходит в Питере. А вот банкир Бортеневский нервничал. Ведь ему вновь дважды позвонили и предупредили, что он уже не жилец на этом свете и что как бы он ни пытался скрыться, его достанут даже из-под земли, достанут и убьют. Но не просто убьют выстрелом в голову или ножом в сердце, его будут убивать медленно. Его заставят мучиться, и мучения будут бесконечно долгими.

Бортеневский связался с Соловьевым. Они встретились в кабинете его банка, и бледный, с дрожащими губами

Бортеневский принялся пересказывать суть разговоров с бандитами.

— Сергей Васильевич, дорогой, поймите, — стуча золотым наконечником авторучки по дубовой крышке стола, говорил банкир, — я вне себя. Если быть честным и откровенным, а иначе я и не могу себя вести, то признаюсь: я боюсь. И не столько боюсь за свою жизнь, как за жизнь жены и дочери.

Соловьев все это внимательно выслушал, покуривая сигарету и стряхивая пепел в старинную мраморную пепельницу в серебряной оправе. Немного помолчал, затем потер виски ладонями.

— Знаете, что я вам скажу, Альфред Иннокентьевич, — им больше ничего не остается, как вас пугать. Правда, я думаю, что угрозы бандитов далеко не пустые.

— Так что, Сергей Васильевич, вы считаете, они действительно могут расправиться со мной и с моей семьей?

— Вполне могут. Но не думаю, что так быстро.

— Что значит — «так быстро»? Сколько времени у меня есть, чтобы скрыться?

— Мне кажется, вы, Альфред Иннокентьевич, думаете не в том направлении.

— Как это не в том? Моей жизни угрожают.

— Да, угрожают. Ведь им ничего уже не осталось. Вы не пошли с ними на сделку, ваш банк остался чистым, им он не подчиняется.

— Да-да, я все это понимаю, — быстро заговорил Бортеневский, — но все же, как это ни странно, мне хочется жить.

— Но убегать вам не стоит, — спокойно сказал Соловьев, глядя на серую горку пепла на дне мраморной пепельницы. Горка пепла была похожа на могильный холмик.

Бортеневский проследил за взглядом Соловьева и посмотрел на дно пепельницы.

— Я не могу спокойно уснуть, у меня полный дом охраны, я боюсь выходить из офиса, боюсь подходить к машине.

— Я рассуждаю несколько иначе, Альфред Иннокентьевич, — вновь так же спокойно, покачиваясь в глубоком кожаном кресле, заговорил полковник Соловьев, — вы им интересны как партнер, а не как враг. И поэтому, думаю, они вновь постараются заполучить ваш банк. Насколько я понимаю, их прибыль от соглашения с вами была бы огромна.

— Да-да, но я ведь не пошел на это! И убит брат этого бандита, убиты еще какие-то люди. Мне кажется, Сергей Васильевич, ваши сотрудники перестарались.

— Нет, там не было другого выхода, и они действовали, исходя из обстоятельств.

Соловьев вспомнил все то, о чем ему рассказал Глеб Сиверов, и его немного передернуло. Действительно, слишком уж много трупов. Но самое главное — деньги они заработали, и доля Соловьева уже лежала на его счету в банке.

— Я хочу опять вернуться к тому же разговору, — вдруг сказал Бортеневский, вышел из-за стола, обошел его и остановился напротив Соловьева.

Он приблизил свое бледное лицо к лицу Соловьева и заговорил почти шепотом.

— Мне кажется, их надо убить. Другого-то выхода нет? Не так ли, Сергей Васильевич? Мне кажется, что и вы думаете аналогично.

— Да, в ваших рассуждениях есть определенная логика, — пожал плечами Соловьев. — Но я же вам говорил, это будет стоить очень дорого. Убрать Мартынова и Богаевского не так уж просто. Кроме того, это вызовет переполох в преступном мире. Они начнут вычислять, начнут искать концы, и, я думаю, тогда вам точно несдобровать.

— Так что же делать? Сидеть и ждать, когда они доберутся до меня и до моей семьи? — срываясь на визг, выкрикнул Бортеневский. Его руки дрожали, пальцы сжимались и разжимались.

— Не волнуйтесь, я все улажу. И скорее всего, убрать надо будет не двоих, а одного — либо Мартынова, либо Богаевского.

— Я нахожусь в какой-то западне. И куда ни бросишься — петля на моей шее затягивается туже и туже, — в сердцах промолвил банкир.

Затем он сел в кресло, извлек из кармана безукоризненно чистый белоснежный носовой платок и принялся вытирать лицо, которое покрыла испарина.

— Самое главное сейчас — не сделать опрометчивого шага, — сказал полковник Соловьев.

— Так что вы мне посоветуете? — задал вопрос Бортеневский.

— Быть предельно осторожным — вот мой совет. А со всем остальным я разберусь.

Мартынов и Богаевский сидели в загородном доме. Перед Богаевским лежали бумаги. Он просматривал абсолютно безо всякого интереса колонки цифр, фамилии, даты — вот и все, что было на этих бумагах, написанных от руки синими чернилами.

Мартынов сидел, положив голову на руки, и следил за Богаевским.

— Петр, я хочу тебе сообщить одну пренеприятную вещь.

— Я вижу, у тебя есть что мне сказать. Как-то глазки твои бегают, — немного охрипшим голосом проговорил Седой.

— Так вот послушай меня. В ФСБ есть генерал...

— Там много генералов, — сказал Седой.

— Конечно, много. Но там есть один генерал, которому я в свое время оказал крупную услугу.

— Кому ты их только не оказывал! — заметил Петр Петрович Мартынов.

— Да, я много кому оказывал всевозможные услуги, и кое-кто об этом не забывает. Кто забывает, с теми я расстаюсь навсегда.

— Ну ладно, не тяни, говори дело, — напрягся Мартынов и отодвинул от Седого листки с цифрами.

— Так вот, этот генерал по жизни мне как бы очень сильно обязан. Я с ним встретился после того, как мы вернулись из Питера. Я ему рассказал всю нашу историю.

— Ты что, с ума сошел?

— Да нет, погоди, дослушай до конца, потом будешь ругаться.

— Ну, я же слушаю, — Седой принялся барабанить костяшками пальцев по крышке стола.

— И генерал, очень уж он услужливый и сердобольный человек, внял моим словам и занялся нашим с тобой делом.

— Так занялся или ты уже кое-что знаешь?

— Ты догадливый. Кое-что мне уже известно, и сейчас ты об этом услышишь.

— Погоди, я хочу выпить.

Седой поднялся, взял с полки бутылку коньяка и два стакана.

— Я пить не буду, — сказал Богаевский, — даже не предлагай.

— Ну, понемножку, Иосиф, совсем по чуть-чуть, на один палец, — и Мартынов показал Богаевскому свой палец.

— Если палец твой, то мне наполовину.

Плеснув на дно стакана коньяк, Мартынов подвинул стакан к Богаевскому, а себе налил до половины.

— Так вот. Генерал сообщил мне, конечно, это стоило мне определенную копейку, ну да дело не в этом...

— Только не говори сумму, мне все равно, — прорычал Седой, — сколько ни скажешь, столько и заплатим.

— Я уже заплатил, — Богаевский качнулся в кресле и откинул со лба свои длинные седые волосы. — Генерал мне сказал, что скорее всего занимался этим делом полковник Соловьев Сергей Васильевич, человек очень умный и осторожный. Долгое время работал за границей. Генерал дал мне адрес Соловьева.

— А если твой генерал вешает нам лапшу на уши? — засомневался Седой.

— А ему нет смысла, — спокойно отреагировал на замечание Богаевский.

— Ну ты, Дьякон, и голова! — восхищенно хмыкнул Мартынов.

— Я навел кое-какие справки об этом полковнике. И ты знаешь, на фотографиях, сделанных на презентации у Бортеневского, есть и его портрет.

— Это что, тогда, когда мы взорвали его «мерседес»?

— Да, именно тогда. Бортеневский принимал Соловьева, и принимал не как какого-то обыкновенного полковника. Тот почти целый вечер просидел с его красавицей женой. Это тоже есть на фотографии, так что, скорее всего, генерал не соврал.

— Ты считаешь, что это Соловьев, мать его так, убил Цыгана и перестрелял наших людей?

— Вот этого я не говорил, — пожал плечами Богаевский — и говорить не собираюсь. Но, как сообщили из Питера — а за деньги, как ты понимаешь, могут сообщить все, что угодно, даже самые большие секреты...

— Большие секреты за большие деньги, — заметил Мартынов и оскалил свои крепкие зубы.

— А очень большие — за еще бо́льшие деньги, — неприятно хихикнул Богаевский. — Так вот что мне стало известно: и на Фонтанке, и за городом, на даче, действовал один человек. Представляешь, один?

— Ты хочешь сказать, что это был полковник Соловьев или как там его?.. — подался вперед Седой.

— Да погоди, Петр, не суетись. Я проверил: в тот день полковник был на совещании в городе, а также он заезжал на квартиру к Бортеневскому. Наши-то следили за домом банкира.

— Тогда какого черта ты мне все это рассказываешь? — вскочил из-за стола и одним глотком допил свой коньяк Седой.

— Знаешь, что я тебе хочу сказать, Седой, — Богаевский тоже поднялся с кресла и прошелся по огромной гостиной, мягко ступая по темно-красному персидскому ковру, устилавшему всю гостиную, — ты же сам, Седой, не убиваешь? Зачем убивать полковнику? У него, как и у нас с тобой, есть люди, среди них есть спецы. Кому-нибудь из своих спецов он и поручил это дело. Вернее, даже не поручил, а отдал приказание. И приказание было выполнено.

— Суки! — выкрикнул Мартынов, отодвигая бутылку и стакан. — Суки! Будь они все прокляты! Как я их ненавижу!

— Не горячись, Петр, дослушай дальше. И на Фонтанке, и на даче стреляли из одного и того же пистолета — из американского армейского «кольта».

На пистолете был глушитель. И стрелок был очень хороший.

— Так ты думаешь, — принялся рассуждать Мартынов, — что Бортеневский, чтобы обезопасить себя, связался с ФСБ, и они пришли на помощь? Мы же его предупреждали, чтобы он не обращался к ментам.

— Я думаю, Петр, что он к ним и не обращался. Скорее всего, это была частная просьба, приватное поручение. Естественно, за большие деньги. Ведь Бортеневский не идиот и считать умеет получше нас с тобой. Чтобы сэкономить миллионы, лучше заплатить пару тысяч баксов и все уладить.

— Да, Дьякон, голова твоя варит. Ты излагаешь все очень красиво и очень похоже на правду.

— Может, оно все было и не так. Но то, что я тебе рассказал, — очень похоже на дело. И я думаю, что тот, кто выполнял приказ полковника, даже и не знал, кого и за что он убивает. Просто пострелял — и все.

— Как это «все»? Он убил моего брата. У меня кроме Цыгана никого не было — ни жены, ни детей, только он.

— Что я могу сказать? — пожал плечами Богаевский, подходя к столу. — Что было, то было. Цыгана уже не вернешь, а думать надо о нашем завтрашнем дне. Ты же не собираешься отойти от дел? — цепко взглянул в лицо Мартынову Богаевский.

— Нет, не собираюсь, — потряс массивной головой и скрежетнул зубами Седой.

— Вот и я думаю. А чтобы дело наше вертелось, Бортеневского надо уломать на сотрудничество. А потом убрать.

— Нет, его надо убрать сразу! — стукнул огромным кулаком по столу Седой.

— Да погоди ты, Петр, не горячись. Спешка нужна при ловле блох, а тут вертятся деньги, и немалые. И мы с тобой должны их заполучить. А если не получим, то, значит, мы упустим очень выгодный шанс приумножить свои капиталы.

— Слушай, Иосиф, я заплачу деньги, я отдам все деньги, которые у меня есть, но Бортеневского, полковника и этих его специалистов не будет на свете.

Богаевский закрыл лицо ладонями. Массивный перстень зловеще сверкнул.

— Не горячись, не горячись, Петр, — прошептал Богаевский и сквозь пальцы взглянул на Мартынова.

Тот наливал в стакан коньяк.

— Для начала нужно узнать, кто убил Цыгана — кто конкретно выполнял приказ. А затем, я думаю, этого мужика, или, как ты говоришь, специалиста, надо перекупить, нанять. И он спокойно уложит полковника, а затем Бортеневского. А вот теперь ты можешь налить и мне, — сказал Богаевский и подтолкнул свой стакан к бутылке.

Седой плеснул коньяка и, задумавшись, прошелся по гостиной.

— Хорошо, хорошо, Иосиф, убить этих сук мы можем всегда.

— Вот теперь ты мне нравишься, — сказал Иосиф Самсонович Богаевский, вставая с кресла и подходя к Мартынову. — Ну, давай выпьем за все хорошее, чтобы не было решеток на окнах и чтобы мы с тобой были хозяевами в жизни.

— Да-да, — промямлил Мартынов, чокнулся и залпом выпил свой коньяк.

А Богаевский долго расхаживал, смакуя ароматный напиток...

Глеб Сиверов договорился, что заедет за Ириной часов в восемь вечера, и они отправятся куда-нибудь поужинать.

И вот в четыре часа дня Ирина была уже свободна. Она приводила себя в порядок, стоя перед большим зеркалом. Она достала из шкафа дюжину платьев и взялась их примерять. Но все они ей не очень нравились. Ей хотелось выглядеть особенно привлекательно.

Наконец она остановила свой выбор на коротком бархатном платьице гранатового цвета. Платьице действительно было очень коротко, и Ирина, надев его, даже немного смутилась — слишком много оставалось открытым. Но затем она почему-то решила: пусть будет так, как есть. Она надела черные бусы с крупными камнями и черные браслеты. Черные туфли на высоких каблуках дополнили ее облик.

Ровно в восемь в дверь позвонили. Ирина взглянула в глазок и увидела своего возлюбленного. Глеб улыбался. Его лицо было спокойным и немного меланхоличным. Глаза закрывали очки с чуть затемненными стеклами. Очки были в тонкой оправе и делали мужчину похожим на иностранного ученого. Ирина улыбнулась и открыла дверь.

Глеб переступил порог.

— Ну, ты готова? — сказал он, целуя холеную руку Ирины.

— Еще немного, одну минуту.

Она привела в порядок волосы, сняла с вешалки длинный белый плащ. Глеб помог ей одеться, и они покинули квартиру.

— Я тебя таким еще никогда не видела, — выйдя на улицу, сказала Ирина.

— Каким «таким»? — ухмыльнулся Глеб.

— Ну, очень уж ты какой-то представительный. Ты похож, по меньшей мере, на директора заграничной фирмы.

— Иногда хочется снять куртку, снять ботинки, джинсы, майку и хоть на некоторое время сделаться нормальным человеком.

— Ты и в своей куртке всегда выглядишь респектабельным, — заметила женщина.

— Ты мне льстишь, — улыбнулся Глеб.

Они шли по улице. Ирина принялась рассказывать о том, как безумствуют «новые русские», какие проекты загородных домов они заказывают.

— Представляешь, — говорила она, — у меня сейчас такой интересный клиент, что я иногда едва сдерживаюсь, чтобы не расхохотаться.

— Ну и чем же он так интересен?

— Во-первых, он очень толстый, хотя мне, в общем, толстые мужчины нравятся, но этот уж чрезмерно толстый. Он торгует то ли лесом, то ли трубами, в общем, торгует. И вид у него соответственный. Он похож на купца.

— Говоришь, на купца? — хмыкнул Глеб, бросив быстрый взгляд на свои часы.

— Ну да, на купца. В архитектуре он абсолютно ничего не смыслит. Я ему показываю один проект, второй, третий, десятый, а он смотрит на чертежи, на рисунки, и по его лицу видно, что он ничего не смыслит. Тогда я ему говорю: знаете, уважаемый, вы женаты? Он смущается и отвечает, что да. А вслед за этим я ему предлагаю приехать с женой, ведь она будет жить в доме.

— Ну и что, они приехали?

— Да, приехали. И представляешь, его жене лет двадцать. Длиннющие ноги, огромные глаза, высокая грудь, тонкая шея. Вся в золоте и бриллиантах... И когда я вновь принялась показывать эскизы проектов, на ее лице было такое выражение, словно я ей показываю чертежи космической ракеты — совершенно ничего не понимает. А потом они наперебой стали рассказывать, какие дома у их друзей.

— Но в конце концов, Ирина, ты их удовлетворила?

— Слово какое ты придумал, — заулыбалась женщина, — я попросила, чтобы они перечислили все то, что желают иметь в своем доме.

— Вот это любопытно. Что же желает торговец лесом, трубами и прокатом иметь в своем загородном доме?

— Ну, во-первых, подземный гараж, во-вторых, восемь башенок, в-третьих, бильярдную, в-четвертых, бассейн. Гараж при этом обязательно должен быть подземный, а бассейн должен быть в доме.

— Ничего странного я в этом не вижу, — Глеб взглянул на Ирину и с удовольствием отметил, что его спутница прекрасна, а к тому же довольно умна.

— Я взялась им объяснять, — продолжила Ирина, — что незачем строить гараж под землей. А они мне отвечают: «Так строят на Западе». Тогда я сказала, что на Западе строят подземные гаражи в доме потому, что там маленькие участки, а у них — целый гектар. Гараж можно строить отдельно. У них было такое выражение лица, словно бы я им открыла Америку. А я им говорю: неужели вам будет приятно, если под вашей спальней будет тарахтеть машина? А они говорят: «Знаете, Ирина Владимировна, у нас такие хорошие автомобили, что они не тарахтят». И это меня рассмешило. Ну, в общем-то, все наши «новые русские» абсолютно не знают, чего хотят. Главное — чтобы побольше, главное, чтобы так, как на Западе или уж такое что-нибудь придумают, хоть стой, хоть падай. Один какой-то торговец продуктами очень хотел построить дом, похожий на дворянскую усадьбу. Представляешь, Федор, — с колоннами, с парадным входом, с арками и прочей подобной чепухой. А когда я ему говорю, зачем вам колонны, знаешь,что мне он ответил?

— Интересно, — Глеб прижал локоть Ирины к себе.

— Он сказал, что его предки были дворянами. А участок у него такой маленький, что там не только усадьбу не построишь, а нормальный двухэтажный дом тяжело вместить.

— Твои проблемы мне ясны.

— Но самое главное, — сказала Ирина, — что если они чего-нибудь уж очень захотят, то не отступают ни перед чем. Достают любые стройматериалы, любую сантехнику, любую краску — все что угодно. А затем проходит год или два, они начинают понимать, что это совсем не то, что им хотелось, и продают свои дома таким же безумцам, которые успели разбогатеть, а себе строят новые.

— Ирина, — Глеб остановился, — а почему ты себе не купишь новую большую квартиру?

Ирина пожала плечами, а потом немного виновато улыбнулась.

— Федор, нам с дочкой достаточно и этой. Тем более что дочка живет со мной только в выходные.

Глеб все понял. Ирина тонко намекнула, что если бы они жили вместе, тогда можно было бы говорить всерьез о большой квартире.

Они подошли к остановке такси.

— Куда, господа? — спросил молодой таксист.

— К «Праге», — ответил Глеб.

Таксист согласно кивнул. Он даже не стал называть цену, по виду пассажиров догадавшись, что эти торговаться не станут, а заплатят как следует.

— Я заказал место, — шепнул Глеб Ирине, — так что не волнуйся, очередь стоять не придется.

— А я и не думала волноваться, — счастливо улыбнулась Ирина.

Глеб сжал ее пальцы.

— Мне с тобой хорошо и спокойно, — прошептал он, наклонясь к ее виску.

— И мне хорошо, — шепотом ответила Ирина.

Рассчитавшись с таксистом, Глеб заглянул в окошко.

— Ты не мог бы приехать ровно в двадцать три ноль-ноль ко входу?

— Пожалуй, смогу, — сказал таксист.

— Тогда ровно в двадцать три ты должен стоять на этом же месте.

— Понял, начальник, — сказал таксист, запуская двигатель.

«Везет же людям», — подумал таксист, провожая взглядом эту красивую пару.

Швейцар услужливо открыл дверь, даже не спрашивая, заказан ли столик. Это было понятно и так, ведь мужчина был похож на иностранца, да и женщина была ему под стать.

Играл оркестр, публика веселилась. Журчал фонтан, официанты разносили вина и закуски. Глеб с Ириной сидели за угловым столиком вдвоем и смотрели в глаза друг другу.

Женщина улыбнулась.

— Федор...

— Да, — полуулыбкой ответил Глеб.

— Ты знаешь обо мне все. Может, я слишком болтлива, а может, я тебе просто доверяю. А вот мне о тебе ничего не известно. Я даже не знаю толком, чем ты занимаешься.

Глеб сжал пальцы Ирины.

— Давай не будем об этом разговаривать, а лучше потанцуем.

Оркестр заиграл блюз, на сцене появилась певица, и ее мягкий, волнующий голос поплыл по залу.

— Нет, погоди, дорогой, — Ирина легонько освободила свои пальцы. — Ты появляешься и исчезаешь, держишь меня в постоянном напряжении. Но знаешь, что самое страшное?

— Что?

— Я даже не знаю, где тебя искать, если с тобой что-нибудь случится.

— Я сообщу тебе, если со мной произойдет что-то из ряда вон...

— По-моему, с тобой все время происходит что-то из ряда вон, — с горькой усмешкой сказала женщина. — Эти твои раны...

— Не надо об этом, — остановил ее Глеб и вновь положил ладонь на ее пальцы. — Что ты хочешь знать обо мне? Что?

— Я хочу знать, чем ты занимаешься, где живешь, о чем думаешь, как собираешься жить дальше?

— Во всяком случае, ничем плохим я не занимаюсь.

Возможно, Глеб рассказал бы что-нибудь о себе, но в этот момент к их столику подошел официант и, чуть виновато взглянув на Глеба, произнес:

— Прошу меня извинить, но просили передать вот это, — он положил на стол букет ярко-красных роз.

Ирина чуть смущенно взглянула на официанта. Тот в ответ пожал плечами.

— Меня всего лишь попросили передать цветы женщине, — ответил официант на взгляд Глеба.

— Ну что ж, спасибо, — сказал Глеб.

Ирина смущенно улыбнулась.

— Наверное, я о тебе знаю далеко не все, — сказал Глеб, беря за тонкую ножку высокий бокал с шампанским.

— Может быть, может быть... — ответила Ирина и улыбка застыла на ее губах.

Ей, как и всякой женщине, были приятны знаки внимания, но на этот раз она не знала, кто преподнес этот букет. Вскоре объявился и виновник. К столику Глеба и Ирины подошел очень толстый мужчина. Его глаза масляно блестели.

— Прошу прощения, — нагло и в то же время чуть

робко сказал он. — Ирина Владимировна, простите мою дерзость, но, увидев вас, я не мог удержаться, чтобы не сделать что-нибудь приятное.

Ирина засмеялась. Глеб догадался, что сейчас перед ним как раз один из тех заказчиков, с которыми работает Ирина.

— Мы с друзьями здесь отдыхаем. Моя жена от вас просто в восторге.

— Спасибо. Передайте ей привет, — Ирина напряженно пыталась вспомнить имя торговца лесом.

Наконец вспомнила:

— Валерий Федорович, это Федор Анатольевич.

Глеб безо всякого удовольствия пожал потную толстую ладонь торговца лесом.

— Я еще раз приношу свои извинения. Позвольте сделать жест от нашего столика вашему, — на этот раз торговец лесом посмотрел на Глеба.

Тот улыбнулся. Торговец лесом поманил пальцем официанта и, глядя тому в переносицу, приказал:

— На этот столик бутылку самого лучшего шампанского. И сию минуту.

Затем Валерий Федорович по-медвежьи раскланялся и, чуть пошатываясь, направился к противоположной стене, где за тремя сдвинутыми столами пировала мужская компания. Все собравшиеся были мужчинами крупными, если не сказать, толстыми. Все они были примерно одного возраста — чуть за тридцать.

— Ну вот, теперь ты видел, какие у меня заказчики? Надеюсь, понял, что я тебя не обманула, рассказывая о своей работе?

— Так какой же ты будешь строить ему гараж?

— Строить я не буду, Федор, я спроектирую. И спроектирую такой, какой он пожелает. Если хочет подземный — сделаю подземный. Захочет на другом конце участка — сделаю на другом. Мне все равно.

На столе появилась бутылка дорогого французского шампанского.

— Я не люблю французское шампанское, — сказал Глеб.

— А я обожаю.

— Тогда пей его сама, — чуть игриво сказал Глеб.

— Вот и буду. Всю бутылку выпью одна. А потом мы поедем ко мне.

— А не будет много? — улыбнулся Глеб.

— Не будет, — сказала Ирина и подмигнула.

И Глеб в который раз за этот вечер отметил, что Ирина изумительно красива. Он видел это и по тому, какие взгляды бросали на его спутницу мужчины.

Действительно, за этот вечер Ирина выпила бутылку шампанского. Они вдоволь натанцевались, у Ирины было прекрасное настроение. Она без умолку, со всевозможными шутками рассказывала Глебу о своей работе, о том, с какими интересными людьми ей приходится сталкиваться. Глеб почти не говорил, лишь изредка задавал вопросы и опять же убеждался, что его избранница не только красива, но и умна.

Ровно в двадцать три часа Глеб и Ирина покинули ресторан. Черная «волга» с молоденьким таксистом стояла на месте. Глеб открыл дверь, помог Ирине сесть.

— Вечер прошел хорошо? — поинтересовался таксист.

— Изумительно! Это один из лучших вечеров в моей жизни, — шелестя огромным букетом роз, сказала Ирина.

— Тогда я рад за вас.

Такси помчало по городу. Ирина прижималась к Глебу, заглядывала ему в глаза, сжимала пальцы, нежно теребила ладонь. Ей хотелось как можно скорее попасть домой.

Глеб и на этот раз не обратил внимания на то, что за ними, хоть и в отдалении, следовала машина. Когда такси въехало во двор, черная служебная «волга» с двумя сотрудниками ФСБ проехала чуть дальше и свернула за угол.

Глеб и Ирина поднялись в квартиру. Едва защелкнулся замок, как Ирина сбросила туфли на высоких каблуках, швырнула в угол плащ и буквально повисла на шее Глеба, жадно и страстно целуя его в губы.

— Наконец-то... наконец-то мы одни, — шептала она.

Глеб приподнял Ирину и ответил поцелуем на поцелуй.

Вдруг зазвонил телефон.

— К черту! К черту все звонки!— сказала женщина и стянула с Глеба пиджак, сорвала галстук и, путаясь, принялась торопливо расстегивать пуговицы рубашки.

А Глеб вытащил заколки, и черные вьющиеся волосы рассыпались по плечам Ирины. Глеб подхватил женщину на руки, легко, словно та ничего не весила, и понес в спальню.

А телефон продолжал исступленно звонить.

— К черту! К черту! — шептала Ирина, ища своими губами губы Глеба.

— Я выключу, он меня раздражает, — сказал Глеб.

— Нет, я выключу, — сказала Ирина, легко вскочила, выбежала в большую комнату и выдернула штеккер из розетки.

В квартире наступила тишина.

— Я включу музыку.

— Да-да, включи, — сказал Глеб, снимая брюки и забираясь под махровую простыню.

Зазвучала музыка. Она заполнила спальню. Казалось, огромная тахта качается на высоких волнах, как надувной матрас. Ирина то приближалась к Глебу, то отстранялась от него. Мужчина и женщина сливались в одно целое, их руки и ноги сплетались, тела прижимались. Слышались стоны, вздохи. А музыка звучала, укачивая счастливых любовников, вознося их к вершинам блаженства.

Наконец, Ирина вздрогнула, прикусила губы, страстно вздохнула и откинулась на подушки. Глеб открыл глаза и увидел черные волосы, рассыпанные на белой ткани подушки, увидел цепочку с маленьким изящным крестиком.

Ирина открыла глаза.

— Я хочу, чтобы ты всегда был со мной. Всегда-всегда! Мне надоело, что ты уходишь, исчезаешь, мне надоело тебя ждать. Надоело всего бояться, — Ирина прикоснулась к повязке на левом плече Глеба. — Тебе больно? — спросила она.

— Нет, рана уже затянулась. На мне все заживает очень быстро.

— Я не хочу, чтобы у тебя на теле появлялись новые раны. Я люблю тебя, — сказала она, прикасаясь пальцами к губам Глеба. — И можешь ничего не говорить, ничего не объяснять. Я все равно буду любить тебя...

ГЛАВА 11

Сергей Соловьев проснулся на удивление рано. Обычно он вставал ровно в семь, а сейчас на часах было только шесть. Он и сам не мог понять, почему проснулся в столь ранний час. Вроде бы вчера не пил, никакой очень срочной работы у него не было. Несколько минут Соловьев лежал, глядя в потолок. Он смотрел на пятно солнечного света, на искорки хрустальной люстры. Затем резко сбросил одеяло и по-армейски вскочил с кровати. Несколько раз присел, чтобы размять ноги, наклонился, подпрыгнул и только потом вышел из спальни.

— Удивительно! Слишком рано я проснулся, — сам себе сказал полковник Соловьев, стоя посреди гостиной, уже прекрасно понимая, что больше спать не будет.

Он чувствовал себя достаточно бодрым и отдохнувшим.

— Небольшая зарядка мне не повредит, — сказал Соловьев и, бросившись на ковер, начал отжиматься.

Когда он досчитал до пятидесяти, то поднялся и принялся махать ногами. Он быстро вспотел и только после этого направился в ванную комнату. Там он позволил себе постоять дольше обычного под упругими холодными струями душа. Затем растерся большим махровым полотенцем, намылил щеки и тщательно выбрился. Крем, хорошая туалетная вода — и Соловьев почувствовал себя совершенно бодрым. Голова работала ясно.

Приготовил яичницу с ветчиной, обильно полил ее темно-красным импортным кетчупом, сварил себе кофе. Но вначале выпил чашку чая с лимоном. Съев яичницу, Соловьев закурил и стал пить кофе. Первая утренняя сигарета всегда была самой приятной и сладкой.

Он всегда с утра прикидывал план на предстоящий день. Сейчас он знал, что ему необходимо связаться с Глебом, необходимо решить одну-единственную проблему — когда и где Глеб уберет вора в законе Мартынова Петра Петровича по кличке Седой или его партнера и приятеля Богаевского Иосифа Самсоновича по кличке Дьякон или Монах. Лучше всего, как понимал Соловьев, операцию провести за городом. Но ведь эти двое могут приехать в Москву, где у них были квартиры, могут вообще куда-нибудь вдруг уехать.

— Хотя нет, — сказал сам себе Соловьев, — эти люди не из тех, кто оставляет уже начатое дело. Они попытаются продолжать терроризировать банкира Бортеневского. Они же желают заполучить и банк Бортеневского, а это очень большие доходы.

Это означало и другое — еще один из крупных московских банков будет находиться под контролем бандитов. Соловьев уже много лет был специалистом по организованной преступности и боролся с бандитами всеми разрешенными и даже запрещенными средствами. Он ненавидел преступников, ненавидел воров в законе с их странным кодексом чести, ненавидел рэкетиров, ненавидел мошенников и аферистов. Хотя, как профессионал, не мог не восхищаться их довольно хитроумными и находчивыми действиями. Временами бандиты придумывали такие ходы, что даже он, человек в борьбе с организованной преступностью многоопытный, восхищался. К тому же Соловьев прекрасно понимал, что власть пока еще слишком слаба, чтобы нанести сокрушительный удар вооруженной преступности, что структуры власти коррумпированы, подкуплены, что бандиты щедро платят им за нужную информацию, за помощь в улаживании своих грязных дел.

Соловьев даже знал, кто из его коллег в ФСБ получает деньги от бандитов, но прижать на сегодняшний день своих коллег он не мог — слишком уж все аккуратно было сделано. Оставалось одно — отстреливать бандитов по одному.

Хотя Соловьев и говорил Глебу Сиверову, что о его существовании не знает никто, это была неправда. О существовании Глеба знали еще два генерала. Но они знали о Сиверове только одно — что у Соловьева есть человек по кличке Слепой и что за проделанную работу они иногда вынуждены платить тому деньги. Больше о Глебе никто ничего не знал.

В бумагах ФСБ Глеб Сиверов проходил по кличке Слепой. Он был засекречен и выйти на него мог только сам Соловьев, никто другой, только Соловьев.

Соловьев жадно затягивался, щурил глаза, смотрел в окно. Город уже проснулся, внизу, на дорожке, появились любители утреннего бега.

«Ну что ж, надо обязательно связаться с Глебом. Я позвоню ему с работы», — решил полковник Соловьев и составил грязную посуду в сверкающую никелированную мойку.

Вернувшись в спальню, быстро начал одеваться. Он все делал по-военному быстро.

Войдя в кабинет, он извлек из сейфа свой пистолет, сунул его сзади за ремень брюк и позвоночником почувствовал холодную сталь оружия. Затем надел куртку, набрал телефонный номер, поставил квартиру на сигнализацию и с тонкой кожаной папкой в руках спустился по лестнице вниз, а затем вышел во двор.

Его «волга» стояла чуть поодаль от подъезда. Соловьев подошел к машине, внимательно осмотрел ее и только затем открыл дверь. Еще пару минут он сидел в кабине, не включая двигатель, хотя ключ уже находился в замке зажигания.

«Ну что ж, надо ехать».

Он запустил двигатель и медленно выехал. На первом же перекрестке он вздрогнул. Ему показались подозрительными белые «жигули», которые остановились метрах в десяти за его «волгой». Дождавшись, когда светофор вспыхнет желтым, Соловьев рванул с места. Белые «жигули», в кабине которых сидели двое, поехали за ним.

«Может, мне кажется? — подумал полковник Соловьев. — Да нет, вроде бы следят. Но интересно, кто же это может быть?»

На перекрестке Соловьев резко свернул, решив проверить, действительно ли за ним следят. Белые «жигули», проехав чуть вперед, тоже резко свернули влево.

— Вот это да! — воскликнул полковник. — Такого я никак не ожидал. Интересно, свои следят или чужие?

В общем-то, Соловьев не очень боялся слежки. Он знал, что иногда следят свои. Кто-то из верхних эшелонов вдруг решает: а почему бы не проверить полковника такого-то? И дает поручение. И люди из параллельной службы начинают следить, даже прослушивают разговоры. Хотя в том, что его телефон не прослушивается, Соловьев был убежден. Периодически, раз в неделю, он проверял его.

Сейчас белые «жигули» следовали за ним.

«А если это бандиты? Как они вышли на меня? — задал себе вопрос полковник Соловьев. — Как?»

Ответа у него пока не было. Его мозг работал быстро и четко. После того, как были убиты Цыган и его охранник, были убиты бандиты на даче под Питером, бандиты, скорее всего, поняли, что так с ними расправиться могут только профессионалы. «Но тогда как они вышли на меня?»

И тут Соловьев сделал еще один резкий поворот, пытаясь отделаться от навязчивого «хвоста». Через мгновение Соловьев понял, что это ему не удалось. «Жигули» были на «хвосте».

«Да черт с вами, — решил полковник, — следуйте за мной куда хотите, езжайте к моей конторе, мне бояться нечего».

Хотя он в то же время почувствовал холодок страха, почувствовал, как пальцы помимо его воли вцепились в баранку, а на скулах заходили желваки. Следующей мыслью полковника была такая:

«Я знаю продажных людей в ФСБ, знаю, кто берет взятки. Знаю купленных. Почему за хорошие деньги кто-нибудь из них не может сдать меня? А есть и другой вариант: люди Седого и Дьякона следили за Бортеневским, следили все время. Возможно, они видели меня и не сложно было догадаться: если я бываю у банкира, скорее всего, его безопасностью тоже занимаюсь я».

— Черт! Наверное, я влип! — сам себе сказал Соловьев. — И действовать надо как можно быстрее. Бог с ними, пусть висят на «хвосте». Думаю, это продлится не долго.

Утром следующего дня, едва Бортеневский вошел в свой офис, окруженный многочисленной охраной, и сел за свой стол, как раздался звонок. Этот звонок был сделан по прямому телефону, номер которого был известен очень немногим людям. Бортеневский спокойно поднял трубку. Могла звонить жена, могли звонить несколько партнеров, так же мог звонить полковник Соловьев.

— Бортеневский слушает, — сказал банкир.

В трубке спокойно и уверенно проговорили:

— Слушай внимательно. Мы от тебя не отстанем. Выбирай — или мы будем работать вместе, или... Ты понял, что будет?

— Кто это говорит? — крикнул в трубку Бортеневский и почувствовал, что ладони рук сделались липкими от пота.

— Ты знаешь, кто это говорит. Запомни, смерть Цыгана тебе не простят никогда!

— Какую смерть? Какого Цыгана? Идите вы к черту!

— Не горячись, подумай, — говорил спокойный мужской голос, даже чуть равнодушный, словно бы он читал текст передовицы в газете. — Мы свяжемся с тобой, а ты хорошенько подумай. Если тебе дорога жизнь, ты будешь с нами. А если она тебе не нужна, то можешь и дальше работать с ФСБ, со своим полковником Соловьевым.

— Какой Соловьев? — выкрикнул в трубку Бортеневский дрожащим от ужаса голосом.

— Мы все о тебе знаем — все, даже больше, чем тебе самому известно, — трубку положили.

А Бортеневский еще долго сжимал потными пальцами телефонную трубку. Его сердце бешено колотилось, а рубашка уже успела прилипнуть к потной спине...

В полдень Соловьев наконец смог связаться с Глебом Сиверовым. Они договорились встретиться.

В конце разговора Соловьев сказал:

— За мной следят. Так что будь осторожен. И посмотри, кто это.

— Ты знаешь, за мной тоже следят — двое на черном «опеле», — сообщил Глеб.

— На этих не обращай внимания, это мои люди.

— Ты что, сошел с ума и не доверяешь мне?

— Они тебя охраняют, — соврал Соловьев.

— Меня охраняют? От кого?

— Это я тебе объясню при встрече.

Полковник Соловьев и Глеб Сиверов встретились в кафе у Большого театра. Глеб проследил, чтобы за Соловьевым не было «хвоста», и только потом подошел к нему. Мужчины сели друг против друга в углу небольшого уютного кафе. К ним тут же подошла стройная девушка-официантка.

— Господа, чего желаете? — спросила она.

— Мне, пожалуйста, кофе с молоком, — усталым голосом сказал Соловьев. — А тебе? — он посмотрел на Глеба.

— А мне большой стакан апельсинового сока и маленькую чашку черного кофе. Только, пожалуйста, покрепче, если можно.

— Конечно можно, — сказала официантка и удалилась.

— Ну, что скажешь? — задал свой первый вопрос Глеб.

— Все нормально. Мне позвонил наш друг банкир. Он до смерти перепуган. Они продолжают его терроризировать и вынуждают пойти с ними на сделку.

— А он что?

— Он обо всем этом рассказывает мне, — криво усмехнулся Соловьев.

— По-моему, ты похудел, — сказал Глеб, глядя в глаза Соловьеву.

— Опять ты за свое? Мы встретились, чтобы поговорить о деле, а ты со своими дурацкими шуточками. Когда в конце концов ты изменишься?

— По-моему, я изменился так, Сергей, что меня даже мать родная не узнала бы.

— Это точно, — с той же кривой усмешкой сказал полковник Соловьев.

Принесли кофе и сок. Соловьев закурил. Глеб поморщился.

— Ну, ты уж извини, потерпи. Знаю, тебе это не очень-то приятно.

— Да кури, — махнул рукой Глеб и сделал несколько больших глотков ярко-оранжевого сока.

— Я думаю, — сказал Соловьев, глядя в свою чашку, — эти ребята не отвяжутся от Бортеневского. Они либо убьют его, отомстив за своих, либо заставят плясать под их дудку.

— Правильно, — спокойно ответил Глеб, отставляя пустой стакан. — Сергей, я хочу спросить у тебя одну вещь, только ответь мне честно, чтобы я знал, как себя вести и к чему быть готовым.

— Я слушаю, — подался немного вперед полковник Соловьев.

— Сергей, скажи, кто, кроме тебя и Альберта, знает о моем существовании?

Соловьев ожидал этого вопроса и решил не хитрить.

— Раньше знали мы двое, теперь о твоем существовании, Глеб, знают еще два человека. Эти двое — мои непосредственные начальники, два генерала — Душин и Мокашевский.

— Я их знаю, — сказал Глеб.

— Но ты можешь быть спокоен, — продолжил Соловьев, — они знают о тебе как о Слепом, именно под этой кличкой ты фигурируешь кое в каких бумагах. Выйти на тебя никто из них не сможет. Как с тобой связаться, знаю только я. И если вдруг я исчезну, — Соловьев улыбнулся, — с тобой никто связаться не сможет. После этого ты можешь быть свободен.

— Не надо об этом. В это не хочется верить.

— Да, не хочется, — сказал Соловьев, — как не хочется верить в то, что Альберта нет.

— Кстати, послушай, — сказал Глеб и вытащил из внутреннего кармана куртки конверт, — я хочу, чтобы вот это ты передал Наташе. Ведь у Альберта двое детей, и думаю, что с деньгами у них не все благополучно.

— Хорошо, — сказал Соловьев, взял деньги, спрятал их в карман и улыбнулся Глебу. — Ты, как всегда, самый лучший, самый догадливый, самый добрый. А мне такое даже в голову не пришло.

— Ничего страшного, — сказал Глеб, — главное, что пришло в голову мне.

— Вот, смотри. Это адреса, — Соловьев вытащил из своей тонкой кожаной папки листок бумаги, — прочти и запомни. Это адреса и телефоны, по которым можно найти Седого и Дьякона. Их надо ликвидировать, но желательно по одному. И еще: все это надо будет провернуть не в городе, потому что и так все газеты переполнены сообщениями об убийствах, и каждую неделю в конторе стоит крик, что мы не работаем, что бандиты распоясались и делают, что хотят.

— А разве это не так, Сергей?

— Так, но ты должен действовать по-другому. А деньги я передам Наташе, ты не беспокойся.

Через час Глеб Сиверов был в своей мастерской. Перед этим он прошелся по Арбату, посмотрел на торговцев картинами, на орущих, поющих, скачущих, хохочущих, посмотрел на развлекающуюся молодежь и понял, что время неумолимо, что каждый день приносит изменения. Даже Москва, которую он любил, изменилась так сильно, что многого он не понимает. В чем-то Москва стала похожа на европейские города, но при этом все равно осталась какой-то азиатской, бесшабашной, перепутанной и бунтующей.

Несколько раз Глеб останавливался перед витринами и следил за отражением. Никто за ним не шел. И Глебу стало спокойнее. Он почувствовал себя на какое-то время одиноким и независимым. Нахлынули воспоминания.

Когда-то они втроем вот так же гуляли по Арбату. Только не по этому, новому, а по тому, старому — не по приглаженному и застекленному, не по такому шумному и многолюдному. Глеб вспомнил, как шутил Альберт Костров, вспомнил молодого Серегу, вспомнил себя и остановился перед темным тонированным стеклом витрины. Он смотрел на свое отражение, пытаясь отыскать в этом человеке того Глеба Сиверова, каким он был лет пятнадцать назад. Но сейчас перед ним был абсолютно другой человек.

«Зачем я пошел на этот шаг? — задал себе уже, может быть, в тысячный раз один и тот же вопрос Глеб. — Это изменило мою жизнь, это сделало меня другим. Это даже изменило мое мировоззрение. Прошлое осталось прошлым, оно стало как бы не моим. И сейчас только один человек знает наверняка, что тот капитан Глеб Сиверов и сегодняшний Федор Молчанов, или Игорь Виноградов, или Сергиевский Павел — один и тот же человек. Где-нибудь есть фотография, на которой сохранился тот капитан Сиверов, бесстрашный, награжденный двумя орденами командир спецгруппы».

Глеб смотрел на людей в камуфляжной форме, которых было много на Арбате, и горько усмехнулся.

«Да, когда-то и мы втроем вот в такой же форме, или похожей, с тяжелыми рюкзаками за плечами, с полным боекомплектом ползли по выжженной солнцем земле, по горячим камням. Стреляли, убивали, выполняли всякие задания. И нас становилось все меньше и меньше. В конце концов не стало и меня, не стало того Глеба Сиверова. Появился другой человек. Зачем все это было сделано? И стоило ли это делать? Может, лучше было бы погибнуть? Ведь у меня сейчас нет никого. Семьей я так и не обзавелся, все друзья, близкие мне люди погибли. Остался только Серега. Нет, не только Серега, есть еще и Ирина — женщина, которой я дорожу. Но ведь она права, она ничего обо мне не знает, и я никогда ничего не смогу ей рассказать о том, каким я был, чем занимаюсь и почему я согласился умереть и родиться вновь. Наверное, где-то есть могилка. Жаль, что я ее не видел. Это, наверное, удивительно — прийти на свою могилку, прочесть свою фамилию... Это не к добру, когда нападает вот такая меланхолия, когда от воспоминаний некуда деться».

И вновь, увидев молодого длинноволосого парня в камуфляжной куртке, он вздрогнул. Он вспомнил Альберта, вспомнил, как тот выносил его из узкого каменистого ущелья. Глеб был ранен, истекал кровью, терял сознание. А когда открывал глаза, видел безжизненное синее небо, в котором парили орлы. Он вспомнил маленький случай, эпизод той далекой жизни.

...Они въехали на БТР в небольшое селение неподалеку от Кандагара. Броня была горячая, как сковородка. Глеб соскочил на землю и спрятался под навесом. Рядом с ним были ребята из его группы. Глеб отчетливо помнил их лица, помнил их имена и фамилии. Сейчас из той группы нет никого, все похоронены в безжизненных каменистых ущельях в выжженной солнцем земле. Остался только он.

Он сидел, положив на колени автомат, и смотрел в небо. Там высоко парил орел. Птица делала круг за кругом над опустевшим селением. Почти все жители ушли в горы, остались только старики и дети. Под навесом расположилось еще несколько парней. Звучали ленивые реплики, кто-то пытался рассказать анекдот. Но шутить никому не хотелось. Они только что провели операцию и сейчас пробирались к базе, где можно было отдохнуть, смыть пот, кровь и хорошо перевязать раны. Глеб сквозь темные очки смотрел на небо, следил за сильной птицей.

К ним подошел мальчишка и остановился шагах в четырех. Затем он задрал голову и тоже посмотрел на птицу. Глеб и его ребята переглянулись. А паренек, осмелев, сделал еще три шага и застыл перед Глебом, сообразив, что он здесь самый главный. Затем паренек показал в небо пальцем.

— Да, орел, — сказал Глеб.

Затем парнишка указал на автомат, лежащий на коленях Глеба, и сделал движение, показывая, что он хочет выстрелить из автомата Глеба по птице.

Прапорщик из-под Минска взглянул на своего командира.

— Капитан, может, дать пареньку выстрелить?

— Ты что, не понимаешь, что в эту птицу попасть невозможно? — сказал Глеб своему прапорщику.

— Да пусть попробует, пусть пульнет.

— Ну, если хочешь, дай ему свой автомат.

Прапорщик отщелкнул рожок, оставив патрон в патроннике, подал автомат мальчику. Тот взял своими худыми руками тяжелый автомат, присел на одно колено и стал следить за птицей, тщательно прицеливаясь. Глеб с интересом наблюдал за парнишкой. Лицо маленького афганца стало жестким, словно высеченным из камня, грязный палец поглаживал спусковой крючок. И когда орел, делая очередной круг, завис над селением, прогремел выстрел. Пуля ушла в безжизненно-синее небо. Прапорщик взял автомат, присоединил рожок и положил оружие рядом с собой.

Произошло невероятное: птица, до этого продолжавшая парить, вдруг остановилась и начала падать. Орел упал в шагах двенадцати от навеса. Парнишка побежал к птице, которая била огромными крыльями о землю, схватил ее за крыло и поволок по площади, оставляя на земле кровавый след.

— Командир, мы их никогда не победим, — сказал прапорщик.

Глеб тогда ничего не ответил. Но и у него появилась такая же мысль.

— Мы просто, командир, потеряем здесь много людей. Много хороших парней улетят отсюда в цинковых ящиках, много кого не дождутся родители и жены.

— Хватит бессмысленных разговоров, прапорщик, — одернул своего подчиненного Глеб Сиверов.

Прапорщик смолк, взял флягу и принялся жадно пить теплую воду.

Через неделю или полторы прапорщик из-под Минска погиб, и Глеб сам хоронил его.

Прапорщика звали Алесь Сивко, вернее, звали его Шура, а сам он любил называть себя Алесем...

Обо всем этом Глеб думал, стоя на многолюдном шумном Арбате, он потерялся, растворился в этой суете, толчее, среди пестрых афиш, картин, орденов, матрешек — всего того, чем жил и торговал Арбат.

Придя к себе в мастерскую, Глеб вытащил из кармана листок, переданный ему Соловьевым, достал карту, хранящуюся у него в деревянном ящике, и принялся тщательно изучать московский и подмосковные адреса. У него была поразительная память на карты. Стоило ему внимательно посмотреть на карту, внимательно проследить маршрут, как в его памяти четко запечатлевалось то, что он видел. И, глядя на карту, Глеб легко мог представить себе то, что скрывается за обозначениями, мог представить без труда дерево, одиноко стоящее в поле, мог представить узкую тропинку, идущую рядом со старым заброшенным кладбищем. Эта удивительная способность памяти много раз выручала Глеба еще там, в Афгане. Выручала она его и в других случаях.

Затем Глеб извлек из конверта, в котором хранилась старая-престарая пластинка, один фотоснимок. На нем были трое парней в камуфляжной форме и с оружием. Глеб смотрел на этот снимок, в центре он видел себя, сидящего под большим серым камнем, а рядом с ним стояли Сергей Соловьев и Альберт.

«Как давно это было...» — подумал Глеб.

Ровно в шесть вечера Сергей Соловьев позвонил в такую знакомую ему обитую коричневым дермантином дверь с номером 17. Долгое время в квартире царила тишина. Затем дверь открылась.

— Здравствуй, Наташа, — сказал Соловьев, и по щекам женщины сразу же побежали слезы.

— Проходи, Сережа, — женщина отошла в сторону.

Сергей вошел в квартиру. Он увидел большой портрет Альберта, стоящий на книжном шкафу. Наташа перехватила его взгляд, и тут же в ее руках появился влажный носовой платок.

— Сергей, я не могу в это поверить. Я никак не могу прийти в себя. Я не верю. Мне кажется, он жив.

— Нет, Наташа, — сказал Соловьев, обнял женщину за хрупкие плечи, прижал к своей груди.

Жена Альберта разрыдалась.

Сергей усадил ее в кресло, подал воды. Понемногу она успокоилась.

— Как жить? Я не знаю, Сергей, не знаю. Я не могу поверить в то, что произошло, — шептала Наташа. — Понимаешь, пока мы были вместе, я даже не думала о том, какой Альберт внимательный, какой добрый. Мне казалось, что так и должно быть. А сейчас, когда его нет, у меня в душе такой холод, такая пустота, что, наверное, ничто и никогда ее не заполнит.

— Успокойся, Наташа, — тихо сказал Сергей, — Альберта уже не вернешь, а тебе надо как-то жить.

— Как? Как? — воскликнула женщина. — Я знала, что это может случиться, но думала, Бог нас помилует и не допустит смерти Альберта. Последние годы я даже стала ходить в церковь, стала молиться. Представляешь?

Соловьев сидел рядом с Наташей, опустив голову, глядя на носки своих ботинок. Он не знал, как успокоить женщину.

Вдруг он положил руку ей на плечо. Наташа повернула к нему свое заплаканное лицо.

— Может, тебе уехать из города? Поезжай ко мне на дачу, там моя жена, там дочь. Поживи немного с ними, успокойся.

— Разве можно успокоиться, Сергей? Как ты себе это представляешь?

Соловьев пожал плечами.

— Знаешь, мне хочется умереть, хочется исчезнуть, — сказала женщина, и ее хрупкие плечи вздрогнули.

— А вот об этом не надо думать. У тебя дети, их надо вырастить, они требуют любви.

— Как они любили Альберта! Как они любили с ним гулять! Алик был таким хорошим отцом, таким хорошим!

— Слушай, — сказал Соловьев и вытащил из кармана конверт, — вот здесь деньги, здесь много денег. Я хочу, чтобы ты их взяла. Потом, когда тебе будет что-нибудь нужно, я еще принесу денег.

— Не надо мне ничего, Сергей, — ничего!

— Возьми, — твердо сказал Соловьев и взглянул на фотографию Альберта.

Снимок был хорош. Альберт улыбался, искренне и спокойно. Его темные усы чуть топорщились, волосы были немного растрепаны. Соловьев помнил Альберта таким, помнил также и с перекошенным от ненависти и злости лицом, с глазами, полными отчаяния.

— Пойдем на кухню, выпьем, — сказала Наташа, вставая с дивана.

Сергей пошел за ней следом. На кухне все сияло чистотой, но чистота была какая-то немного неестественная. Нигде ни пылинки. Впечатление было такое, что находишься в аптеке, а не на московской кухне.

— Что ты будешь пить, Сергей?

— Что предложишь, то и буду.

— Тогда давай выпьем водки. Мы с Аликом иногда любили выпить. Он любил закусывать водку салом.

Соловьев улыбнулся. Он знал эту привычку своего друга.

— Ну что ж, давай водку с салом.

Наталья уже успокоилась и, как всякая женщина, занявшаяся привычным делом, сосредоточилась на приготовлении закуски. Она аккуратно нарезала сало, вытащила из холодильника запотевшую бутылку водки, поставила ее на стол, подала хлеб и зелень.

Соловьев наполнил рюмки.

— Держись, Наташа, держись.

— Ох, как мне тяжело, Сергей! Если бы ты знал!

— Нам всем тяжело. Мне Алик был как брат, а может, даже и больше.

— Это так страшно, — выпив водку, сказала Наташа, — вначале погиб Глеб, потом Алик...

Сергей Соловьев вздрогнул.

А Наташа взяла его за руку.

— Сергей, береги себя, будь осторожен. Ты остался один. Больше у меня никого нет — никого.

— Дети, дети, Наташа, — проговорил Сергей, вытряхивая из пачки сигарету.

— Дай, я тоже закурю, — сказала женщина.

Щелкнула зажигалка. Соловьев зажег сигарету Наташи, затем свою. Они молча сидели, и каждый из них думал о своем. Тем не менее, они понимали, что близки, что связаны одним горем, одной потерей.

— Когда Алик улетал, он сказал мне, что летит в Югославию, что там ему надо уладить кое-какие дела. А я сказала ему: «Алик, но ведь там неспокойно!» Он пожал плечами, поцеловал меня и ответил: «А что, в Москве спокойно? Неспокойно везде. Тишина только на кладбище, только там», — и засмеялся. Ты же знаешь, он всегда любил шутить. А мне от его шутки стало страшно. У меня даже закружилась голова, и я чуть не потеряла сознание. Алик меня успокоил, взял свою сумку, поцеловал. Дети уже спали, и он не стал их будить. Единственное, что он спросил, стоя уже в дверях: «Наташа, что тебе привезти?» А я сказала: ничего мне не надо, возвращайся сам, я буду очень ждать. «Через две недели буду дома», — ответил он. И действительно, через две недели я узнала, что Алика больше нет.

Глаза женщины, когда она это рассказывала, были сухи, а на губах блуждала странная улыбка.

— Послушай, может, я все же пришлю машину, и тебя отвезут ко мне на дачу?

— Не надо, Сергей, я останусь дома.

ГЛАВА 12

У знаменитого вора в законе Седого было две квартиры в Москве — одна на Беговой, вторая на Малой Бронной. На Беговой Седой появлялся редко, большую часть времени он проводил на Малой Бронной.

Сейчас в большой квартире, состоящей из четырех просторных комнат, он был один, если не считать его охранника. Банкир Бортеневский не шел ни на какие переговоры и не хотел принимать никакие условия Седого и Дьякона. И это выводило из себя Седого. Он понимал, что сломить Бортеневского можно только одним способом — лишить его поддержки полковника Соловьева. Тот генерал ФСБ, о котором рассказывал Богаевский, ничего не мог сделать с полковником Соловьевым, ибо тот работал в другом отделе и напрямую не подчинялся генералу. Седой мучительно размышлял, что ему предпринять, как повлиять на банкира.

Но самой главной, самой большой движущей силой была лютая ненависть ко всем работникам правоохранительных органов. Он не мог простить убийства Цыгана и смерть своих людей. Седой вообще никогда никому ничего не прощал. Он слыл в преступных кругах злопамятным, мстительным и жестоким человеком. Иногда казалось, что Седой простил или забыл. Но через год, а иногда и через два, следовала жестокая месть, и обидчик уходил из жизни. Следов, как всегда, не оставалось, Седой действовал осмотрительно. К каждому убийству он готовился так, как в молодости готовился к ограблению. Он просчитывал все детали, долго взвешивал все и только потом принимал решение.

Но когда решение было уже принято, Седой выполнял его пункт за пунктом неукоснительно, и ничто не могло его остановить.

Седой знал, что Богаевского не будет несколько дней. Богаевский поехал на встречу с ворами в законе. Это была небольшая встреча узким кругом. Там должны были появиться люди с Кавказа и с Дальнего Востока. Надо было наладить связи и договориться о том, как будут поступать наркотики и как они будут транспортироваться в Москву. Седой понимал, что лучше Иосифа никто это дело не сможет уладить. И он передал ему свой голос и все свои полномочия держателя общака.

Всю предыдущую ночь вор в законе Седой спал отвратительно. Он был зол, и нервы были напряжены. Может быть, поэтому он и принял решение: Соловьева надо убрать. И этим самым он как бы выбьет почву из-под ног Бортеневского, а заодно рассчитается с ненавистными ему сотрудниками ФСБ.

Он вызвал двух своих людей, проверенных в подобных делах. Он сообщил им адрес Соловьева и приказал убрать его, а после этого его люди должны будут исчезнуть. Лучше всего, если они уедут куда-нибудь на Кавказ — туда, где сейчас неспокойно и где их никто не станет искать. На этот раз Седой решил не думать о деталях, самым главным для него была месть. Он прекрасно понимал, что полковник ФСБ — это не простой мент, убийство которого тут же забудут. За полковником стоят большие силы и, конечно же, этим убийством заинтересуются. Но выходов на Седого не будет.

Он продумал и другой, страховочный вариант. Он договорился со своими друзьями с Кавказа, что те двое, которые уберут полковника ФСБ, тоже будут убиты и навсегда исчезнут, не смогут выступить свидетелями. Одного из наемных убийц Седой знал хорошо. Это был немолодой мужчина, дважды сидевший в лагере вместе с ним. О втором Седой знал немного. Но и этой информации было достаточно, чтобы упрятать киллера по кличке Ключ лет на пятнадцать в тюрьму или подвести под вышку.

Как и было условлено, в полдень два киллера появились в квартире Седого. Они были одеты почти в одинаковые коричневые кожаные куртки. На шее Ключа красовалась массивная золотая цепь толщиной чуть ли не в указательный палец. От вида цепи и от вида массивных золотых часов Седого немного покоробило.

— Ключ, — грозно сказал Седой, — тебе следовало бы быть поосмотрительнее и не красоваться с килограммом золота на шее.

— Петр Петрович, — спокойно ответил сухощавый мужчина, застегивая верхнюю пуговицу черной рубашкой, — не могу себе отказать.

— А ты откажи. Укрепляй свою волю, Ключ. Садитесь.

Седой кивнул на стулья. Киллеры уселись.

— Дело не простое. Надо грохнуть одного мужика. Но мужик, учтите, тоже не простой.

Молчаливый молодой мужчина с двухдневной щетиной на щеках мрачновато взглянул на Седого.

— Не тяни, говори, кто он?

— Полковник ФСБ, — мрачно и спокойно сообщил Седой.

Ключ, услышав подобное, тут же громко присвистнул.

— Потише, — сказал Седой, — а то денег не будет, все просвистишь.

— Не верю я во все эти заморочки, — сказал Ключ.

— Сколько это будет стоить? — спросил тот, что был постарше, и, скрестив на груди руки, немного воинственно глянул на Седого.

— А сколько ты хочешь, Остап?

Тот задумался. Его лоб сжался, как меха гармошки, маленькие глазки полуприкрылись, и только из узких щелей Седого буравили черные зрачки.

— Сто штук на двоих.

— Остап, имей совесть, — урезонил киллера Седой.

— Я же не говорю, что на каждого. На двоих, — опять же мрачновато и воинственно повторил Остап.

— Послушай, Остап, а ты не хочешь пулю в затылок?

— Нет, не хочу, Седой.

— И вообще, ты вспомни, сколько раз я тебя отмазывал? А теперь ты за услугу требуешь таких денег.

— А ты еще скажи, что их у тебя нету, — процедил сквозь желтые зубы Остап.

— Деньги-то у меня есть, но давай разговаривать по-другому: пятьдесят штук сразу, вторую половину через месяц.

Остап посмотрел на своего напарника. Ключ пожал плечами: дескать, ты старший, тебе и решать.

— Ладно, только из уважения к тебе, Седой, — буркнул Остап. — Говори, кто он, адрес, фотографию и все такое прочее.

— Вот тебе его фотография, — Седой подошел к книжной полке, взял два фотоснимка, торчащие из книги, положил перед Остапом.

Тот поднес фотоснимки к глазам, затем посмотрел на расстоянии вытянутой руки. Ключ сидел безучастным, будто весь этот разговор его не касался.

— Серьезный мужик, по всему видно, — проронил Остап, передавая снимки Ключу.

Тот медленно взглянул на фотографии, затем на Остапа, потом на Седого.

— Значит, половину мы получим сейчас.

— Да, сейчас, — сказал Седой и бросил на стол две толстые пачки долларов.

— Эти деньги не меченые? Чистые? — задал вопрос Ключ.

— Чистые, — ответил Седой, — из банка. Так что можете быть спокойны и можете тратить их смело.

— Это хорошо.

— Слушай дальше, Остап. После того, как вы его грохнете, сразу же поедете на Кавказ. Там вас будет ждать Гога. У него получите вторую половину.

— Это какой Гога? Баран? — спросил Остап.

— Да, он.

— Я с ним имел дело.

— Тем более. С Гогой я обо всем договорился. Он вас спрячет, если это будет нужно.

— Я думаю, прятать нас не надо.

— Остап, а может, за границу? — не вытерпев, спросил Ключ, пряча деньги во внутренний карман куртки.

Седой увидел, что из-под мышки Ключа торчит рукоятка револьвера.

— Ключ, ты, кроме того, что нацепил на себя килограмм золота, еще и пушку таскаешь?

— А что делать? В любой момент может подвернуться работа, да и с пушкой мне спокойнее.

— Смотри, нарвешься.

— Как-то Бог миловал, Петр Петрович.

— Какие-нибудь особые пожелания будут? — спросил Остап.

— Убить его надо наверняка, чтобы не рыпнулся и ничего не вякнул.

— Понял. Ты же знаешь, я всегда действую наверняка.

— Знаю, потому и позвал.

Киллеры поняли, что разговор закончен.

— Кстати, адрес квартиры?

— На обратной стороне все адреса.

Ключ перевернул фотографии и прочел адреса.

— Да, все в порядке.

Примерно в это же время Соловьев встретился с Глебом. Разговор был коротким. Соловьев спешил.

— За мной следят, — сказал он Глебу. — Уже третий день.

— Это плохо.

— Сам знаю, что плохо. И на Бортеневского наседают. Так что, Глеб, придется действовать. Богаевский уехал на воровскую сходку, и сейчас его в Москве нет. Остался Мартынов, займись им. Правда, он не сидит на месте, и охрана у него многочисленная. Но его надо убрать. Одной твари в городе станет меньше.

— Понял, — кивнул Глеб.

— Кстати, как твое плечо?

— Да вроде бы ничего, — меланхолично ответил Глеб и положил ладонь на левое плечо, сжал пальцы, и лицо его осталось спокойно. — Даже не болит, заживает как на собаке.

— Ты всегда этим отличался. Я был у Наташи, — безо всякого перехода сообщил Соловьев.

— Как она?

Соловьев пожал плечами и покачал головой.

— Честно признаться — не очень. Вспоминала тебя.

— Да, я ей сочувствую, — мрачновато сказал Глеб. — Вечером я к тебе заеду и сообщу адреса, по которым можно найти Мартынова.

— Это было бы хорошо, — Глеб поднялся и прошелся по мастерской. — Давай договоримся точно. У меня есть кое-какие дела в городе.

— Ты хочешь встретиться с Быстрицкой? — улыбнулся полковник Соловьев.

Глеб изумленно посмотрел на своего друга.

— А ты откуда знаешь?

— Работа у меня такая, Глеб. Я все должен знать и все должен помнить. Ты допустил оплошность, — шутливо сказал Соловьев. — Ладно, не беспокойся, об этом никто ничего не знает, кроме меня.

— Тогда я спокоен, — пожал плечами Глеб. — Значит, ровно в десять.

— Хорошо, в десять, так в десять. Звонить по телефону я не буду, поднимусь прямо к тебе.

— Ладно, — кивнул Глеб.

Мужчины пожали друг другу руки, и Глебу почему-то показалось, когда он закрывал дверь, что в этом крепком рукопожатии было что-то не то, словно бы оно было прощальным, словно бы оно было последним.

— Черт! — сказал Глеб. — Мысли какие противные лезут в голову.

Ему хотелось открыть дверь и крикнуть вниз Соловьеву, чтобы тот был поосторожнее. Но он удержался.

«Серега опытный человек, в обиду себя не даст».

Глеб минут двадцать сидел в кресле с закрытыми глазами. Затем вскочил, встряхнулся, быстро переоделся в свой серый костюм. Но на этот раз галстук он не повязал. И еще через десять минут он уже ехал в своей «восьмерке» цвета мокрого асфальта в район

Кузнецкого моста, где размещался офис фирмы, в которой работала Ирина.

Моросил мелкий дождь, пешеходы торопились, многие были без зонтиков, ведь дождь начал накрапывать неожиданно. В районе Сандуновских бань Глеба остановил гаишник.

— Ваши документы, — представившись и дохнув перегаром в кабину, попросил сержант.

Глеб ухмыльнулся и подал документы. Тот долго и придирчиво осматривал бумаги, затем отдал их Глебу и вяло кивнул:

— Проезжайте, не задерживайтесь.

Глеб пожал плечами, повернул ключ, и его «жигули» плавно покатились дальше. Глеб попытался ответить на вопрос, случайно ли его задержали или просто гаишник решил заработать, чтобы поправить здоровье.

Наконец, Глеб добрался до Кузнецкого моста, долго искал, где припарковаться. Затем, уткнувшись передними колесами в бордюр, остановился.

«Конечно, могут опять придраться. Стоянка здесь запрещена».

Глеб осмотрелся. Нигде не было видно ГАИ. Он закрыл машину и заспешил к офису.

Найти Ирину не составило большого труда. На лице Ирины при виде Глеба, появилось удивленное выражение. Ее глаза расширились. Глеб улыбнулся.

Ирина тоже улыбнулась, отошла от кульмана.

— Вот не ожидала! — промолвила она.

Высокая и симпатичная девушка, работавшая за соседним кульманом, с нескрываемым интересом рассматривала Глеба. Он подошел к Ирине, взял ее за плечи и поцеловал. Девушка встала со своего рабочего места.

— Ирина, может, кофе или чай?

Глеб взглянул на девушку.

— Мне кофе и покрепче, если, конечно, можно.

— Да-да, можно.

— Катя, я сама приготовлю, — сказала Ирина.

Катя пожала плечами.

— Ну что ж, тогда я вас покину.

— Нет, не надо, — сказала Ирина, — мы пройдемся.

— Нет, давай вначале выпьем кофе. Я никогда не был у тебя на работе.

— Ну и что, интересно?

Глеб подошел и провел указательным пальцем по тонким пластинкам жалюзи.

— Да, у вас здесь хорошо. Чисто.

— Да нет, что ты, у нас не убрано. Мы с Катей обленились, все забросили, да и работы море.

— А чем занимается Катя? — спросил Глеб и взглянул в голубые, прямо-таки сапфировые глаза Кати.

— Я считаю, что и сколько будет стоить.

— Хорошая работа. Только ошибаться нельзя, правда?

— Почему, бывают и ошибки, — Катя смутилась.

А Ирина уже заваривала кофе. Но Катя все-таки ушла.

Глеб и Ирина остались вдвоем.

— Для меня это так неожиданно, что ты среди белого дня появился на работе! И как ты узнал, где находится офис?

— Это было несложно. Тем более, что ты сама мне говорила.

— Когда? — изумилась Ирина, и на ее щеках вдруг появился румянец.

— Конечно же, ночью.

— Вот тебе на... Я думала, что мое место работы для тебя секрет.

— Секретов для меня не существует, я только и занимаюсь тем, что их разгадываю.

Ирина оставила кофеварку, подошла к Глебу, привстала на цыпочках и поцеловала в губы.

— Мне так приятно, что ты появился здесь! Мне все уже осточертело. Эти дурацкие загородные виллы, эти подземные гаражи, колонны, арки, мансарды, камины, водосливы... Хочется отдохнуть, забыть все это.

— Может, вскоре мы и отдохнем.

— Когда?

— Я же сказал — скоро.

Они выпили по чашке кофе. Глеб все время оглядывал мастерскую, иногда задавал вопросы.

— О, это дом для банкира, это вообще непонятно для кого. Этот дом мы уже построили в Пахре, а эти два уже стоят по Ярославке.

— Ясно, ясно. А реставрацией ваша фирма занимается?

— Нет, это слишком дорого и масса всяких проблем. Надо согласовывать с городом... Короче, мое начальство решило, что это не выгодно. Лучше строить заново.

— Понятно, — улыбнулся Глеб, — все лучше начинать с нуля.

Через четверть часа они уже шли по Кузнецкому мосту. Ирина прижималась к Глебу. Она чувствовала себя рядом с ним совершенно спокойной, уверенной в себе.

У двери антикварной лавки Глеб остановился.

— Не хочешь ли зайти?

— Я иногда захожу сюда, — призналась Ирина, — но ты понимаешь, здесь все стоит так дорого... Мне эти удовольствия не по карману.

— А тебе что-нибудь нравится?

— Мне много чего нравится, — призналась Ирина.

— Тогда давай войдем.

Он открыл дверь, учтиво пропустил женщину. В антикварной лавке было несколько иностранцев. Они рассматривали серебряные кресты.

Ирина подошла к витрине, где лежали ювелирные украшения.

— Ну, и что тебе нравится? — с улыбкой поинтересовался Глеб.

— Это старинные вещицы, и они все прекрасны.

— А ты не хочешь примерить вот тот перстень?

— Какой?

Глеб подозвал продавца и попросил:

— Второй слева.

Тот взглянул на Глеба, затем на его спутницу и тут же извлек маленький платиновый перстенек.

— Какая прелесть! — не удержавшиь от восторга, прошептала Ирина.

— Примерь его.

— Ты что, он же стоит целое состояние!

— А ты примерь.

Ирина надела перстень на безымянный палец левой руки. — Он будто бы сделан специально для меня.

— Господа, — немного заискивающе улыбнулся продавец, — к этому перстню есть еще и серьги, — и он положил на темное стекло маленькую кожаную шкатулку, поднял крышечку. На пунцовом бархате сверкали изящные серьги.

— Тебе нравится? — спросил Глеб.

На щеках Ирины заиграл румянец.

— А разве это может не нравиться? Ты задаешь странные вопросы.

— Примерь.

Ирина быстро сняла свои недорогие сережки и примерила новые. Алмазы сверкнули. Глеб отвел темные локоны и посмотрел на свою женщину. Серьги были ей к лицу.

— Сколько это все стоит?

Лицо продавца мгновенно напряглось. Ирина, как загипнотизированная, смотрела то на Глеба, то на продавца, а затем переводила взгляд на свое отражение в зеркальце. Она поняла, что произошло, только после того, как они с Глебом покинули антикварную лавку.

— Ты что, купил все это?

— Ну конечно, конечно, — ответил Глеб, — вот тебе и шкатулочка, — он подал Ирине кожаную шкатулку.

Та взяла ее в руки.

— Мне никто и никогда не дарил таких дорогих вещей. Ты же заплатил целое состояние.

— Ты того стоишь, — спокойно ответил Глеб.

Ирина обняла его за шею и, не обращая внимания на прохожих, страстно поцеловала в губы.

— Спасибо, дорогой, — прошептала она в ухо Глебу.

В девять вечера Глеб был у себя в мастерской. Он сидел, слушал музыку и немного меланхолично насвистывал. Он был сосредоточен. Он вспоминал все, что знал о Мартынове и Богаевском.

Вечером он обещал приехать к Ирине. Та обещала приготовить шикарный, прямо-таки царский ужин, и Глеб был в предвкушении вечера.

Но перед этим ему еще надо было встретиться с Соловьевым.

Сергей Соловьев гнал свою черную «волгу». Время от времени он посматривал в зеркальце заднего вида. Как ни странно, на этот раз за ним никто не следил. И Соловьев чувствовал себя спокойно. Он держал в памяти несколько адресов. На ходу прикурив сигарету, он опустил боковое стекло, затем включил приемник и прослушал сводку погоды на завтра. Соловьев не любил, когда идут дожди, а на завтра обещали именно дожди и порывистый северо-западный ветер.

«Вот и осень началась», — подумал про себя Соловьев, сворачивая в арбатский переулок.

Рядом с ним пронеслись белые «жигули», затем две машины такси. На большой скорости промчалась «тойота» с включенными фарами. Соловьев свернул под арку, затем въехал во двор к подъезду дома, в котором находилась мастерская Глеба. Затормозив, он посмотрел на часы. Было без пяти десять.

«Что ж, я как всегда пунктуален».

Вытащив ключи из замка зажигания, Соловьев увидел, как во двор въезжает серый «фиат».

«Кажется, я эту машину где-то видел».

В машине сидело двое мужчин. Соловьев открыл дверь, и в это время серый «фиат» поравнялся с его «волгой». Нога Соловьева не успела коснуться асфальта, как прогремел выстрел. Соловьев вздрогнул и уткнулся головой в руль. На прорезиненный коврик, на колени полилась кровь.

Дверь черной «волги» открылась, и Соловьев рухнул на асфальт. Прогремел еще один выстрел. Соловьев вздрогнул. Боковое тонированное стекло в сером «фиате» быстро поднялось, мотор взревел, и автомобиль, резко развернувшись, помчался к арке.

Глеб слушал музыку. Его лицо было сосредоточено. Ровно в десять он поднялся с кресла. Еще через десять минут он забеспокоился. А вскоре он услышал вой сирены «скорой помощи», и его сердце судорожно сжалось.

— Не может быть! Нет! Нет! — сказал он сам себе, уже понимая, что произошло.

Он выбежал из мастерской, затем остановился и, припав щекой к стеклу, глянул на улицу. Прямо у подъезда стояла черная «волга» Соловьева, милицейская машина и машина «скорой помощи». Дверь черной «волги» была открыта. Внизу о чем-то громко говорили.

Глеб напряг слух и смог услышать:

— Убили мужчину... Вот так, прямо на дворе. Да я сама слышала, как два раза стреляли, два раза, — говорила женщина.

Послышался собачий лай.

— Тузик, успокойся, замолчи. Видите, Мария Ивановна, даже пес испугался крови. Такая лужа...

— А что за мужчина?

— Да не из нашего двора, я его не знаю.

— Что же это делается! Как во время войны!

— И не говорите...

Глеб быстро вбежал в мастерскую, закрыл за собой дверь. Отодвинув стеллаж, открыл свой тайник и вытащил из зеленого ящика немецкий карабин, оптический прицел, две гранаты и сверток одежды.

— Скорее! Скорее! — торопил себя Глеб, чувствуя, как в нем закипает ярость и ненависть. — Серега... Серега... Как же ты так неосмотрительно? Сам же говорил, что за тобой следят... Я знаю, кто это, я все сделаю. Я перестреляю этих мерзавцев!

Через пять минут все вещи стояли на своих местах. И Глеб с тяжелой спортивной сумкой на плече уходил по чердаку, покидая свою мастерскую.

Тем же вечером Петр Петрович Мартынов уже знал, что полковник ФСБ Сергей Соловьев убит. Тем же вечером два его киллера уехали пассажирским поездом на юг.

Там их должен будет встретить человек Седого, и эти двое навсегда исчезнут. А деньги, которые им пообещал Седой, он передаст Гоге. Тот будет просто счастлив.

Накрапывал мелкий дождь. Вор в законе Седой сидел на мостках под зонтиком. Он внимательно следил за поплавками своих удочек. Лицо его было сосредоточенно и спокойно.

Все шло по плану. Бортеневский даст согласие, Седой прекрасно понимал, что деться банкиру уже некуда, что почва выбита у него из-под ног, и теперь можно делать с ним все, что угодно.

Красное перышко поплавка дрогнуло и медленно ушло под воду. Седой не спеша наклонился, взял сильной рукой удилище, сделал короткую подсечку и потянул на себя. Удилище выгнулось. Седой аккуратно подвел крупного окуня к мосткам, опустил подсачек, подхватил рыбу и поднял из воды. Окунь был действительно хорош, граммов на четыреста.

Шагах в десяти за его спиной прохаживались два телохранителя. Время от времени Седой оборачивался и грозил им кулаком. Те двое тут же останавливались и замирали как вкопанные.

Седой шипел:

— Отвалите, болваны, всю рыбу распугаете.

Те отходили шагов на пять в сторону по высокой мокрой траве. Седой цеплял червяка и забрасывал удочку. А затем замирал, глядя неподвижными глазами на покачивающиеся на мелких волнах красные поплавки.

— Ну, еще... еще... — шептал Седой и облизывал пересохшие губы.

Рыбалка и деньги — вот две страсти, которым отдавался Седой. Правда, деньгам он уделял куда больше внимания, а вот на рыбалку выбирался редко. Но если уж представлялся случай, то он уже не видел ничего вокруг себя. Он даже забывал о деньгах, вернее, ему казалось, что забывает, но его мозг продолжал работать. Он был похож на бухгалтера в отпуске, который, занимаясь любым делом, продолжает складывать, умножать и делить суммы.

Еще трое телохранителей стояли под развесистыми ивами. Им было получше, чем тем двоим, расхаживающим у края тростника. Седой сидел на мостках, перед ним простиралась старица, на которой не было ни одной лодки.

На одном из берегов были расположены дачи важных чинов из Министерства иностранных дел. Тут же находился и дом Седого. Он уже давным-давно выкупил его . Сумма была заплачена немалая, но, ясное дело, наличными. По бумагам прошли куда меньшие деньги. Седой очень дорожил этим своим убежищем — большим домом на берегу водоема в старом сосновом лесу.

Седой был так увлечен созерцанием неподвижно застывших поплавков, что даже не смотрел на противоположный берег. А там в кустах, одетый в камуфляжную форму, лежал Глеб Сиверов. Он следил в армейский бинокль за Седым. Он лежал уже полтора часа. Цель находилась от него довольно-таки далеко, и Глеб не был уверен, что сможет уложить его с одного выстрела. А на второй времени уже не оставалось. Выстрели он два раза — и его позицию засечет охрана. Но Глеб этого не боялся. Во-первых, им надо преодолеть старицу, а во-вторых, им еще надо будет его догнать.

Глеб освободил карабин от брезентового чехла, в котором обычно рыболовы носят удочки и спиннинги, затем приладил оптический прицел, загнал патрон в патронник и припал глазом к окуляру. Затем вспомнил и приподнял крышечку объектива. Дальний берег мгновенно приблизился.

Седой был так близко, что Глебу даже показалось, стоит протянуть руку — и коснешься плеча Седого. Он медленно повел карабином из стороны в сторону, а затем остановил перекрестье прямо на переносице Седого. Указательный палец лег на спусковой крючок.

Но в это время поплавок качнулся, Седой наклонился, потянувшись к удилищу.

Глеб выругался.

Поклевка оказалась ложной. Седой, морщась, занял

прежнее положение и принялся едва заметно покачиваться на маленьком складном стульчике.

— Что, ноги затекли? — прошептал Глеб, и его палец вновь почувствовал рифленый язычок курка. — Сейчас ты пойдешь кормить рыб, — сказал Глеб, мягко нажимая на курок.

Пуля вошла точно между глаз. Седой качнулся, затем завалился на бок и упал с мостков в воду. Глеб еще несколько секунд видел в окуляре одиноко стоящий под зонтиком маленький складной стул, затем он быстро спрятался за куст, опустил ветви, за считанные секунды разобрал карабин, убрал его в чехол и, пригнувшись, побежал к старым соснам на пологом берегу.

А на другой стороне старицы уже был переполох. Двое телохранителей Седого прямо с мостков бросились в воду, на поверхности которой расплылось розовое пятно. Они втащили своего шефа на мостки. Но он был мертв. Тут же один из телохранителей стал истерично вопить, подзывая тех, что были под деревьями.

Еще через полчаса Глеб Сиверов с брезентовым чехлом за плечами, в камуфляжной форме, в резиновых коротких сапогах, с рюкзаком за плечами стоял в тамбуре пригородной электрички, которая мчалась к Москве. У него был немного усталый вид. Он смотрел в стекло, забрызганное дождем, и время от времени на его губах появлялась горькая улыбка.

— Извините, у вас не будет закурить? — услышал Глеб немного охрипший, прокуренный голос.

Он резко обернулся, готовый к любым неприятностям. Перед ним стоял невысокий сухощавый мужчина в интеллигентных очках на небритом лице.

— Ну, как рыбалка? — глядя в глаза Глебу, поинтересовался мужчина.

— Да не очень. Двух окуней взял — и все.

— А что так слабо?

— Да что-то не идет рыба. А вот закурить у меня нет — некурящий.

— Как это так — рыбак, и некурящий? А хотите, я угощу вас яблоком?

Мужчина наклонился, сдернул с лукошка белую тряпку, взял в руку большое красное яблоко и подал Глебу.

— Спасибо, — ответил тот.

— Не за что. Надоела эта дача. Возишься, возишься, а толку — никакого.

— А по-моему, яблоки прекрасные, — сказал Глеб, рассматривая тяжелый плод.

— Яблоки эти не мои. У меня такие не растут. Это из соседского сада.

— Ну, может, и у вас вырастут такие.

— Я не умею всем этим заниматься. Ни садовник из меня не получается, ни огородник. Моя профессия — физик. Но кому это сейчас надо? А вы, прошу прощения, чем занимаетесь?

Глеб на мгновение задумался, а затем, глядя в глаза мужчине, сказал:

— Пишу статьи о музыке.

— Так вы критик или музыкант?

— Я занимаюсь музыкой, в частности, оперой.

— Оперы пишите или оперу? — пошутил дачник.

— Сейчас пишу книгу о Верди.

— Понятно, — сказал дачник...

Глеб с хрустом надкусил яблоко и только сейчас почувствовал, как пересохло у него во рту. Ведь ему пришлось бежать пять километров до станции, где он сел в пригородную электричку. Даже если кто-то и выйдет на его след, догнать его уже будет невозможно.

За окнами поплыли подмосковные дачные поселки.

Электричка начала останавливаться все чаще и чаще, и Глеб вышел, не доехав до вокзала. Он шел по улице с рюкзаком за плечами, с брезентовым чехлом для рыболовных снастей в руках. Накрапывал мелкий дождь, на тонких губах Глеба Сиверова появлялась и исчезала горькая улыбка. Он шел к автобусной остановке. Он знал, что уже через час будет думать совсем о другом: ему надо будет срочно исчезнуть из Москвы, и может быть, даже навсегда.

ЧАСТЬ ВТОРАЯ

ГЛАВА 1

Никогда нельзя знать точно, что с тобой случится заранее — это так. Но предполагать можно всегда. Однако бывают ситуации, которых человек панически боится и избегает даже думать о них. Это просто какая-то мистическая боязнь, словно одной только мыслью можно накликать беду. Но рано или поздно такая ситуация складывается, и тогда тот, кто боялся, оказывается беспомощным перед ней.

Так случилось и с Глебом Сиверовым.

Сколько раз ему доводилось видеть смерть других! Ежечасно он был готов встретить и собственную смерть. Однажды уже ему пришлось расстаться со своей прежней жизнью, со своей прежней внешностью, сменить имя. Но он не был готов в душе окончательно порвать с прошлым. Всегда оставалась какая-то, хоть и очень тонкая нить, связывающая его с прожитыми годами. И вот теперь, когда эта нить оборвалась, пусть даже и не по его вине, Глеб, понял, что он слаб. Можно бороться с другими, мобилизуя на это всю свою волю, но невозможно бороться с самим собой — ведь это достойный противник, ни в чем тебе не уступающий.

Первым желанием было отдаться течению судьбы, положиться на везение. Для всех он уже несколько лет как мертв, а единственный человек, знающий его тайну, теперь уже никому не мог о ней рассказать. Теперь Глеб был не в силах избавиться от навязчивого воспоминания. Он то и дело воскрешал в памяти давно забытый разговор со своим последним другом, предавшим его. Глеб не помнил в точности, где и когда это произошло. Но сама сцена вставала в мыслях в мельчайших подробностях.

...Невысокий журнальный столик, застланный чистой бумагой, разложенная на нем закуска. Глебу вспоминалось даже то, как были разложены в тарелке тонко порезанные помидоры, приправленные накрошенным чесноком и мелко порубленной зеленью. Помнились даже капельки влаги на запотевшей холодной бутылке водки и недокуренная сигарета в пепельнице, дым от которой поднимался тонкой струйкой к низкому потолку, обшитому пластиком. Медленно вращались лопасти большого потолочного вентилятора, разгоняя по узкой комнате щитового домика горячий воздух.

— ... Друзей не предают, — звучал низкий голос его друга, — их бросают или... — слова перемежались со смехом, — или убивают. Убийство — это не предательство. Каждому раньше или позже предстоит умереть, а помочь другу — святое дело.

— Значит, мы с тобой больше, чем друзья? — заметил Глеб.

— Может быть, может быть...

И вот это «может быть» вспоминалось отчетливо и ясно. Теперь у этой фразы возникал новый, иной смысл, чем понятый тогда. Любая фраза с течением времени, сохраняя слова, приобретает другой смысл в зависимости от возраста, от настроения. Иногда этот смысл становится совсем страшным. И нечего было искать для самого себя слова утешения о том, что я ни в чем не виноват, если бы не я его — то он меня... Слабое утешение — оправдывать свое существование чужой смертью, пусть этот человек и хотел тебя убить... Глеб ощущал то, чего не чувствовал уже считай что с детства, — страх и нерешительность. Его жизнь до этого пусть и полна была опасностей, но в ней все было предопределено. Он знал, что будет делать завтра, знал, куда идти, к кому. Когда на душе становилось невыносимо, он шел к Ирине Быстрицкой.

А теперь Глеб понимал, что не имеет права подвергать ее жизнь опасности. Гибель сотрудника спецслужбы, к тому же в таком высоком звании, не может остаться без последствий. Искать будут очень старательно. А прожить так, чтобы вообще не оставить никаких следов, — это было не под силу даже Глебу Сиверову.

Да, он порвал единственную нить, связывающую его с прошлым, но даже спецслужбы имеют такие прозаические подразделения, как бухгалтерия. И ясно, что деньги, которые он получал, номера всех купюр старательно занесены в какую-нибудь толстую амбарную книгу.

«Пройдет несколько дней, — думал Глеб, — и номера этих купюр станут отслеживать, где и когда они, наконец-то, всплывут. А ему нужно было убедить всех, что человек по кличке Слепой, портрета которого никто не знал, — тоже мертв. Значит, все заработанное им за последние годы пока что нельзя использовать, во всяком случае, здесь, в России».

Глебу нелегко было примириться с этой мыслью. В его распоряжении оставалось всего лишь четыре тысячи долларов, которые он называл «чистыми». В свое время предусмотрительный Сиверов, сдавая валюту, откладывал все мелкие купюры. Он всегда сдавал суммы, кратные ста долларам, обычно оставляя для себя двадцатки, пятидесятки, словно бы предчувствуя то, что с ним случится. Эти деньги он хранил у себя дома.

«Конечно, не очень компактно, — рассуждал Глеб, стягивая пачку долларов завязанной на узел резинкой, — зато надежно».

Порывшись в стенном шкафу, Глеб извлек на свет старую брезентовую сумку со множеством замков и молний, которой не пользовался уже достаточно давно и забыл, как она ощущается в руках. А ведь все предметы Глеб ощущал в первую очередь не взглядом, а руками. Он еще окончательно не решил, что будет делать, но знал — оставаться далее здесь, на квартире, не стоит. Если не сегодня, то завтра сюда могут нагрянуть ребята из спецслужбы. А с теми знаниями, которыми обладал Глеб, долго в этом мире не живут.

Он побросал в сумку деньги, бритву, несколько подвернувшихся под руку книжек и улыбнулся своей уж совсем невероятной мысли:

— Нет-нет, — тут же рассмеялся он, — никаких фотографий у меня нет. Никогда и ни с кем я не фотографировался.

Глеб бросил взгляд в висевшее на стене большое зеркало и злорадно ухмыльнулся.

«Вот так они будут смотреть на отражение собственных идиотских лиц и мечтать о том, чтобы узнать, кого же отражало это зеркало. Но нет, каждое мое отражение бесследно исчезает за этим стеклом, точно так же, как исчезают дни моей жизни. Они лежат где-то там, в прошлом, как фотоснимки. Но достать их оттуда в состояний только я сам, только своей памятью, и больше никто. Там и Ирина Быстрицкая. И наши с ней встречи, и долгие часы ожидания в укромных местах с оружием в руках. Нет, ребята, ни о чем этом вам узнать не доведется».

Он никогда никого не приводил в этот дом, старался избегать встреч с соседями. Да и сам редко появлялся здесь, предпочитая проводить время в так называемой «художественной мастерской». Но Глеб не сомневался: если спецслужбы начнут искать всерьез, то обязательно докопаются и до этого его укрытия. Москва — город большой, но затеряться в ней невозможно. Здесь на каждом шагу полно агентов, и какой-нибудь парень, со скучающим видом торчащий под фонарным столбом с полуувядшими цветами в руках, то и дело поглядывающий на часы, — совсем не обязательно безнадежно влюбленный, и в его бумажнике не фотокарточка любимой девушки, а портрет разыскиваемого преступника.

Глеб Сиверов уже, возможно вполне спокойно, применял к себе это страшное слово. Оно потеряло для него изначальный смысл, который вкладывают все остальные люди. И произносил он его в мыслях не испытывая при этом никаких эмоций. Да, человек, взявший на себя прерогативу Бога — отбирать чужие жизни, — не может быть никем другим, как преступником.

— А вот мой портрет вы не получите, — рассмеялся Глеб, глядя на свое отражение в зеркале. — Вам останется только моя кличка «Слепой», и вы будете слепы, пытаясь разыскать меня.

В сумку полетели еще несколько смен белья, новые, нераспакованные рубашки. Глеб никогда не брал с собой большого багажа, считая главным багажом деньги. Все можно купить и незачем таскать с собой тяжести. Он никогда не считал эту квартиру своим постоянным прибежищем, скорее всего, воспринимая ее как гостиничный номер, годный лишь на то, чтобы переспать в нем ночь, а назавтра, возможно, сменить его на другой. Поэтому расставался Сиверов со своим жилищем без сожаления.

Он даже не посмотрел на окна, когда садился в машину, лишь только чуть дрогнула рука, когда он поворачивал ключ в замке зажигания.

«Жаль, что меня не связывают с этим местом никакие приятные воспоминания. Я буду помнить лишь бессонные ночи, ночные кошмары, — подумал Глеб, — буду помнить звук музыки, плывущий в темноте ночи, и резкие, попадающие в такт музыке, всполохи от неоновой рекламы на фасаде соседнего здания. Синее, красное, синее, красное... — словно чередование смерти и жизни».

Двигатель автомобиля призывно урчал, приглашая Глеба двинуться в дорогу. Сумка с вещами стояла на соседнем сиденье.

«У меня в запасе неделя, максимум две. А возможно, меня разыскивают уже сейчас».

Чуть прибавив газу, Глеб переключил скорость, и его автомобиль плавно покатил по проезду. Впереди мальчишки играли в футбол, обозначив ворота на асфальте обломками кирпичей. Белобрысый паренек уже изготовился бить по воротам, но замешкался, завидев машину. Он явно испугался, что мяч может попасть под колеса. Ребята испуганно бросились в стороны, оставив на проезжей части обтрепанный футбольный мяч. Он медленно катился навстречу автомобилю. Сиверова поразило то, что мальчишки даже не попытались попросить его остановиться, никто не махал руками, все, затаив дыхание, смотрели на то, как мяч ныряет под бампер автомобиля.

Глеб тормознул и обернулся. Мяч медленно выкатился

позади машины. И только тогда прозвучало дружное «Ура!» и белобрысый паренек первым бросился к мячу.

— К черту! Все к черту! — пробормотал Глеб, вновь трогаясь с места.

Злость внезапно охватила его. Он злился не только на себя, но и на этих ребят, на двух старушек, неподвижно сидевших на лавочке. Его раздражала пара — молодой парень и девушка, идущие в обнимку по тротуару.

«Они все остаются здесь. Им не нужно убегать, не нужно прятаться. И только я в очередной раз должен изменить свое имя, должен потерять все то немногое, чем обзавелся за последние годы».

Глеб резко вывернул руль и раскрошил колесом обломок кирпича, обозначавшего штангу. Сорвав свою злость таким немудреным способом, Глеб наугад отыскал среди магнитофонных кассет ту, которую хотел послушать. Это была старая, одна из первых, какие выпускались отечественной промышленностью, компакт-кассета, довольно странная с виду. Ее корпус был сделан из металла, и пленка была видна лишь в маленькие пластиковые окошечки. Глеб как-то купил ее у уличного торговца, продававшего всякую дребедень — от старых водопроводных вентилей до радиодеталей. Рядом с кучкой значков, представлявшей серию «Гербы русских городов», лежала и стопка магнитофонных кассет. У Глеба тогда была назначена встреча, и от нечего делать он начал перебирать хлам. Продавец следил за ним жадным взглядом, явно в надежде на то, что к тем небольшим деньгам, что уже лежали в его кармане, прибавится еще пара тысяч, и ему хватит на бутылку водки. Глеб взял в руки потрескавшийся футляр и сразу ощутил тяжесть кассеты.

— Что за записи? — стараясь казаться безразличным, спросил Глеб, уже решив, что обязательно купит этот раритет.

— А черт его знает! — пожал плечами мужчина и добавил непечатное слово.

— Так что, ты не своим торгуешь?

— А тебе-то какая разница? — немного осторожно заметил продавец, боясь спугнуть покупателя.

— Может, украл где?

— А ты что, мент?

— Да вот не знаю, подойдет ли она к моему магнитофону.

— А ты попробуй, — продавец кивнул на машину Сиверова, припаркованную возле мусорного контейнера.

Глеб удивился тогда такой наблюдательности, ведь он припарковал машину полчаса тому назад.

— Ладно, я беру и так. Сколько тебе не хватает на бутылку?

Продавец улыбнулся.

— Бери за три тысячи.

Это была странная музыка. Глеб так и не сумел узнать ни автора, ни исполнителя. Играл духовой оркестр, но не то, что привыкли слушать. Музыка была сложной, современной и местами напоминала звуки, несущиеся из оркестровой ямы во время репетиции оркестра. Было такое впечатление, будто дирижер куда-то ушел, оставив оркестрантов доигрывать как кто умеет. А те, боясь, что дирижер подслушивает за углом, не бросили ли они работу, спустя рукава доиграли произведение.

Глеб поставил кассету в прорезь магнитолы, и та жадно заглотила предложенную ей пищу. Салон машины наполнили мощные звуки труб, и музыкальный диссонанс прозвучал в странном согласии с настроением Глеба. Музыка, такая же тяжелая, как и металлическая кассета, хранящая ее, звучала и звучала. Глеб начинал злиться только тогда, когда ему приходилось останавливаться на красный сигнал светофора. Он знал, если ехать медленнее, можно попасть в «зеленую волну». Но все равно, каждый раз, лишь только впереди менялся свет, разгонял машину и первым в колонне замирал на перекрестке. А затем вновь мелькали столбы фонарей, отливали зеркальным блеском витрины магазинов. Лица прохожих смазывались, и Глеб на себе ощущал безразличие огромного города, в котором невозможно стоять на месте, который существует только в движении.

«Сколько тайн скрывается за масками на лицах людей? — думал Сиверов. — Многие из них мечтают о чужой смерти, но мало кто из них способен убить сам. Нет, они с удовольствием поручат это кому-нибудь другому, с облегчением подумав, что так они смогли обмануть самого Бога. Да, — продолжал Глеб, — каждый человек хоть раз в жизни мечтал о чужой смерти. Но не у каждого хватает силы воли воплотить свою мечту в реальность».

Из динамика послышалась барабанная дробь, отдаленно напоминающая трескотню выстрелов.

Еще несколько поворотов — и Глеб Сиверов остановил свою машину во дворе дома, где располагалась его так называемая «мастерская». Глеб осмотрелся. Незнакомых машин нигде не стояло. Нигде ни человека, лишь только помоечные коты голодными глазами смотрели на него, сидя на крышках мусорных контейнеров, да ветер гнал по проезду несколько пожелтевших газет.

Глеб, тяжело ступая, поднялся на крыльцо и очутился во влажной, пропахшей испражнениями, полутьме подъезда. Узкая лестница, о которой обычно говорят, что на ней не развернуться, когда выносят гроб, вела его вверх. Вот проплыли последние двери квартир и еще один марш, который преодолевал только он, Глеб, его сосед художник да, может быть, еще мальчишки, живущие в этом доме. Потолок, испещренный черными пятнами, весь в мышиных хвостиках сгоревших спичек. Звякнула в руке связка ключей. Глеб отворил сперва одну ничем не приметную дверь, затем чуть слышно заскрежетал сложный замок двери-сейфа, и он тут же закрыл их за собой. Слабый свет заливал помещение. Пыль клубилась в косых лучах солнца.

Глеб совершил беглый осмотр. Нет, никто сюда не заходил в его отсутствие. Да и кто здесь мог появиться! Еще стояли на столике две чашечки с высохшим кофе. Пыль ровно покрывала доски пола.

Глеб отодвинул в сторону книжные полки и открыл еще одну дверь — ту, которая вела в самое сердце его мастерской. Его встретил мертвый блеск погасшего экрана монитора. Мягкое кресло приняло Глеба, и он на какое-то мгновение даже зажмурился от удовольствия.

«Вот здесь бы провести день-два, глядя на голубой экран, а затем вечером сидеть за столом и чистить оружие, выбирая пылинки из самых маленьких трещин, натирая детали смазкой, снаряжая магазины».

Глеб нажал кнопку, монитор засветился...

На всякий случай проверил, не оставил ли каких записей. Пусто, лишь одни базовые программы. Уходить не хотелось, да и нужно было сделать еще кое-какие дела. Но Сиверов оттягивал свое прощание с мастерской.

Он сполоснул фильтр кофеварки, неприятно ощутив на пальцах твердые крупинки размолотого кофе, засыпал новый порошок и включил аппарат. Вскоре мастерскую наполнил приятно возбуждающий аромат, тонкой струйкой зажурчал напиток. Кофеварка выпустила из своей утробы несколько облаков пара и подмигнула хозяину красным огоньком индикатора.

Глеб не стал мыть чашки, а взял последнюю чистую из набора. Тонкий белый, без рисунка, фарфор, небольшое, изящно выгнутое блюдце. Глеб сел на край подиума и поставил чашку себе на колено. Он часто так проверял, разгулялись ли у него нервы. Чашка стояла неподвижно, и даже кофе не плескался в ней.

«Все хорошо, все отлично, — успокаивал себя мужчина. — То, что с тобой случилось, — вполне закономерно. Иного и не могло быть».

Он нетерпеливо сделал несколько глотков, обжигая губы, обжигая язык, небо. Это всегда успокаивало — физическая боль помогала заглушить душевную.

Два портрета висели на стене. Сиверов подошел к ним и снял, скрутив в трубку. Затем щелкнул зажигалкой и поднес огонек к краю бумаги. Толстый ватман неохотно занялся, но затем в бумажную трубку, словно в дымоход, с шумом потянуло воздух. Огонь ровными упругими языками стал подбираться все ближе и ближе к пальцам, сжимающим края трубки. Глеб положил горящую бумагу в умывальник, дождался, когда сгорит последний клочок и включил воду. Черные хлопья, разваливаясь на микроскопические кусочки, один за другим исчезали в зарешеченном отверстии стока.

«Ты теряешь свое лицо», — невесело пошутил Глеб и вымыл руки.

Тишина, царившая в мастерской, начала угнетать его. И чтобы обмануть свое одиночество, мужчина включил музыку. Убавив громкость чуть ли не до шепота, он выбрал диск наугад и теперь вслушивался в голос Фишера Дискау, исполнявшего Шуберта.

«Как редко Бог награждает человека талантом, — думал Сиверов. — Как редко Бог награждает человека умом, и как редко случается, что и ум и талант достаются в одни и те же руки. Умный певец — редкость. Но самое странное то, что интеллект исполнителя можно сразу же отличить, прослушав всего несколько минут записи. И пусть певец повторяет чужие слова, исполняет чужую музыку, но все равно, в его голосе слышна душа, слышен ум».

А в том, что Фишер Дискау — чрезвычайно умный человек, Глеб не сомневался.

«Когда кончится компакт, я должен буду уйти из мастерской», — решил он для себя.

Ему было легче смириться с этой мыслью, словно бы не он сам, а кто-то свыше отмерял ему время. Слишком многое удерживало его здесь, чтобы он сам решился уйти.

Глеб не спеша перебирал оружие, решая, что ему стоит взять с собой. Громоздкие приспособления он сразу же отложил в сторону.

Наконец, на столе остались лежать лишь два пистолета, короткоствольный револьвер, разобранная на части винтовка с оптическим прицелом да дюжина коробок с патронами. Все остальное оружие вновь заняло свое место в тайнике.

Теперь уже сумка не казалась Глебу такой легкой. Брезентовый ремень оттягивал плечо, когда он, стоя в дверях, дожидался, когда же наконец кончится компакт. Но вот прозвучали последние такты музыки.

Глеб нажал кнопку на пульте дистанционного управления. Погас красный огонек. Мастерская вновь приняла безжизненный вид. Сиверов бросил пульт на скомканное покрывало, лежавшее на подиумс, и вышел на площадку. Он посмотрел в дверной проем так, словно перед ним была картина в простой деревянной раме. Ему хотелось как можно более подробнее запомнить все, что он оставлял здесь. Нет, интерьер мастерской не был наполнен уютом, но все-таки это была часть его души, которую он оставлял здесь, в Москве, в городе, который стал для него родным, часть его самого.

— Долгое прощание — долгая печаль, — пробормотал себе под нос Глеб, закрывая дверь.

Вновь заскрежетали замки, и, как бы боясь вернуться, Сиверов заспешил вниз, перепрыгивая сразу через две ступеньки. Сумка несколько раз больно ударила его по бедру.

— Джентльменский набор, — хмыкнул Глеб. — Оружие, смена белья, патроны и несколько компактов с музыкой. Если меня сейчас возьмут, то хороший телевизионный репортаж обеспечен.

И Глеб представил себе, как на экране телевизора после серьезного лица диктора возникает стол, на котором в ряд разложены пистолеты, разобранная винтовка, квадратные коробки компакт-дисков. Но на всем этом не задерживается внимание зрителей, главное — это ровные пачки стодолларовых купюр по десять тысяч в каждой. Деньги, которые он сейчас не может использовать, которые нужно надежно спрятать, про которые нужно заставить себя забыть.

«Слава Богу, доллары — это не рубли, — ухмыльнулся Глеб, садясь в машину, — не нужно опасаться денежных реформ. Они пролежат в надежном месте года два или три. А тогда уже все забудется, сменятся люди в руководстве, и никому не будет дела до того, что где-нибудь за границей всплывут купюры, номера которых записаны в толстой амбарной книге бухгалтерии. Плата за смерть, — думал мужчина, выезжая на улицу. — Не только за чужие смерти, но и за свою собственную. Мне приходится умирать во второй раз».

Сразу за перекрестком Глеб остановился и подошел к газетному киоску. Небольшая очередь, человек пять интеллигентного вида, в очках. Киоскерша старательно отсчитывала сдачу, подавала людям сложенные вдвое газеты.

— Какое-нибудь рекламное приложение, — попросил Глеб Сиверов.

Ему досталась толстая газета на тридцати страницах. Устроившись в машине, он принялся листать ее. Объявления о квартирных обменах его не интересовали. Точно так же, как продажа радиотехники, кошек, собак.

Наконец, его внимание остановилось на рекламном объявлении, снабженном фотоснимком — длинные ряды металлических стеллажей, мерцание маленьких дверок — депозитарное хранилище. Он пробежал взглядом объявление. Все его устраивало. Да и банк, где располагалось хранилище, находился недалеко, всего лишь в трех кварталах отсюда. Газета полетела на заднее сиденье, и впервые за этот день Глеб Сиверов по-настоящему куда-то заспешил.

Банк встретил его неброской вывеской, правда, двери уже успели поставить изящные, из стекла, взятые в тонкую металлическую раму. Стальные сворачивающиеся жалюзи были убраны. У самого входа Глеб обменялся взглядом с охранником. Тот молчаливо уступил посетителю дорогу, и по мягкому ковру Сиверов отправился в глубину здания, ориентируясь по синим стрелкам, укрепленным под самым потолком. Завидев телекамеру, Сиверов чуть пониже наклонил голову — так, чтобы тень упала на его лицо.

«Конечно, — подумал мужчина, — скорее всего, они долго не хранят кассеты с записью. И, скорее всего, на них потом детишки работников банка записывают мультфильмы. Но чем черт не шутит, лучше не оставлять своего портрета».

Наконец, после поворота, перед Глебом замаячила белая пластиковая дверь с надписью: «Прием клиентов депозитарного хранилища». Он постучал.

— Войдите, — послышался мелодичный голос.

Его встретила приветливой улыбкой хозяйка кабинета, миловидная девушка, чья красота тут же напомнила Глебу о существовании фарфоровых статуэток. Девушка явно страстно хотела походить на героиню рекламных роликов.

— Добрый день. Садитесь, — предложила она Глебу кресло и подвинула к нему пепельницу.

Ее ничуть не смутил дорожный вид Сиверова, джинсы, брезентовая куртка и потрепанная сумка на плече. Она посмотрела своими немигающими глазами на мужчину и, продолжая улыбаться, поинтересовалась:

— Чем могу быть полезной?

— Мне нужна ячейка в депозитарном хранилище.

Девушка тут же заученно принялась объяснять:

— У нас есть три вида ячеек. Первые очень маленькие, мы их обычно используем для хранения драгоценностей. Средние — для наличности, и большие, где обычно хранят документы.

— Мне хватит и маленькой, — улыбнулся Глеб, — конечно, если меня устроят условия, на которых вы предложите мне воспользоваться вашими услугами.

— От каждой ячейки у нас существуют два ключа — один отдается вам, второй остается у меня. Только этими двумя ключами и можно открыть дверцу.

— Хорошо. Меня это устраивает.

— Вы хотите записать ячейку на свое имя или оставите девиз?

— Сперва я хотел бы поинтересоваться, можно ли оплатить ячейку вперед на год?

— Хоть на столетие, — улыбнулась девушка, обнажив идеально ровные, белоснежные зубы. — Платить будете наличными или по перечислению?

— Наличными.

Служащая банка извлекла из недр своего стола типовой бланк договора, быстро вставила его в принтер и занесла руки над клавиатурой.

— Каким будет ваш девиз?

— Валькирия, — не задумываясь, ответил Глеб.

— Пожалуйста, по буквам, — попросила служащая, явно не понимая, что может обозначать это слово.

Глеб продиктовал.

— А теперь я прошу вас подписать эту бумагу.

— Это обязательно? — спросил Сиверов.

— Да.

Нехотя он достал ручку и задумался.

— Вы можете подписаться и не своей подписью. Но только смотрите, воспроизвести ее вам потом придется точь-в-точь.

— У меня много подписей, — хмыкнул Глеб.

— Тогда не забудьте, какой именно вы сегодня расписываетесь.

И Сиверов размашисто подписался: «Валькирия».

— С вас причитается восемьсот тысяч.

— Простите, но мне некогда менять валюту.

— Хорошо, я сделаю это за вас.

Глеб отсчитал доллары.

— Только-то и всего?

— Если вы хотели заплатить больше, нужно было брать большую ячейку.

Девушка открыла сейф и вынула из него два одинаковых ключика. Вернее, они показались Глебу одинаковыми только на первый взгляд. Потом он заметил, что они разнятся нарезкой.

— Вот ваш. А этот останется у меня. Вы отправитесь сразу или попьете кофе?

— А у вас цейлонский или краснодарский? — с абсолютно серьезным лицом осведомился Сиверов.

Девушка не удержалась и рассмеялась:

— Кофе у меня отличный.

— Я бы с удовольствием выпил с вами не только кофе, но, к сожалению, вы на службе. Пошли.

Сиверов поднялся, девушка подошла к двери.

— Я пойду впереди, если вы не возражаете.

Они шли по длинному коридору, залитому безжизненным светом люминесцентных ламп.

— Странно, вы совсем не интересуетесь системой безопасности, — сказала, не оборачиваясь, служащая банка.

— Это потому, что я не собираюсь грабить ваше хранилище.

Глеб смотрсл на стройные бедра женщины, затянутые в короткую, облегающую юбку.

— Хотя в вашем банке есть одна вещь, которую мне хотелось бы похитить.

— Конечно же, вы скажете — это я?

— Разумеется.

— Не вы первый говорите такое. Наверное, клиенты очень волнуются, оставляя на хранение большие ценности и говорят всякие глупости.

Прикрыв рукой панель, служащая набрала код, и ажурная металлическая решетка отъехала в сторону.

— У вас все как в рекламе, — глядя поверх плеча девушки, воскликнул Глеб.

И впрямь, перед ним сияли полированным металлом дверцы ячеек.

— Я проведу вас к вашей, а затем подожду у выхода.

Они оказались в самом дальнем углу хранилища. Два ключа вошли в отверстие, и дверца распахнулась.

— Можете просто отвернуться, — посоветовал Глеб.

— Я должна выполнять инструкции.

— А кто вас увидит?

— В общем-то, ваше дело.

Служащая банка отвернулась. Глеб расстегнул сумку, и прозрачный полиэтиленовый пакет с банковскими пачками лег в прохладную нишу.

— Теперь закрываем.

Ключи повернулись в отверстиях, и каждый остался у своего хозяина.

— Ну вот, теперь целый год вы можете быть спокойны.

— Надеюсь, я появлюсь здесь раньше, — сказал Глеб.

— Должна предупредить: разницу за срок хранения мы вам не выплатим.

— Я появлюсь здесь, чтобы увидеть вас.

Служащая даже не восприняла этот комплимент всерьез, настолько шутливым тоном он был произнесен.

— А что если кому-нибудь взбредет в голову оставить здесь взрывчатку? — поинтересовался Сиверов для того, чтобы хоть как-то расшевелить девушку.

— Ну и фантазии же приходят вам в голову! Надеюсь, вы этого не сделали?

— Надеюсь, этого не сделал никто из ваших клиентов.

— Если хотите, можете застраховать свой вклад. Но это вам обойдется еще...

— Нет, я этого не буду делать, плохая примета.

— Тогда мне только остается пожелать вам счастливого путешествия.

— А с чего вы взяли, что я отправляюсь в путешествие?

— Ну как же? Если вы оставляете ценности, значит, куда-то отправляетесь, к тому же не зная наверняка, когда вернетесь.

— Вы ошиблись. Здесь я спрятал заначку от своей жены. Вы не верите?

Девушка покачала головой:

— Вы не похожи на женатого человека.

— Хорошо, значит, я спрятал здесь недопитую бутылку водки для того, чтобы опохмелиться ровно через год.

— Вот это уже больше похоже на правду. И вообще, дела наших клиентов меня совершенно не интересуют.

— А зря.

Глеб взмахнул рукой на прощание и двинулся к выходу. На душе у него стало немного легче. Еще одна часть его прошлой жизни оказалась надежно замурованной в подземельях банка.

— А теперь — к Ирине, — невесело усмехнулся Глеб, глядя на свое отражение в зеркальце заднего вида.

Он не спешил тронуть машину с места.

«Имею я право увидеть ее или нет?» — рассуждал Глеб.

Ему страстно хотелось увидеться с Быстрицкой, сказать ей слова прощания, пообещать, что лишь только представится возможность, они встретятся вновь. Но Глеб понимал: он не имеет на это права. Пусть лучше думает, что он исчез, пусть лучше думает, что он мертв, но не терзает себя, зная правду. Ведь вполне возможно, что спецслужбы докопаются и до нее. Начнутся допросы, и ей будет легче говорить правду, что она не знает, кто он такой, не знает, откуда возник и куда исчез, чем занимался. Сколько раз до этого у Глеба возникал соблазн все рассказать

Быстрицкой, признаться в том, что он никакой не Федор Молчанов, но каждый раз он находил в себе силы остановиться, не сделать рокового шага. И только благодаря этому он мог сейчас спокойно рассуждать. «Если я не сделал этого раньше, то не нужно делать и теперь. Возможно, все обойдется, мы встретимся вновь, и она даже не узнает о том, что я собирался навсегда покинуть ее. Вот только дискеты... Я обязан их забрать. Ведь если они попадут в руки спецслужб, то могут пострадать люди, которым я не желаю зла. И в первую очередь — Ирина».

Глеб не доехал до ее дома полквартала, припарковал машину во дворах и, отыскав ближайший телефон-автомат, набрал номер. Он ждал долго, пока не прозвучало гудков десять. Теперь уже стало ясно, что Ирины дома нет.

— Ну вот, теперь можно идти, — сказал сам себе мужчина.

Он быстро зашагал по направлению к дому Быстрицкой. Для чего-то еще раз бросил взгляд на табличку с адресом: «Берингов проезд». Плотно сдвинутые шторы на окнах. Обычно в такое время Быстрицкой никогда не было дома. У нее хватало занятий на службе. Но Глеб любил делать все с предосторожностями. Он поднялся на третий этаж, позвонил в дверь и тут же взбежал этажом выше. Он ждал долго, затаив дыхание, прислушиваясь к малейшим шорохам, доносившимся из глубин дома.

Но квартира Быстрицкой молчала, не отзываясь ни звуком. Тогда, сжав в руке ключ, Глеб остановился возле двери, еще раз прислушался. Никто не поднимался, никто из соседей не подходил к двери. Ключ бесшумно вошел в отверстие, повернулся, и Глеб оказался в знакомой ему до мельчайших подробностей квартире. Чуть слышно урчал холодильник на кухне, капала в ванной вода из неплотно закрытого крана. Сиверов почувствовал, как комок подкатывает у него к горлу, как туманится взгляд. Все здесь напоминало об Ирине. Он прошел в спальню и увидел брошенные второпях на стул колготки, рубашку, джинсы, в которых Ирина иногда ходила дома. Джинсы еще хранили местами форму ее тела.

Глеб опустился на колени перед стулом и, приподняв колготки, коснулся ими своего лица. Тонкая как паутина ткань совсем не задерживала его дыхания, и мужчине казалось, что в этот момент он прикасается к женщине, уткнувшись лицом в ее бедро, как бывало не раз. Когда они вместе опускались на ковер, Ирина садилась, прислонившись к тахте, и развязывала пояс халата. А Глеб клал голову ей на колени. «Все, хватит сентиментальных воспоминаний!» — резко оборвал себя мужчина.

Он подошел к комоду, выдвинул нижний ящик и приподнял стопку белья. Дискетница лежала там же, куда ее положила Ирина в его присутствии.

— Так будет лучше, — пробормотал Глеб, опуская дискетницу в сумку.

На дно ящика он положил точно такую же, с чистыми, даже не отформатированными дискетами.

«Пусть думает, что хранит нечто важное. И если все обойдется, я приду в один прекрасный вечер и заберу их, пустые. А она даже ни о чем и не догадается. Но если придут мои враги, пусть лучше им достанутся в руки ноль, пустота, небытие. Им достанется моя смерть».

Глеб задвинул ящик и уже собирался уходить, как вдруг на площадке послышались шаги и веселый смех. Он узнал бы этот смех даже среди толпы.

«Ирина!» — мелькнула мысль.

— Сейчас мы с тобой попьем кофе, — говорила женщина своему невидимому собеседнику.

«Она не одна!»

Глеб быстро забросил свою сумку за высокую спинку тахты, стоявшую у окна, и сам нырнул в эту узкую щель. Тахта вплотную не подходила к стене, ей мешала батарея парового отопления.

Ключ повернулся в замке. Из своего убежища Глеб, прижавшись к полу, мог видеть только ноги входящих — две пары женских, на высоких каблуках, туфель.

«Она с подругой».

— Вот видишь, как хорошо, что ты подвезла меня! — говорила Ирина. — А ты сразу уедешь?

— Не знаю, — низким грудным голосом отвечала женщина, пришедшая с Быстрицкой. — Если мне у тебя понравится, может, останусь и до вечера.

— Тебе у меня никак не может понравиться.

— Почему?

— Потому что тебе нравится мужское общество.

— Только не нужно мне рассказывать, что к тебе не ходит никто из мужчин.

— Ходят ко мне, но друзей с собой не прихватывают.

— Если ты хочешь знать, Ирина, мужчины мне надоели. Хуже горькой редьки!

Женщины перешли на кухню, и Глеб уже плохо различал их голоса.

«Это же надо так глупо попасться! — думал он. — Хорош же я буду, если Ирина догадается заглянуть за тахту и увидит меня там!»

Потянуло запахом свежесваренного кофе. Глеб уже успел устроиться поудобнее, положив под голову свою сумку. Теперь ему стал виден и целый сектор комнаты, дверца платяного шкафа, комод и музыкальный центр на нем.

Вскоре послышались тихие шаги. Ирина Быстрицкая вошла в комнату. Она ступала босиком, смешно поджимая пальцы ног. Женщина остановилась перед платяным шкафом и через голову сбросила блузку. Она разделась, оставшись в одном белье. Глеб, затаив дыхание, следил за ней. Ему так хотелось прикоснуться к ее телу рукой, еще раз поцеловать ее, обнять... Но он понимал: нужно оставаться здесь, в укрытии, и ничем не выдавать свое присутствие. Щелкнула застежка бюстгальтера, и в полумраке комнаты забелела обнаженная грудь, тонкая полоска кружевных трусиков. Женщина запрокинула голову, выдернула заколки из волос, и те рассыпались по ее плечам. Затем, словно что-то заподозрив, Ирина замерла и, скрестив на груди руки, как бы прикрывая свою наготу, повернулась к постели.

Глеб наверняка знал, что, стоя у шкафа, его невозможно заметить. Он смотрел сквозь узкую щель из полной темноты в слабо освещенную комнату. Ирина медленно опустила руки, расправила волосы.

Глеб смотрел на нее, стараясь запомнить такой. Никогда еще Быстрицкая не казалась ему такой красивой, не казалась такой желанной. Великий соблазн — подсматривать за человеком, когда он не подозревает об этом, к тому же если этот человек очень близок тебе.

Ирина улыбнулась сама себе и, взяв прядь своих длинных волос, зажала их в пальцах. А затем, словно кисточкой, поводила ими по губам.

— Какая же я глупая! — внезапно вслух произнесла она.

А затем, чуть прищурив глаза, посмотрела прямо туда, где прятался Глеб. Ему показалось, ее взгляд проникает ему в душу.

Быстрицкая не торопясь развернулась, подошла к шкафу, набросила себе на плечи халат и вышла из комнаты.

Наконец Глеб вспомнил, что нужно дышать. Но передышка оказалась слишком короткой. Вскоре обе женщины вошли в спальню. Подругу или знакомую Ирины Сиверов не знал. Он видел ее впервые. Стройная, немного молодящаяся блондинка с холодным взглядом.

— Галя, посмотри, — сказала Быстрицкая, присаживаясь на корточки возле комода и выдвигая нижний ящик. В ее руках блеснул целлулоидом пакет, затрещала отрываемая клейкая лента.

— Ой, какая прелесть! — воскликнула Галя, принимая из рук Быстрицкой блузку, еще сколотую булавками.

— Если хочешь, могу тебе продать. Мне она успела разонравиться.

— Но ты же ее еще ни разу не успела надеть!

— Ну и что?

Галя покачала головой.

— Наверное, ты меня обманываешь. Она не нравится не тебе, а твоему мужчине. И вообще, почему ты делаешь из своих отношений с ним какую-то тайну? Никогда мне его не показываешь, никогда не рассказываешь о нем.

— Да нет у меня никого, — улыбнулась Ирина.

— Рассказывай, рассказывай... Я по глазам вижу женщину, у которой никого нет. А ты ходишь по улицам так, словно бы вокруг не существует мужчин. Ты ни на кого не бросишь восхищенного взгляда. А если и посмотришь на кого, то явно в мыслях сравниваешь его с тем, кто тебе дорог.

— Ну ладно, конечно же, у меня есть любовник.

— Вот теперь ты не обманываешь, — подруга Ирины отошла к тахте и села на нее так, что Глеб мог видеть только ее ноги в туфлях на высоких, подбитых металлическими подковками, каблуках.

Она сидела так близко от него, что можно было протянуть руку и обхватить ее стройную щиколотку большим и указательным пальцами.

— А почему ты никак не выйдешь замуж? Он что, женат?

— Да знаешь... — замялась Ирина, ей явно не очень-то хотелось рассуждать на эту тему.

А Галя настаивала:

— Да ты хоть мне его фотографию покажи.

— Нет у меня фотографии, — вконец растерялась Быстрицкая.

— Ну, знаешь... — голос Гали звучал даже сердито, — тогда могу тебе сказать: он последняя сволочь! Да ты, наверное, даже и не знаешь, где он живет?

— Давай не будем об этом. Как тебе блузка?

Ноги Гали на какое-то мгновение исчезли из поля зрения Глеба. Затем он увидел, как падает на пол сарафан женщины. Следом на ковер упало несколько булавок. Подруга Ирины вышла на середину комнаты. Блузка прикрывала ее бедра до середины.

— По-моему, вполне ничего. Но смотрится как-то уж слишком по-девичьи.

— А ты и так всегда молодишься. К тому же с юбкой будет смотреться немного строже.

— А я не хочу выглядеть строго, я должна быть доступной и привлекательной.

— Тогда расстегни верхнюю пуговицу и никогда не заправляй блузку слишком плотно в юбку. Вырез должен быть такой, чтобы, когда ты наклонишься, в нем могла мелькнуть твоя грудь.

Галя засмеялась.

— Моя грудь слишком большая для того, чтобы мелькать.

Глеб был готов уже скрежетать губами. Эти глупые разговоры окончательно доконали его.

«Как хорошо, что Ирина не знакомила меня со своими подругами, иначе я зашелся бы от тоски. И как могут быть интересны женщинам все эти идиотские штучки, рюшечки, кружева? — но тут же он оборвал себя. — Самое странное, что все эти рюшечки и кружева интересны не столько женщинам, сколько мужчинам. Ведь это ради них устраиваются маскарады, и женщины готовы полдня рассуждать, стоит ли расстегивать вторую пуговичку для того, чтобы в разрезе мелькала грудь, или нет».

— Если ты не против, Ирина, то я поношу ее пару дней, а расплачусь с тобой немного позже.

— Да, у меня не горит с деньгами.

— Ну как же, наверное, твой любовник очень состоятельный мужчина.

Ирина пожала плечами.

— Ну-ну, не притворяйся. Я даже готова тебе простить, если он стар и на его голове лысина, отполированная до зеркального блеска.

— Да нет, что ты!

— Не притворяйся. А иначе почему ты не хочешь показать мне его фотографии, не хочешь с ним познакомить? Может, ты начнешь мне рассказывать, что он какой-нибудь полярный летчик? — Галя взглянула на часы. — Мне пора.

— Тебе не понравилось у меня, и ты передумала оставаться? Мы могли бы поговорить, посплетничать...

— Я должна позвонить.

Женщина вышла в коридор, и вскоре оттуда послышался ее низкий голос.

— Алло!

— ...

— Да, непременно. Ты знаешь, от кого я тебе сейчас звоню?

— ...

— От Ирины Быстрицкой.

— ...

— Нет, мне кажется, приезжать тебе сюда не следует.

— ...

— Ирина не любит посторонних.

— ...

— Конечно, ты не посторонний, но для меня, а не для нее.

— ...

— Ладно, ладно, не сердись. Скоро приеду. Кстати, сможешь оценить мое новое приобретение.

— ...

— А вот это секрет. Могу только сказать, что очень сексуальное.

Глеб видел из своего укрытия, как меняется выражение лица у Ирины, видел испуг в ее глазах, когда Галя обсуждала со своим любовником, стоит ли приезжать ему сюда, и видел, как Быстрицкая с облегчением вздохнула, когда ее подруга решила уходить.

— Ладно, ладно, я спешу, — говорила Галя, вбегая в комнату. — Я могла бы тебя познакомить с одним его другом. Очень состоятельный, но, к сожалению, никакого строительства не затевает и поэтому совершенно не интересен для тебя.

Галя нырнула в сарафан и попросила Ирину:

— Застегни эту молнию, а то можно просто руки вывихнуть, пока до нее дотянешься.

Галя наскоро поцеловала Ирину в щеку и убежала. Быстрицкая вернулась в спальню и, присев у нижнего ящика комода, выдвинула его. Женщина приподняла стопку белья и извлекла на свет дискетницу. Сиверов проклинал себя на чем свет стоит, глядя на то, как Ирина касается серой пластмассы губами, как мечтательно прикрывает глаза. Она касалась маленькой коробочки так, словно это был он сам, Глеб. «Нет, я не вынесу. Это не может долго продолжаться!» И уже не страх, а стыд удерживал Глеба на месте. Стыд быть застигнутым врасплох, словно он собирался выведать какую-то тайну Ирины, стыдную и неприглядную.

Женщина положила дискетницу на место, заботливо

прикрыла ее бельем, задвинула ящик. Затем сбросила халат, белье и плавно покачивая бедрами, подошла к музыкальному центру. И тут зазвучала музыка. Глеб уже догадался, какой диск стоит. Он знал об этом даже прежде, чем в воздухе возникли первые такты. Конечно, это был Вагнер.

Быстрицкая сделала несколько па, вскинула руки и закружилась по комнате. Затем подхватила халат, перебросила его через руку и выбежала из комнаты. Вскоре послышался шум воды в ванной. Душ работал на полную мощность.

«Или сейчас, или я отсюда никогда не уйду!» — подумал Глеб, выбираясь из-за тахты.

Он перебросил ремень сумки через шею, чтобы руки были свободны, и осторожно выглянул из-за дверного косяка. Дверь в ванную комнату оказалась открытой. Ирина стояла под расходящимися веером струями искусственного дождя и, закрыв глаза, подставляла свое лицо освежающей влаге. Аромат шампуня плыл по квартире, клочья пены, увлекаемые струями, ползли по ее черным, прилипшим к телу волосам.

— Я должен уйти, извини меня, — пробормотал Глеб, наверняка зная, что Ирина его не услышит.

Он еще немного постоял, любуясь, а затем, бесшумно ступая, приблизился к входной двери. Он сжал в пальцах дверную ручку и никак не мог заставить себя отодвинуть ригель замка.

«Я ухожу, — повторял себе Глеб, — я ухожу. Я уже ушел, и я обязательно вернусь сюда. И потом, когда смогу посмотреть Ирине в глаза, расскажу ей о том, как прятался за тахтой, как смотрел на нее, как понял, что могу любить только ее».

И тут из ванной донеслось тихое пение. Женщина подпевала бушующей музыке Вагнера.

Сделав над собой усилие, Глеб мягко провернул черную, похожую на переключатель старинных приемников, головку замка, и, боком протиснувшись в чуть приоткрытую дверь, выбрался на площадку и побежал по лестнице, сломя голову.

Ирина почувствовала, как холодный воздух коснулся ее тела, как шевельнулась подхваченная сквозняком занавеска, быстро закрутила краны. Прислушалась. Тишина. Лишь только далекие отзвуки шагов на лестничном марше.

Прикрывшись полотенцем, она вышла из ванной и, чуть-чуть приоткрыв дверь, высунулась на лестничную площадку. Там некстати оказался старичок. Он только что поднялся по лестнице и теперь отдыхал, опираясь на палочку. Он удивленно посмотрел на свою соседку, а затем стыдливо отвел взгляд в сторону.

— Добрый вечер, — пробормотал он.

— Добрый, — тоже смутившись, отвечала Ирина, думая, куда бы лучше приложить короткое полотенце — то ли к груди, то ли к бедрам.

А затем догадалась захлопнуть дверь, так и не решившись спросить у старичка, не встретился ли ему на лестнице молодой высокий мужчина с русыми, зачесанными назад волосами. Когда же она догадалась подбежать к окну, то двор перед ее подъездом был уже пуст. Лишь только качались ветви кустов, закрывавшие вход на мощенную бетонными плитами дорожку, которой никто из жильцов дома давно уже не пользовался.

ГЛАВА 2

Теперь, когда все свои следы Глеб Сиверов уже сумел замаскировать, когда сумел обезопасить Ирину Быстрицкую, стоило немного поразмыслить, куда исчезнуть, где спрятаться, чтобы отсидеться, пока не улягутся страсти. С детства Глеб любил изучать географические карты, к тому же они не были для него просто красочными картинками. Многие страны он знал так же хорошо, как ближнее Подмосковье или побережье Финского залива. Ведь отец вместе с ним исколесил не одну из них.

Отъехав от стоянки, Глеб остановился и извлек из-под сиденья атлас автомобильных дорог — старое издание, на котором еще значилась аббревиатура СССР. Сиверов любил аккуратность, и толстая книга была упакована в полиэтиленовый мешок. Он листал страницы. Мысль податься куда-нибудь за границу сразу же была отвергнута.

Нельзя оставлять следов. Нельзя позволить, чтобы где-нибудь на таможне мелькнула одна из его фамилий. Ведь паспорта, выданные ему службой безопасности, точно так же, как и стодолларовые банкноты, аккуратно оприходованы, на все существуют расписки и соответствующие документы. Значит, оставалась только Россия и ближнее зарубежье. Далекие города тоже отпали сразу. Стоило остановить свой выбор на чем-нибудь более подходящем для отдыха. За последние годы Глеб по-настоящему так и не отдыхал, выдавались всего лишь короткие передышки, за которые он почти не успевал привести в порядок нервы.

«А может, податься в Питер? — усмехнулся Глеб, разглядывая ломаную линию побережья на карте. — Какой-нибудь тихий пансионат на берегу Финского залива, хорошая кухня, оборудованный всем номер? Да, — сказал сам себе мужчина, — но подумай, тебя там могут искать. Это сегодня большая тайна, что Глеб Сиверов на самом деле жив, а завтра твое настоящее имя может попасть в ориентировки. И вот точно уж, где будут тебя ждать с засадой, так это на кладбище, возле могилы отца. Словоохотливый сторож обязательно расскажет, как каждые полгода к нему в сторожку заходил молодой человек довольно приметного роста и оставлял деньги, чтобы он ухаживал за могилой.

Значит, если не на север, то надо отправляться на юг. Но теперь российское побережье Черного моря сжалось до безобразия. Места, которые так любил Глеб, где не раз отдыхал вместе с отцом, хоть и были еще обозначены на карте одним и тем же цветом, что и российское побережье, находились теперь за границей. А это значило — вновь будут посты на дорогах, таможни и прочие неприятности.

Палец Глеба скользил по карте, уходя все дальше и дальше на юг, пока, наконец, не достиг кружочка с коротким названием Сочи.

«Вот это, наверное, то, что мне нужно. Довольно большой город, в котором никто не станет удивляться появлению нового человека. Можно менять через пару недель отели, можно вообще снять частную квартиру. Там еще довольно тепло и можно, не рискуя подхватить воспаление легких, купаться в море. Однако не я один такой умный, — улыбнулся Глеб, — и в Сочи всегда можно встретить старых знакомых».

Да, это рай, но рай для уголовников и для тех, кто их ловит. А старые знакомые существовали у Глеба и в том и другом мире. Его палец скользнул по карте ниже — туда, где уже начинались непривычные для русского уха названия — Гагры, Пицунда...

И тут Сиверов понял — это то, что ему нужно. Ничейная территория, на какое-то время выпавшая из-под контроля и Грузии, и России, страна, живущая по законам военного времени, где никого не должно интересовать, кто ты и откуда, если не лезешь в политику, если у тебя есть деньги, чтобы платить. И палец Глеба вновь вернулся к кружочку с надписью «Сочи».

«Значит так, здесь тупик. Дальше Адлера на поезде не заедешь. А там перебраться через несуществующую границу и выпасть из поля зрения российских спецслужб... Лучше и не придумаешь».

Глеб мечтательно вздохнул, вспомнив кавказские пейзажи, темно-зеленые горы. Это на побережье, а если отплыть подальше в море, то можно увидеть и покрытые снегом вершины скалистых гор, уходящих до самого горизонта.

«Как жаль, что я отправляюсь туда один, без Ирины, — подумал Глеб. — Сколько раз я ей обещал, что мы окажемся вместе на море! И вот вновь не сдерживаю свое обещание. Но ничего, когда все кончится, я вернусь и мы... Ладно-ладно, можешь обещать это женщине, но не нужно обманывать самого себя. Ты еще попробуй выкрутись».

Глеб с тоской посмотрел на улицу, на захламленный тротуар, на ржавые карнизы домов, на бестолково спешивших пешеходов и почувствовал ко всему этому дикое отвращение.

«Как только я мог вариться последний год во всем этом, даже и не помышляя об отдыхе, об уединении? Какое счастье оказаться одному, зная, что никто не сможет тебе позвонить, никто не придет со срочным заказом!»

Рука Глеба потянулась к переключателю скоростей, и он выехал со стоянки. Вокзал встретил Глеба неприветливо — серым, похожим на липкую паутину дождем. А когда он зашел в здание, то легче не стало. Влага, казалось, струится по мраморным стенам, духота и спертый воздух вызывали единственное желание — задержать дыхание. От касс тянулись длинные очереди, и монотонный голос из динамика то и дело объявлял об отправлении поездов.

Сиверов подошел к расписанию и почти сразу отыскал нужный ему поезд. Он отправлялся сегодня же, вечером. Конечной остановкой значился Адлер. Стоять в очереди не хотелось, и Глеб, сунув руки в карманы, прошелся между колонн, отыскивая взглядом спекулянта билетами. Однако то ли милиция недавно провела облаву, то ли у перекупщиков существовал перерыв на ужин, но Сиверов оказался на время ни с чем.

На всякий случай заняв очередь, он дождался, пока подойдет следующий пассажир — старичок в полотняной кепке с орденскими планками на груди.

«Такие никогда не уходят из очереди», — мысленно отметил Глеб и обратился к старику:

— Простите, вы будете стоять?

— Да.

— Тогда я отойду на минутку, проверю расписание.

Глеб поднялся наверх, туда, где было посвободнее и где можно было уже вздохнуть. Он присел возле барной стойки на высокое вертящееся кресло и заказал кофе.

«Прощай, любимый город...» — пришли на память слова из песни.

И впрямь, Глеб Сиверов прощался с Москвой. На сколько — он не знал сам. Одно было ясно — вернется он сюда не скоро.

За первой чашкой кофе последовала вторая, третья. И хотя Глеб уже ощущал легкое головокружение, он не думал останавливаться, словно алкоголик, выпивающий рюмку за рюмкой. Затем он чуть не рассмеялся. Его озарила догадка: «Какой же я идиот! На кой черт мне искать перекупщика? Каждый, кто работает на вокзале, вхож в кассы, а уж тем более этот парень», — он посмотрел на молодого бармена, который явно мнил себя чуть ли не самым главным во всей местной иерархии.

Это читалось в каждом его движении, в тех пренебрежительных взглядах, какими он одаривал посетителей. Глеб, прекрасно зная, как обращаются с такими людьми, взял в пальцы алюминиевую ложечку, которой только что размешивал кофе, и постучал ей по стеклу стойки.

Бармен лениво оглянулся. Глеб кивнул ему. Тот на взгляд определил, сколько могут стоить вещи, надетые на Сиверове, и наверняка удовлетворенный таким подсчетом, сменил лень во взгляде на заинтересованность.

— Какие-нибудь проблемы? — развязно осведомился он у Глеба, подойдя к нему вплотную.

— Понимаешь, парень, — Глеб говорил как можно более беспечно и небрежно, — у меня тут приключилась небольшая беда... Нужно срочно уехать, а как ты сам понимаешь, в очереди я стоять не привык.

— Куда и сколько билетов?

— Я деньгами не обижу. Мне нужно в Адлер.

— Это будет посложнее, — задумался бармен.

— Сколько?

Бармен назвал полуторную цену.

«Да, не очень-то хорошо у них теперь идут дела, — подумал Сиверов. — В лучшие времена они называли двойную».

— Мне нужен СВ до Адлера.

— К сожалению, вагонов СВ до Адлера в этом составе нет, — словно заправский кассир, отвечал бармен.

— Тогда мне нужно купе. Мы едем вчетвером, но непременно все билеты в одном купе.

Бармен покосился на странного посетителя. То тот собирался путешествовать в одиночестве, то теперь обзавелся, не отходя от стойки, тремя друзьями. Осмотревшись, бармен выставил на стойку картонную табличку «Обед» и щедрым жестом отказался от денег.

— Когда принесу, тогда и расплатишься.

Ждать пришлось не очень долго. Вскоре парень вернулся. На его лице было написано полное удовлетворение собой.

— Давай отойдем в сторону. Не люблю, когда смотрят.

Парень завел Глеба за угол стойки и, повернувшись к залу спиной, протянул четыре билета.

— Вот, как и договаривались.

Чтобы не портить уже произведенного впечатления, Глеб заплатил на десять долларов больше, чем договаривались с самого начала.

— Сюрпризов не будет? — больше для порядка, чем для информации поинтересовался Глеб.

— Если что, я всегда возмещу убытки, — рассмеялся парень.

— Буду иметь в виду. Когда потребуется, вновь прибегну к твоей помощи.

Глеб посмотрел на часы. До отхода поезда оставалось два с половиной часа, которые нужно было как-то убить. И тут же он улыбнулся своей мысли:

«Убивать время — это единственное, чему я еще не научился за две прожитых жизни».

Сиверов вышел на перрон и прошелся между двумя туристическими поездами. Только сегодня, прощаясь с городом, прощаясь с Ириной Быстрицкой, он осознал свою оторванность от реальной жизни. У всех людей существовали какие-то иные, отличные от его, проблемы. Каждый стремился отыскать свое место в жизни, и только он бежал от самого себя.

Он остановился в конце перрона, там, где полоска света делалась уже совсем узкой, зажатая между бордюрными камнями, и ступеньки вели к раскрашенному в белое и черное шлагбауму с двумя фонарями по краям.

«Да, это тупик. Я оказался в тупике. Но всегда можно перешагнуть шлагбаум».

Дождь моросил. Плечи уже вконец намокли, и Глеб ощущал влагу, сочащуюся сквозь брезент куртки. Ему вспомнились теплота квартиры Быстрицкой, негромкая музыка, звучащая в полутемной комнате, запах волос женщины. О, как он любил зарываться в них лицом, вдыхать этот пьянящий аромат! И Глеб понял: Ирина — единственное, от чего он не может отказаться, единственное, с потерей чего он никогда не сможет смириться. Можно сменить имя, можно даже изменить внешность, но невозможно поменять душу. Можно только искалечить ее, но все равно белое останется белым, черное — черным, даже если ты станешь называть его другими словами.

И Сиверову показалось, что в свисте ветра, в шепоте дождевых капель, падающих на крыши вагонов, ему чудится голос Ирины: «Я люблю тебя, Федор!»

— Я тоже люблю тебя, Ирина, — ответил он беззвучно, одними губами, обращаясь к заходящему солнцу, к золотым сполохам фонарей, отраженным в рельсах, отполированных до блеска колесами поездов.

Ныло плечо от тяжелой сумки, скверно было на душе. «Только не пытайся убедить себя, что теперь все пойдет иначе и ты начнешь новую жизнь, — обратился сам к себе Глеб. — Ты только обманешь себя. Все будет по-прежнему, только тебе нужен небольшой перерыв. Возможно, ты сменишь хозяев, но все равно уже не сможешь изменить свой взгляд на мир. Ты будешь продолжать смотреть на людей сквозь прицел, все равно твой взгляд будет измерять расстояние, а кожей ты будешь чувствовать скорость ветра, в мыслях не желая сам того. Ты отсчитаешь поправку и в воображении передвинешь прицел чуть-чуть в сторону так, чтобы пуля попала точно в цель».

За спиной у себя Глеб услышал какие-то голоса и обернулся. Двое Омоновцев с короткими автоматами стояли у входа в вагон и негромко переговаривались.

— Проверка закончена, — сказал третий, спрыгивая на перрон, и Омоновцы перешли к следующему вагону.

Когда проверка закончилась в этом вагоне, Омоновцы перешли к третьему.

«Ну вот, и тут тебе не дадут пожить спокойно, — слабый страх шевельнулся на дне души мужчины, — возможно, они искали меня».

Ожил динамик, заключенный в жестяную коробку над самой головой Глеба:

«Поезд на Адлер стоит на втором пути».

Сиверов машинально нащупал билет в кармане.

«Нет, не будем играть в прятки», — решил мужчина.

Он быстро зашагал по перрону и, обогнув платформу, вышел на второй путь. Редкие пассажиры садились в вагоны. Вдоль поезда прогуливались четыре Омоновца.

«И здесь проверка документов, проверка билетов».

Глеб расстегнул сумку, вытащил из нее кепку и надвинул поглубже на глаза. Такие тотальные проверки рассчитаны на какого-нибудь зазевавшегося идиота, по неосторожности совершившего преступление, или уж на круглого дурака. Только пьяный может попасться в так неловко расставленные сети.

Глеб подошел к проводнику последнего вагона. Тот стоял с дермантиновой папкой в руках и недовольно посматривал в затянутое тучами небо, на котором не было видно ни единой звездочки.

— Где первая остановка? — поинтересовался Глеб у железнодорожника.

Тот недоуменно посмотрел на странного пассажира, а затем абсолютно безразличным тоном произнес ничего не говорящее Глебу название.

— Это сколько километров отсюда?

— Восемьдесят.

— Спасибо.

Глеб прошел сквозь здание вокзала и оказался на улице. Устроившись в машине, он развернул атлас автомобильных дорог и вскоре отыскал название станции. Проводник ошибся. До нее от вокзала было не более семидесяти километров.

А затем Сиверов отчертил ногтем свой предполагаемый маршрут.

«Если ехать по Симферопольскому шоссе, а затем свернуть влево, то можно поспеть за час, как минимум на полчаса опередив поезд. Да и машину не стоит оставлять здесь, на вокзале, — подумал Глеб, — еще чего доброго, ею заинтересуется милиция. Когда нужно — ее поблизости нет, а когда хочешь остаться незамеченным — обязательно какой-нибудь рьяный автоинспектор затянет твою машину на штрафную площадку».

Вновь замелькали огни. Автомобиль Сиверова влился в поток автомашин, направлявшихся к югу. Мерно постукивали щетки, в салоне было тепло и уютно. Глеб на ходу стянул с себя куртку и бросил на сиденье рядом. Он бросил беглый взгляд на датчик горючего. Половина бака. Хватит километров на двести. А больше и не надо...

Он миновал последние огни города, заправочный пункт, возле которого выстроилась очередь из машин. Впереди подмигивали красными огоньками шлагбаумы поста ГАИ. Глеб сбросил скорость и медленно миновал узкий проезд. В двухэтажной кирпичной будке поста ярко горел свет, и было видно, как два офицера, сидя за столом, играют в карты. Сержант с коротким автоматом на плече усталым взглядом проводил Глеба. Тень сомнения, зародившаяся в душе Глеба Сиверова, тут же исчезла. И отъехав от поста метров на двести, он резко прибавил скорость.

Широкая четырехполосная дорога уводила его вдаль. На горизонте виднелись зубчатые, словно вырезанные из черного картона, контуры леса. Радио перемежало музыку с последними известиями. Диктор словно специально старался запугать слушателей. Сообщали об очередном убийстве банкира, о гибели журналиста в Югославии. А затем диктор принялся предрекать плохую погоду и повышенный радиационный фон.

Глеб ехал так быстро, что никто его не обгонял. Легковых машин почти не попадалось, лишь тянулись тяжело груженные трейлеры с иностранными номерами. В огромных кабинах тягачей горели разноцветные лампочки, и вся атмосфера, царившая на дороге, напоминала Глебу веселую рождественскую ночь. Не хватало только взрывов хлопушек, возбужденных выкриков, да вместо дождя должны были сыпаться конфетти и раскручиваться ленты серпантина.

Взглянув на очередной километровый столб, Глеб насторожился. Нельзя пропустить поворот. Он пристроил карту на приборном щитке и, придерживая страницу рукой, внимательно изучил ее.

«Нет, еще рано. Сперва должна быть река, через пару километров дорога».

Стал забирать вверх. Потянулись противопаводковые дамбы. Мелькнула будка охранника, вспыхнула отраженным лунным светом река. В полукилометре слева черным ажурным силуэтом завис в затянутом тучами небе железнодорожный мост. Яркой смазанной полосой мелькнули окна электрички. Глеб до боли в глазах всматривался в дорогу.

«Кажется, здесь».

Он притормозил, съехав на обочину, выключил двигатель. Тишина внезапно обрушилась на него. И лишь затем звуки снова возродились. Но теперь они звучали вкрадчиво и трогательно. Шум дождя, свист ветра в проводах линии электропередач, далекий гул уходящего поезда.

Глеб перешел полотно дороги и посмотрсл вниз. Пологий откос, а за ним заливной луг. Заросшая травой полевая дорога уходила в лес. Насколько хватало взгляда, нигде не виднелось съезда.

«Как они тут ездят?»

Но затем Сиверов сообразил, что широкое четырехполосное шоссе построено совсем недавно, а съезд на карте обозначал старую дорогу, чье низкое полотно с взорванным асфальтом тянулось возле самого леса. Вооружившись палкой, Сиверов направился вниз по откосу. Он раздвигал ею высокую траву, чтобы определить, не прячутся ли в ней большие камни. Спуск показался ему вполне приемлемым, а задумываться над тем, не грязно ли внизу, не было времени.

«Будь что будет», — решил Сиверов, садясь за руль машины.

Он резко развернулся и подъехал к самому краю насыпи. Передние колеса преодолели водосточный желоб, чуть осели в мягком песке.

— Ну, с Богом, — прошептал Глеб и медленно двинулся вперед.

Машина готова была ринуться вниз. Притормаживая где двигателями, где тормозами, Глеб уверенно вел автомобиль по откосу и лишь в самом конце спуска прибавил скорость. Взревел двигатель, автомобиль выбрался из кювета, разбрасывая из-под задних колес комья грязи.

Проселок оказался вполне приличной дорогой, засыпанной гравием, по которой, правда, никто давно не ездил. Высокая трава вспыхивала дождевыми каплями в свете фар и тут же стремительно исчезала под бампером. Мрачный еловый лес обступил проселок с двух сторон. Покрытые клочьями мха стволы то возникали из темноты, то вновь проваливались во мрак.

— Ничего, потерпи, — приговаривал Глеб, обращаясь к машине. — Это твоя последняя дорога. Теперь мы расстанемся навсегда.

Он мчался, поднимая фонтаны брызг. Автомобиль бросало из стороны в сторону, задние колеса то и дело заносило. Но Глеб управлялся с дорогой и машиной играючи. Лишь однажды он чуть было не оцарапал бок о придорожное дерево.

«Ну когда же ты кончишься, наконец? — думал он о дороге и тут же добавлял: — Помни, Глеб, дороги никогда не ведут к обрывам. Они обычно приводят к людям».

Лишь изредка Сиверов смотрел на светящийся зеленым циферблат часов на приборной панели. Пошел отсчет последнего часа. Но, судя по карте, станция была совсем недалеко.

Лес кончился внезапно. Дорога словно бы растворялась на огромном лугу, за которым яркими огнями светились станция и небольшой поселок. Глеб добрался до железнодорожного полотна и поехал вдоль него, только теперь сообразив, что можно было проехать по шоссе дальше и добраться до поселка по нормальной дороге. Он чуть не пролетел с разгону низкий путепровод, возведенный, скорее всего, еще до войны, а то и до революции, из обтесанных блоков природного камня и клепанных металлических балок. Еще несколько сот метров разбитой грязной дороги — и вот уже Глеб выехал на привокзальную площадь.

Если до этого ему казалось, что он один остался во всем мире, тот тут это ощущение покинуло Сиверова. На площади в поселке шла своя незамысловатая жизнь. Три старушки с мешками продавали семечки, одинокое такси с московским номером поджидало пассажира у входа в вокзал. Компания парней и девчонок веселилась возле ночных киосков, торговавших сигаретами и спиртным. Наголо бритый парень в спортивном трико брызгал из баллончика со слезоточивым газом на девчонок, а те с визгом разбегались в разные стороны. Другие участники веселья ловили их и вновь тащили к гиганту с баллончиком в руках. И вновь все начиналось сначала: деланно испуганный девичий визг, матерщина, похотливый хохот.

— Идиотизм провинциальной жизни, — пробормотал Глеб, пристраивая свою машину возле старого, еще начала семидесятых годов выпуска «мерседеса», чей цвет когда-то можно было обозначить как белый. Теперь к нему оставалось применить только слово «ржавый». Но несмотря на это, за лобовым стеклом автомобиля мерно помигивал огонек противоугонной сигнализации.

И тут в голову Глебу пришла великолепная идея: чтобы потом никто не стал интересоваться человеком, бросившим машину на привокзальной площади маленького городка, стоит сделать так, чтобы ее угнали. Глеб не стал вытаскивать ключ из замка зажигания, не стал блокировать дверцы. Он даже не погасил свет в салоне, а делая вид, что страшно спешит, бросился к зданию вокзала. В зале ожидания ему не показалось ничего необычного: пара проституток, один нищий да вечно зевающая баба в белом халате за стойкой буфета. Она меланхолично покосилась на нового посетителя и продолжила прежнее занятие — набирала в рот воду из стакана и, громко фыркая, опрыскивала ею лежавшие на огромном подносе трупы бутербродов с сыром. Видно, такой способ реанимации подсохших продуктов питания был в почете в городке, и это зрелище не могло никого взволновать.

К окну со стороны улицы тут же приклеился нос любопытного парня из подвыпившей компании. Крики и гомон стихли.

«Кажется, я на верном пути», — отметил про себя Глеб и, отыскав глазами табличку с мужской фигуркой, направился в туалет. Сквозь дырку, протертую в зарисованном масляной краской стекле, он выглянул на улицу. Один из парней, крадучись, приближался к его автомобилю. Остановившись, огляделся. Остальные участники веселья старательно изображали свою заинтересованность афишей полугодовой давности на тумбе возле стоянки таксомоторов. Парень надавил рукой на капот, раскачал машину, проверяя тем самым, стоит она на сигнализации или нет.

— Ну, быстрее же! Быстрее же! — говорил Глеб, переживая из-за нерешительности угонщика.

Наконец, у того хватило смелости открыть дверцу. Глаза его округлились от радости. Парень заметил ключ, торчащий из замка зажигания. Еще пятнадцать секунд — и автомобиль Глеба, взревев мотором, петляя в неопытных руках, понесся по темной улице.

Сиверов вздохнул с облегчением. Явно путь угонщика лежал до ближайшего гаража кого-нибудь из его друзей. Там автомобиль разберут на запчасти, номера выбросят в реку, и никому не придет в голову интересоваться его прежним владельцем. Единственное, о чем пожалел Глеб, так это о немецком наборе гаечных ключей, оставленных в багажнике. Но не таскать же с собой не только пистолеты, но и набор ремонтника! И Сиверов пообещал, что, вернувшись в Москву, купит себе точно такой же.

Теперь уже незачем было разыгрывать простачка. Глеб перебрался в зал ожидания. В расписании значилось, что поезд Москва—Адлер стоит здесь всего две минуты. К вокзалу уже начали подтягиваться местные бабки с товаром. Глядя на них, можно было подумать, что в городке ничего, кроме соленых огурцов, водки, пива да соленой и сушеной рыбы не производят. Среди прочих выделялась одна, имевшая узкую специализацию — жевательные резинки, дешевые китайские конфеты на палочках, целые наборы шоколадок — настоящий «Детский мир» на двух ногах.

В динамиках громкой связи послышалось урчание, затем зафонил микрофон и только после этого сонный голос произнес:

— Поезд Москва–Адлер прибывает к восточной стороне вокзала.

Боже, как здесь все торжественно! Восточная сторона, западная... Нет чтобы назвать все попроще: первый путь и второй.

Зазвенел звонок, загорелась красная табличка «Стойте». Вдалеке показались три ярко-огненные точки. Загудели рельсы. Ни встречающих, ни провожающих — только одни железнодорожники да Глеб Сиверов вышли к поезду. Глеб прошелся по перрону и, став у столба с табличкой «Место остановки локомотива», отсчитал шагами местоположение своего вагона. Ошибся он немного.

Поезд замедлил ход, залязгали буфера. Перед лицом Глеба проплыли, словно экраны больших телевизоров, окна вагонов, и вместо шестого перед ним оказался седьмой. Бабки со своим товаром побежали вдоль поезда с небывалой для их возраста прытью.

— Водка, пиво, закуска! — кричали они.

«И откуда только взялись? — пожал плечами Глеб. — Только что перрон был пуст...»

Крики уже затихали в конце поезда, когда дверь шестого вагона наконец-то отворилась, и в проеме показался проводник с недокуренной сигаретой в зубах.

— Может, опустишь подножку, приятель? — недружелюбно осведомился Сиверов у проводника.

Тот смерил его пренебрежительным взглядом с высоты своего положения.

— А у тебя что, билет есть?

— Есть, — холодно ответил Глеб, опуская руку в карман. Его раздражала надменность и нахальство немолодого мужчины с испитым лицом.

— Если есть, ты покажи, — сказал проводник таким тоном, словно в запасе для объяснений у них была еще целая вечность.

Глеб, сдерживая ярость, протянул ему все четыре билета. Отойдя в глубину тамбура, проводник остановился под лампочкой и внимательно осмотрел все билеты.

— Настоящие, — важно изрек он и все так же не спеша опустил подножку.

Глеб оказался в вагоне.

— А остальные где? — проводник на всякий случай выглянул на перрон, и у Глеба появилось непреодолимое желание дать ему хорошего пинка — так, чтобы весь дальнейший путь проделать без такого проводника.

Но все-таки сдержавшись, он ответил:

— Все четверо здесь.

— А почему в Москве не садились?

— А тебе не все равно? — Глеб сгреб проводника за форменную рубашку и прижал к стене вагона.

Поезд тем временем тронулся, и последний фонарь проплыл в открытой двери.

— Да нет, я так... — глаза проводника забегали, он не ожидал такой прыти от пассажира.

Встретившись взглядом с Сиверовым, он понял: с таким человеком лучше не спорить.

— Так вот, сейчас ты всех нас четверых напоишь чаем, расстелишь постельки и, глядя на твою грязную рожу, могу добавить — подметешь в купе.

— Там чисто, — недовольно буркнул проводник, расправляя рубашку, когда Глеб наконец соблаговолил его отпустить. — Подождите пока здесь.

Проводник, покачиваясь, то и дело ударяясь плечами то в одну стенку коридора, то в другую, добрался до купе и отодвинул дверцу.

На вытертый ковер упала полоска света.

— Выходи! — грубо сказал проводник.

— Но я же заплатила... — послышался нерешительный женский голос.

— Все. Доедешь до следующей станции и сойдешь.

— Но почему?

— Отдам деньги, и сойдешь, — проводник скрылся в купе и закрыл дверь.

— Черт! — выругался Глеб. — Этого еще не хватало! Больше всего в жизни он не любил попутчиков в поездках и разговорчивых таксистов.

Через некоторое время дверь вновь отъехала в сторону, и в коридор вышла совсем молоденькая девушка — почти что ребенок — лет семнадцати. Она держала в руках дешевую спортивную сумку. Девушка бросила взгляд, полный ненависти, на Глеба и, спрятав зажатые в кулаке деньги в карман куртки, побрела к приоткрытой двери, ведущей в тамбур.

Приободрившись, проводник вернулся к Глебу.

— Можете заходить. Там только немного накурено, но сейчас все выветрится. Если хотите, могу включить кондиционер.

— Кондиционер ты включишь, даже если я этого и не захочу.

Сиверов зашел в купе, забросил свою тяжелую сумку на верхнюю полку, устало опустился на сиденье у самого окна.

Противоположная нижняя полка оказалась уже застеленной. Девушка явно готовилась ко сну.

— Меня не волнует, кто и как ехал на моем месте, — несколько раз повторил сам себе Глеб, преодолевая в себе желание выйти в тамбур.

ГЛАВА 3

Словно тиканье часов слышался перестук колес поезда: тах-тах-тик-так... Вагон мерно раскачивался. Глеб Сиверов уже успел вздремнуть, когда в дверь его купе легонько постучали.

— Войдите, — сказал он, немного приподнимаясь.

Глеб не любил, когда его кто-нибудь заставал несобранным и расслабленным.

Зеркало отъехало вместе с дверью, и на пороге возник проводник с жестяным подносом в руках, на котором дымились четыре стакана с чаем в потемневших от времени подстаканниках с изображением Спасской башни Московского Кремля. От пятиконечной звезды на шпиле исходило сияние, словно от нимба святого.

— Ну вот и чай для всей вашей компании. Может, желаете печенья? Сахарку? — проводник улыбался так, словно бы не было недоразумения между ним и Глебом. — А если желаете, — проводник понизил голос, — то есть водочка, коньяк, пиво. Но это все, как вы понимаете, за плату немного большую, чем в магазине. Так сказать, ресторанная наценка.

— А вагон-ресторан в поезде есть? — устало осведомился Глеб.

— Как же, как же, в четырнадцатом вагоне. Там вы найдете и подходящую компанию, если, конечно, пожелаете, — проводник подмигнул, ставя поднос на стол. — Так будете печеньице, сахарок?

— Нет. Вся моя компания привыкла пить чай без сахара. И кофе тоже.

Глеб положил на стол купюру и, не глядя на железнодорожника, пробормотал:

— Сдачи не надо.

— Благодарствую, благодарствую, — почему-то по-старорежимному запричитал проводник, взял купюру двумя пальцами, и та тут же исчезла у него в ладони, словно бы карта в руках у фокусника.

Проводник вышел, но все-таки не сумел сохранить свое лицо до конца. Дверь осталась приоткрытой.

У Глеба уже не было сил подниматься и закрывать ее. Он взял в руки горячий стакан и несколько раз провел ложечкой по кругу. Со дна поднялась метель чаинок, звезда фигуристо выгравированная на подстаканнике, понеслась сквозь черную метель.

«Надо же, — подумал Сиверов, — сколько лет прошло, а этот стакан цел. Не иначе как он вытащил его из старых запасов специально для меня. Вот люди, прямо-таки нутром чуют, у кого в кармане есть деньги и кто легко с ними расстается. Но вот подумать, какого черта я переплатил ему раз, наверное, в двадцать, за три ненужных мне стакана чая? Все та же привычка широко жить, словно у моряка дальнего плавания в советские годы, когда он брал два такси — в одно садился сам, а в другое клал свою шляпу».

И вновь Сиверов принялся вслушиваться в убаюкивающее постукивание колес поезда. Он вспомнил о своем самом первом путешествии, совершенном с отцом. Это уже позже он летал с ним на самолетах, а тогда вдвоем они поехали из Питера в Ригу. Глеб точно помнил: тогда к поезду прицепили не тепловоз, а паровоз — наверное, один из последних. Теперь такие встретишь разве что в маневровых депо да на запасных путях, где эти монстры стоят законсервированные на случай войны. Все-таки техника техникой, электроника электроникой, а если что, то дровами топить сподручнее. Так вот откуда у меня взялась эта странная манера сразу же выкупать целое купе! Точно так же сделал и отец. Они ехали вдвоем. И Глеб тогда захотел непременно устроиться на верхней полке. И сколько отец его ни отговаривал, парнишка настоял тогда на своем.

— Ну и черт с тобой! — грубо сказал тогда ему отец. — Свалишься, будешь плакать, а я тебя не пожалею.

И Глеб, сгорая от страха, полез на верхнюю полку. Он понял, отец прав: стоит ему уснуть, и он непременно грохнется с этой верхотуры. Но признать свою неправоту теперь у него не хватало смелости. Чего-чего, а упрямства в нем было хоть отбавляй, как и теперь. Глеб тогда пролежал всю ночь на верхней полке, глядя в окно. Из щелей немного дуло, и мальчишка специально подставлял свое лицо под эту свежую струю воздуха, чтобы не уснуть. Но сон все-таки сморил его под самое утро, когда поезд уже приближался к Риге.

Он уткнулся лицом в подушку и засопел.

— Ну-ка, поднимайся! — толкнул его в плечо отец. Глеб приподнял голову. И тогда отец захохотал.

— Ты чего? — удивился мальчишка.

— Да нет, ты только посмотри на себя! А ну-ка, слезай! — отец подхватил его под мышки и снял с верхней полки.

Глеб, растерянный, стоял перед большим зеркалом, вмонтированным в раздвижную дверь купе. Половина его лица была черная от сажи. К тому же грязь легла как-то странно, словно тень или краска, разбрызганная аэрографом. Ровная, с плавными переходами, точно повторяя рельеф: на выступающих частях густо, во впадинах сажи почти не было.

От обиды Глеб тогда заплакал и принялся тереть лицо кулаками. А когда отнял ладони от глаз, то плакать ему захотелось еще больше: грязь растеклась, превратив его в какого-то цыганенка.

— Ну-ка, идем, умоешься.

Отец взял его за руку, а Глеб последним движением успел прихватить полотенце и закрыл им лицо.

— А почему так случилось? — спросил он, глядя на свое сверкающее чистотой лицо в зеркале вагонного туалета.

— Паровоз, мой милый, — улыбаясь, отвечал отец. — Видел, какой дым валит у него из трубы? Так вот, эту сажу и надуло в щели. Неужели ты не видел, какая черная у тебя подушка?..

От этих воспоминаний Глеб улыбнулся.

— Так вот что напомнила мне черная метель в стакане чая...

В других купе пассажиры уже успели уснуть, и никто не тревожил ночной покой поезда. Но вдруг до слуха Глеба донеслись приглушенные голоса, идущие из конца вагона. Ему почудился женский плач.

Глеб выглянул в коридор. За стеклянной дверью он увидел девушку со спортивной сумкой в руках и проводника. Девушка как раз прикуривала, и было видно, как дрожит зажженная спичка в ее пальцах. Она никак не могла попасть кончиком сигареты в пламя. В глазах ее блестели слезы.

Наконец, рассердившись на себя, она выбросила догоревшую спичку в окно и вновь чиркнула о коробок. Проводник явно предлагал ей какую-то сделку. Он возбужденно жестикулировал, доказывая ее выгодность. Догадаться о сути этой сделки было не так уж сложно. Ну что еще может предлагать мужчина, едущий в одиночестве, молоденькой девушке, у которой есть всего два выхода — сойти на ближайшей станции или продолжать свое путешествие, но уже не в одиночестве?

Проводник стоял к Глебу спиной. Девушка повернулась и бросила на Сиверова злой взгляд через плечо проводника. Этот взгляд словно бы говорил: ты виноват во всем! Если бы ты не появился, я бы ехала в шестом купе. А вот теперь моя гибель будет на твоей совести!

Злорадно усмехнувшись, девушка кивнула головой, хотя в ее глазах все еще стояли слезы. Проводник оживился еще больше, открыл дверь, ведущую в коридор и, гордо неся голову, пошел вперед, как будто был полководцем, одержавшим великую победу.

Когда эта странная парочка поравнялась с купе Глеба, он вышел и преградил им дорогу. Проводник заискивающе заулыбался:

— Может, чего желаете?

— Я слышал что-то насчет того, что этой девушке нужно выходить на следующей станции? — нейтрально, словно бы о погоде поинтересовался Глеб.

— Да нет, все уже улажено, я подыскал ей место.

— И наверное, это место в твоем купе? — скривил губы в улыбке Глеб и посмотрел в глаза девушки.

Та потупила взгляд и пробормотала что-то невнятное.

— Так или нет? — настаивал Глеб.

Девушка молчала. Молчал и проводник.

— Он приставал к тебе? — Сиверов взял девушку за руку.

— Пустите меня! — та вырвалась и бросилась назад по коридору.

Проводник уже начинал терять терпение.

— Да чего вам надо? Что вы лезете не в свое дело? Думаете, что если у вас денег куры не клюют, так вам все можно? Хотите трахаться, так идите в ресторан, там всегда есть пара дежурных проституток.

— Ах вот как! — растягивая слова, проговорил Глеб. — Значит, тебя проститутки уже не устраивают? Тебе подавай что-нибудь новенькое, да к тому же еще и задаром! Иди сюда! — крикнул Сиверов девушке, которая уже сидела на крышке ящика для мусора в тамбуре.

Она отрицательно покачала головой.

— А ну иди! Я кому сказал?!

Повинуясь приказному тону, она поднялась и нехотя поплелась к звавшему ее мужчине, явно оттягивая момент встречи. Когда, наконец, все трое оказались рядом, Глеб сделал грозное выражение лица и тоном, не терпящим возражений, проговорил:

— Так вот, любезный, со мной едет трое друзей. И эта девушка — одна из них. Ты понял? — Глеб положил свою руку на плечо проводнику.

И тот понял: если бы он сейчас стоял на рыхлой земле, то наверняка по колено вошел бы в почву, и вытаскивать его оттуда Глеб не стал бы, разве что вогнал немного поглубже.

— Понял, — по-простому пожал плечами проводник. — Она одна из ваших друзей, и следует ожидать появления еще двоих.

— Еще двоих не будет. Мы все вчетвером в сборе.

— Понял. Купе занято.

— А теперь принеси-ка сахарку и печенья, да не забудь прихватить бутылку коньяка, самого хорошего, если, конечно, такой водится в твоем купе.

— Будет исполнено.

Еще одна купюра исчезла в ладони проводника, и он, вполне довольный жизнью, исчез из виду.

— Ну что, теперь уже не так боишься? — спросил Глеб.

— А почему меня никто не спросил — хочу я этого или нет? Может, мне лучше было бы сойти на следующей станции! — возмутилась девушка.

— Давай для начала хотя бы познакомимся, — Глеб протянул ей руку. — Меня зовут Глеб, а тебя?

Девушка молчала. Поняв свою ошибку, Сиверов поправился:

— Меня зовут Глеб Петрович.

Ему было непривычно вновь произносить свое настоящее имя и имя своего отца. Он так отвык от них, что охотнее назвался бы Федором. Но почему-то врать своей неожиданной спутнице не стал.

— Так вот, Глеб Петрович, зовут меня Натальей.

— А можно, я буду звать тебя просто Наташей?

— Иначе вы не умеете?

— Иначе мне придется называть тебя по имени-отчеству.

— Тогда давайте.

Глеб отошел, пропуская девушку внутрь купе.

— Спасибо, — манерно ответила та, занимая свое место, с которого была так бесцеремонно выдворена проводником.

Вскоре появился и он сам, неся на подносе несколько пачек печенья в красочной упаковке и пакетики с сахарным песком. После чего, взяв поднос в одну руку, он вновь движением фокусника извлек откуда-то из-за спины бутылку коньяка «Белый аист».

— Простите, но лучшего нет. Публика все какая-то несерьезная ездит, не то что вы.

— Не то что он, — мрачно заметила девушка, указывая кивком головы на Глеба Сиверова. — Кстати, предупреждаю: пить будете в одиночестве.

— Я бы на вашем месте не поступал так опрометчиво, — улыбнулся Глеб.

— Почему опрометчиво?

— Если я напьюсь, могу совершить глупость.

— А если мы напьемся вдвоем, то глупость совершу я? — Наталья уже хотела подняться и уйти.

— Останьтесь.

— Нет, уж лучше я переночую на полу в тамбуре.

— Ой, красавица, зачем обижаешь? — встрял в разговор проводник.

— Прости, дорогой, — в тон ему ответил Глеб, — но по-моему, ты забыл выйти.

— Ухожу, — проводник, не удержавшись, подмигнул Сиверову, оставив Наталью саму решать, как ей поступать дальше.

— Ладно, — наконец-то решил не мучить девушку двусмысленностями Глеб, — давай отбросим все, что было до этого. Ты села в это купе в Москве, заплатила проводнику и ничем мне не обязана. Я зашел на первой же станции, поздоровался, поставил свои вещи, и мы познакомились. Давай от этого момента начнем отсчет времени.

— Не получится, — возразила Наталья.

— Почему?

— Если бы так было, я уже спала бы.

— Хорошо, ложись, — Глеб встал.

— Нет, не надо.

— Так, — уже в который раз за этот день терпению Глеба наступал конец.

— Что «так»? — Наталья поняла, что слишком привередливой быть не стоит.

— Я сказал «так», потому что хотел ехать до Адлера в одиночестве, купил у перекупщика за двойную цену четыре билета. Но теперь понимаю, что единственное спокойное место — это тамбур, и если я хочу доехать без приключений, то мне нужно выйти вместе с матрасом и устроиться там на полу.

— Простите, Глеб Петрович.

— То-то же, — Сиверов сел и откупорил бутылку коньяка. — Ах черт, мне что-то не хочется звать вновь этого... — Глеб хотел сказать «мудилу».

По выражению лица Натальи сразу можно было понять — она додумала за него это слово и была благодарна мужчине за то, что он его не произнес.

— Ну конечно же, чистые стаканы он забыл принести! — исправил свою не высказанную ошибку, Глеб.

— Можно, я схожу? — попросила Наташа.

— Нет, сиди.

— Почему?

— Тебе хочется увидеть еще раз его гнусную рожу?

— Честно говоря, нет.

— Тогда мы сделаем с тобой вот так: ты любишь кофе с коньяком?

— В общем-то, несколько раз пробовала.

— А чай с коньяком пила?

— По цвету это в общем-то одно и то же, — замялась Наталья.

— Ну так вот, — и Глеб уже было протянул руку, чтобы плеснуть коньяк в ее стакан.

Наталья накрыла его ладонью.

— Не надо, я не буду пить.

— Это категорический отказ или стоит настаивать?

— Я прекрасно знаю, что думают мужчины о пьющих девушках.

— Только хорошее, — улыбнулся Сиверов.

— Каждый понимает под «хорошим» свое.

— А я хороший или нет? — Глеб не удержался, чтобы не съязвить.

— Вы пока что никакой.

— А это хорошо или плохо?

— Для вас, может быть, и плохо, а для меня пока что хорошо. Посмотрим. Все еще впереди, и я смогу узнать, галантный вы кавалер или же...

— Или же кто? — насторожился Сиверов.

— Пьяный мужчина в купе не всегда ведет себя адекватно, — это последнее слово девушка проговорила с таким видом, словно окончила философский факультет университета.

— Если ты думаешь, Наташа, что мне очень улыбается ехать вместе с тобой, то ошибаешься. Единственной моей мечтой за последние годы было остаться одному. И вот, кажется, этой мечте не суждено сбыться.

— Я знаю, какой была бы следующая мечта, — хитро прищурилась девушка.

— Ладно-ладно, можешь не говорить, я и сам догадываюсь. После одиночества всегда приходит желание побыть с кем-то.

— Излить душу... — уточнила Наталья.

— Вот этого я делать не собираюсь, — насупился Глеб.

Его всегда раздражал этот типично женский вопрос: кто ты, откуда и чем занимаешься. Как будто неважно, что человек сидит рядом с тобой и может говорить только о том, о чем ему хочется, нет, обязательно нужны признания, какие-то тайны... Как будто без этого не может быть близости. «Близость... близость, — подумал Глеб, — почему это идиотское слово лезет мне в голову, лишь только я остаюсь наедине с женщиной? Как будто не существует другого варианта развития событий?»

И, сделав над собой усилие, он заставил себя смотреть не на Наталью, а в окно. Но оказалось, что мир за то время, пока они едут в поезде, исчез окончательно, во всяком случае, перестал быть видимым. Ни огонька, ни звездочки на небе, ни даже краешка луны — сплошная битумно-черная темнота, словно поезд проносился в неосвещенном тоннеле.

— Посмотри, — произнес Глеб дрогнувшим голосом, — вот это и есть ничего.

— Что? — не поняла Наталья.

— Я говорю, то, что лежит за окном, называется «ничего». Я часто в детстве хотел себе представить, что же прячется за этим словом. И теперь понял.

— А-а, — протянула Наталья, но тут же увлеклась предложенной игрой.

Девушке хотелось как-то возразить своему собеседнику, иначе, она понимала, разговор вновь вернется в прежнее русло.

— Нет, «ничего» должно выглядеть иначе.

— А как же?

— Ничего — это что-то серое, липкое, тягучее и влажное.

Глеб с удивлением посмотрел на свою спутницу. Подобное определение никогда не приходило ему в голову.

— А почему именно серое?

— Ну как же... В черном цвете есть какое-то чувство.

— Да, в нем присутствует страх, — согласился Глеб.

— Я бы не назвала это страхом, скорее ужасом. Потому что страшиться можно чего-то естественного, известного тебе, — полуприкрыв глаза, продолжала девушка, — а ужас — он беспричинен. Ты не знаешь, с какой стороны придет опасность. А липкое — потому, что этот ужас обволакивает тебя со всех сторон.

— А почему влажное?

— Потому что ночью всегда влажно.

— Даже если ты находишься дома?

— Нет. Ужас всегда подступает на улице. Он прячется там, за окном, — девушка указала пальцем в подрагивающую за стеклом черноту.

— А чтобы ничего не бояться, нужно выпить, — нашелся Глеб.

Теперь он уже чувствовал себя свободнее, не так напряженно. Он успел привыкнуть к Наталье и больше ее не стеснялся. Странное дело — стеснительность он испытывал только в женском обществе, в мужском же — никогда. Скорее всего, здесь сказывалось желание быть везде первым. Если в мужском обществе это желание легко реализовывалось, то среди женщин он терялся, потому что их занимали другие интересы и проблемы, совсем иные, чем его.

Некоторое время они сидели молча, избегая глядеть друг на друга. Это давалось с трудом. Но лишь только их взгляды пересекались, как мужчина и девушка тут же, смутившись, отворачивались друг от друга. Глеб уже успел изучить все, даже самые темные уголки купе. Он прекрасно знал, что, например, над верхней полкой, на обивке вагона написано чем-то острым нехорошее слово, знал, что у самых ног Натальи лежит блестящая крышечка от бутылки пепси-колы. Он детально изучил все зазубринки на вагонном столике, о который пассажиры открывали бутылки.

Затем они так же молча стали пить холодный чай. Глеб жестом пригласил девушку попробовать печенье. Та, не произнеся ни слова, отрицательно покачала головой. И Сиверов не стал настаивать. Он почувствовал, что между ними вновь возникло отчуждение, но уже на качественно новом уровне. Теперь они уже знали кое-что друг о друге. Каждый из них, если бы вдруг внезапно погас свет, мог бы восстановить в памяти портрет другого. А это уже немало. Ведь по портрету понятны характер и намерения человека.

«Одиночество — это хорошо, — подумал Глеб, — но оно слишком расслабляет. Наверняка я сидел бы уже в тренировочном костюме, ссутулив плечи, а теперь стараюсь держаться молодцом».

Он настолько отрекся от реальности, что не заметил, как набрал полный рот холодного чая вместе с чаинками, и от неожиданности поперхнулся и закашлялся.

— Прости, — сказал он, доставая носовой платок и вытирая губы.

— Выплевывать неприлично, — немного манерно произнесла Наталья. — Во всяком случае, меня учили, что нельзя выплевывать даже осу, если она случайно залетела тебе в рот.

— Ты довольно жестокий человек, — посетовал Сиверов, — давай сюда свой стакан, схожу помою.

Вагон слегка покачивало. Чем дальше уходил поезд от Москвы, тем более разбитой становилась железная дорога. И Глебу пришлось даже несколько раз коснуться рукой стены, прежде чем он добрался до туалета. Он мыл стаканы долго, до тех пор, пока они не начали скрипеть под пальцами.

Он знал за собой эту странную манеру. Такое начиналось обычно, когда он просыпался утром с похмелья. И тогда у него возникало непреодолимое желание наводить порядок в своем жилище, хоть он прекрасно знал, что к вечеру там вновь будет все перевернуто вверх дном. Он специально старался не вспоминать Москву, не вспоминать несчастье, постигшее его в последние дни. Ведь именно для этого он покидал город, принесший ему столько радости и огорчений.

Когда Глеб взялся за ручку двери своего купе, то оказалось, что дверь заперта. Он легонько постучал костяшками пальцев.

— Минутку! — послышалось из-за двери.

Раздался легкий щелчок. Глеб выждал несколько секунд, затем отодвинул дверь в сторону. Наталья уже успела переодеться. Она сидела с ногами на постели. Ее стройный торс облегал тонкий белый свитер. Ноги и бедра лишь угадывались под одеялом, аккуратно расправленным, обрамленным сверху белой полоской простыни. Длинные волосы девушки, до этого собранные в пучок на затылке, теперь оказались распущенными.

«Наверное, долго смотрелась в зеркало, причесываясь, — подумал Глеб. — Ну что за народ, эти женщины! Стараются понравиться, даже когда в этом нет никакой необходимости».

Глеб коснулся выключателя и переключил свет на более мягкий, приглушенный.

Он сел, поставил перед собой пустой стакан, второй подвинул к Наталье. Та не сказала ни слова. Коньяк тонкой струйкой потек в стакан, стоявший возле девушки. Глеб наливал очень медленно, готовый остановиться в любое мгновение.

— Хватит, — не глядя в его сторону, произнесла Наталья. — Но только учтите, я выпью для того, чтобы согреться, не более.

— Ты говоришь так, будто я тебя сильно упрашиваю, — Сиверов налил себе. — Давай выпьем за знакомство, — его стакан завис на полдороге.

Наталья засмеялась.

— Мне сейчас показалось, что вы не держите стакан, а держитесь за него, как за поручень в троллейбусе.

Глеб чокнулся так, чтобы его рука оказалась ниже руки девушки. Край его стакана коснулся дна стакана Натальи. Всколыхнулась желтая, немного маслянистая на вид жидкость. Купе заполнилось ароматом спиртного.

Девушка отпила один глоток и, прикрыв глаза, пошевелила губами, словно бы наслаждаясь действием, которое производил коньяк. Глебу даже показалось, что ее щеки тут же порозовели. А когда Наталья открыла глаза, то маслянистость передалась и ее взгляду. Она жадно допила спиртное и отставила стакан.

— Да, — сказал Глеб, — я вижу, тебе и впрямь наливать больше не стоит. — Ты что, совсем не приучена пить?

— Иногда приходилось.

— Тогда почему так быстро пьянеешь?

— Я очень устала.

— Тогда спи.

— Именно от усталости мне и не хочется спать, — улыбнулась девушка. — А пить мне и впрямь больше не надо.

— Себе я налью еще, — Глеб выпил еще граммов пятьдесят и ощутил, как усталость уходит от него, уступая место блаженству.

Не хотелось ни шевелиться, ни даже отводить взгляд в сторону. Он смотрел на то, как блестит в локоне, лежащем на плече Натальи, отсвет лампочки, смотрел, как вздрагивает девушка при каждом толчке поезда.

«Как все-таки хорошо бывает жить ни о чем не заботясь!» — думал Глеб, раскачиваясь в вагоне.

Его убаюкивало это мерное покачивание, веки сами собой опускались, но сон не приходил.

...Ему вспомнилось, как однажды он ехал вместе с Ириной Быстрицкой на заднем сиденье такси по вечернему городу. Автомобиль двигался в плотном потоке, рубиновые огни идущих впереди машин прочерчивали в осеннем дожде замысловатые зигзаги.

Ирина тогда наклонилась к самому его уху и тихо, так, чтобы не мог слышать шофер, сказала:

— Когда я смотрю на капли дождя, усеявшие ветровое стекло, мне кажется, что мир плачет.

— О чем? — спросил Глеб.

— Он плачет о нас с тобой.

— Но мы же счастливы, — возразил тогда ей мужчина. — Можно плакать и о счастье.

Глеб коснулся губами ее длинных ресниц и ощутил солоноватый привкус слез.

— Ты что? — изумился он.

— Не мешай, — счастливый шепот проникал в самую глубину души. — Я плачу оттого, что счастлива, оттого, что у меня есть ты...

Глеб Сиверов сидел в вагоне и горло ему перехватил спазм. Ему хотелось вновь вернуться в тот день, когда они были счастливы с Ириной Быстрицкой, были счастливы до слез. «Одиночество может быть счастливым тогда, — подумал мужчина, — когда есть куда вернуться, есть о ком думать, когда знаешь, что кто-то ждет тебя. А я уезжаю неизвестно на сколько. Я даже не попрощался с ней, как она того заслуживает».

И он стал рисовать себе в мыслях Ирину. Сначала это были легкие, еле различимые штришки. Округлости плеч, две дуги, очерчивающие грудь, плавный изгиб шеи, овал лица... Он чувствовал себя Богом, создающим первого человека на земле — женщину...

Черно-белый рисунок, сотканный в мыслях... И самое главное, он был соткан не только из линий, но, как казалось Глебу, из музыки. Каждой черточке соответствовала определенная нота, и все они складывались в мелодию. Мелодию, как подумалось Сиверову, одинокой скрипки, звучащей в вечернем подземном переходе, божественная мелодия Вагнера, исполненная совсем не для тех людей, кто проходит мимо и слышит ее, а исполненная только для него одного, остановившегося в растерянности возле колонны, подпиравшей треснувшую балку перекрытий. Из бетонного разлома свисают тонкие битумные сосульки — черные, цвета траура. Звук одинокой скрипки отражается от голых стен, от грязного кафеля, и мелодия растекается над огромным городом. И в какой-то момент, кажется Глебу, все в мире меняется местами. Уже не город является вместилищем для звуков музыки, а музыка поглощает Москву целиком, подчиняя себе все — от движения машин до неяркой звезды, встающей над заплеванными ступеньками, которые неожиданно кончаются узкой полоской неба.

Он вздрогнул и приоткрыл глаза.

Наталья, склонив голову, смотрела прямо на него.

— Когда вы думаете, — сказала девушка, — вы не кажетесь таким страшным.

— Что, я пугаю тебя? — рассмеялся мужчина немного нервным смехом, как бы боясь, что Наталья смогла проникнуть в его мысли, увидеть рубиновые огни автомобилей, капли дождя на ветровом стекле такси, услышала надрывные звуки скрипки, пытающейся пробиться из тесного подземелья к вечернему небу, к еле различимым звездам.

— Не знаю, — повела своими худыми плечами Наталья, и под тонким трикотажем свитера проступили ее ключицы, — но мне кажется, у вас есть какая-то тайна, о которой вы не хотите говорить даже самому себе.

— Тем более мне не захочется говорить о ней с тобою.

— Так значит, тайна есть? — слабо улыбнулась девушка и коснулась ладонями своих порозовевших щек.

— Да, есть, — абсолютно серьезно произнес Глеб и насупился. Ему не хотелось, чтобы кто-то лез ему в душу.

А спутница была явно настроена именно на это. К тому же, не для того, чтобы заполучить Глеба, а просто так, из озорства.

Глеб пристально смотрел в глаза девушки. Та не отводила взгляда и даже не моргала, словно бы они играли в игру «Кто кого переглядит?».

Первой не выдержала Наталья. Она прикрыла глаза ладонью, как будто ей в лицо било яркое солнце.

— А хочешь, я сейчас проведу маленький психологический анализ?

— Ничего не получится.

— Посмотрим. Вот если ты сейчас говоришь о чужих тайнах, значит, у тебя есть своя.

— Думаете, что у пьяного на языке, то у трезвого на уме?

— Что-то вроде этого.

— Никаких тайн у меня нет.

— Ой ли? — засомневался Глеб. — Вот скажи, к примеру: откуда и куда ты едешь?

— Еду из Москвы в Адлер, — без тени улыбки отвечала Наталья. — Вот если бы я ехала в одном с вами поезде из Адлера в Москву — это было бы настоящей тайной.

— Это было бы сумасшествием, — поставил диагноз Глеб. — А вот какого черта тебя понесло на юг?

— Почему? Я давно собиралась туда поехать...

— А вот, пожалуйста, не нужно врать.

В глазах девушки мелькнул испуг, и Сиверов понял, что на верном пути.

— Никуда ты не собиралась ехать.

— Почему?

— Иначе бы у тебя был билет. И ты бы приехала на вокзал не раньше, чем за полчаса до отправления поезда.

— В самом деле...— растерялась Наталья и уже более не пыталась скрыть свой испуг. — А откуда вы об этом знаете?

— Очередь на вокзале в кассах идет достаточно быстро. И к тому же у тебя не так уж много денег.

— И тут вы угадали. Но как?

— Иначе ты взяла бы билет у перекупщика, как сделал это я.

Девушка поджала губы и призадумалась. И в этот момент она показалась Глебу совсем девчонкой, маленькой и беспомощной, которая сделает все, что ей скажешь.

— Я еду... — произнесла она, обращаясь то ли к Глебу, то ли к кому-то третьему, кого сейчас не было рядом с ними, — я еду... — повторила она уже более уверенно и несколько раз моргнула.

Глаза ее заблестели, по щеке покатилась слеза. Девушка сглотнула и попыталась улыбнуться.

— ...только не считайте, пожалуйста, что я уже совсем такая дурочка...

Сиверову захотелось сказать, что он так и подумал, но боялся, что Наталья обидится. И вряд ли сейчас она способна воспринимать шутки. Он знал по себе, что когда подолгу держишь в себе обиду или даже просто грустную мысль, то самый верный способ избавиться от желания замкнуться в самом себе — рассказать кому-нибудь. Пусть даже не то, о чем ты думаешь, а совсем другое, вкладывая в слова чувства. Не важен смысл, важно то, как ты это говоришь.

А Наталья уже плакала. Ее худые плечи вздрагивали. Она опустила голову, затем уткнула ее в колени.

— Только не нужно, не утешайте меня, — всхлипывала она, — я ужасно не люблю, когда меня жалеют.

— Но из-за чего же ты так сильно расстроилась?

— Потому что я еду... еду... — повторяла Наталья.

Внезапно она выпрямилась, потерла глаза кулаками, да так, что размазала тушь, и радостно спросила:

— Разве это плохо — ехать?

— По-моему, ты сама решаешь — хорошо это или плохо. Все зависит от того, куда ты едешь или откуда.

— Я и впрямь глупая, — покачала головой девушка. — Глупая, потому что плачу, глупая, потому что еду.

— Может, хватит говорить загадками? — предложил ей Сиверов.

Девушка посмотрела на него с подозрением.

— Если хочешь, я могу пообещать, что не буду к тебе приставать. Или ты надеялась совсем на другое?

— Пообещайте, — серьезно сказала Наталья.

И Глебу пришлось торжественным тоном произнести клятву:

— Я не буду приставать к тебе, даже если мне этого очень захочется.

— И правильно сделаете, — повеселела девушка, — потому что я умею страсть как злиться. А если я злая, то лучше мне под руку не попадаться.

— Так куда ты все-таки едешь? — напомнил ей Глеб.

— Я еду к одному очень хорошему человеку, с которым познакомилась год тому назад.

Наталья говорила, скосив глаза, и Глеб догадался, что она лжет.

«Но какое мне до этого дело? — подумал он. — Пусть говорит что хочет. Пусть успокаивает себя придуманными на ходу сказками. Вот только скверно, что никак не удается поймать сон. Он то приходит, то ускользает, не успеваешь даже досчитать до десяти. И я наверняка знаю:

если лягу, то уснуть не смогу, — и Глеб ехидно заметил про себя: — Это потому, что ты наедине с особой женского пола. Был бы в купе мужик, ты все свалил бы на его храп. Ну вот признайся себе, несмотря на всю твою любовь к Ирине, тебя тянет к этой девушке лишь только потому, что она одна и никто не может помешать вам оказаться в одной постели. Закрытое купе, дальняя дорога... Совсем как в гадании на картах — червонная дама, пиковый король...»

Глеб всегда, когда ему кто-нибудь предлагал погадать на картах, указывал на пикового короля как на себя, добавляя при этом: пиковый король — военный человек.

«Ну кончено же, ты хочешь быть с нею. Было бы противоестественно, если бы тебя тянуло на мужчин, а не на молоденьких девочек. В общем-то сделать это не сложно. Женщина, способная заплакать у тебя на глазах, способна и отдаться. К тому же я могу поклясться — подобные мысли возникают в голове и у Натальи. Замкнутое пространство и неизбежность долгого пути провоцируют на это. Только вот почему-то никому из нас не хочется говорить о своих желаниях. А ведь это так просто — взять и спросить: ты не хочешь переспать со мной?»

И Глеб, прикрыв лицо рукой, старательно проговорил, беззвучно шевеля губами:

— Ты хочешь переспать со мной?

И тут же понял: этого не будет никогда, даже если произойдет невероятное, и Наталья сама в эту же минуту предложит ему лечь с ней под одеяло.

«Я не сделаю этого, потому что люблю Ирину и потому что знаю: она сама никогда не изменит мне. Но чем больше воздерживаешься от соблазнов реальных, тем чаще изменяешь в мыслях, — прервал свои рассуждения Глеб. — И не известно еще, что хуже — мысли или действия. Сколько людей способны убивать в мыслях, но лишь немногие способны делать это в реальности. А в сущности это очень просто. Нужно только привыкнуть, как можно привыкнуть к любому греху. Почему? Почему прелюбодеяние стоит в одном ряду с убийством, с надменностью и другими смертными грехами? Неужели изменить любимой — это так же страшно, как убить или возомнить себя более могущественным, чем Бог?»

Чтобы отогнать мысли, чтобы оборвать бесконечный ряд вопросов, на которые, как знал Глеб, невозможно найти ответы, он спросил:

— Так к кому ты едешь?

— Я еду к своему жениху. Он прислал мне письмо и сказал, что женится на мне, — просто произнесла Наталья, так, словно бы говорила о чрезвычайно прозаических вещах, случающихся с ней чуть ли не каждый день.

— Прости, я лягу, — сказал он, — а ты рассказывай.

Наталья отвернулась к стене, поправила одеяло. Глеб выключил свет и стал раздеваться. Простыни показались ему немного влажными, но это была приятная свежесть. Он закинул руки за голову и стал глядеть в темноту над собой.

— Почему ты замолчала? — спросил он Наталью.

Та слегка кашлянула.

— Мне показалось, что вы хотите спать.

— Нет, я слушаю.

— В прошлом году я упросила родителей, и те отпустили меня одну отдыхать в Сочи. Я впервые оказалась предоставленной самой себе и в первый же вечер отправилась на танцы.

Глеб прикрыл глаза. Почти ничего не изменилось, та же темнота. Лишь только исчезла белая полоска простыни. Он представил себе вечерний парк. Ему даже показалось, что он ощущает влажную, напоенную ароматами цветов ночь. Мягкий свет желтых фонарей, гирлянды разноцветных лампочек над площадкой для танцев, бетонная, облицованная смальтой раковина, в которой примостился оркестр. Хотя нет, скорее всего, это был не оркестр, а какой-нибудь заезжий ансамбль — парни, зарабатывающие себе на отдых.

— Я простояла весь вечер, и никто ко мне не подходил. Наверное, я сама была виновата в этом. Я знаю, как нужно посмотреть на мужчину, чтобы он обратил на тебя внимание. Я ждала сама не зная чего. Просто не было куда податься. Время шло само по себе, и я как бы плыла в нем.

Голос Натальи сделался отстраненным. Она уже явно не думала о том, слушает ее кто-нибудь или нет.

— И вот, когда до окончания танцев оставалось совсем уже немного — каких-нибудь минут сорок, не больше, на сцену вышел мужчина со скрипкой. Ребята положили гитары и вышли перекурить. Он стоял один у микрофона с поднятым смычком. Никто, казалось, не обращает на него внимания, а он ждал, не решаясь играть, боясь, что его скрипку не услышат в гуле голосов, пьяных выкриков. Я сделала несколько несмелых шагов, а потом уже, расталкивая толпу, прошла к самой сцене. И он выбрал меня. Да-да, он посмотрел мне в глаза, кивнул, и смычок коснулся струн. Боже мой, как он играл! Я никогда не слышала такой скрипки. Это было танго — настоящее испанское танго без какой-нибудь там гнусной латиноамериканщины. Бывают моменты, когда один-единственный инструмент звучит сильнее, чем целый оркестр. Чистота — вот что было в этом звуке. И постепенно голоса умолкали. Даже пьяные приутихли. И стало слышно, как шумит море. Но оно совсем не мешало скрипке, а только подчеркивало, обрамляло звук. И тут я почувствовала на себе чей-то пристальный взгляд. Я обернулась. Это был он.

Наталья рассказывала так, как будто обращалась к своей подруге, а не к случайному попутчику.

— Да-да, Он. Так я его и назвала. И можете представить, он смотрел не так, как все мужчины сперва смотрят на женщин — сперва на ноги, потом их взгляд поднимается выше, немного задерживается на груди и только потом — лицо. Он смотрел мне в глаза. Я была уверена, он даже не замечал всего остального — только глаза. И я до этого танца не видела его. Только взгляд. Мы подошли друг к другу. Он положил одну руку мне на талию, другую на плечо, и мы медленно двинулись по доскам настила. Они сперва скрипели, вздыхали под нами, но каждое следующее движение становилось легче. И вот уже доски не чувствовали нас. Он взял мою ладонь в свою, немного отстранился. Каждый из нас словно испытывал другого, на что тот способен. Движения становились все более стремительными. И вот он уже рискнул подставить свою руку, чтобы я запрокинулась назад. Мы танцевали не какую-нибудь современную подделку, а самое настоящее танго, по всем правилам, как учат в бальных школах. Публика расступилась и молча следила за тем, как мы танцуем. Обычно в таких случаях я не слышу музыки, только ритм, а тут все слилось воедино — и шум моря, и звуки скрипки, и партнер, который наверняка знает твое следующее движение, а ты — его. Последний взмах смычка и нота, зависшая во влажном субтропическом воздухе. А потом — вы не поверите — все зааплодировали. Я смутилась, но все равно довела свою роль до конца. Мы поклонились сперва в одну сторону, потом в другую. Мужчина со скрипкой исчез со сцены — как и куда, никто не заметил. Меня отрезвил резкий голос, звучавший из динамика: «А теперь мы предлагаем прощальный танец». Какой грубой и фальшивой мне показалась электронная музыка! Как банально и притворно зазвучали слова когда-то любимой мной песни! Начались всеобщие пляски. Никто не вспоминал ни о нашем танце, ни о звуках скрипки. «Пойдем», — сказал он. И мы пошли к морю. Оно возникло внезапно из-за деревьев и тут же обрушилось на нас своим гулом. Ветер подхватил брызги, бросил нам в лицо. Мы перелезли через парапет и спрыгнули на пляж. Не знаю, что бы произошло дальше, но послышалось рычание, и к нам подбежали две огромные собаки. Я не знала, что ночью пляж охраняется не сторожами, а собаками. Их спускают с цепи, и они бегают по побережью. Откуда же я могла знать, что мы в темноте спутали общегородской пляж с платным? Вот тут-то и мне пришлось забыть о бальных танцах. Собаки, скаля зубы, приближались к нам. Наверное, впервые я всерьез испугалась смерти. К тому же это так неэстетично — быть разорванной в клочки собаками на пляже! Испуганные, мы сели на топчан. Собаки остановились, но продолжали рычать и скалить клыки. «Нужно уходить», — сказал он. Но лишь только мы попытались встать, как собаки вновь двинулись к нам. Это была странная и незабываемая ночь. До самого утра мы просидели на топчане, боясь пошевелиться. А собаки улеглись, положили морды на лапы и смотрели на нас своими грустными глазами, как бы говоря: мы понимаем, что вы ничего плохого делать не собираетесь, но знаете ли, служба...

Глеба удивила эта разительная перемена в Наталье, то, как она говорила — возвышенно, выспренно, словно вспоминала не эпизод из своей жизни, а читала поэму.

Девушка повернулась и, приподнявшись на локте, выглянула из-за столика. Глеб тут же прикрыл глаза.

— Вы не слушаете меня?

Сиверов промолчал.

— Вы спите?

И хоть Глеб притворялся не слишком-то старательно — человека, пытающегося убедить других, что он спит, всегда выдает спокойное дыхание, — Наталья поверила ему, или ей хотелось поверить в это.

— Да, спите, — спокойно произнесла она, — значит, я не буду больше рассказывать.

«Я правильно сделал, что поехал к морю. Остаться наедине с огромным пространством воды — это то же самое, что подойти к краю своей жизни — туда, где всего лишь один шаг отделяет тебя от вечного успокоения. Всегда возле воды чувствуешь себя не гигантом, не хозяином, а лишь одним из тех, кто приходил сюда в разные века. Менялись силуэты городов, возводились и рушились крепости, вырубались леса. Но пляж — эта узкая песчаная полоска, граница между сушей и водой — оставался неизменным. Финикийцы, греки, римляне, византийцы — все они прошли по этой земле, и, наверное, каждый из них, глядя на море, понимал — оно вечно. А мы, пришедшие к нему, — . ишь гости возле накрытого на чужом пиру стола».

Поезд мчался в ночи. Бешеный перестук колес напоминал о быстротечности времени. Глеб знал, что завтра за окном возникнут другие пейзажи, так не похожие на подмосковные. А еще через день он увидит море. Будет оно вспененным? Спокойным? Неважно. И он удивился, поняв, что Черное море кажется ему куда более близким и родным чем то, на берегах которого он вырос, — холодное, почти всегда свинцовое Балтийское море.

ГЛАВА 4

К небольшой станции, где по чьей-то прихоти останавливались почти все поезда дальнего следования, разве что кроме экспрессов, подъехала небольшая, крытая брезентом грузовая машина. Двигатель несколько раз чихнул и замолк. Четверо мужчин, сидевших в кузове на лавке, прислушались. Но ночь ответила им только далеким лаем собак да свистом ветра в проводах.

— Погода-то паскудная! — один из мужчин сплюнул за борт и посмотрел в беззвездное небо. Кадык на его давно не бритой шее дернулся, и послышалось, как потрескивает щетина.

— А чем тебе погода-то не нравится? — осведомился другой, и в свете фонаря, падавшего под брезентовый тент, ярко блеснули два ряда золотых зубов.

— Я, Сеня, люблю когда тепло.

Мужчина, спрашивавший о причине недовольства погодой, провел ладонью по своей то ли лысой, то ли аккуратно выбритой голове. Затем без предупреждения резко ударил своего приятеля кулаком в плечо.

— Ты чего, Сеня?

— Сеня, Сеня... Заладил, — сквозь зубы процедил бритоголовый, — я тебе сказал: никаких имен!

— Так мы же одни.

— Сейчас одни, а потом...

— Так что, тебя Лысым теперь называть?

— Да, Лысым, — резко ответил Сеня, забросил на плечо тяжелую спортивную сумку и легко перепрыгнул через борт.

Шофер уже стоял возле машины и нервно курил. Все четверо его пассажиров собрались возле заднего борта машины. Лысый явно тут был старший.

— Значит так, братва, — он посмотрел на часы. — У нас в запасе полчаса.

— Можно еще и пивка попить, — обратился к старшему небритый, а затем указал рукой на освещенные окна станции. — Там, местные ребята говорили, ночной магазинчик есть, «Сова» называется. По баночке — и времени как ни бывало.

Говоривший уже было сделал шаг по направлению к станции, но Лысый злым шепотом остановил его:

— Куда? С этого момента слушаешься только меня. И никакой самодеятельности, понял? А если хочешь пивка, то мы сейчас его пошлем. — Он подошел к шоферу, протянул ему несколько смятых купюр и скомандовал: — Принесешь пять банок пива. Да только смотри, долго там не светись.

Странная это была компания. Мало напоминали мужчины людей, собравшихся на отдых, — ни чемоданов, ни удочек, одинаковые спортивные сумки, тощие бока которых напоминали бока выгнанных весной на пастбище колхозных коров, хотя, несомненно, сумки были тяжелыми. Да и клички у мужчин были какими-то странными: Лысый, Дружок, Пепс и Штык. Они устроились на покосившейся лавке под развесистым кустом сирени. Блаженствовал лишь один Лысый. На лицах остальных читалось лишь недовольство людей, которым запретили выпить.

Вскоре вернулся шофер. Он нес, прижимая к себе, охапку металлических банок с пивом, на которых поблескивали капельки.

— Вот, ребята, прямо из холодильника.

Всем досталось по одной банке, и только Лысому — две. Одну он опустил в сумку, а другую жадно, не отрываясь, выпил.

— И чего ты все так боишься, Лысый? — низкорослый Дружок отер тыльной стороной руки влажные усы и покосился на предводителя.

— Боюсь не боюсь, а осторожность не помешает, — вновь блеснув золотыми зубами, ответил Лысый. А затем зло зашипел на водителя: — А ты чего здесь торчишь? Уезжай!

Водитель по очереди пожал руки всем четверым, забрался в кабину, и автомобиль, раскачиваясь на выбоинах, покатил в сторону поселка. Лысый проводил его недобрым взглядом.

— Может, в храпа сыграем? — предложил Пепс, вытаскивая из нагрудного кармана рубашки новенькую, в упаковке, колоду карт.

— Играйте. А я не буду, — ответил Лысый, отодвигаясь в сторону и давая своим приятелям место для карточной игры.

Дружок с Пепсом остались сидеть на лавке. Штык устроился на корточках. Вместо стола картежники приспособили кусок гофрированного картона. Дружок принялся тасовать. Делал он это мастерски, почти не глядя разделял колоду на две части, а затем, придерживая карты за уголки, сдвигал их и отпускал по одной. Слышался звук, похожий на шелест дождя. Колода вновь сдвигалась, вновь разделялась, и все начиналось по следующему кругу.

Наконец, Дружок решил, что тасовать достаточно и начал сдавать. Он держал колоду в одной руке, над центром картонки и большим пальцем ловко сбивал верхнюю карту.

— С тобой опасно садиться играть, — заметил Пепс, поднимая сдачу.

— Куда? — прихлопнул его руку мощной ладонью, несоизмеримой с его ростом, Дружок. — Сперва в банк поставь!

Деньги легли на картонку. И чтобы их не сдуло ветром, бумажные купюры придавили камнем, поднятым тут же с земли. Мужчины играли, сосредоточенно косясь один на другого, словно ожидая подвоха. Но когда на тебя смотрят взглядом, полным подозрения, с нехорошей улыбкой на губах, то желание слукавить сразу пропадает. Было ясно: в такой игре чуть что, и может пойти в ход нож.

Лысый резко поднялся и скомандовал:

— Пошли!

— Да мы еще кон не доиграли, — возмутился Дружок, — а карта такая, что того и гляди — банк мой будет.

Ни слова не говоря, Лысый сгреб деньги и засунул их себе в карман, а карты, лежавшие на картонке, ссыпал на землю.

— Я сказал, пошли!

Спорить никто не стал. Все двинулись за предводителем. Когда они уже стояли на платформе, Пепс дернул Лысого за рукав.

— Эй, ты бы хоть деньги поделил, все-таки не твои.

Лысый подарил ему такую улыбку, что тот сразу заткнулся. А затем для пущей убедительности добавил:

— Вот когда получишь свою долю, это и будут твои деньги. А пока пусть полежат в моем банке, — и он похлопал себя по карману.

При этом сумка на его плече качнулась, и из ее глубин послышалось металлическое позвякивание. Лысый улыбнулся, теперь уже сам себе, мечтательно посмотрев в ту теряющуюся в темноте точку, где сходились рельсы железной дороги.

— Слышите? — пробормотал он. — Поезд идет.

И хоть звука еще не было слышно, но уже ногами ощущалось, как подрагивает и гудит земля под тяжестью приближающегося поезда.

На платформу вышел заспанный железнодорожник в наброшенном на плечи форменном пиджаке и в надетой набекрень фуражке. Он с подозрением покосился на четверых мужчин. Обычно на их станции никто не садился в поезд Москва—Адлер.

Вдалеке, на самом повороте, рельсы внезапно вспыхнули пронзительно-белым светом, и по ним зазмеился двумя рядами похожий на молнию отблеск, отчетливо зазвучал перестук колес. Сноп света ударил в стоявших на платформе.

Лысый чуть прижмурил глаза. Железнодорожник вскинул руку с раскрашенным масляной краской жестяным кружочком. Поезд начал сбавлять ход.

— И чтоб теперь без всяких глупостей! — зло прошептал Лысый.

Поплыла лента темных окон вагонов. Лишь только в тамбурах горели неяркие лампочки, забранные в матовые плафоны. Раздалось шипение, поезд замер.

— За мной! — скомандовал Лысый, и вся компания бегом бросилась к шестому вагону.

Мужчины не стали дожидаться, пока проводник освободит подножку. Лысый сам вскочил в тамбур и поднял толстый металлический лист, закрывавший ступени. Проводник даже и ахнуть не успел, как все четверо уже оказались в вагоне.

— Ваши билеты!

— Сейчас, будут тебе и билеты, — улыбнулся Лысый, подавая проводнику сложенные веером, словно карты, четыре картонных карточки.

Проводник один за другим поднес их почти к самой лампочке, тускло мерцавшей под потолком, проверяя, прокомпостирована ли дата. Он за свои долгие годы поездок прекрасно научился разбираться в людях, и эта компания не внушала ему доверия. Он почти наверняка мог сказать, что если проверить у них документы, как минимум у двоих вместо паспортов окажутся справки об освобождении. И он с тоской подумал о том, что скорее всего теперь до самого утра новые пассажиры будут донимать его просьбой отыскать пару бутылочек водки. Короче говоря, конец ночи виделся ему только в мрачных тонах.

«А потом они затянут матерную песню, — подумал проводник, — и мне придется выслушивать жалобы пассажиров».

Но делать было нечего. Билеты оказались в порядке. Поезд уже трогался. Проводник почувствовал себя неуютно, стоя в окружении мрачных, явно враждебно к нему настроенных людей.

И тут Лысый неожиданно ласково, но одновременно с угрозой произнес:

— Дай четыре комплекта белья и не беспокой по пустякам. Без чая и водки мы обойдемся.

Это уже явилось полной неожиданностью для проводника. А когда Лысый протянул ему деньги, то железнодорожник вконец растерялся.

— Я что... я ничего. — запричитал он, вытаскивая из полотняного мешка комплекты белья.

— И чтобы не беспокоил, — еще раз напомнил ему Лысый, высунув голову из купе.

Тут же дверь задвинулась, щелкнул замок. Проводник вздохнул с облегчением.

«А может, и не будут петь?» — подумалось ему.

Глеб Сиверов не проснулся ни тогда, когда поезд останавливался, ни тогда, когда вновь тронулся в путь. Лишь Наталья, на лицо которой упал яркий свет от фонаря, приподнялась и посмотрела в окно. Но она успела увидеть лишь отдаляющееся здание станции и одиноко стоящего на платформе железнодорожника. В коридоре слышались приглушенные голоса. А затем все смолкло.

Девушка посмотрела на спящего Глеба.

«И какого только черта я ему все рассказывала! Ведь это ложь от первого до последнего слова», — подумала она, вновь опускаясь на подушку.

А в купе, занятом четверыми мужчинами со странными кличками, тем временем шли приготовления. Первым делом Лысый опустил шторку на окне. Затем поставил на сиденье сумку и расстегнул ее. Он положил себе на колени короткий автомат, а затем достал из сумки с десяток картонных коробок с патронами. Каждую он раздавливал в пальцах, и тускло поблескивающие цилиндрики раскатились по столу.

— Снаряжайте, — негромко произнес он.

В глазах мужчин появились блеск и оживление. Негромко щелкая, патроны вставали в обоймы.

Наконец, ритуал был закончен.

— Кто создал человека? — спросил Лысый, обращаясь к Штыку.

Тот пожал плечами.

— Тупица, не знаешь, — окрысился Лысый. — А ты, Пепс, можешь мне сказать?

— Бог, — неуверенно проговорил тот, наморщив изрытый оспой лоб.

— Правильно, людей создал Бог. А равными их сделал тот, кто изобрел вот это, — и Лысый похлопал рукой по вороненому стволу своего автомата. — А теперь — отбой! — скомандовал он, пряча оружие под подушку.

Лысый вышел в коридор и, на ходу закуривая, направился к туалету. Он помочился, даже не закрывая дверь. Пепс и Штык ждали своей очереди. Лысый вышел, присел на крышку ящика для мусора и вновь сделал странное движение, словно бы приглаживал волосы на своей лысой голове.

Пепс, немного стесняясь его назойливого взгляда, попытался прикрыть дверь.

— Эй, ты чего, — рассмеялся Лысый, — боишься свое хозяйство показать? Или, может, считаешь, я голубой?

Штык ждал своей очереди.

— Да вы что, не знаете загадки? — заулыбался Лысый. Поезд качнуло, и Пепс, не удержавшись, схватился за поручень.

— Да ты и на ногах не твердо стоишь. Так вот: что могут сделать двое мужчин и не могут сделать две женщины?

Штык, явно зная ответ, осклабился.

— Так вот, если ты знаешь, что двое мужчин могут пописать в один унитаз вместе, то какого черта ты здесь стоишь? — Лысый говорил, не вынимая сигарету изо рта, фильтр прилип к его нижней губе.

Теперь уже и Пепс, и Штык оказались вместе в тесной кабинке туалета.

А Лысый, явно потеряв всякий интерес к происходящему, негромко насвистывая, принялся разглядывать укрепленный на стенке стоп-кран, запломбированный пластмассовой пломбой. Пока Пепс и Штык толкались, он достал из кармана перочинный нож, аккуратно срезал пломбу и раскрутил проволоку, пропущенную в два ушка. Бесполезная теперь пломба исчезла в темноте за приспущенным окном. Затем главарь шайки направился в купе.

Когда все четверо вновь оказались в сборе, он скомандовал:

— Спать! — и погасил свет, ничуть не интересуясь тем, готовы ли к этому остальные.

Но никто не стал ему прекословить. На ощупь они нашли матрасы, белье. Через пару минут странные пассажиры заняли свои полки. Лысый и Дружок лежали на нижних, Пепс и Штык — на верхних. Прошло еще минут пять, и послышался мерный храп Штыка. Лысый поморщился и еле сдержал в себе желание ударить ногой в верхнюю полку. Все уже спали, и только Лысый лежал, глядя немигающими глазами в тускло мерцающее на раздвижной двери зеркало.

Наталья проснулась первой, во всяком случае, так ей показалось. Глеб Сиверов лежал на боку. На его щеке четко проступал след от костяной пуговицы. Наталья улыбнулась, заметив эту деталь. Она несколько раз щелкнула пальцами, проверяя, спит ли Глеб. Тот даже не пошевелился. Тогда девушка, уже ничего не боясь, отбросила одеяло и, стараясь не шуметь, спустила на пол ноги. Она быстро надела джинсы, встала перед зеркалом и принялась причесываться. А затем, смочив ватку косметическим молочком, стала вытирать следы туши возле глаз. Окончив с этой процедурой, она потянулась, словно кошка, и выскочила в коридор.

Лишь только дверь затворилась, Глеб тут же сел на койке и потянулся к часам, лежавшим на пластике стола. Было одиннадцать утра. Он не спал уже около часа.

Сиверов успел привести себя в порядок как раз к приходу Натальи.

Та немного удивленно посмотрела на его аккуратно застеленную постель, но ничего не сказала, кроме «Доброе утро!».

— Доброе утро, — сухо ответил Глеб, выходя в коридор с полотенцем, перекинутым через плечо, держа в руках два тюбика — один с зубной пастой, другой с кремом для бритья, — зубную щетку, помазок и бритву.

Он тщательно умылся, а затем, недовольно морщась, принялся наносить на щеки холодный пенистый крем.

А вот когда настала очередь бритвы, пришлось повозиться. Поезд нещадно раскачивало. И каждый раз, поднося бритву к лицу, Глеб рисковал порезаться. Вообще-то бритье лезвием всегда давалось ему с трудом, и обычно несколько капелек крови выступало, когда он смывал пену на подбородке и на кадыке. А теперь он умудрился сделать целых четыре пореза и стоял напротив зеркала, раздумывая, стоит ли промывать ранки неприятно пахнущей водой из-под крана.

В конце концов Глеб ограничился тем, что промокнул кровь полотенцем. Когда он со своими туалетными принадлежностями вернулся в купе, Наталья заметила:

— Наверное, у вас, Глеб Петрович, очень скверный характер.

— С чего ты взяла?

— Ну, это я так, чтобы отыграться . Вчера вы демонстрировали мне свои дедуктивные способности, а сегодня я продемонстрирую вам свои. Разве можно иметь нормальный характер, если вы способны довести зубную щетку до такого состояния?

Глеб взял в руки зубную щетку, держа ее за изящно выгнутую серую пластиковую ручку.

— А что здесь особенного?

— Вы только посмотрите на ее щетину. Это же надо с таким остервенением чистить зубы, чтобы потом она торчала в разные стороны, словно волосы на голове пьяницы после недельного запоя!

— У тебя больная фантазия, Наташа, — заметил Глеб, пряча щетку в футляр.

— А еще вы очень нервничаете — целых четыре пореза.

— Не люблю, когда люди начинают рассуждать о том, в чем ни черта не понимают, — обозлился Глеб, — и уж совсем неприлично, если женщина берется рассуждать о бритье. Может быть, в первом случае ты и права, но вот о порезах оставь судить мне одному.

Глеб вытряс на ладонь остатки одеколона из фигурного флакона и слегка поморщился. Щеки словно обожгло огнем.

— Не хотите беседовать, и не надо. Я думала, вам интересно, — Наталья немного обиженно поджала губы и принялась убирать постель.

— У тебя тоже характер не подарок, — засмеялся Глеб. — Судя по тому, как ты комкаешь простыню, тебя, как минимум, можно назвать неряхой.

— Многим мужчинам нравятся неряхи, — не оборачиваясь, отвечала Наталья.

— Но только не танцорам, — напомнил ей о вчерашнем разговоре Глеб Сиверов.

Девушка оставила это замечание без последствий, но с одеялом управилась на этот раз очень старательно. Она расстелила его, разгладила все складки и только после этого уселась на койку с ногами. На столике стояли четыре стакана и недопитая бутылка коньяка.

— Может, это и не мое дело, — сказала Наталья, — но я страшно любопытная. Можно спросить?

— Спрашивай, — не ожидая подвоха, ответил Глеб.

— Судя по всему, вы человек богатый.

— Допустим.

— А вот путешествуете поездом, а не самолетом.

— Я боюсь высоты, — улыбнувшись, ответил Глеб.

— А по-моему, вы боитесь чего-то другого.

— Нет-нет, только пустоты.

— Высоты, — поправила его Наталья.

— И пустоты тоже.

Чтобы перевести разговор на другие рельсы, Сиверов предложил:

— Завтракать ты собираешься?

И тут Наталья обрадовалась.

— Вот и отлично. Я-то совсем и забыла, что у меня остались деньги, сэкономленные вами. Хотите, я угощу вас шикарным завтраком? Кажется, здесь есть вагон-ресторан.

— Идея неплохая, — оживился Глеб. — Только предоставь мне заплатить за тебя.

— Почему? — расстроилась Наталья.

— Иначе я не смогу поверить в то, что я богатый человек.

Девушка принялась обуваться. Кожаный ремешок никак не хотел вдеваться в маленькую медную пряжку.

— Пошли, — наконец-то сказала она, справившись с застежкой. Но уже оказавшись в коридоре, спохватилась: — Ой, а кто будет сторожить наше купе? Его же не запрешь? — ее взгляд сделался грустным. — Кому-то из нас придется ждать, пока позавтракает другой.

Глеб, улыбнувшись, извлек из кармана куртки связку ключей и отыскал трубочку с треугольным сечением. Она легко вошла в отверстие замка. Купе оказалось запертым. Глеб подергал ручку, скорее для того, чтобы продемонстрировать Наталье, чем для того, чтобы проверить, сработал ли замок.

— Чем больше я вас знаю, — покосилась на него Наталья, — тем страшнее мне становится. Наверное, вы с такой же легкостью умеете открывать замки сейфов.

— И замки чужих квартир тоже, — Глеб галантно пропустил Наталью вперед и пошел за ней следом.

— Я всегда боялась, ездя в поездах, что не смогу отыскать свое купе, когда буду возвращаться, и поэтому придумывала всяческие хитроумные комбинации, чтобы запомнить номер.

Глеб, проходя мимо приоткрытой двери купе рядом с местом проводника, заметил четырех мужчин, расположившихся возле столика. Валялись мятые денежные купюры — трое пассажиров играли в карты. Глеб умел безошибочно определять людей, причастных к преступному миру.

«Вот так компания! — подумал он. — И самое странное, ведут себя на удивление тихо».

Но Наталья не дала ему продолжить эту мысль.

— Самое странное, — говорила она, — что я совсем не ощущаю выпитого вчера. Голова свежая.

— Все-таки это был хороший коньяк, — напомнил Глеб. — Может, и не самый лучший, но и не подделка.

— Я в этом совсем не разбираюсь.

Сменялись двери, гулкие тамбуры, голоса, запахи. Казалось, одинаковым дверям, окнам не будет конца.

Наконец впереди запахло съестным. Глеб и Наталья

очутились в вагоне-ресторане, показавшимся им после узких коридоров неимоверно просторным. В конце его отливала зеркалами барная стойка. Негромкая музыка лилась из динамиков. В это раннее время в ресторане находилось всего пятеро посетителей: пожилая пара, устроившаяся за угловым столиком, и троица, — скорее всего, бизнесмены, в кричащего цвета пиджаках с золотыми пуговицами. Все как на подбор коротко подстрижены и при галстуках.

— Я люблю сидеть в середине, — заявила Наталья, выбирая столик.

Ленивый, как осенняя муха, официант положил перед Натальей меню и, отойдя в сторону, принялся ждать, пока новые посетители сделают выбор. А выбор оказался не очень-то и большим. Из того, что могло соблазнить Глеба, в нем были только жареный картофель да эскалоп. В меню было честно обозначено, что кофе растворимый.

— Я буду то же самое, что и вы, — ответила девушка на предложение Глеба сделать выбор.

— Тогда я закажу две бутылки коньяка и по большому соленому огурцу, — пригрозил ей Глеб.

Вскоре уже и эскалопы, и основательно остывший кофе стояли перед Сиверовым и девушкой. Для себя Глеб заказал еще и бутылку датского пива. Наталья пить отказалась.

— Ну вот, шикарного завтрака не получилось, — развел руками Глеб и принялся за еду. — Картошка пересолена, — тут же отметил он.

— Я знаю почему, — хитро улыбнулась Наталья.

— Наверное, ты собралась сказать какую-нибудь гадость?

— Посмотрите туда, — скосила глаза девушка.

Глеб обернулся и увидел в самом углу ресторана сидевшую на складном полотняном стульчике толстую бабу в несвежем измятом халате, застегнутом всего на три пуговицы вместо положенных шести. У нее между широко расставленными пухлыми ногами располагалась выварка с уже почищенной картошкой. Она ловко выбирала клубни, извлекая их один за другим из пыльного джутового мешка. Кожура, срезанная спиралью, горкой высилась прямо на полу.

Наталья зашептала:

— Картошка такая соленая потому, что у нее ужасно потные руки, — и тут же сама засмущалась своей шутке, потому что Глеб поперхнулся.

— Если ты хочешь, Наташа, чтобы я остался сегодня голодным, то можешь сказать еще какую-нибудь гадость.

— А я знаю пару ужасных, отвратительных застольных анекдотов, от которых приходят в ужас все мои знакомые. Иногда в гостях, когда чего-нибудь вкусного очень мало, я непременно их рассказываю. И тогда все достается мне. Я от природы патологически небрезгливая. Иногда мне кажется, что я способна съесть лягушку живьем. А вы брезгливы, Глеб Петрович?

— Обычно это спрашивают до того, как сказать гадость, — напомнил ей Глеб Сиверов.

— Простите, что испортила аппетит, но не могла удержаться.

Наталья захихикала, нагнув голову. Баба в белом халате пристально посмотрела на нее и даже, как показалось Глебу, пригрозила девушке испачканным в земле пухлым пальцем.

— Да, я знаю, я несносная, — принялась оправдываться Наташа. — У меня ужасный характер, и я люблю испытывать терпение людей. И впрямь, не могу понять, почему вы до сих пор не высадили меня на какой-нибудь станции?

— Еще пара таких шуток, и я обязательно это сделаю. Но дождусь ночи, и тебе придется провести несколько неприятных часов в зале ожидания среди бомжей и местного хулиганья.

— А почему вы не решили, что это мой дом родной? — рассмеялась Наталья.

Ей и впрямь совсем не мешало воспоминание о потных руках поварихи. Она с удовольствием уплетала жареный картофель, и Глебу даже показалось, предложи он ей сейчас свою порцию, она с удовольствием проглотит и ее.

— Девушка, которая может так рассуждать о музыке, никогда не найдет общего языка с хулиганами и мерзавцами, — абсолютно серьезно ответил Глеб, глядя ей прямо в глаза.

Но Наталья тоже сделалась куда более серьезной.

— Так вы не спали, когда я вам все это рассказывала?

— Нет. Ты знаешь, мне очень понравилось то, что ты способна отличить испанское танго от латиноамериканских мелодий.

— На словах можно сделать все, — пожала плечами Наталья. — А на самом деле я не слишком-то разбираюсь в музыке.

— У тебя великолепный слух. Я это слышу по твоему голосу, — сказал Глеб. — Ты всегда знаешь, когда нужно произнести фразу немного выше или немного ниже. Это редкий дар.

— Может быть, — согласилась девушка. — Но я делаю это неосознанно.

— В этом-то и заключается разница между природным даром и воспитанием.

Глеб почувствовал себя глупо. Он говорил так, словно был учителем, а перед ним сидела прилежная ученица.

И тут в тамбуре послышались шаги. В ресторан вошли четверо мужчин, тех самых, которых Глеб видел игравшими в карты в купе. Впереди шел Лысый. Казалось, улыбка навечно застыла на его губах лишь для того, чтобы демонстрировать желтый металл искусственных зубов. Наметанным взглядом Глеб сразу же определил, что под куртками двоих из мужчин — это были Пепс и Штык — припрятаны пистолеты. Новые посетители устроились за столом, и официант, нутром чуя, что если он помедлит, то начнется скандал, тут же подошел к ним. Лысый смерил его презрительным взглядом и, растягивая слова, произнес:

— Бутылку водки и чего-нибудь посвежее, только не из вчерашнего.

По тому, как маслянисто блестели его глаза, Глеб сразу определил — в жилах Лысого течет восточная кровь, хотя и говорил он по-русски абсолютно без акцента.

— Сейчас все устроим в лучшем виде.

С такими, как эти, официант легко находил общий язык, хотя и выдерживал дистанцию. Низкорослый Дружок был еле виден из-за стола. Он то и дело потирал рукой усы и тут же принимался облизывать пухлые губы.

Наталья сидела к ним спиной и не могла видеть того, как пожирают ее глазами Пепс и Штык. Заинтересовавшись, что же такое могло вызвать оживление среди его приятелей, Лысый обернулся и тоже принялся внимательно рассматривать Наталью. Она и впрямь была единственной особой женского пола в ресторане, достойной внимания.

Бизнесмены, почувствовав некоторую напряженность в зале, стали говорить немного тише, и уже куда реже в их разговоре мелькали слова «доллары» и «сделка».

Официант вернулся из кухни. Он преспокойно умудрялся удерживать в руках одновременно четыре тарелки и графин с водкой. Лысый ел не торопясь, старательно разжевывая каждый кусок. А вот Дружок прямо-таки накинулся на пищу, как будто его не кормили целую неделю. Он чавкал, запихивал в рот когда вилкой, а когда и пальцами жареную картошку, то и дело прикладываясь к большому бокалу с водкой. А маленькая рюмочка на пятьдесят граммов, принесенная официантом, оставалась пустой.

— Не могу смотреть, как ты пьешь, — не выдержал Пепс.

— А ты что, знаешь, как нужно пить? — с полным ртом проговорил Дружок и вновь приложился к бокалу.

— Водку пьют всю сразу, — тоном, будто излагал один из догматов веры, произнес Пепс.

— А это уж как кому нравится, — Штык подобострастно заулыбался, потянулся за хлебом, отломил небольшой кусочек и, насадив его на вилку, опустил в бокал со спиртным. — А я люблю вот так.

Подставив ладонь, чтобы капли не упали на стол, Штык отправил смоченный в водке хлеб в рот и слизнул широким, с белым налетом языком капли, упавшие на ладонь.

— Все вы скоты, — незлобно прокомментировал спор

Лысый и, щелкнув пальцами, подозвал официанта. — Что-то музыка у тебя тихо играет, сделай-ка погромче.

Бармен, не дожидаясь, когда официант подойдет к нему, сам прибавил громкость и повернулся к посетителям:

— Достаточно?

Лысый сделал движение рукой, как будто бы пытался приподнять невидимую тяжесть. Когда из динамиков уже стали слышны хрипы, искажавшие звучание, он взмахнул рукой: мол, хватит.

Музыка давила на барабанные перепонки. К тому же звучала попса, к которой у Глеба было отношение, обычно характеризуемое им самим как аллергия. Наталья тоже почувствовала себя неуютно.

— Сейчас я пойду и оборву провода, — негромко сказал Сиверов.

Наталья обернулась и только сейчас по достоинству оценила четырех мерзавцев, устроившихся у нее за спиной.

— Не надо, — твердо, но тихо произнесла она. — Не влезайте, не вмешивайтесь.

— А если мне этого хочется?

— Все равно не надо. Ради меня. Мне совсем не хочется скандалов.

Глеб чувствовал себя достаточно уверенным, чтобы разобраться с этой четверкой, но потом все же решил внять совету Натальи.

«Я на отдыхе, — подумал он, — значит, нужно забыть о мордобое, о стрельбе и драках. Вот если бы я был рабочим, наверное, старался бы не думать о станке, о резцах и заготовках. Я просто человек, который едет отдыхать и ищет только приятных ощущений».

И тут Сиверов почувствовал, что Лысый в упор смотрит на него. Глеб поднял взгляд. Какое-то время мужчины смотрели друг на друга, даже не моргая, словно бы испытывали, кто не выдержит первым. Глеб знал эту породу людей — с ними надо обходиться точно так же, как с собаками. Если вдруг какая-то беспородная дворняга бросается на тебя в переулке, то бесполезно кричать на нее, хвататься за камни. Нужно только пристально посмотреть ей в глаза и не отводить взгляд. Животное всегда не выдержит первым. Правда, существовал и еще один способ, если первый не помогал, о котором рассказывал Глебу отец, но к которому он сам никогда не прибегал. Если собака уж слишком большая, уж слишком злая, следует опуститься на четвереньки и залаять самому.

Лысый взгляда не отводил, лишь только однажды нервно облизал губы да сжал пальцы в кулак. А затем и Глеб, и он, как будто бы договорившись, одновременно опустили головы, словно согласились с тем, что каждый из них достоин быть победителем.

Лысый нагнулся к уху Дружка и что-то зашептал ему. Тот хохотнул и обернулся. Наталья почувствовала его взгляд и тоже медленно обернулась. Тот смотрел прямо на нее, нагло улыбаясь. Затем Дружок отодвинулся от стола, поднялся и подошел к девушке.

— Можно пригласить вас на танец? — кривляясь, проговорил он.

Наталья вконец растерялась и вопросительно посмотрела на Глеба.

— Она не танцует, — холодно заметил Сиверов.

— Я не у тебя спрашиваю, а у нее, — осклабился Дружок.

Разговоры в вагоне-ресторане смолкли. Все смотрели на Наталью, ожидая, что она скажет.

— Иди вон, — негромко произнесла она так, что ее услышали все.

— А почему это ты меня обижаешь? — Дружок потянул свою лапу к девушке.

— Погоди, — остановил его Глеб.

Он, конечно же, мог с одного удара уложить этого мерзавца, но оставалось еще трое. Нет, за себя он не боялся, но в вагоне находились еще люди и, прежде всего, Наталья, за которую он чувствовал себя в ответе.

— Да, — губы Дружка расплылись в мерзкой улыбке.

— Давай познакомимся, — Сиверов протянул руку, — Глеб.

Растерявшись, Дружок протянул ему ладонь и тут же

заскрежетал зубами от боли. Глеб сжал его пальцы и мило улыбнулся.

— Она не танцует, понимаешь?

Дружок другой рукой схватил Глеба за запястье, но даже не смог сдвинуть его руку с места.

— Ты понял меня? Она ходит на протезах.

Сиверов разжал пальцы. Дружок принялся дуть на свою руку, а затем, крикнув: «Сука!» — запустил левую руку в карман. Под синим джутом четко обрисовался ствол пистолета. Еще одна секунда, и Глеб набросился бы на него.

Но тут вмешался Лысый.

— Эй, Дружок,— негромко окликнул он.

Тот сразу же как-то обмяк, взгляд его потух. Лысый поднялся из-за стола и обнял своего приятеля за плечи.

— Извини, парень, — бесцветным голосом произнес Лысый, обращаясь к Глебу, — мой друг немного погорячился. И ты извини его, — обратился он к Наталье, у которой руки дрожали от страха. — Ведь ты погорячился? — спросил он у Дружка.

— Да, — сказал тот, опуская голову, и, уже отходя от стола, вскинул руку с выпрямленным безымянным пальцем и зло сверкнул глазами в сторону Глеба.

Наталья удивленно посмотрела на своего спутника. Тот явно не был похож на человека, способного прощать подобные обиды. И она боялась, что Сиверов, даже сейчас, после того, как низкорослый плюгавый мужчина попросил прощение, заставит его извиниться вновь, на этот раз более искренне.

Но Глеб лишь улыбнулся девушке.

— Если хочешь, — прошептал он, — я скручу его в бараний рог. И ты понимаешь, это не пустая похвальба.

Наталья отрицательно покачала головой.

— Пошли, — она одним глотком допила кофе.

Глеб бросил на стол деньги и взял девушку за руку. Лысый проводил ее взглядом до самой двери.

— Вот видишь, — говорил Сиверов, идя по коридору вслед за Натальей, — такой мерзавец может испортить аппетит не хуже застольного анекдота.

— Только я прошу вас, — остановилась девушка, — не связывайтесь вы с ними. Ничего хорошего из этого не получится.

— Ты думаешь, он не затаил на меня обиды?

— Я хотела доехать тихо-мирно, — чуть ли не расплакалась Наталья, — и никак не получается. Думала, все неприятности останутся в прошлом. А тут всегда найдется доброжелатель, которому не нравится, что у тебя хорошее настроение.

— Не думай об этом, — Глеб взял ее за плечи, развернул и слегка подтолкнул в спину.

— Не получается, — пожаловалась Наташа и затравленно посмотрела на него.

— Ты лучше посмотри, какие за окном пейзажи!

— А что смотреть? Степь... С самолета это выглядело бы куда более привлекательно.

— Так и летала бы на самолетах.

— Ага, вам хорошо говорить, а мне не всегда на это хватает денег.

— Ничего, придет и твое время, ты научишься зарабатывать.

Они уже прошли чуть ли не половину всего состава, когда Наталья вдруг спохватилась:

— Мне показалось, что они из нашего вагона.

— Да, — спокойно ответил Глеб.

— И мне кажется, одного из них я видела когда-то раньше.

— Кого?

— Этого, лысого, с золотыми зубами. Такое лицо трудно забыть.

— Мне тоже кажется, что я его где-то видел, — проговорил Глеб. — Но согласись, существуют определенные типы лиц, соответствующие характеру. Одни стремятся уничтожить эту похожесть, делают прически, носят очки, в конце концов, учатся улыбаться, а другие наоборот, стараются проявить свою сущность.

— И на кого же, по-вашему, хочет быть похож этот лысый?

— Он в детстве, наверное, насмотрелся фильмов про

басмачей, и ему хочется выглядеть этаким бухарским беем. — Глеб достал из кармана связку ключей и протянул Наталье: — А теперь попробуй-ка открыть ты.

— Я всегда мечтала иметь такой ключ, который мог бы открывать все замки на свете, — говорила девушка, присев на корточки и пытаясь попасть трубкой в отверстие.

Наконец это ей удалось. Сразу с порога Наталья подошла к столу и принялась собирать стаканы.

— Я сейчас отнесу их проводнику, все-таки неудобно. Может, кто-нибудь еще в вагоне захочет попить чаю.

— Сиди, — сказал ей Глеб тоном, не терпящим возражений.

А когда Наталья вновь попыталась завладеть стаканами, он взял ее за плечи, и девушка, почувствовав силу, не стала сопротивляться. Она уселась и стала смотреть в окно.

— Я сам отнесу эти стаканы, а тебе не стоит лишний раз проходить по вагону. Еще чего доброго попадешься на глаза кому-нибудь из компании лысого.

Глеб пошел к проводнику, отдал стаканы и как бы невзначай поинтересовался:

— Этот лысый с золотыми зубами садился в поезд до меня или после?

Проводник с мрачным выражением на лице принялся за мытье посуды.

— Лучше бы он вообще не садился.

— Так до меня или после?

— Ночью, часа через четыре после вас.

Глеб через волнистое стекло в двери увидел четырех мужчин, входящих в тамбур. Он специально сделал шаг в сторону и стал в проходе, оставив между собой и стенкой узкое пространство, через которое можно было пройти, лишь повернувшись боком. Лысый смерил его взглядом и явно не испугался, но почему-то все-таки решил не вступать в конфликт и проскользнул боком. Все остальные последовали его примеру.

— Вам что, жить надоело? — шепотом заговорил проводник.

— Почему?

— Да я могу поклясться, у каждого из них в кармане по ножу или по пистолету. Того и гляди прирежут. Сам не понимаю, чего это они вчетвером вдруг решили уступить вам?

— Я секрет знаю, — улыбнулся Глеб.

— Да нет, тут дело, по-моему, не в секрете, — покачал головой проводник, — тут что-то другое.

Сиверов не стал отвечать на это замечание и на всякий случай посмотрел вслед мужчинам. Те скрылись в своем купе.

— Если будут интересоваться мной, — не глядя на проводника, сказал Сиверов, — то посылайте их к черту.

Проводник замялся.

— Как-то не очень удобно посылать их к черту.

— От моего имени, — милостиво разрешил Глеб.

Лицо проводника прояснилось:

— А, ну вот теперь понятно.

Лишь только все четверо бандитов оказались в купе, Лысый повернулся к Дружку и без лишних разговоров сгреб его в охапку.

— Ты чего, Лысый? Чего? — засуетился коротышка, пытаясь высвободиться.

— Сейчас ты у меня поймешь «чего»!

Лысый несколько раз ударил его кулаком в живот и отпустил. Тот, скорчившись, забился в угол.

— Ты же сам говорил...

— Я тебе что сказал! Пригласить девчонку на танец, а ты? — не удержавшись, Лысый еще раз ударил Дружка, правда, на этот раз не так сильно.

Тот только вздрогнул и прикрыл лицо руками.

— Да не могу же я такое простить!

— Рассчитаешься с ним попозже. Тогда и я оттяну душу, — ухмыльнулся Лысый, — а теперь ты что, захотел, чтобы все увидели твой пистолет? Чтобы вызвали ментов на ближайшей станции?

— Нет... — растерявшись, пробормотал Дружок.

— Ну так вот, будешь вести себя как паинька, пока я не скажу, что пора действовать.

Пепс и Штык безразлично взирали на эту сцену, радуясь тому, что Лысый на время оставил их в покое, срывая свою злость на Дружке.

— А ну-ка, повтори, как ты будешь себя вести?

— Я с ним поквитаюсь попозже, — зло огрызнулся Дружок.

Лысый ловко запустил руку ему в карман и прежде, чем коротышка успел опомниться, завладел его оружием.

— Твоя пушка пока побудет у меня. А то еще наделаешь глупостей.

— Да ладно, оставь ты его в покое, — вмешался Штык, скорее всего подозревая, что в ближайшее время гнев Лысого может обрушиться и на него, а значит, нужно заручиться поддержкой друзей.

— Ты понял? Я не его защищаю, а тебя. Прежде, чем начать дело, я зарекся, что не буду брать с собой дураков. А теперь начинаю раскаиваться.

— Все, не буду, — Дружок протянул руку, — отдай пушку.

— Вечером, — Лысый расстегнул свою сумку и бросил туда пистолет — так, словно тот был пластмассовой игрушкой.

Поезд мчался к Адлеру, куда должен был прибыть к утру следующего дня, если, конечно, ничто ему не помешает.

ГЛАВА 5

Глеб Сиверов еще немного поболтал с Натальей, а потом, взяв с нее обещание никому не открывать дверь, вновь отправился в вагон-ресторан, чтобы запастись чем-нибудь к обеду. Ему не очень-то улыбалось вновь оказаться с девушкой в компании четырех мерзавцев. На этот раз Глеб знал, что он не сможет сдержать себя и ввяжется в драку.

Он отсутствовал всего каких-нибудь полчаса, дожидаясь, пока на кухне ему разогреют упакованные в фольгу мясо и гарнир. Затем прихватил пару бутылок пива для себя и напиток для Натальи. Все это ему сложили в плотный бумажный пакет, и, вполне довольный собой, Глеб вернулся к своему купе.

Он открыл дверь железнодорожным ключом и удивился, увидев Наталью спящей. Девушка лежала поверх одеяла, поджав под себя ноги. Правая рука свесилась к полу. Глеб осторожно, чтобы не разбудить, приподнял ее. Наталья что-то пробормотала во сне и перевернулась на другой бок. Глеб укрыл ее своим одеялом и сел к окну.

На столе стояла небольшая сумочка. Из чуть приоткрытого окна в купе врывался тугой струей воздух, напоенный ароматом сухой травы.

«С чего бы это ей вдруг спать? — подумал Глеб. — Вроде бы и поднялись мы достаточно поздно».

Да и сон у Натальи был какой-то странный: она то вздрагивала, то счастливо улыбалась. Затем улыбка превращалась в гримасу боли.

Глеб потянулся к газетам, лежавшим на столике. Новости, сообщенные в них, он знал уже давно. И только тогда он догадался посмотреть на дату: газета оказалась недельной давности. Он устроился поудобнее, выпрямляя ноги, чтобы расправить затекшее колено, и тут услышал, как под столом что-то легонько звякнуло тонким стеклянным звоном. Он нагнулся и рядом с крышечкой от пепси-колы, замеченной им еще вчера, увидел маленький стеклянный цилиндрик с неровно обломанным верхним краем. Глеб взял его двумя пальцами и поднес к свету. Ампула была вскрыта недавно, еще несколько капель жидкости с голубоватым оттенком плескалось на дне. Еле различимая белая надпись гласила: «Клипсол».

Что это такое, долго думать Глебу было не нужно. Он прекрасно знал действие этого медицинского препарата, который, если употреблять его в больших количествах, вызывал галлюцинации.

— Галлюциноген, — пробормотал Глеб, глядя на крепко спящую Наталью.

Он взял со стола ее сумочку и расстегнул замочек. Начатая картонная упаковка, в которой не хватало четырех ампул, несколько одноразовых шприцев и чисто женская дребедень: пудреница с квадратным зеркальцем, помада, ключи, носовой платок, записная книжка и ручка-брелок, сделанная в форме револьвера. Аккуратно завернутая в полиэтилен, лежала и пачка денег. Глеб в точности вспомнил, что уходя из купе, закрывал окно. И очень ясно себе представил, как Наталья выбрасывает из бешено мчавшегося поезда использованный одноразовый шприц, скомканную упаковку, из которой случайно на пол выпала порожняя ампула.

Глеб разложил на столе шприцы, перед ними положил картонную упаковку с клипсолом и стал ждать. Теперь ему уже были понятны эти гримасы, улыбка на лице девушки, ее тревожный сон.

Обед в пакете безнадежно остыл. За окном вечерний воздух наливался красным светом. Солнце клонилось к западу. И вот в то время, когда раскаленный шар коснулся пыльно-желтого горизонта, Наталья приоткрыла глаза. Какое-то время, ничего не понимая, смотрела прямо перед собой, а затем села, мило улыбнувшись Глебу.

— Кажется, я заснула, — извиняющимся тоном сказала она.

И тут взгляд девушки упал на то, что лежало на столе.

— Какого черта вы лазите там, где не нужно? — зло выругалась она, и щеки ее побледнели от ярости.

— А на кой тебе все это надо? — Глеб перехватил ее запястье, когда Наталья сгребла в горсть шприцы.

— Не вы меня будете учить! — девушка с невероятной прытью изогнулась и впилась зубами Глебу в руку.

Тот стерпел боль и дождался, пока та сама не разожмет зубы. Наталья с испугом глядела, как из немного посиневшего укуса тонким ручейком течет кровь.

— Вот видишь, что ты наделала?

— Я не хотела, вы сами... — запричитала Наталья, раскрыла сумочку, вытащила носовой платок и принялась промокать кровь.

Вскоре весь платок покрылся ржавыми пятнами.

— Ну что вы на меня так смотрите? Вам все равно не понять, что творится у меня на душе, — прошептала Наталья и вновь потянулась к шприцам.

— Оставь их. Потом решим, что с ними делать.

— Вы что, из милиции? — она сузила глаза.

— А ты как думаешь?

— Я думаю, нет.

— И рассказывать о тебе я никому не собираюсь. Мне нужно, чтобы для себя ты все решила сама.

Наталья устало опустила руки и склонила к плечу голову.

— Ну зачем вы хотите, чтобы я вам что-то объясняла, обещала то, чего никогда не выполню?

— А мне и не нужно никаких объяснений. Я хочу лишь одного — чтобы ты сама взяла и выбросила эту гадость в окно.

— Ну зачем вы залезли в мою сумочку?

— Ты уронила на пол пустую ампулу.

— Правда? — с надеждой спросила Наталья.

— Да. И только после этого я догадался заглянуть сюда, — Глеб подхватил сумочку и бросил на колени девушке.

— А если я не послушаюсь?

— Тогда я сам выброшу.

— Не надо, я сделаю это сама, но только не сейчас, а чуть позже.

— Хорошо. Если ты и впрямь едешь к своему жениху, то неплохо бы оставить этот груз в прошлом.

Глеб подумал, что выглядит сейчас, наверное, на удивление глупо, читая морали начинающей наркоманке. В конце концов он не священник и даже не учитель, и спасение души — совсем не его призвание.

— Ну да, я наркоманка, — наконец-то, немного запинаясь, произнесла Наталья и закатала рукав тонкого свитера. — Видите? — она положила руку на столик, демонстрируя своему спутнику сгиб локтя.

— Не многовато ли дырочек для такой молоденькой девушки?

Глеб следил взглядом за пальцем с ярко накрашенным пунцовым ногтем, который медленно скользил по замысловатому узору на локте. Кожа на сгибе загрубела, покрылась каким-то подобием чешуи. Но это только в одном месте, на сгибе. А выше и ниже мягкая, чуть глянцеватая кожа, под которой светилась тонкая сетка из голубых вен, напоминала собой мрамор недавно изготовленной и отполированной скульптуры.

— Я вам не нравлюсь такой? — спросила девушка.

— Пока ты еще можешь вызывать сожаление, и даже твоя бледность может кое-кого обмануть. Но зная ее причину... — Глеб замолчал.

— Я понимаю, — ответила Наталья, опуская рукав свитера. — Но если бы вы знали, что я твердо пообещала себе: только эта упаковка, а потом все...

— Так не бывает. Когда хочешь бросить курить, начинаешь себя убеждать, что эта пачка последняя, вот докурю и брошу... А пока сам не сомнешь пачку с сигаретами в кулаке и не бросишь ее в мусорницу — ничего не получится. Нужно сделать над собой усилие и уничтожить то, что еще можно употребить.

— Наверное, вы правы.

— Ты не глупая, — сказал Сиверов, — и наверное,

если я только не переоцениваю тебя, понимаешь многие вещи в этой жизни. Так вот, я хотел бы тебе напомнить одну старую африканскую сказку про короля и бедную старуху. Как-то король, будучи на охоте, увлекся погоней за добычей и оторвался от своей свиты. А когда опомнился, то было уже поздно: на звуки рожка никто не отзывался. Он долго бродил по лесу, пока, наконец, не набрел на старую, полуразвалившуюся хижину, в которой жила одинокая старуха. Увидев своего короля, она упала на колени. А тот был страшно голоден и приказал старухе накормить его. Она стала извиняться за то, что в доме ничего нет, и сказала: «Единственное, что есть у меня — это отруби, которыми я кормлю свиней». «А что же ты ешь сама?» — поинтересовался король. «Я готовлю из этих отрубей лепешки». «Тогда приготовь и мне их». Король хоть и понимал, что недостойно монарху есть пищу, предназначенную для свиней, но был настолько голоден, что смог побороть свое отвращение. К тому же в нем проснулось любопытство. Когда старуха приготовила лепешки, то король съел их с аппетитом, а утолив голод, взял со старухи страшную клятву, что она никогда и никому не расскажет о том, как король ел свиные отруби. Покинув после обеда хижину, король сумел-таки добраться до своего дворца и вскоре забыл о неприятном происшествии. А вот старуха теперь мучилась куда больше, чем король, когда испытывал голод. Ей не терпелось рассказать хоть кому-нибудь, что монарх навестил ее хижину. А еще больше ей хотелось рассказать о том, что он ел свиные отруби. Она потеряла покой и сон, ее даже не обрадовал королевский подарок, присланный из дворца. И вот однажды она решилась. Понимая, что если не скажет о том, что гложет ее душу, вслух, то умрет. Старуха пошла в лес, отыскала старое дерево с огромным дуплом, сунула туда голову и несколько раз крикнула: «Наш король ел свиные отруби! Наш король ел свиные отруби!» И вполне довольная собой ушла домой. Выговорившись хотя бы таким странным образом, она смогла вернуться к прежней жизни. Но, как ты понимаешь, Наталья, в этом мире тайное всегда становится явным. При королевском дворе потребовался новый большой барабан, и дровосеки отправились в лес. Они долго искали подходящее дерево, пока наконец не набрели на заросли, в середине которых росло старое дерево с огромным дуплом. Они свалили его и привезли во дворец. Вскоре королевские мастера выдолбили из той части, где было дупло, огромный барабан. И вот, когда весь королевский двор собрался на площади перед дворцом, чтобы послушать, как звучит новый барабан, произошло странное. Лишь только палочки ударили по дереву, из середины барабана донесся громкий старушечий голос: «Наш король ел свиные отруби! Наш король ел свиные отруби!»

Наталья дослушала рассказ Глеба без улыбки, очень внимательно, и долго молчала. Затем несколько раз тяжело вздохнула и обратилась к Глебу:

— Я подумала об этом, лишь только мы вдвоем оказались в купе. Это впрямь похоже на то, как если сунуть голову в дупло и крикнуть о том, что мучит тебя. Я знаю, что не смогу рассказать никому из близких о том, что случилось со мной. Об этом может узнать только случайный человек — тот, которого я больше никогда не увижу в жизни. И мне будет легче, если... — девушка осеклась.

Глеб подбодрил ее:

— Ну-ну, все правильно.

— Нет, неправильно! — выкрикнула Наталья. — Вы не знаете, да и не можете знать, какой ужас творится вот здесь! — она приложила руку к сердцу. — И вы пожалеете, что узнали.

— Я узнавал и не такое.

Глеб подвинул поближе к окну шприцы, упаковку с ампулами и, положив перед собой руки, в упор посмотрел на девушку. Та, словно придавленная его взглядом, прижалась к стене и, сузив глаза, зло посмотрела на Глеба. А затем в ее взгляде появились мягкость и надежда.

— Я все врала вам. Почти все, — поправилась Наталья.

— Я и не сомневался в этом.

— Но даже не спросили меня, зачем?

— А к чему уличать человека во лжи? Если ему хочется представлять свою жизнь в одном свете, незачем мешать ему.

— Я знаю, вы поймете меня, потому что у вас у самого есть какая-то тайна, с которой вам тяжело жить. Но только поймите, я не хочу знать никаких чужих тайн, с меня хватает и своих.

— Я не собираюсь тебе ничего рассказывать. К тому же, мои тайны не такие уж и страшные, если присмотреться к ним поближе. Во всяком случае, я спокойно живу вместе с ними и думаю, проживу еще лет двадцать. А если умру, то уж никак не от любопытства.

Наталья часто дышала. Она волновалась, не решаясь начать.

— Если тебе так легче, не смотри на меня. Думай, что рассказываешь кому-то третьему, кого нет с нами.

Наталья усмехнулась.

— Такого человека не существует в мире. И можете мне верить: сегодня вы самый близкий мой друг.

— Большая честь, — ответил Глеб. — Хотя, скорее, тут подошло бы слово «подруга». Женщины любят исповедоваться женщинам, а перед мужчинами любят рисоваться.

— Это смотря в чем, — отвечала девушка. — Внешность — да, но признание в собственных грехах...

— Женщины часто используют эту уловку, чтобы расположить мужчин к себе. Знание секретов сближает.

— Но не таких, как мой. После того, как вы узнаете мою историю, вряд ли у вас прибавится уважения ко мне. А ничтожные крупицы жалости исчезнут без следа.

— Никогда ничего нельзя знать заранее, — напомнил ей Глеб.

— Я закрою глаза, так будет легче.

Наталья забралась на койку, поджала под себя ноги, обхватила колени руками и уткнулась в них лбом.

— У меня был парень, как ни банально это звучит.

— Почему «был»? — стараясь попасть в тон Наталье, поинтересовался Глеб.

— Он есть и сейчас, но теперь он не мой парень, и никогда им больше не будет.

— У него есть имя?

— Ро-ман, — по слогам произнесла Наталья. — Когда-то раньше это имя мне очень нравилось. Может, именно поэтому я и обратила на него внимание. Мне нравилось повторять в мыслях его имя. Он казался мне странным, не таким как все. Во взглядах других парней я видела одно-единственное желание — обладать моим телом. А у него этого не было. Он был счастлив уже одним тем, что я позволяла ему провожать себя до дома, выслушивала его глупости.

— Где вы познакомились? — спросил Глеб, боясь, что признание Натальи будет самой банальной историей любви двух молодых людей.

— На курсах бальных танцев, куда моя мамочка притащила меня после пятого класса и настояла, чтобы я занималась. Сперва я ненавидела эти занятия, а потом втянулась, и меня стала привлекать в танцах музыка.

— Я же говорил, у тебя абсолютный слух.

Не поднимая головы, Наталья махнула рукой, как бы призывая Глеба не слишком-то усердствовать в комплиментах, которых она явно не заслуживает.

— А вот Роман пришел туда значительно позже. И ему все не находилось пары. Я пожалела его и стала танцевать с ним. А через неделю он признался мне в любви. Я, честно говоря, еще не испытывала к нему каких-то определенных чувств, но так, на всякий случай, сказала ему, что он мне небезынтересен. К тому времени я уже прекрасно научилась обманывать. Я умела вести одну жизнь напоказ для своей маменьки. В ней были и пятерки в школе, и бальные танцы. Затем золотая медаль и удачное поступление в институт. А вот насчет своей другой жизни, я даже боялась думать. Я прямо-таки преображалась, переходя из одной жизни в другую. Из пай-девочки превращалась... — Наталья не могла подобрать подходящего слова.

— Ты участвовала в каких-нибудь оргиях?

— Нет, — тут же послышался ответ. — Другие участвовали, а я и там умудрялась оставаться в стороне. В том, что это была именно другая жизнь, я уверена до сих пор.

Иначе как мне могло казаться, что я люблю одновременно двух парней? Все то, чего я не находила в Романе, я находила в Жаке.

— Как я понимаю, он был далек от школы бальных танцев? — немного с издевкой спросил Глеб.

— Да. Этот человек был далек от многих вещей в этом мире, и я знала только небольшую часть его жизни. При всем при том он был весьма образован, начитан. Познакомились мы с ним довольно странным образом. Он подошел ко мне, когда я ждала автобус, и сразу же, без предисловий, предложил:

— У нас сегодня с друзьями праздник, который мы по традиции отмечаем, приходя в гости каждый со своей девушкой. А сейчас случилось так, что у меня никого нет, а традицию нарушать нельзя.

Я посмотрела на него. Довольно жестокое умное лицо, длинные черные волосы, смуглая кожа.

— Меня зовут Жак, — добавил он, хотя я не успела ответить. В его голосе было что-то такое властное, что я не могла отказать. К тому же и дел-то никаких на тот день у меня не было. И чем скучать дома, я решила отправиться в неизвестное.

— Едем? — сказал он мне, когда подошел автобус. И вскоре мы поднимались на лифте на последний этаж девятиэтажного дома. Компания оказалась уже в полном сборе. Никто не удивился моему появлению. Я как дурочка принялась старательно подсчитывать ребят и девиц. Последних оказалось на две больше. А на мой вопрос Жак ответил, что некоторые предпочитают иметь по две любовницы. Я, конечно, держалась немного настороже, но вскоре расслабилась. Никто не приставал ко мне с идиотскими предложениями, разговоры велись вполне интеллигентные. Вот только что-то странное было во взглядах собравшихся за одним столом людей. Они как будто чего-то не договаривали, прекрасно понимая друг друга без слов, и только я оставалась в неведении. Еще меня удивило то, что среди гостей не было пьяных, да и пили все чуть-чуть. Временами кое-кто исчезал из-за стола и появлялся вновь с каким-то остекленевшим странным взглядом.

— Пойдем, я кое-что тебе покажу, — сказал Жак, когда гости занялись своими разговорами, и никто уже не обращал на нас внимания.

Мы вышли в соседнюю комнату, и Жак вытащил из кармана куртки плоскую деревянную коробочку, выточенную из цельного куска. Он отодвинул крышку и положил на стол два одноразовых шприца и ампулы. Затем так, словно просил принести ему воды из кухни, предложил помочь ему. А когда я согласилась, боясь показаться не такой, как все, он внезапно остановился и протянул шприц мне.

— Хочешь попробовать? Конечно же, хочешь, — тут же добавил он и принялся учить меня, как нужно делать инъекцию.

Это оказалось довольно просто.

«Один раз, — подумала я, — только один, и потом никогда». Все в жизни стоит попробовать, ведь лишь тогда сможешь судить обо всем. Я помню, как мне сделалось хорошо, как я смеялась, сидя вместе со всеми за столом, как улыбался Жак. Когда я собралась уходить, Жак протянул мне листок бумаги с написанным на нем телефоном.

— Позвони как-нибудь, когда вспомнишь.

Прошло несколько дней, и я все-таки позвонила ему. Мы встретились вновь. На этот раз он заехал за мной на машине. Он даже не спрашивал, хочу я или нет. Мы отъехали за город, Жак свернул в лес и остановил машину на поляне. Была поздняя осень, а мы зашли на залитую солнцем горку, и Жак снова сделал укол мне и себе. Вначале он попытался поцеловать меня, но не стал настаивать, когда я заупрямилась. С тех пор и повелось, что я время от времени звонила Жаку, мы с ним встречались. Всякое происходило, когда собиралась его компания. Некоторые ребята занимались сексом прямо у всех на глазах. Но я твердо решила: только наркотики и больше ничего. Я знала — это единственное для меня спасение. Удовольствис должно быть одно в жизни, уверяла я себя. Вам, конечно, трудно будет в это поверить, но я до сих пор не знала никого из мужчин. Да-да, я девушка в самом прямом смысле этого слова. Я пообещала себе, что лишь только узнаю вкус секса, как тут же брошу наркотики. Согласитесь, нельзя же жить без цели? А большая эта цель или маленькая, идиотская или нет — разницы никакой. При всем этом я умудрялась встречаться и с Романом, который ни о чем не подозревал. И мы танцевали, танцевали танго, вальс, фокстрот. Это он научил меня по-настоящему разбираться в танцах. Он ни разу не настаивал на сексе, наверное, танцы были для него своеобразным наркотиком. Уж я научилась различать это состояние, когда у человека глаза словно бы смотрят внутрь себя, а не наружу. Но все хорошее рано или поздно кончается. А то, что мне было хорошо, — это точно. И вряд ли теперь так будет когда-нибудь. Как-то раз Жак попросил меня подержать у себя небольшую партию ампул. Дня три-четыре, не больше. И я, как последняя дура, согласилась. Вы даже, наверное, представить себе не можете, как это страшно, впервые что-то прятать так, чтобы его не мог найти никто из родных. Нет, и раньше мне приходилось прятать кое-какие вещи — например, свои дневники. И я не придумала ничего лучшего, как спрятать их вместе — дневники и ампулы. Времени до прихода родителей оставалось немного, и я открыла футляр больших напольных курантов, которые стояли у нас в гостиной. Часы давно остановились, никто из мастеров не брался их починить. Но они стали настолько привычными в нашей семье, что никто не решался избавиться от них. И вот, в самом низу, под блестящим диском маятника, в котором отражалась вся наша комната, я и спрятала несколько упаковок с ампулами, прикрыв их тетрадками своих дневников. Сверху я положила листок, на котором мать раньше записывала дни, когда она заводила часы. Последняя запись была сделана года три тому назад. С тех пор в часы, кроме меня, никто не заглядывал. Весь вечер мне казалось, что мать обязательно отыщет припрятанное мной, и когда она выходила из комнаты, я даже несколько раз порывалась перепрятать ампулы. Но каждый раз, заслышав ее шаги, с беззаботным видом усаживалась на диване и ничего не видящими глазами пялилась на экран телевизора. А назавтра, когда я осталась одна, ко мне пришел Роман. Мы сидели, слушали музыку. А потом... О Боже, как я жалею о том, что случилось! Мне захотелось кофе. Роман предлагал приготовить сам, а я как дура отказалась. Когда я вернулась из кухни, Роман сидел на диване и листал журнал. Я никак не могла взять в толк, с чего это он вдруг стал неразговорчивым и как-то немного враждебно посматривает на меня. Вскоре, сославшись на дела, он ушел. Лишь только после обеда я заглянула в футляр часов. Ни ампул, ни дневников там не оказалось! Первой мыслью было, что их обнаружила мать, и я была готова провалиться сквозь землю от стыда. Затем я подумала, что их забрал Роман, и долго не могла заставить себя позвонить ему. Лишь только вечером, перед самым приходом матери, я наконец-то сняла трубку и набрала номер.

— Наконец-то, — сказал Роман. — Все твои вещи у меня.

— Сейчас же отдай!

— Нет.

— Это не твое!

— Но и тебе лучше не иметь таких вещей.

Поспорив, мы наконец-то договорились встретиться. Он назначил мне свидание на мосту, недалеко от пристани речного трамвайчика. Я приехала на место на двадцать минут раньше, чем договаривались. Я уже издали увидела Романа, который стоял облокотившись на поручень, и смотрел в воду. В руках он держал газетный сверток. Когда нас уже отделяло шагов двадцать, не больше, он у меня на глазах развернул газету, и я увидела, как с высоты моста летят вниз и крутятся блестящие ампулы — сверкающий дождь над темной водой. Они даже еще не успели коснуться поверхности, как я подбежала к нему и принялась колотить в грудь кулаками.

— Это не мое, — кричала я, — я должна их отдать!

— Все. Теперь ты больше ничего никому не должна, — глупо улыбался он, явно гордый своим поступком. — А вот и твои дневники, — он протянул мне две тетрадки, — я не читал их, честное слово.

Я презрительно улыбнулась.

— Да, не читал... Иначе откуда бы ты узнал, что я наркоманка? — я впервые произнесла это слово вслух применительно к себе.

Он отвернулся.

— Так значит, читал?

— Да. Я сделал так, как нужно было.

— Ну и иди к черту! — крикнула я.

Он не стал меня догонять. Домой я вернулась уже поздним вечером. Мать даже не поинтересовалась, где я была. И когда мы садились ужинать, вдруг начали бить часы. Мать остолбенела. Замерла и я.

«Десять, одиннадцать, двенадцать», — считала я. Мне казалось, часы должны пробить тринадцать раз, но этого последнего рокового удара не прозвучало. Впервые я увидела, как мать крестится. Я не могла уснуть целую ночь, не представляя себе, что же я скажу Жаку, когда он попросит вернуть ампулы. Но до самого утра так ничего толкового и не придумала. А назавтра позвонил Жак. Я наврала ему что-то несусветное про то, что у нас сейчас гости, а я спрятала ампулы как раз в той комнате, где они сидят. И только потом сообразила: как же я могу говорить обо всем этом по телефону, если меня могут услышать! И тут я начала врать про то, что к нам вчера приходил мастер и поставил телефонную розетку в моей комнате.

— Ладно, — сказал Жак, явно не веря моему вранью, — гости не будут сидеть вечно, и ты отдашь мне должок завтра.

Назавтра он вновь позвонил, лишь только ушла мать, словно бы стоял у самого моего дома и видел, как она выходит. Я вновь принялась врать. На этот раз Жак говорил со мной на удивление ласково, просил не беспокоиться, сказал, что ему не горит, и даже предложил встретиться. Я отказалась. Затем я еще раз десять выглядывала из окна, боясь выйти из дому, ведь Жак мог подкарауливать меня во дворе. К четырем часам я должна была идти на танцы и понимала — это единственное для меня спасение, единственная возможность занять мысли и не думать о том, как рассчитаться с Жаком. Я не решилась выйти на улицу одна и поэтому вызвала такси. Лишь убедившись, что машина стоит внизу у подъезда, я спустилась и поехала в клуб. Роман уже был там. Я не стала ему ни о чем напоминать, да и он, кажется, понял, что поступил не так, как нужно было. Как мы танцевали в тот вечер! Я чувствовала, предугадывала каждое его движение, а он — мое. Мы ни разу не ошиблись, ни разу не сбились с такта, танцевали так, словно были на выступлениях... Мы вышли последними. Я старалась забыть об ампулах, о своих дневниках, но не тут-то было. Лишь только мы оказались среди колонн, поддерживающих портик, как я увидела впереди знакомую фигуру. Жак стоял, скрестив на груди руки, возле своей машины. С ним было двое парней, которых я никогда раньше не видела. Жак поманил меня пальцем. Только я сделала первый шаг, как Роман схватил меня за руку.

— Это он?

Врать не имело смысла.

— Да, — ответила я.

— Тогда я сейчас сам пойду и скажу ему.

Роман подошел к Жаку и, пытаясь казаться мужественным, хотя на самом деле он выглядел смешно, сказал:

— Отстань от этой девушки, потому что она ни в чем не виновата. Это я нашел ампулы и выбросил их.

Я ожидала всего чего угодно. Жак мог ударить Романа, обругать, но вместо этого он невесело улыбнулся.

— Ну что ж, Наталья, — позвал он меня, — что сделано, то сделано. Прошлого не вернешь. И если какому-то идиоту захотелось выбросить мои деньги, то я готов предоставить ему такое удовольствие. Надеюсь, ко мне нет никаких претензий? — и он развел руки в стороны, показывая, что не намерен бить Романа. А я-то была уверена, что и тот и другой любят меня, но только глядя на них, когда они стояли рядом, поняла: каждого из них заботит то, как он выглядит, какое впечатление производит на окружающих. Им наплевать на то, что думаю я, что чувствую. Я повернулась и пошла к остановке. Жак догнал меня.

— Нет-нет, девочка, так не пойдет! Все-таки, как-никак, а ты виновата.

— Что тебе еще нужно? — зло огрызнулась я.

— Не будем ссориться, — Жак взял меня за руку, — ты виновата, и я хочу помириться. К тому же, твой парень почему-то считает, что мы обижены на тебя.

Роман совсем растерянный стоял рядом и не знал, что и сказать.

— Ведь так ты считаешь? — Жак стоял и улыбался.

— Что я должна делать?

— Я хочу всего лишь, чтобы ты поехала со мной, и он тоже, — Жак кивнул на Романа. — Нельзя же расставаться со злостью в сердце. Кто знает, может, мы все трое станем друзьями.

Я чувствовала в его словах подвох, понимала, что не может он так мило разговаривать после того, что произошло со мной и Романом. Но человеку всегда свойственно верить в лучшее, видеть людей не такими, какие они есть. К тому же я и впрямь чувствовала за собой вину, которой, скорее всего, не ощущал Роман. Нельзя людей насильно делать счастливыми так, как это собирался сделать он. И в самом деле, отказываться от радости, пусть и порочной, человек должен сам, иначе это будет не отказ, а лишение. Роман вопросительно посмотрел на меня, а Жак, демонстрируя свою обходительность, посоветовал мне:

— Позвони матери и предупреди, что приедешь сегодня поздно. Или даже завтра утром.

Он знал уже, что моя мать никогда не настаивала, чтобы я непременно приходила домой. Она хоть и волновалась, но в этом предоставляла мне полную свободу, лишь бы только я предупреждала ее о своем отсутствии.

— А если мне не захочется быть у тебя долго? — спросила я.

— Ну что ж, тогда ты вернешься раньше. Думаю, мы не станем тебя ругать за это.

Я как последняя идиотка позвонила и предупредила,

что еду к своей подружке на дачу, у которой именно сегодня случился день рождения.

— Ну и отлично, — Жак распахнул дверцу.

Мы с Романом уселись. Рядом с нами сел один из парней, с которыми Жак не удосужился меня познакомить. Мы ехали не очень долго. Пустынный дачный поселок встретил нас тишиной и спокойствием. В окнах одной из дач — мрачного, сложенного из бетона двухэтажного здания — горел свет.

— Ну вот мы и приехали.

Жак остановил машину и мы вышли. Не подозревая никакого подвоха, я поднялась на крыльцо, Роман следом за мною. Лишь только мы оказались в гостиной, как двое парней тут же набросились на нас. Я еще сумела прокусить одному из них руку, пару раз ударила ногой, а вот Романа скрутили моментально. По-моему, он даже не пытался сопротивляться. Когда мы оказались лежащими на полу со связанными руками и ногами, Жак присел возле меня на корточки и с улыбкой посмотрел мне в глаза.

— Ну, и какое же наказание для себя ты хочешь выбрать? А может, тебе хочется домой к маменьке и ты, расплакавшись у нее на груди, расскажешь, какой негодяй Жак? Как он пичкал тебя наркотиками и как ты упиралась? А может, этот молодой человек выберет наказание для тебя, а ты — для него? Вы оба лишили меня кайфа, а это единственное в жизни, что чего-то стоит. Я, конечно, мог бы изнасиловать тебя, мог бы избить, но этого всего мало, — продолжал улыбаться Жак. — Ты лишила меня кайфа, и мне придется сделать то же самое.

Его глаза сверкали ненавистью ко мне, причины которой я тогда еще до конца не понимала. Но неужели несколько ампул, пусть даже их хватило бы на пару месяцев, стоят того, чтобы так злиться на человека, который был тебе дорог!

— Жак, ты скотина, — сказала я, — сейчас же развяжи меня и Романа, мы уйдем.

— Я развяжу вас, но только не сейчас, а немного попозже. И ты поймешь, наконец, что значит лишиться кайфа.

Он подошел к столу, сел возле калорифера, положил на него ладони и блаженно зажмурился, вбирая в себя тепло, исходящее от ребристой батареи.

— Разденьте их, — приказал Жак своим подручным.

И с нас принялись сдирать одежду.

— А теперь привяжите их к двум доскам так, чтобы они очень плотненько сидели спинами друг к другу.

На этот раз я сопротивлялась куда более отчаянно, чем тогда, когда меня раздевали. Я еще не понимала, что замыслил Жак, но по его взгляду догадалась: это будет что-то ужасное, изощренное и гнусное. Но что я могла сделать против двух здоровенных парней? И вскоре мы сидели голые на холодном покрытом лаком полу, со связанными руками, а наши ноги оказались привязаны к двум доскам. Я ощущала спиной спину Романа, чувствовала, как на ней выступил холодный липкий пот. А Жак сидел за столом и ухмылялся.

— Ну вот, я ни во что не буду вмешиваться, все вы сделаете сами. Пошли, ребята, — сказал он.

Жак, уходя, оставил свет включенным. Сперва мы сидели молча, вслушиваясь в голоса, доносящиеся со второго этажа. Я в мыслях радовалась тому, что Роман не видит меня обнаженной и каждый раз ловила себя на том, что мне приятно чувствовать прикосновение его тела к моему. Я не могла взять в толк, почему Жак именно на этом прекратил свои издевательства. Конечно, затекли руки, ноги, но я то и дело сжимала и разжимала пальцы, кровь бежала по жилам. И через какое-то время я даже стала чувствовать себя спокойной и задремала, свесив голову на грудь. Под утро Жак появился вновь вместе со своими ребятами. Они уселись за стол и принялись есть, изредка поглядывая на нас. Затем один из них взял тарелку и стал угощать нас. От волнения я все-таки проголодалась и решила, что будет разумнее поесть. Мясо оказалось очень соленым, и мне пришлось выпить целую бутылку минералки, прежде чем я утолила жажду. Никто не говорил нам гадостей, никто не ухмылялся.

Наконец Жак встал из-за стола и поинтересовался:

— Может быть, у кого-нибудь будут какие-то просьбы? Что, никаких? Вам так понравилось быть вместе? Ну как же, вы, голубки, так любите друг друга. Так что, никаких просьб?

Я замялась, не решаясь высказать свою просьбу вслух.

— Ах, да, понимаю, — рассмеялся Жак, — может быть, кто-то из вас хочет пи-пи? А может быть, кому-то захотелось сделать и по-большому? Так вот, мерзавцы, такого удовольствия я вам не доставлю. Есть, пить — это пожалуйста, а вот развязывать я вас не стану.

Он расхохотался так, что чуть не свалился со стула, и, пошатываясь, пошел к двери. На прощание он повернулся и подмигнул мне:

— Так-то, девочка.

Но когда его парни захохотали, Жак рявкнул на них:

— А вы-то чего веселитесь? Забыли, что должны мне? Это мой кайф, а не ваш, — его лицо сделалось строгим.

И мы вновь остались с Романом одни. Вы даже не можете себе представить, какое это унизительное мучение — терпеть и знать, что все равно никуда не денешься. Я кусала от бессилия губы, плакала, молила Бога спасти нас. Никто из нас — ни я, ни Роман — не хотели заговаривать об этом. А потом я испытала омерзительное чувство, когда почувствовала, как теплая чужая моча течет прямо под меня. Роман не отозвался, когда я его окликнула. Единственной моей мыслью было: «Хорошо, что не я начала первой». Это самое страшное состояние, которое мне довелось пережить, — сидеть в своих и чужих испражнениях. Я ненавидела его, ненавидела себя, ненавидела весь мир и даже не смогла заставить себя поднять головы, когда в комнату вошел Жак. Он остановился рядом с нами и осклабился. Затем носком ботинка слегка наступил мне на палец.

— А, вот теперь вы понимаете, что такое настоящий кайф? — он наклонился и, взяв меня за подбородок, заглянул мне в глаза.

Я не выдержала и плюнула ему в лицо.

— Слюна — это не страшно, — проговорил Жак, вытираясь носовым платком. — Сколько женской слюны я переглотал при поцелуях! А вот вам я, честно говоря, не завидую. Скажите еще спасибо, что я не подсыпал вам в еду слабительного.

Он продержал нас так связанными целых три дня, пока не добился-таки своего. Я вспоминаю эти часы с ужасом и до сих пор помню ощущения, звуки, запахи. А главное, ко мне возвращается невыносимый стыд, а ненависть и отвращение к обнаженному мужскому телу я испытываю до сих пор. Потом он отпустил нас. Я даже не решилась взглянуть на Романа, как и он не решился посмотреть на меня. Лишь только мы оказались за воротами дачного поселка, как он бросился бежать. А я опустилась на придорожный камень. Меня прямо-таки выворачивало наизнанку от одной только мысли о пережитом. А голова кружилась, казалось, я вот-вот потеряю сознание. Но спасительная слабость не приходила. Я видела мир таким же реальным, как три дня тому назад, только к этой реальности добавилось отвращение. Выплакавшись, я сообразила, что Жак придумал нам самую страшную кару, которая только может быть. Я возненавидела мужчину. Я поняла, что никогда не смогу оказаться в постели с парнем. Каждый раз мне вспомнится дача, холодный пол и грязь, выходящая из тебя самой и из человека, которого ты считала любимым. Я поняла, что Роман — это тот, кого я больше всего ненавижу, потому что он был свидетелем. И он тоже ненавидит меня. Я встала и поплелась. Меня шатало из стороны в сторону, сильный ветер казался ураганом. Я не прошла и половины дороги до шоссе. Я поняла: единственный выход — отомстить, иначе я никогда в жизни не смогу считать себя человеком. Вы не можете себе представить удивление на лице Жака, когда я снова вошла в дом. В гостиной уже было убрано, в открытые окна влетал осенний ветер.

— А ты крепче, чем я думал, — осторожно сказал Жак, на всякий случай держась подальше от меня.

А я, собрав всю свою волю в кулак, стараясь ничем не выказать своей ненависти, ответила ему:

— Ты научил меня многому, и я устала. Я хочу отдохнуть. Дай мне шприц и ампулу, иначе я могу умереть.

И тут жалость мелькнула в его взгляде. Я попала в самую больную точку. Человеку, который страдает от того же, что и он, невозможно отказать. Это точно так же, как в компании сказать, будто ты никогда в жизни не пробовала наркотиков. И тут же все, даже самые страшные жмоты, станут наперебой тебе предлагать, к тому же бесплатно и с большой охотой.

— Только я боюсь остаться одна, — сказала я Жаку, — боюсь сделать что-нибудь с собой.

— Теперь ты ненавидишь его? — спросил Жак.

— Да. Но я продолжаю любить тебя.

Эти слова дались мне с таким трудом, что заметить обман не составило бы труда, если бы только Жак не был так самоуверен. Да, мужчину обмануть нетрудно. Каждый в душе уверен, что неотразим и даже после самой большой подлости женщина способна любить его. Жак не был исключением из правил в этом смысле. Я чувствую отвращение к себе, чувствую отвращение к любому из мужчин, который хочет быть со мной.

Наталья не поднимала головы, и Глеб Сиверов видел, как вздрагивают в плаче ее плечи.

— Что я наделала? — говорила девушка. — Теперь я не смогу посмотреть вам в глаза. Боже... — она уже рыдала, не стесняясь своих слез.

Глеб не знал, что и сказать. И впрямь, положение было не из лучших. Он прекрасно понимал, что любые слова покажутся сейчас ложью, пусть даже они будут правильными и искренними. Он сел возле Натальи, обнял ее за плечи и принялся гладить по волосам.

— Уберите руки, — шептала Наташа, — уберите.

А он продолжал ласково и нежно гладить ее по волосам. Несколько раз девушка пыталась вырваться, но каждый раз Глеб настойчиво возвращал ее к себе.

Наконец, она перестала сопротивляться, затихла и лишь только изредка всхлипывала.

— А теперь ты посмотришь мне в глаза, — не то сказал, не то приказал Глеб.

— Нет, — Наталья вся сжалась.

— Нет, ты посмотришь, сделаешь это сама. Иначе зачем ты все это мне рассказывала?

Девушка сделала робкое движение, но тут же закрыла лицо руками.

— Посмотри, посмотри, — настаивал Глеб.

Наталья слегка растопырила пальцы, и между ними блеснули ее заплаканные глаза.

— Вот видишь, ничего страшного в этом нет. Ты спокойно смотришь мне в глаза, я смотрю тебе. И ничего зазорного, ничего стыдного в том, что произошло с тобой, нет.

— Я еду... — произнесла Наталья отстраненным голосом, — я еду, уезжаю от самой себя. Я не хочу никого видеть, не хочу никого знать.

— А к кому ты едешь?

— К одному парню, с которым познакомилась год тому назад. Но он не танцевал со мной танго, — грустно улыбнулась девушка. — Это единственный, кого я знаю в Сочи. По-моему, нам когда-то было хорошо вместе, и может, он даже вспомнит меня.

Тут же она насторожилась.

— Нет, я снова себя обманываю, и он мне не нужен.

— Но нужно же когда-то начинать жизнь заново?

— Да, — Наталья внезапно вскинула руки и обняла Глеба за шею. — Я сейчас скажу вам одну вещь. Только вы, пожалуйста, не смейтесь.

— Я слушаю.

— Вы, наверное, единственный человек в мире, которому я могла рассказать такое. И мне в самом деле стало легче. Я знаю, мы с вами больше никогда не встретимся, да это и не нужно. Но сидя рядом с вами, вот так, я внезапно поняла, что не все отвратительно в этом мире. Прикосновение мужчины может быть приятно. Я не знаю, что будет дальше со мной... — и тут Наталья покраснела, — я хотела бы сделать вам подарок... Или, вернее, хочу, чтобы вы сделали подарок мне... Вы единственный, кого я сейчас не боюсь...

Она говорила сбивчиво, то и дело замолкая, краснея. А Глеб делал вид, что не понимает, к чему она клонит. Он уже, если признаться честно самому себе, устал от ее откровенности.

— Ну, неужели вы не понимаете, что я хочу вас...

Она принялась сбрасывать через голову свитер. Глеб не успел ей помешать. И вот Наташа сидела пред ним уже обнаженная до пояса. Ее нежно-розовые соски казались отвердевшими, то ли от холода, то ли от страха.

— Я еще никому никогда не предлагала себя.

И тут, прежде чем Глеб успел что-либо ответить, поезд резко затормозил. Послышался скрежет колес. Наталья, вскрикнув, ударилась головой о перегородку. Глеб еле успел ухватиться двумя руками за верхнюю полку. Та заскрипела. Вагон еще раз качнулся и замер.

Наташа, охнув, приложила палец ко лбу. Из-под пальцев тонкой струйкой потекла кровь. Она отняла ладонь и посмотрела на нее безумным взглядом. Прямо над ее правым веком четко отпечатался след от металлической скобы полотенцедержателя. Ссадина была небольшая, но довольно глубокая. Если бы Глеб не придержал девушку, та упала бы на пол. Лампочка слегка мерцала. За дверью послышались шаги, уверенные и нахальные. Человек явно желал того, чтобы его услышали во всем вагоне. Ручка качнулась, дверь буквально отлетела в сторону, и прямо на Глеба нацелился короткий ствол автомата. Блеснули обнажившиеся в улыбке золотые зубы.

ГЛАВА 6

Четверо бандитов сидели в своем купе. У каждого на коленях лежало его оружие. Лысый держал короткоствольный автомат, Дружок сжимал в руках карабин с обрезанными стволом и прикладом. Штык и Пепс предпочитали пистолеты. Все четверо молчали, вглядываясь в тревожное мерцание полумрака за окном вагона. Мелькали побеленные столбы, засыпанные щебнем откосы, тянулась зубчатая полоса лесопосадки. Вскоре впереди посветлело, и вагон на полной скорости пронесся мимо перрона облитой ртутным светом фонарей небольшой станции.

— Пора! — скомандовал Лысый, пряча автомат под куртку.

Когда оружие было надежно укрыто от посторонних глаз, Лысый отворил дверь и выпустил своих сообщников в коридор. Вместе с Дружком он пробрался в тамбур, а Штык и Пепс двинулись в разные стороны состава. Пока еще они ступали тихо, стараясь не лязгать дверями, но на всякий случай придерживаясь за поручни. Лысый выглядывал в открытое окно и, открыв рот, ловил знойный встречный ветер. Он щурил глаза от пыли. Дружок держал руку на рычаге стоп-крана.

Вскоре впереди показались огни переезда. Возле полосатого красно-белого шлагбаума замер потрепанный командирский «уазик». Лысый, пригнувшись, убрал свою голову из окна и кивнул Дружку, а сам ухватился за поручни. Зашипела пневматика, заскрежетали колеса. Где-то в глубине вагона послышались крики, ругательства. На лице Лысого сверкала золотом улыбка.

Он выхватил свой короткоствольный автомат и передернул затвор. Дружок, ухмыляясь, выскочил в тамбур и, придерживая ногой дверь, стал дожидаться Лысого.

Через пару минут после того, как поезд замер, дверь купе проводника отодвинулась, и тут же ему под нос уперся автомат. Лысый сгреб проводника за форменную рубашку и приказал:

— Ключи!

Тот, ни о чем не спрашивая, принялся дрожащими руками лихорадочно отстегивать от пояса связку ключей. Лысый, не дожидаясь, пока непослушные пальцы сделают свою работу, схватил ключи и резко рванул их. Послышался звук раздираемой материи. Завладев связкой, Лысый швырнул ее Дружку.

— Быстро, вдоль поезда!

Лязгнула дверь, загромыхала подножка. За окном мелькнула тень. Дружок побежал вдоль состава.

— Слушай, ты, — процедил сквозь зубы Лысый, прижимая проводника к стенке, — сейчас ты побежишь по составу и оповестишь всех, что с каждого купе причитается по двести долларов. Скажешь, что поезд заминирован. И если через пятнадцать минут деньги не будут собраны, мы взорвем весь состав. Нас здесь четверо, да еще с десяток ребят подъехали на машине.

Проводник, весь трясясь от страха, на полусогнутых ногах, юркнул в тамбур и бросился в соседний вагон. Лысый прислушался.

— Ничего, скоро добежит, — пробормотал он сквозь зубы и, гулко чеканя шаг, двинулся по коридору.

Он не собирался ни к кому заходить, но заслышав из-за двери плачущий голос Натальи, передумал и рванул дверь в сторону.

И второй раз он встретился взглядом с Глебом Сиверовым. Но теперь Лысый чувствовал силу. В его руках было оружие, а в руках Глеба — только полуобнаженная девушка, жизнью которой он явно дорожил.

— Скоро сюда придет мой дружок, — развеселился Лысый, — а вы пока что наслаждайтесь жизнью.

Он захлопнул дверь и попытался открыть следующее купе, но то оказалось запертым.

— Открывай! — заревел он.

— Кто там? — послышался сдавленный голос.

— Открывай! — Лысый изо всех сил саданул ногой, да так, что с той стороны посыпались осколки зеркала.

В головных вагонах зажигался свет, опускались рамы, любопытные выглядывали наружу. Кое-кто пытался добиться объяснений от проводника.

А Дружок тем временем бежал по кювету, спрятанный темнотой. Помощник машиниста открыл дверь и выглянул наружу.

— Какого черта! — обратился он к машинисту.

— Не знаю, — пожал тот плечами.

— Иди, разведай.

Помощник, молодой парень лет двадцати-тридцати, спустился по металлической лестнице и пошел вдоль состава. Заметив какого-то мужчину, высунувшего голову из окна, он осведомился:

— Что случилось?

— Я думал, вы мне объясните.

Помощник машиниста махнул рукой и пошел дальше. И тут метрах в двадцати от него вынырнул из кювета Дружок.

— А ну, марш назад! — скомандовал бандит.

Но помощник не разглядел пистолет, нацеленный прямо на него.

— Кто ты такой, чтобы мне указывать?

Бандит нажал на спусковой крючок. Прогремел выстрел, и парень, взмахнув руками, рухнул в кювет. Его накрыла темнота.

Машинист, заслышав выстрел, вышел на площадку. Дружок тут же вскинул пистолет и скомандовал:

— Руки за голову! Лицом к локомотиву!

Второй раз повторять этот приказ не пришлось.

— А теперь осторожно спускайся. Только без глупых шуток! — Дружок держал машиниста на прицеле.

Тот негнущимися от страха пальцами хватался за металлические прутья лестницы и, наконец, очутился внизу.

— Веди меня к начальнику поезда, туда, где у вас радиоузел.

А начальник в этот момент как раз вышел на площадку и, приложив ладонь козырьком к глазам, пытался рассмотреть, что же происходит рядом с поездом. Он даже не успел сообразить, откуда и каким образом возникли еще четверо бандитов. Они оказались у него прямо за спиной, и ствол автомата ткнулся ему между лопаток.

— Стой и не шевелись.

Дружок дошел следом за машинистом до самой подножки, а затем, завидев своих сообщников, добравшихся сюда на командирском «уазике», расцвел в улыбке.

— Руки за спину! — скомандовал он машинисту.

И когда тот выполнил приказание, туго стянул запястья веревками. А затем, поддав коленом, опрокинул его в кювет.

— Что вам надо? — бледными от страха губами прошептал начальник поезда.

— Радиоузел.

Дружок вскочил на подножку и ткнул начальника поезда стволом пистолета. Вскоре все шестеро оказались в небольшом отсеке служебного вагона, где располагался радиоузел.

— Включай! — приказал Дружок.

Щелкнул тумблер, раздалось легкое гудение в динамике, висевшем в углу, словно икона.

Начальник шепотом сообщил:

— Все, теперь вас слышат в каждом вагоне.

Дружок отодвинул стол, уселся, закинув ногу на ногу, и какое-то время медлил, не зная, с чего начать. Никогда еще ему не доводилось выступать перед таким количеством слушателей.

— Эй, вы там, — наконец крикнул он в микрофон .

Его голос, усиленный динамиками, разлетелся по всему составу. Тут же стихли разговоры, все напряженно вслушивались в этот наглый, с хрипотцой голос.

— Вы, пассажиры долбаные, — уже немного осмелел Дружок. — Нами захвачен поезд. С каждого купе причитается по двести долларов, которые вы должны собрать не позднее, чем через пятнадцать минут. Ответственные за сборы — проводники. Кто не сдаст в назначенное время указанную сумму, — перешел на какой-то тихий канцеляризм Дружок, — будут расстреляны. Уже убит помощник машиниста за то, что оказал нам сопротивление, — не без гордости добавил бандит. — Всякие оправдания не берутся во внимание, — и он хохотнул, заслышав в своих словах рифму. — Проводникам после того, как они соберут деньги, стоять на подножках. Всякое сопротивление бесполезно, потому что поезд заминирован. И если пострадает хоть один из наших людей, весь состав взлетит на воздух. Все, отсчет времени пошел!

Дружок, гордый собой, щелкнул тумблером, и динамики во всех вагонах омертвели. Он довольно захохотал, запрокинул голову и посмотрел на своих сообщников.

В радиоузел вошел раскачивающейся походкой Лысый.

— Ты, диктор хренов, — обратился он к Дружку, — ты бы им еще и политинформацию прочел.

— Что-то не так, Лысый? — обеспокоился Дружок.

— Да нет, все правильно. Но ты забыл добавить, что вместо денег мы согласны принимать и драгоценности.

— Этим займутся другие ребята.

— Быстро, двое бегом в конец поезда, другие им навстречу! Забирайте все золотые вещи, — Лысый махнул рукой четырем бандитам, приехавшим на «уазике». — А ты, Дружок, иди собирай деньги. Думаю, кое-кто из проводников уже поджидает тебя на подножках.

Что тут началось в поезде! Одни пассажиры старательно припрятывали деньги в надежде убедить бандитов, будто едут с пустыми руками. Женщины срывали с себя цепочки, серьги, засовывали их под матрасы, но тут же вытаскивали назад, понимая, что это ненадежное укрытие.

Пепс и Штык поторапливали проводников:

— Если не будет нужной суммы, застрелим и вас, — бросали они, проходя мимо вагонов растерявшимся железнодорожникам.

В последнем вагоне проводник тщетно пытался убедить двух бандитов в том, что пятьсот долларов — это максимальная сумма, которую можно собрать с его пассажиров. Он пытался всучить им мятые, влажные от пота зеленые бумажки.

— Кто тебе не дал? — грозно спросил бандит, прижимая проводника к стенке.

Тот, хватая руками воздух, указал пальцем на ближайшее купе. Бандит рванул ручку, дверь отлетела в сторону.

— Да у меня ничего нет! — запричитал старик, одетый в дорогой серого цвета костюм.

Его жена, вполне еще молодая женщина, забилась в угол и прикрылась подушкой. Ее дети, две девочки, притаились на верхних полках.

— А это что? — грозно проговорил бандит, делая шаг к женщине и хватая ее за ухо.

— Что вы! Что вы! — запричитала она.

— Дырки от сережек! Где сами?

— Да я их дома оставила, когда собиралась на отдых.

— А кто же с пустыми руками едет отдыхать? — ухмыльнулся бандит. — Не отдадите сами по сотке, заберем все, что есть, — и он сбросил женщину на пол, а затем поднял полку.

Содержимое сумок, чемоданов тут же полетело на пол.

— Да нет у нас ничего, — упавшим голосом повторил старик.

— Так нет? — взревел бандит, передернул затвор автомата и дал короткую очередь по стеклу. То разлетелось вдребезги, засыпав купе водопадом сверкающих осколков. — По сотке и серьги!

Мужчина дрожащими руками вытащил из-под столика бумажник, за которым тянулись хвосты клейкой ленты. Жена следила за ним затравленным взглядом. Стараясь не показывать содержимое бумажника, старик принялся выковыривать оттуда две стодолларовые купюры.

— Я сам! — скомандовал бандит, вырывая бумажник из рук и опуская его во внутренний карман куртки.

— Вы же обещали... — со слабой надеждой на справедливость сказала женщина.

— Так у вас же ничего нет! Значит, я ничего и не взял, — рассмеялся бандит и протянул руку ладонью вверх. — Серьги!

Женщина запустила руку в разрез платья и, царапая кожу острыми крючками сережек, принялась доставать их.

Бандит приблизил к ее лицу ствол автомата, и женщина замерла.

— Дай-ка, я сам посмотрю, — и одним пальцем оттянул декольте. Несчастная ощутила на своем лице смрадное от лука и табака дыхание. Следом за сережками потянулась золотая цепочка, а за ними из-за кружева выскользнул и золотой крестик с надписью «Спаси и сохрани». — Это будет поинтереснее твоих дряблых грудей, — усмехнулся бандит, схватил женщину за плечо и толкнул на пол. Дверь с грохотом отъехала в сторону. Из-за нее послышались плач и причитания.

— Если мы будем тратить столько времени на каждое купе, то не успеем! — зашептал второй бандит.

— А какого черта ты стоишь у меня за спиной? Пошел вперед!

Напуганные выстрелами в соседнем купе, другие пассажиры расставались со своим имуществом уже добровольно. Более сообразительные отдавали свои двести долларов, и вскоре спортивная сумка на плече одного из бандитов оказалась наполненной до половины. У второго карманы топорщились от снятых драгоценностей. В вагонах, куда еще не добрались бандиты, началась самая настоящая паника. Поползли самые невероятные слухи, будто бы уже убито десять человек. И эта цифра, передаваемая из уст в уста, становилась все более устрашающей. Слухи подогревались каждой новой автоматной очередью и звоном разбиваемого стекла.

Из одного вагона выскочил молодой парень с чемоданом в руке и бросился к лесозащитной полосе. Лысый, стоявший у головного вагона, вскинул автомат и пустил вдогонку ему короткую очередь. Парень пошатнулся и, хватаясь руками за колючие ветви елей, упал на колени, а затем, вскинув руки, опрокинулся на спину. В темноте ярко светилась белизной рубашка, да поблескивал камень в зажиме для галстука.

— Проверь, что там у него, — скомандовал Лысый

своему подручному, а сам с автоматом наперевес двинулся вдоль вагонов.

Он дважды выстрелил, заметив темный силуэт в двери одного из вагонов. Желающих подышать свежим воздухом тут же поубавилось. Лысый взглянул на часы. Прошло ровно семь минут, а они еще не успели обчистить и половину поезда. Правда, в запасе у них оставалось еще достаточно времени. Следующий состав должен был проследовать по этому пути только через два часа. Лысый знал об этом доподлинно, план операции был им разработан в мельчайших деталях. Он целых две недели прожил невдалеке от станции, снимая комнатку в деревенском домике. Каждую ночь он выходил к железнодорожному полотну и с часами в руках отмечал прохождение поездов, пока наконец не составил себе четкий график.

Наверное, единственным в поезде, кроме самих бандитов, кто не паниковал, был Глеб Сиверов. Он спокойно дождался, пока Наталья оденется, и улыбнулся, ободряя девушку. Та смотрела на него как на сумасшедшего.

— И вы еще можете улыбаться? Вы так спокойны?

Затем она распахнула сумочку и выложила на стол пачку денег.

— Простите, но я от волнения даже не могу сосчитать, сколько здесь будет долларов, если переводить их по курсу. Но думаю, значительно меньше сотни.

— И что ты предлагаешь? Чтобы я сосчитал их?

— Может, вы бы могли одолжить мне сотню, а остаток я вам как-нибудь верну, — она подвинула пачку к самому краю стола.

Глеб преспокойно взял деньги и бросил их внутрь сумочки.

— Сиди и не дергайся, — сказал он Наталье, — все будет хорошо.

Он стал ногами на полку и, запустив руку в глубину багажного отделения, дотянулся до своей спортивной сумки. Расстегнул молнию и вытащил пистолет. У Натальи от удивления раскрылся рот и никак не хотел закрываться. В глазах отразился ужас.

— Вы с ними из одной шайки?

Но тут же она отбросила это нелепое предположение.

— Вы из милиции?

— Ни то и ни другое, — сказал Глеб, наворачивая на ствол глушитель.

Затем он выгреб со дна сумки три запасные обоймы и положил их в карман куртки, а пистолет заткнул за пояс.

В дверь купе постучали. Глеб запахнул куртку так, чтобы не было видно оружие, и открыл дверь. В коридоре стоял бледный, как выбеленное полотно, проводник. Куда только подевалась его нахальная улыбка?

— Деньги... они требуют деньги, вы же слышали...

— Я тебе что сказал? — произнес Глеб.

— Не понял.

— Я тебе сказал посылать их к черту.

— Но они с оружием...

— Я тебе сказал посылать их от моего имени.

— Но тогда они обещали убить меня... — проводник выглядел таким жалким, что сердце Сиверова дрогнуло.

— Ладно, черт с тобой, а то еще в штаны наложишь, — он достал из-за пояса две стодолларовых бумажки и сунул их в руку проводнику. — Но только смотри, не забудь отдать их мне потом.

— Я их отдам бандитам. А вы, если хотите, разбирайтесь с ними сами.

— Закрой дверь, — приказал Глеб.

А проводник уже стучался в следующее купе.

Совсем неподалеку прозвучала короткая автоматная очередь, и трассирующая пуля прочертила темноту за окном.

— Я боюсь, — прошептала Наталья, забиваясь в угол поближе к проходу, подальше от наружной стенки.

Глеб подошел к окну и опустил раму. Явственнее стали слышны крики, детский плач, ругательства.

— Я бы не советовал тебе оставаться тут, — Глеб обернулся и махнул рукой Наталье.

— Куда вы? Там же могут убить! Вы же заплатили деньги.

— Я не собираюсь доставлять им такое удовольствие, — рассмеялся Сиверов и уже прикрикнул на девушку: — Пошли со мной!

Та только поплотнее забилась в угол.

— Или ты хочешь расстаться со своими сережками?

— Они все равно не золотые, а позолоченные, — призналась Наталья. — Да и бриллианты в них фальшивые.

— Думаешь, кто-нибудь будет с этим разбираться? Ты хотя бы вынула их из ушей, а то оторвут вместе с ушами.

Наталья тут же представила себе страшную картину и вспомнила, что Лысый обещал прислать своего друга и разобраться с ней и Глебом персонально. Она уже представляла, как Дружок сжимает в пальцах ее отрезанное ухо и сияние исходит от поддельного бриллианта.

— Если мы станем тут рассиживаться, то и впрямь дождемся неприятностей.

Глеб высунулся по пояс в окно, перегнулся и ухватился за край вентиляционного люка на крыше вагона. Мгновенно в окне исчезли и его ноги.

— Куда вы? — замирающим от страха шепотом проговорила Наталья, на полусогнутых ногах пробираясь к окну.

Тут же в проеме возникла голова Глеба. Его длинные русые волосы развевал ветер. Он протянул Наталье руку.

— Давай быстрее!

В коридоре уже слышались грубые голоса. Прозвучала автоматная очередь, посыпалось битое стекло, пронзительно закричала женщина. Это и подстегнуло Наталью. Она ухватилась за протянутую руку и встала ногами на столик. Она и сама не ожидала от себя подобной прыти. Сперва оперлась ногой на раму, а затем, изогнувшись, ухватилась за плечо Глеба левой рукой, а правой вцепилась в вентиляционный люк.

— Ну вот, из тебя получится неплохая акробатка, — невесело пошутил Глеб, когда Наталья уже сидела на крыше вагона.

Рядом с ней проходил какой-то провод, к которому она боялась прикоснуться, опасаясь, что тот находится под напряжением.

— Придержи меня за ноги.

Она как-то неумело взялась за щиколотки Глеба. Тот зло зашипел:

— Так не пойдет, лучше садись.

— Вам же будет больно!

— Садись, я сказал!

Наталья уселась. Глеб вновь свесился вниз и приподнял раму, оставив только узкую щель, в которую с трудом можно было просунуть руку. Теперь они вдвоем сидели на крыше вагона под звездным небом. Но самое странное, Наталья отнюдь не чувствовала себя в безопасности. Теперь ей казалось, что кто-нибудь из бандитов непременно выпустит очередь в потолок, и именно в то место, где она сидит. Поэтому она подтянула колени к груди и принялась взглядом искать, где же проходит перегородка в купе.

— Если будешь так сидеть, тебя скоро заметят. Лучше ложись.

— Боюсь, — отвечала девушка.

— Ладно, поступай как знаешь, — Глеб на корточках, придерживаясь рукой за натянутый провод, стал пробираться вперед.

— А я? — раздалось у него за спиной.

— Сиди. Скоро все будет в порядке.

Наталья с тоской во взгляде проводила Глеба. Тот добрался до края вагона и, поднявшись в полный рост, перепрыгнул на соседний. А затем внезапно прилег и замер.

Наташа затаила дыхание и на всякий случай тоже легла, распласталась на выкрашенной в черный цвет жести. Глеб впился взглядом в темноту, пытаясь понять, что же всетаки происходит возле состава. На всякий случай пистолет он держал наготове. Он увидел, как бандит переворачивает тело убитого молодого человека, видел, как разрезает ножом чемодан и вытряхивает из него содержимое. Сиверов лежал над самой дверью тамбура. Та была открыта, и слабый свет падал на щебень откоса.

Из тамбура послышались голоса:

— Да ты посмотри, может, набрал в темноте какойнибудь бижутерии.

— Ладно, ты иди дальше, а я посмотрю.

Послышался звук открывающейся двери, и из вагона высунулась голова. Бандит, придерживаясь за поручень, высунулся наружу. Желтый свет лампочки отливал на стволе автомата. Глеб абсолютно бесшумно опустил руку и схватил бандита за шиворот. Тот даже не успел вскрикнуть. Ворот застегнутой куртки сдавил ему горло, ноги оторвались от подножки, и он завис. Как и предвидел Глеб, вместо того, чтобы уцепиться за поручень и другой рукой, бандит попытался обеими руками разжать пальцы, державшие его за шиворот. Глеб левой рукой направил ствол пистолета вниз и нажал на курок.

Раздался негромкий хлопок выстрела. Пуля вошла точно в позвоночник, рельефно проступивший на шее. Бандит мгновенно обмяк. Глеб разжал пальцы. Словно мешок с песком, тот хлюпнулся на щебень. Автомат соскользнул с откоса и исчез в темноте.

Бандит, разбиравший пожитки, вскинул голову. Но даже не успел что-либо увидеть, как Глеб прицелился и выстрелил. И на этот раз он не промахнулся. Пуля легла немного правее, чем Глеб предполагал, — прямо над левым глазом. Но с расстояния в семьдесят метров, почти в кромешной темноте, вряд ли бы кто-то выстрелил точнее.

Глеб повернулся на бок, чтобы посмотреть, как там Наталья, справедливо полагая, что та уже еле жива от страха. Девушка лежала на крыше вагона, прикрыв голову руками.

«Ладно, разбираться будем потом», — подумал Сиверов и, ухватившись руками за водоотливной желоб, спрыгнул на подножку вагона и тут же исчез в тамбуре.

Лысый, заметив мелькнувшую тень, прижался к вагону и выпустил длинную очередь. Пули высекли искры из металлической обшивки двери, одна даже рикошетом залетела в тамбур. Но Глеб уже был в самом вагоне. Проводник, явно приняв его за бандита, попытался всучить ему собранные деньги и принялся жаловаться, что еще не все пассажиры сдали нужную сумму. Без лишних объяснений Глеб отодвинул обомлевшего от ужаса проводника в сторону и двинулся в глубь вагона.

Послышался скрежет открываемой двери. Глеб прижался к стенке и поднял пистолет вверх. Штык даже не удосужился глянуть в сторону, и Глеб окликнул его, когда тот уже держался за ручку следующей двери. Штык оглянулся и последнее, что он увидел, был сполох выстрела. Бандита отбросило к стенке, пистолет выпал у него из руки.

Глеб тут же машинально ногой зашвырнул его в угол тамбура и резко развернулся. В сантиметре от его головы просвистела пуля. Глеб уклонился и, выждав несколько секунд, одним прыжком преодолел узкий проход, заметив краем глаза ствол автомата и профиль бандита, поджидавшего его появление. Из кармана убитого, словно тонкая струйка, потекла золотая цепочка. Следом за ней выскользнул крестик.

Глеб толкнул ногой дверь. Та с грохотом закрылась. Тут же послышались выстрелы, гулким эхом отозвавшиеся в металлическом нутре тамбура. Сиверов дождался, пока очередь смолкнет, и рванул дверь на себя. Ему потребовалось выстрелить всего лишь один раз, чтобы автомат в руках бандита смолк навсегда.

И вновь потянулся длинный коридор. Глеб шел, как казалось ему, в полной тишине. Пассажиры затихли, перепуганные стрельбой. Но Сиверов знал, эта тишина обманчива. Теперь победа уже не дастся ему так легко, как в первых случаях.

Лысый, держа в руках свой коротких короткоствольный автомат, привстав на цыпочки, заглянул в мутное, словно замазанное мыльным раствором окошечко выкрашенной в темно-зеленый цвет двери. Он увидел приближающегося к нему Глеба. Ни один мускул не дрогнул на лице бандита. Он, не оборачиваясь, сделал несколько шагов назад и, отворив дверь туалета, спрятался за ней, держа автомат поднятым в правой руке.

Глеб вышел в тамбур и остановился. Чутье подсказывало ему, что опасность совсем близко. Его взгляд упал на пол. От растекшейся на полу туалета лужи шла пара следов. Глеб слегка улыбнулся. Да, он точно понял, кто прячется за дверью туалета. То, что это не случайный пассажир, он не сомневался. Тот бы обязательно закрыл дверь на защелку. Тут действовал профессионал.

Глеб решил не подавать виду, что ему известно это. Он сделал шаг вперед и медленно, абсолютно беззвучно, развернулся, прижался спиной к стене и стал ждать. Он твердо знал: что-что, а ждать он умеет. Ему иногда приходилось чуть ли не сутками лежать в одной позе, карауля момент, когда жертва появится в зоне досягаемости. А тут ждать ему предстояло в худшем случае пару минут. Единственное, чего опасался Сиверов, так это появления других бандитов. Но игра стоила свеч. Мысленно он просчитал возможное поведение бандита.

«Да, скорее всего, он задумал, — решил Глеб, — что я пройду чуть вперед по коридору, а он выйдет из своего укрытия и всадит мне в спину длинную, насколько хватит патронов, автоматную очередь».

Сиверов почти не дышал, глаза его превратились в две узкие щелочки, сжатые губы нервно кривились.

«Ну, давай же, давай же, — мысленно приговаривал Глеб, — сколько ты будешь тянуть? — То, что преступник медлит, выводило его из себя. — Значит, он опытен, — решил Глеб, — и не желает рисковать зря. А может, я все-таки ошибся и это случайный пассажир?»

И вот когда уже Глеб почти решился двинуться вперед, дверь чуть-чуть повернулась на петлях, и из-за угла показался ствол автомата. Не теряя драгоценных мгновений, Глеб резко ударил ногой в дверь, ударил так, насколько хватило у него сил. Лысый от удара потерял равновесие и отлетел к окну. А Глеб уже успел схватить автомат рукой и резко дернул его на себя. Но не так-то легко оказалось одолеть Лысого. Он предусмотрительно обернул ремень вокруг запястья и пропустил его между пальцами. Единственное преимущество Глеба сейчас состояло в том, что его правая рука была свободна, а Лысому приходилось орудовать левой. Свет на какое-то мгновение померк в глазах Глеба, когда он получил удар в шею. Перехватило дыхание, но он все-таки смог устоять на ногах и попытался коленом ударить в пах своему противнику. Тот увернулся. Удар пришелся в бедро.

Поток грязной ругани обрушился на Глеба, и Лысый, скрежеща зубами, навалился на него. Глеб почувствовал у себя за спиной жесткое ребро полотенцедержателя. Он понял, что, если будет держать в руке пистолет, то ему не одолеть Лысого. Оружие полетело в угол, и Глеб нанес короткий молниеносный удар под самое левое ухо. Не теряя времени, Глеб выпустил ствол автомата и схватил Лысого за шею. Он сдавил пальцы на его неправдоподобно огромном кадыке, а затем несколько раз лбом ударил своего противника в лицо. На зеркало полетели кровавые хлопья. Автомат, болтавшийся на ремне, грозил в любую секунду от неосторожного удара выстрелить. Но на раздумье времени не оставалось, на осторожность — тоже, и Глеб спешил закрепить свой успех. Руки от усталости уже еле слушались его. Но противник был измотан еще больше.

Глеб сумел вывернуться и немного пригнуть Лысого, а затем тут же навалился на него. Не давая опомниться, Глеб ударил бандита головой о край унитаза и схватил его рукой за ремень. Напрягшись, он сумел-таки оторвать его от земли, и ноги Лысого беспомощно замельтешили в воздухе. Еще мгновение — и бандит уже стоял на голове, всунутый в унитаз. Глеб нажал педаль. Послышалось журчание воды. Лысый начинал захлебываться, вода заливала ему ноздри. Глеб потянулся за пистолетом, и Лысый решил использовать последнюю возможность, которая у него оставалась. Он схватил автомат и вслепую выпустил длинную очередь. Глеб еле успел прижаться к стене, вскочив на ведро для мусора. Лишь только каким-то чудом он остался жив. Проверять, кончились или не кончились патроны в магазине автомата Лысого не было времени, и он выстрелил. Бульканье прекратилось.

Глеб отпустил левую руку, и тело Лысого с грохотом упало на пол. Голова так и осталась торчать в унитазе. Сиверов переступил через поверженного противника и выглянул в коридор. И тут до его слуха долетел истошный визг.

Сиверов прекрасно умел ориентироваться, откуда именно идет звук. И сейчас сомнений не оставалось: кричали не внутри вагона, а снаружи, к тому же крик донесся сверху.

«Наталья! — мелькнула у него в голове догадка, и он выругался. — Наверное, не смогла высидеть тихо! А теперь мне расхлебывай!»

Вдалеке уже слышался топот по меньшей мере трех пар ног.

«Еще немного, и мне придется тут задержаться надолго», — подумал Глеб, становясь на подножку.

Из темноты с крыши одного из впереди стоящих вагонов вновь послышался крик девушки. Глеб, не теряя времени, принялся карабкаться на крышу. Но уставшие руки плохо слушались своего хозяина. Пальцы то и дело срывались.

Наконец Глеб сообразил: прямо из вагона он забраться на крышу не сможет. Глеб перебрался на буфер и уже легко, цепляясь за выступающие из корпуса вагона кабели, шланги, вскарабкался на крышу. Внизу, в прямоугольнике желтого света, падающего из окна вагона, мелькнула тень вооруженного человека. Глеб выстрелил навскидку, и еще один бандит полетел в кювет. А Глеб уже бежал, не пригибаясь, по крыше вагона — туда, где слышалась возня.

Глеб сделал то, чего никогда не делал:

— Наталья, держись! — крикнул он.

И в самом деле, какой смысл подбадривать борющегося за жизнь человека, если ты спешишь к нему на помощь? Он уже мобилизовал остаток своих сил. Глеб прикидывал, не лучше ли сейчас выстрелить? Но он не мог с точностью определить, зацепит пуля Наталью или нет.

И тут раздался страшный крик, на этот раз уже не женский, а мужской. Бандит, взревев, схватился руками за лицо, и Наталья вывернулась из-под него. Глеб сначала даже не понял, что произошло. Он держал свой пистолет нацеленным на стонущего Дружка. А того уже явно мало занимало, останется он жив или нет.

Глеб в ужасе посмотрел на лицо девушки. Ее губы нос и щеки были в крови. Но он не заметил ни одной раны. Наталья наклонилась и выплюнула на крышу вагона что-то окровавленное и скользкое. И тут Глеб понял, что это было — нос Дружка. Глеб подхватил теряющую сознание Наталью на руки. Бандит, ослепленный болью, размазывая кровь, катался по крыше. Одно неосторожное движение — и он с размаху плюхнулся в промежуток между колеями железной дороги.

Наталья была в ужасе от содеянного. Она абсолютно бессмысленными глазами взирала на откушенный нос, лежавший прямо на крышке вентиляционного люка. Нужно было вывести ее из этого состояния. Глеб понимал, еще немного — и Наталья сойдет с ума. И этот остекленевший взгляд больше никогда не станет осознанным.

Он ударил Наташу по щеке один раз, потом второй... Но выражение ее лица не менялось. Тогда он схватил ее за плечи и принялся трясти:

— Да очнись же! Очнись! Все уже позади.

Девушка тряхнула головой и вышла из оцепенения. В воздухе просвистела пуля. В конце концов, двух сидевших на корточках людей на крыше вагона не так-то тяжело было заприметить.

— Бежим! — крикнул Глеб, хватая Наталью за руку и увлекая за собой.

Наталья как лунатик последовала за ним, абсолютно не реагируя на то, что по ним стреляют. Они добежали до края вагона и упали на крышу. Еще несколько выстрелов вспороли ночь. Глеб поменял в пистолете обойму и, прищурившись, дважды выстрелил, наверняка зная о том, что цель будет поражена. Он сунул руку в карман джинсов, вытащил носовой платок и протянул Наталье.

— Да ты хоть кровь вытри.

Девушка, не скрывая отвращения, принялась вытирать кровь с лица и испачканных рук. Глеб осмотрелся, оценивая обстановку. Никого из бандитов не было видно. Скорее всего, они спрятались в вагоны, не подозревая, что против всей шайки действует он один. Получив передышку, Глеб обернулся к девушке.

— Не думал я, что ты сумеешь вот так.

Наталью прямо-таки трясло от отвращения и страха. Сиверов понимал: нужно чем-то занять ее мысли, иначе он вновь увидит перед собой остекленевшие глаза.

— Кто тебя научил?

И тут последовало простодушное признание:

— Я как-то в автобусе услышала разговор. Одна девица говорила другой, что если тебя пытаются изнасиловать, то лучший способ — откусить нос насильнику. От шока человек перестает соображать.

— Правильно сделала.

Глеб прислушался. Вдалеке слышался гул моторов. Ехало как минимум три машины, Глеб определил это точно: две легковые и одна грузовая.

«Все. Скорее всего, это ОМОН, — подумал Глеб и тут же добавил: — Рассиживаться здесь нечего. Национального героя из меня не получится, лучше всего убираться подобру-поздорову, а медаль «За отвагу» подождет, пока я буду готов ее получить».

— Слушай, — обратился он к Наталье, — ты остаешься здесь.

— А вы?

— Я ухожу.

— Почему?

— Слышишь, сюда едет милиция, а мне не хотелось бы с ними встречаться. Все-таки, как-никак, а человек пять я уложил.

— Но они же убивали!

— Я не хочу портить себе отдых, давая показания в милиции и ставя автограф на подписке о невыезде.

Глеб подполз к краю крыши и заглянул вниз. В окне их купе ровно горел свет. Он опустил руку в узкую щель и нажал на планку. Рама мягко опустилась вниз. Оказавшись в купе, Глеб первым делом стащил свою сумку с полки, а затем, держа пистолет наготове, выглянул за дверь. На откидном стульчике сидел проводник. Он разинул рот от удивления, завидев Глеба, ведь только что он заглядывал в купе и там никого не было.

— Деньги давай, — шепотом сказал Сиверов. Проводник не понял.

— Что?

— Я же дал тебе на сохранение двести баксов, и вот настало время получить их обратно.

Проводник так и не сообразил, что от него требуется,

пока Глеб сам не запустил руку в нагрудный карман его форменного пиджака и не вытащил скомканные доллары. Он отсчитал ровно двести и засунул их в карман сумки.

И тут до проводника дошло. Он криво улыбнулся.

— А-а...

— Вот тебе и «а-а», — Глеб хлопнул его по плечу. — Сюда едет милиция и, приятель, запомни: ты меня не видел и даже не знаешь, как я выгляжу.

— А где девушка?

— Она на крыше. Иди и помоги ей слезть.

На дальнейшие разговоры времени не оставалось, и Глеб выпрыгнул на пыльный щебень. Он тут же сбежал в кювет и, прячась в темноте, бросился к дороге, на которой все еще стоял командирский «уазик».

— Поспеши, Глеб, — торопил он самого себя, хоть и бежал из последних сил; тяжелая сумка била его по бедру.

Когда до автомобиля оставалось метров семьдесят, Глеб заметил, что он не один желает воспользоваться машиной. От головного вагона к ней бежали еще двое.

Пассажиры или бандиты? Глеб прищурился. Он видел только силуэты. Мужчины свернули на дорогу, и тогда в свете фонаря Глеб четко различил оружие в их руках. Больше он не раздумывал: вскинутый пистолет, два выстрела. Не успел еще и дым стечь со ствола, как Глеб прыгнул в машину. Он только усмехнулся, посмотрев на замок зажигания — такую штуку можно было открыть и монетой.

Он выхватил из кармана перочинный нож, отщелкнул самое маленькое лезвие и вставил его в замочную щель. Хотя машина и была старой, двигатель завелся с полоборота. Не включая фар, Глеб свернул с дороги и помчался по степи. Он нырнул за полосу лесопосадки как раз в тот момент, когда из-за поворота уже вылетали две милицейские «волги» и грузовик, крытый брезентом. Бойцы ОМОНа перепрыгивали через борт еще на ходу и тут же исчезали в темноте кювета.

Лишь только одна Наталья, сидя на крыше вагона, видела, как мчится за низкими густыми елками лесопосадки крытый брезентом джип.

ГЛАВА 7

Мужчина всматривался в темноту за ветровым стеклом автомобиля. А когда на стекло падали отблески, он высовывался в окно и, щурясь от горячего ветра, пытался рассмотреть дорогу. Дороги в классическом ее понимании впереди не было. Тянулась степь, и небо можно было отличить от предгорий лишь только тем, что на нем горели редкие звезды.

Глеб остановил машину, включил освещение приборной панели.

«Если двигаться по бездорожью, — решил Глеб, — то бензина еще хватит часа на два».

Он уже не беспокоился о погоне, скорее всего, Наталья не выдала его, а может быть — на это и надеялся Сиверов, — никто и не заметил, как он угнал бандитскую машину.

Еще через полчаса впереди замаячили огни ночного города, и Глеб Сиверов наконец-то рискнул выехать на дорогу. До рассвета оставалось немного, и нужно было как можно скорее заканчивать свое путешествие в одиночестве. Сиверов выжимал из автомобиля все, на что тот был способен. Натужно ревя мотором, командирский «уазик» летел по серой предрассветной ленте шоссе, оставляя большой город справа. Дорога пролегла возле самых гор, еще не высоких здесь, поросших густым лесом. Впереди открылась заболоченная долина. Сверху, с насыпи, Глеб даже залюбовался серебристыми извивами реки. Но тут же трезвый расчет вернулся к нему.

«Все, хватит, — решил мужчина. — Нужно надежно

похоронить автомобиль, чтобы его не обнаружили ни сегодня, ни завтра».

Он переехал мост и немного сбавил скорость. Вскоре насыпь стала поменьше. Вдоль шоссе с двух сторон плотной стеной возвышался камыш — высокий, словно заросли бамбука. Глеб миновал участок, огороженный сплошным металлическим брусом. Замелькали выбеленные известью придорожные столбики.

— Вот здесь... вот здесь, — уже несколько раз повторил для себя Глеб Сиверов, но каждый раз проезжал мимо.

Все-таки насыпь была довольно высока или же внизу нее шел глубокий кювет, что никак не подходило для его замысла.

Наконец ему удалось отыскать старый, заброшенный съезд. Глеб остановил автомобиль и с сумкой на плече вышел на дорогу. Прислушался. До него долетал лишь далекий рокот тракторного двигателя, но не со стороны шоссе, а со стороны деревни. Дорога же оставалась пустынной и безжизненной.

Глеб, даже не забираясь в кабину, включил пониженную скорость, передний мост, а педаль газа подпер заводной ручкой. «Уазик» медленно покатился по дороге. Глеб бежал рядом и, дождавшись, когда проселок сравняется с поймой реки, принялся выворачивать руль влево. Чуть качнувшись, «уазик» съехал с дороги, и, шурша камышами, покатил по осушенному болоту. Глеб отскочил в сторону, камыши качнулись, но тут же вновь поднялись плотной стеной. Лишь только пристально вглядевшись, можно было заметить, что кто-то заезжал на болото. Пройдет час, два, ветер пригладит камыш, и никто не заметит следов.

Глеб ногой подправил смятую кромку дороги. Все еще слышалось, как работает мотор, как шуршат камыши под автомобилем. Вскоре раздалось хлюпанье воды. Мотор чихнул и затих. Глеб прекрасно понимал, что в таких гиблых местах люди появляются чрезвычайно редко. По шоссе могут проезжать сотни, тысячи машин в день, но никто не удосужится пробраться в камыши дальше, чем метров на сто. Ему довелось слышать о случае, когда машину с двумя трупами спрятали на болоте, в камышах, и обнаружили случайно, через два года, когда уже и опознать их было невозможно. Это были два обглоданных скелета, над которыми усердно потрудились воронье, болотные шакалы и ветер с солнцем.

Глеб отряхнул руки, испачканные в пыли, и присел на корточки возле отстоявшейся лужи с немного ржавой водой. Умылся. Это освежило его, и он бодро зашагал по пыльному проселку.

Солнце уже поднималось над холмами, небо порозовело, и Глеб, счастливо улыбаясь, смотрел на него. Его всегда привлекали перемены в природе, будь то облетающая листва на деревьях, восход, закат, предгрозовой сумрак. Тогда ему казалось, что вот-вот — и его жизнь изменится, станет лучше, чище... Перемены наступали, но никогда они не приводили к тому, чтобы на душе у Глеба становилось спокойнее. Обычно одни несчастья сменяли другие, неприятности перерастали в беды. Но только сегодня к призрачному чувству счастья подмешивалась еще и надежда если не круто изменить свою жизнь, то хотя бы отдохнуть, побыв в одиночестве.

Сиверов дошагал до развилки. Дорога, уходившая влево, вела к деревне. Та, что направлялась к югу, скорее всего, кончалась морем. Глеб, долго не раздумывая, зашагал направо. Он шел, и ему казалось, что дни, проведенные в Москве, остаются где-то очень-очень далеко за пределами досягаемости, не только физической, но даже и в мыслях ему не дано вернуться в прошлую жизнь. Все вокруг него становилось другим: запахи, цвета, звуки. Даже солнце и то светило совсем по-другому, не так, как в городе. Дышалось и шагалось легко.

Позади него послышался далекий звук работающего мотора, и вскоре из-за холма показалась грузовая машина. Пустая, она сильно раскачивалась на выбоинах. За рулем сидел совсем молодой парень, наверное, даже еще не служивший в армии. Его голубая рубашка надувалась от ветра пузырем. Ветровое стекло старого «газика» было поднято, в уголке губ у парня тлела плоская сигарета без фильтра. Глеб немного поколебался, а затем вскинул руку вверх с поднятым большим пальцем. Парень притормозил. Глеб обежал машину и вскочил на подножку.

— Тебе куда? — спросил молодой человек.

— Пока по дороге, а там будет видно, — уклончиво ответил Глеб и захлопнул за собой дверцу.

Заскрипело пружинами старое сиденье. Сиверов поправил сползший коврик с изображением трех богатырей. Кабина оказалась оформлена по всем правилам шоферской эстетики. Потертые, облезшие переводные картинки гэдээровских красавиц в обрамлении виньеток, наклейка на английском языке, предупреждающая об опасности СПИДа, пара украинских купонов, под ними грузинские лари.

— Куда спешишь? — бросил Сиверов, не глядя на парня.

— Да вот, за кукурузной мукой послали в соседний совхоз, — отвечал шофер. — Так решил пораньше выехать, чтобы первым быть в очереди.

— И почем сейчас кукурузная мука? — задал абсолютно не нужный ему вопрос Глеб.

— По пятьдесят тысяч за мешок.

Много это или мало, Сиверов не представлял. Он куда лучше разбирался в ценах на французские коньяки и шампанское. Но сейчас для того, чтобы поддержать разговор с сельским шофером, этих знаний не требовалось.

— А вот если ехать прямо, к морю мы попадем? — спросил Сиверов, на этот раз уже взглянув на парня.

Тот все так же спокойно вел автомобиль, все так же изредка перебрасывая языком плоскую сигарету из одного уголка рта в другой. Видно было, он научился этому хитрому приему недавно и был готов его продемонстрировать при первой возможности.

— Можно ехать, а можно и не ехать.

— А если я заплачу?

— Я-то собирался вернуться домой к обеду... Но если речь зашла о деньгах... — парень бросил быстрый взгляд на Глеба, прикидывая, какую бы цену ему заломить. Но он еще не знал точно, куда хочет тот ехать, и поэтому сумму не назвал.

— А к кому ты собрался, может, я знаю?

— Этого не знаю и я сам, — покачал головой Сиверов. — Но думаю, мы с тобой общий язык найдем.

Он вытащил из кармана десятидолларовую бумажку и воткнул ее в прорезь обогревателя стекла. Шофер, боясь, что деньги сдует ветром, придержал их рукой.

— Да ты клади себе, не бойся.

Бумажка исчезла в бардачке, и воодушевленный шофер принялся даже насвистывать.

— Меня Василием зовут, — важно объявил он.

— А меня Федором, — отвечал Глеб.

Мужчины обменялись рукопожатиям, и Глеб, ставший теперь вновь Федором, принялся излагать, что же ему все-таки нужно.

— Тут какой-нибудь яхт-клуб или спасательная станция есть поблизости?

— И то, и другое, — заулыбался Василий.

— Ну, такое что-нибудь, с рыбалочкой... чтобы ночью...

— С девочками? — улыбка шофера сделалась шире.

— Нет, девочек мне не нужно. Во всяком случае, сейчас. Мне их и дома хватает. Я сюда отдыхать приехал.

— Я и вижу, что отдыхать. Белый вы очень.

— А ты, можно подумать, негр, — пошутил Глеб.

— Так куда? На спасательную или в яхт-клуб?

— А ты сам решай.

— Мне сподручнее к спасателям.

— Значит, вези.

Глеб, поняв, что его просьба будет выполнена, потерял всякий интерес к шоферу и слушал его вполуха, изредка вставляя какое-нибудь необязательное «да», «ну», «в общем-то», «можно понять».

Море подступило совсем близко к дороге, и можно было уже различить белые бурунчики волн, а если постараться, то услышать их шум.

— Это только одно название — «спасательная станция», — продолжал шофер. — На самом же деле ни хрена они там не делают.

— Что, девок возят?

— Да нет, водку пьют. Если кого-нибудь добудимся, то хорошо.

За поворотом возникло небольшое двухэтажное здание с гордой вывеской «Пансионат “Лазурный”». А над пляжем, на самом подмытом волнами берегу, среди молодых пиний ярко желтело дощатое здание спасательной станции. Посреди пляжа, на сваренном из труб ржавом кресте, висел потертый спасательный круг, а параллели рельс от эллинга уходили прямо в воду.

— Ну вот и приехали, — парень остановил машину. — Тебя познакомить с ними или как?

— Да уж сам разберусь.

Глеб на прощание взмахнул рукой, а парень, довольный тем, что ни на километр не уклонился от маршрута, да еще и заработал десять баксов, веселее погнал свою машину дальше.

Пансионат выглядел не более оживленным, чем заброшенное кладбище. Выбитые стекла, заросшие травой дорожки. Но на спасательной станции шла своя жизнь.

Небритый мужчина в одних шортах сидел на белом пластиковом кресле с удочкой в руках. Леска свешивалась до самого песка, и можно было подумать, что он собрался тут удить рыбу. Мужик слегка покосился на незваного гостя, но со стула подниматься не стал. Он явно был не намерен вступать в какие-либо разговоры, а терпеливо ждал, когда первым заговорит Глеб. А тот все тянул.

Мужик нагнулся, вынул из ящика запотевшую бутылку пива. Крякнув, открыл ее зубами и влил в раскрытый рот добрую половину содержимого, после чего его взгляд немного посветлел.

— Добрый день, — поздоровался Сиверов.

— Кому добрый, а кому и нет.

— Что, голова болит?

— Не болит голова только у дятла, — отвечал мужик, поднимая удилище вверх и ловя рукой грузило с близко насаженным поплавком.

— Поймал чего-нибудь? — усмехнувшись, осведомился Глеб.

— Вот думаю, с тобой, приятель, мой улов будет немного побольше.

— Тонуть я не собираюсь, — предупредил Сиверов.

Мужик сухо рассмеялся.

— Тонет только тот, кто плывет.

— А ты собрался плыть?

Глеб выдвинул ногой из-под навеса еще один пластиковый стул, уселся и закинул ногу за ногу. Он вел себя здесь, на спасательной станции, словно хозяин, вернувшийся после долгой отлучки, и мужик сразу почувствовал превосходство Глеба над собой.

— Если лодка нужна, так и говори. А можно и на водных покатать.

— Я люблю ночную рыбалку, — без тени улыбки сообщил Глеб, глядя в глаза спасателю.

— Ночную так ночную. У меня и такса ночная есть.

Сиверов указал рукой на юг.

— А туда, подальше, твое такси ходит?

— Подальше — это как? — усмехнулся мужик.

— В Турцию мне не нужно, — покачал головой Сиверов.

— А почему бы и не туда?

— Если бы я в Турцию собрался, обращался бы в турбюро.

Мужик помолчал, склонив голову набок. Он внимательно изучал гостя.

И наконец поняв, что тот не пришел к нему с проверкой, выпалил:

— Так куда тебе нужно?

— Я хотел бы отдохнуть в одиночестве — там, где никто не станет донимать меня расспросами.

— И у нас здесь пара номеров хороших есть. И спрашивать тебя здесь никто ни о чем не будет. Оставайся.

— Мне нужно в Абхазию.

— А что там? Если в наемники, то война там кончилась. Да и платят они немного.

Глеб мысленно представил карту побережья Абхазии и, сделав выбор, сказал:

— До Пицунды сколько стоит?

— Возить я туда никого не возил, — покачал мужик головой, — нет теперь желающих. Кому охота голову под пули подставлять?

— Ладно, не заливай. Называй круглую сумму.

— За сотню, — затаив дыхание от собственной наглости сказал мужик.

Глеб запустил руку в карман и протянул ему пятидесятку.

— Остальное получишь на месте. А теперь я завалюсь спать.

Мужик уже пожалел, что не назвал сумму в двести долларов, но все-таки и он имел свой кодекс чести. Если сделка заключена, то цена пересмотру не подлежит. Да и везти-то странного гостя предстояло не в Турцию, не за настоящую границу, а всего лишь в Абхазию.

— Только смотри, если нас пограничники поймают, то придется выложить еще сотку, иначе не отпустят.

— Ладно, эти расходы я возьму на себя, — усмехнулся Глеб. — Так где тут у тебя можно переночевать?

— Пошли.

Мужик поднялся со стула и зашлепал босыми ногами по бетонной дорожке. На пальце у него позвякивала увесистая связка ключей.

— Вот незадача, — приговаривал мужик, — раньше мы жили тут как у Христа за пазухой, а теперь... — в отчаянии махнул он рукой.

— А что случилось?

— Да вот, у завода теперь даже рабочим платить денег нету, не то что этот пансионат содержать. Сказали, сами выкручивайтесь. Попробовал наш директор что-то делать, так его посадили. А потом и его заместителя, и главного бухгалтера. Пока разбирались, полпансионата вынесли: и кровати, и холодильники, и телевизоры.

Глеб посмотрел на спасателя и усмехнулся. Вполне можно было представить, что, имея в руках связку ключей, тот сам и распродал все имущество пансионата, на которое нашлись покупатели, оставив оборудованными лишь пару номеров для таких вот заезжих чудаков, как Глеб.

— Вода, конечно, только холодная, — говорил мужчина, открывая дверь номера. — Белья тоже нет. Но если хочешь, можешь взять скатерть со стола.

— Ты меня вечером, как солнце сядет, разбуди.

— Да можно и позже, — махнул рукой спасатель. — Раньше двенадцати выходить в море смысла нет. А ты не беспокойся: я лодку подготовлю, бензина возьму, удочки ...Если что, то мы на рыбалку отправляемся, понял?

— Это уже твои проблемы, — устало проговорил Глеб. Ему не терпелось, чтобы спасатель закрыл дверь и оставил его в покое. Но тот явно редко видел людей и поэтому не прочь был поговорить.

— Вот я на прошлой неделе возил одних...

— Послушай...— Глеб положил руку ему на плечо и сжал пальцы. Мужчина, почувствовав силу, тут же умолк. — Я очень устал и хочу спать. Расскажешь мне свои байки сегодня ночью.

— Может, перекусить чего-нибудь? Рыбы? — предложил спасатель.

Предложение это было сделано от чистого сердца и к тому же сделавший его не рассчитывал на быстрое вознаграждение. Скорее всего, рыба здесь была такой же составной частью местного пейзажа, как горы на горизонте, море и узкая полоска пляжа.

— Спасибо, — немного смягчился Глеб, поняв, что зря с самого начала настроился враждебно к спасателю, — я, конечно же, не прочь перекусить, но больше всего хочу сейчас спать. Так что, если не трудно, разбуди меня пораньше.

— Это можно. А то у меня ставриды копченой целый ящик. Все равно испортится, а кошки и собаки уже так обожрались рыбой, что смотреть на нее не хотят. Им теперь только мясо подавай.

Глеб с облегчением вздохнул, когда дверь за разговорчивым мужиком закрылась, и он оказался в одиночестве.

«Да, неважно у них тут идут дела, — подумал Сиверов. — Раньше эти места буквально кишели отдыхающими. А теперь цены тут повыше, чем в Болгарии или Венгрии. Вот и бросились все подальше от родных берегов. А мне и здесь неплохо».

Он скинул одежду и оставил ее лежать на полу. А сам, шлепая босыми ногами по паркетному полу, чудом сохранившемуся в этом забытом Богом пансионате, открыл дверь душа. Ну конечно же, кафель местами отвалился, с потолка на постояльца смотрела ржавая лейка разбрызгивателя, а вместо фаянсовых вентилей на кранах поблескивали две латунные пластины с просверленными и обработанными напильником отверстиями.

Глеб спохватился, что не закрыл дверь в номер. Но потом понял: никто чужой тут не появится, а спасателя бояться не стоит. Скорее всего, тот сейчас направился к морю и вновь занялся каким-нибудь идиотским делом, вроде ужения рыбы на горячем песке.

Холодная вода приятно бодрила. И самое странное, от этого сон становился только более желанным. Глеб, зажмурив от удовольствия глаза, подставлял свое тело упругим струям чуть более теплой, чем хотелось бы, воды. Вместе с пылью и потом уходили от него воспоминания.

И теперь уже происшествие в поезде казалось ему таким же далеким, как его жизнь в Москве, хоть и отделяло его и от одного и от второго количество часов, выраженное всего лишь двузначным числом.

Обычно, когда Глеб приезжал на курорт, несмотря на усталость, несмотря на время дня или ночи, он шел купаться к морю. Но теперь странное чувство овладело его душой. С одной стороны, он понимал, что уехал отдыхать, даже если отбросить в сторону причины, приведшие его к морю. Но с другой стороны, постоянное чувство опасности настолько прочно укоренилось в его мозгу, что забыть о нем он не мог, пусть даже находился в самых безобидных обстоятельствах. И у него возникло желание как можно дольше растянуть удовольствие.

Но прошло минут десять, и он успел замерзнуть. Душ, сперва показавшийся спасительным, теперь только тяготил его. Все имеет свои границы. Даже не вытираясь, Глеб добрался до постели и, побрезговав ложиться на несвежее одеяло, надел чистую майку и тренировочные брюки. В открытое окно ненавязчиво втекали шум моря, свист ветра и упоительные запахи юга, когда даже не знаешь, чем именно пахнет — то ли цитрусовыми, то ли кипарисом. Среди этого потока ароматов Глеб различал только запах полыни, чуть горьковатый и в то же время на удивление мягкий, не такой, к которому он привык в средней полосе. К тому же этот запах вызвал у него воспоминания о хорошем итальянском вермуте, который незадолго до своего отъезда они пили вместе с Ириной Быстрицкой.

— Спать, спать, — повторял себе Глеб и чувствовал, как его убаюкивает здешнее пространство, в котором, как казалось ему, остановилось отдыхать даже само время.

Он лежал и ощущал, как постепенно теряет контроль над своим телом, как он уже не может определить, сжаты его пальцы в кулак или распластанная ладонь лежит на покрывале. Как редко ему приходилось отдыхать! Как редко он мог позволить себе расслабиться! И тем острее было сейчас ощущение свободы и независимости от чьей-либо воли.

Впервые за последние годы Глеб почувствовал себя полным хозяином положения. Он мог делать все, что угодно, и поэтому предпочитал горизонтальное положение и полное бездействие. Видимый мир, звуки уже ускользали от него, он медленно погружался в сон.

И вот в тот момент, когда Сиверов уже понял, что реальности для него больше не существует, он испугался, сообразив, что сновидение может быть не только приятным, но и ужасным. А теперь он сам из него без посторонней помощи вряд ли выберется.

Ему снилось, что он стоит в темной комнате, а за пока еще не видимым окном уже светает. Уже проступает потолок, но не видно стен. Вот возникла лампочка на витом, обтянутом материей шнуре, каких ему уже давно не приходилось видеть. Первой догадкой было — это тюремная камера. Потом Глеб сразу же отбросил эту безумную мысль. В тюрьме не может быть витых, похожих на веревки, шнуров. И тут же ощутил: эта комната ему знакома. Он даже вспомнил, в какой стороне находится дверь, уже прорисовались контуры окна и даже тень от рамы, похожая на немного перекошенный крест, легла на ровно выбеленную стену.

И тут Глеб вспомнил: так выглядела небольшая комната, которая находилась позади их класса. Странная комната — ее почти всегда держали запертой, хотя в ней ничего не стояло. И открыли ее на его памяти только однажды, когда в школе делали ремонт, а он и другие ученики, оставшиеся в первый месяц каникул в городе, помогали рабочим. В тот день побелили потолок и стены. Они еще слегка пахли известкой. Большинство ребят уехали в пионерские лагеря, а у его отца была уйма работы, и намечавшаяся поездка в Австрию сорвалась и отложилась на следующий месяц. Хотя нет, вспомнил Глеб, ни стены, ни потолок еще не белили. Это пахла краска, разведенная в алюминиевом баке. А он остался, чтобы раскатать на полу перед завтрашней побелкой бумагу. Кто-то из ребят, чей отец работал в типографии, принес остатки газетных рулонов — бумагу, навернутую на картонные трубки. Глеб не спешил, он знал, что отец сейчас сидит в своем кабинете и у него не найдется времени даже на разговоры. Он отматывал бумагу, стараясь угадать так, чтобы оторванного куска хватило ровно от одной стены до другой. И самое странное — это ему удавалось.

А за окном тогда не светало, а темнело. И тут он услышал в коридоре легкие шаги. Дверь приоткрылась, и на пороге возникла Лада — девочка, о которой он почти что ничего не знал кроме того, что она довольно красива и сидит на две парты впереди него. Еще он знал, что ее отец крупный начальник и работает где-то в обкоме. Но ее фамилия стерлась из памяти Глеба точно так же, как и лицо ее отца, однажды виденного мальчишкой, когда тот приходил в школу, чтобы забрать Ладу на концерт. Тогда Глеб позавидовал ей. Ведь его отец никогда не позволял себе заезжать за ним на машине. А ее поджидала внизу у самого крыльца черная «волга» с антенной радиотелефона на крыше.

— Ты один? — спросила Лада.

И Глеб сразу же почувствовал в ее голосе неловкость.

Ей и неловко было оставаться и в то же время неловко было уходить сразу, словно бы она успела подумать что-то не очень приличное. И Глеб прочел ее мысли.

— А ты чего так поздно?

— Я была у подруги, а потом проходила мимо и вижу, горит еще свет. Подумала, может, помочь нужно...

— Я не зажигал света.

— Значит, я перепутала этаж.

И даже в наступающей темноте Глеб увидел, как вспыхнул румянец на щеках девчонки. Она присела рядом с Глебом на корточки, забавно придерживая подол платья и плотно сжимая колени, и попыталась помочь ему отрывать бумагу. Глеб рвал с одного конца рулона, Лада — с другого. И вот их руки встретились, пальцы коснулись. Оба они замерли всего на какое-то мгновение. Но его оказалось достаточно, чтобы понять многие тайные мысли друг друга.

Глеб, почти не обращавший ранее на Ладу внимания, вспомнил, как придя однажды с перемены на урок, обнаружил в своем пенале странную вещь — чешский кохиноровский ластик, аккуратно разрисованный шариковой ручкой в два цвета — черный и красный. Ровно очерченное сердце — черный контур, красный фон, над ним по-английски написанное слово «Love» и довольно безвкусные розочки по бокам. На другой стороне ластика он обнаружил собственное имя, написанное латинскими буквами. Конечно же, такая находка являлась прекрасным поводом устроить увлекательную разборку в классе со всеобщим смехом и поисками девчонки, подкинувшей в его пенал бесхитростное признание. Но что-то сдержало его, и ластик исчез в кармане пиджака. А потом весь урок он смотрел на девочек своего класса, пытаясь угадать, которая же из них решилась на такой отчаянный поступок. И он не сумел остановить свой выбор ни на одной из них, решив, в конце концов, что это пошутил кто-нибудь из ребят. Уже после урока он, сидя в парке на лавочке, очистил ластик от надписей, и тот стал вновь белым. И чуть ли не на каждом уроке он лежал на краю его стола.

И вот когда его руки соприкоснулись с руками Лады,

он без слов понял: ластик с надписью «Love» раньше принадлежал ей. А может, он обманулся? Ведь у него не хватило тогда смелости спросить об этом напрямую. Тогда он впервые в жизни безошибочно понял, что женщин в этой жизни бояться не надо, что вся их недоступность — это сплошной блеф. Он взял в свои ладони холодные пальцы Лады и заглянул в ее глаза. Там он прочел испуг, но это был испуг человека, решившегося на отчаянный поступок.

— Я поцелую тебя. Можно? — спросил Глеб и не стал дожидаться ответа.

Он, прикрыв глаза, коснулся своими губами ее губ и замер в ожидании. Нет, он уже тогда знал, как нужно целоваться, но почему-то вся эта наука мигом вылетела у него из головы, когда он ощутил под своими губами теплоту ее губ. Девчонка ждала, когда он предпримет следующий шаг, но Глеб не решался. Тогда она слегка отстранилась от него и с наивной улыбкой произнесла:

— А ты целуешься, словно котенок. Дай я покажу, как надо.

Она немного наклонила свою голову набок, припала к его губам, раздвинула их языком. А Глеб обнял ее нежно и нерешительно. Когда поцелуй окончился, он, не глядя девчонке в глаза, спросил:

— С кем ты так научилась целоваться?

Та замялась.

— По книжкам.

— Я их тоже читал, но...

Она приложила палец к его губам:

— Не нужно говорить об этом. Это скучно. Если мы вместе... — и Лада тоже замолчала.

Затем был шорох газетной бумаги и наивное желание быть вместе, к чему они абсолютно не были готовы — ни он, ни она. Но тогда Глеб впервые пережил то, что впоследствии у него вызывало в воспоминаниях сладостную горечь неосуществленной мечты. Да, потом было всякое — и быстрое, и по пьяни, но тогда... Именно тот, не совершенный акт остался у него в памяти. Это видение, связанное с Ладой, возникло и ушло в никуда, оставив во сне Глеба Сиверова только пустую комнату и предрассветные или вечерние сумерки в ней.

Глеб слышал, как отворилась входная дверь, услышал шаги. Но у него не было сил повернуться. Он чувствовал, как страх комком подкатывается к сердцу, как делается пусто на душе и леденеют руки. Он знал, что сейчас к нему приближается смертельный враг. Но сил бежать, сил обороняться не было. Послышалось шуршание, и на него накинули колючий джутовый мешок, а затем сильно встряхнули. И Глеб оказался в западне. Его куда-то волокли, перетаскивая через пороги, не останавливаясь на ступеньках, и каждый шаг отдавался мучительной болью. Он кричал, просил, чтобы его выпустили, но в ответ слышался только смех. И он снова кричал.

И тут кто-то несильно потряс его за плечо.

— Эй, приятель, ты что? — услышал Глеб, еще не успев проснуться.

Он был благодарен этому доносившемуся до него издалека голосу за то, что он сумел вытащить его из той глубокой ямы ужаса, в которой Глеб очутился. Перед ним стоял спасатель и довольно скверно улыбался — не потому, что был зол на постояльца, а скорее всего, потому, что его не научили улыбаться весело и радостно.

— Ты что кричишь? — с укоризной осведомился он у Глеба.

— Да приснилось... — махнул Сиверов рукой, садясь на постели.

За окном уже стояла темная ночь, лишь только немного светилось отраженным светом море.

— Скоро выходим в море, — сказал мужчина. — А то шел тут по коридору, слышу, кричишь, как будто тебя душат.

Глеб чувствовал себя достаточно глупо и злился на мужчину, заставшего его в минуту слабости.

— Значит, в море? — спросил он, чтобы хоть что-то произнести и разрушить неловкое молчание.

— Значит, в море, — подтвердил спасатель. — Лодку я уже приготовил, мотор даже проверил — рычит, как некормленный кот, черт бы его побрал.

Глебу Сиверову вспомнилось, как он в детстве любил наблюдать за прожекторами, которые били в море с пограничных вышек. Тогда в его памяти еще были свежи рассказы, где повествовалось о пионерах, ловивших шпионов. И вот теперь ему самому предстояло выступить в роли морского нарушителя границ. Правда, между какими государствами? Определить было сложно. Между Россией и Грузией? Грузией и Абхазией? Но вся прелесть положения Глеба состояла именно в том, что Абхазия оказалась как бы ничейной землей, на которой не действовали законы общепризнанных государств. Абхазия была одним из тех немногих мест на земле, где можно было спрятаться, оставаясь недосягаемым для всех и в то же время находиться достаточно близко, чтобы в любой момент иметь возможность вернуться.

— Ты собирайся пока, а я пойду гляну на море. Что-то не нравится мне оно.

— Волны?

— Да нет, пару раз видел какие-то огоньки. Не дай Бог, патрульные катера.

Глеб сложил нехитрые пожитки и абсолютно без сожаления распрощался со своим временным пристанищем. Номер казался ему неуютным и запущенным. Вот если бы ему довелось прожить хотя бы недельку, он сумел бы наполнить его какими-нибудь безделушками, раковинами рапанов, камнями, принесенными с пляжа. В позеленевшем графине непременно стоял бы пучок сухой травы и выбеленных солнцем полевых цветов. Несмотря на свое призвание, Глеб оставался сентиментальным человеком. И чем больше грехов накапливалось в его жизни, тем больше ему хотелось от них избавиться, принося невинные жертвы воображаемому Богу. Даже начиная молиться, Глеб обычно говорил так:

— Бог, если ты существуешь...

И вот это «если ты существуешь» было, наверное, основной частью его души, без которой Сиверова как личности не существовало бы.

Он забросил сумку на плечо и вышел в погруженный во тьму двор. Двери спасательного эллинга оказались открытыми. Одна выходила на сторону, обращенную к пансионату, вторая — к дощатому настилу, на котором стояли столик и два стула. Лодка, выкрашенная словно бордюр военной части перед приездом генерала, отливала лаком в глубине эллинга. На ее корме повис какой-то совсем немыслимый флаг.

Глеб зашел в эллинг, приподнял полотнище флага двумя пальцами за край и изумился. Пиратский! Точно такой же, как его рисуют на иллюстрациях приключенческих романов: скрещенные кости и череп.

— Ты что, решил флибустьером заделаться? — спросил он спасателя.

Тот криво улыбнулся, продолжая ковыряться во внутренностях мотора длинной отверткой. Он никак не мог попасть в прорезь регулировочного винта, расположенного под цилиндром.

— Что, не нравится?

— Да нет, каждый плавает под таким флагом, который ему нравится.

— А мне нравится этот. К тому же мы решили с тобой совершить этой ночью прогулку, за которую нас, если поймают, по головке не погладят.

— Но и сажать нас за нее не посадят — не те времена, — Глеб присел на край лодки и похлопал ладонью по дюралевой обшивке носа.

— Я с этим флагом только по ночам плаваю. А днем у меня, как и положено, российский.

— А абхазский флаг ты не хотел бы повесить?

— Один черт, ночью его не видно. Так что не поможет. И если нас с тобой примут за грузинский десант... — мужчина рассмеялся.

— А что, там до сих пор так напряженно?

— Да нет, война в общем-то замерла, но отучить людей убивать друг друга очень трудно. И поэтому до сих пор оружие из рук никто не выпускает. Так что не удивляйся, приятель, теперь на тебя там будут смотреть немного настороженно.

— А я и не собираюсь попадаться на глаза. Так ты что, один здесь на весь пансионат?

— Вроде бы так, — пожал плечами мужчина. — Да ты не сиди.

Он откинул брезентовый полог, под которым стоял ящик с наклеенными на нем этикетками томатного сока. В нем ровными рядами лежали одинаковые, словно сошедшие с конвейера, рыбьи тушки, вполне аппетитно пахнущие и отливающие золотом.

— Бери, бери, угощайся. Если хочешь, в сумке еще буханка хлеба лежит.

Глеб уселся на носу лодки и принялся чистить рыбу.

«Странная вещь, — подумал Сиверов, — когда слышишь запах рыбы, но не видишь ее саму, она кажется тебе несъедобной. А потом, стоит распробовать, и уже невозможно остановиться, начинаешь жевать, словно семечки, одну за другой».

Мужчина без предупреждения потушил свет в эллинге и распахнул главные ворота. Лодка стояла на рельсовой тележке, словно космический корабль, готовый к запуску.

— Садись, сейчас мы с тобой совершим маленький круиз.

Спасатель с неправдоподобной для его комплекции ловкостью перескочил через борт лодки, придержавшись за него лишь рукой, и принялся распутывать канат, державший тележку на привязи. Легонько скрипнули колеса, а затем лодка вместе с тележкой понеслась по аппарелям к морю. Это было и впрямь захватывающее ощущение. Пиратский флажок на корме затрепетал под ветром, нос лодки, зашитый дюралем, вонзился в набежавшую волну. Глеба обдало брызгами. Но он даже не присел, а стоял, держась руками за ветровое стекло.

Спасатель дернул за тросик, мотор взревел, и лодка, сперва тяжело, а затем перейдя на глиссирование, легко заскользила по изломанной волнами поверхности воды. Прилагая немалые усилия, спасателю удавалось удерживать штурвал в руках. Лодка, круто накренясь, уходила к еле различимому в темноте мысу.

— Далеко до Абхазии? — беззаботно поинтересовался Глеб.

— Да вот этот мыс минуем, да еще следующий. А там, если повезет, будет и Абхазия. Но только смотри, мы пойдем открытым морем, так до Пицунды ближе. Тебе к какой ее стороне нужно: той, что ближе к Гаграм или к Сухуми?

— А мне все равно, — глядя в размытую линию горизонта, ответил Глеб.

— Так ты что, сам не знаешь, куда едешь?

— Да нужно мне одного дружка увидеть, не знаю, жив он сейчас или нет.

Глеб почувствовал, как плещется вода на дне лодки, ощутил, как промокают его кроссовки.

— Да, сейчас в Абхазии многих можно не отыскать, — задумчиво проговорил спасатель. — Он грузин или абхаз?

— Русский, — безотносительно кого-либо сказал Глеб. — А что, сейчас прожекторами не светят?

— Да меня тут любая собака знает, разве что на новенького нарвешься или захочет командир заставы с тебя дань взять.

Лодка обогнула мыс, и впереди показалась серебряная линия реки, уходящая к самым горам.

— Ну вот она, твоя граница. И знаешь, приятель, что меня всегда удивляло?

— Что?

— Вот прямо по этой реке и проходит граница не только между Россией и Абхазией, но и между субтропиками и средней полосой. Я как приехал сюда, никак не мог привыкнуть: какая же это к черту Россия, если вдоль дорог пальмы растут? Вот если бы березки — это другое дело. А потом до меня дошло: Россия — это там, где русские. Ведь понимаешь, на том, на абхазском берегу реки цитрусовые растут — мандарины, лимоны, апельсины, а на нашем берегу — хрен.

По тону, каким говорил спасатель, Глеб не мог догадаться, имеет ли он в виду то, что на российском берегу растет хрен, или то, что там хрен растут цитрусовые.

— И что же?

— А дело в том, что абхазы работать умеют, в отличие

от нас. Я как посмотрел, так они же каждый день весь свой огород с мотыгой в руках переворачивают, а иначе от солнца земля каменной станет. Вот и растут у них апельсины с лимонами. Они землю с гор на плечах в свои огороды носят. А меня хоть убей — не заставишь. Раньше жена была, так она все помидоры сажала. Так тоже странная закономерность: на той стороне, где субтропики, они по два урожая снимают. Октябрь приходит, а они рассаду сажают. А на нашем только раз в год помидоры снять можно.

Полное отсутствие патриотизма у местного жителя, плавающего по ночам с пиратским флагом, немного позабавило Глеба Сиверова.

— А что ж они тогда такие бедные, если работать умеют?

— Ты что, бедные... Сколько денег у них на войну ушло, а все равно в домах барахла... Да и сами дома — не чета нашим.

— Ты знаешь, в космос они все-таки не летают.

— Наверное, потому такие и богатые.

Подобный поворот разговора озадачил Глеба, и он какое-то время молча всматривался в абхазский берег, вдоль которого они уже плыли добрых минут десять. Горы, резко уходящие вверх почти от самой воды, редкие коробки пансионатов на берегу с погасшими окнами... Глебу даже показалось, что все побережье вымерло.

И он прошептал:

— Как после нейтронной бомбы...

— Что? — не поняв, спросил спасатель.

— Говорю, как после взрыва нейтронной бомбы — людей нет, а дома остались.

— Ничего, скоро увидишь и дома разбомбленные, — решил утешить его сочинский антипатриот.

Но то ли описание разрушений в газетах были из разряда фантастики, то ли война не прошлась по здешнему побережью, только вид оно имело вполне мирный, во всяком случае, ночью.

— Главное, наше появление никого не интересует, — негромко сказал Глеб.

Спасатель опасливо осмотрелся.

— Да на кой черт кому сюда ездить! Все равно граница с Грузией закрыта. А если что и тащат, то только из России сюда.

Глеб узнавал знакомые пейзажи, но в душе у него возникло такое чувство, словно бы он вернулся в гости, когда все друзья уже разошлись, и перед ним стоит еще не убранный, но уже никому не нужный стол с остатками вина, грязными тарелками.

— Ну, вот и Гагры проплыли, — сказал спасатель, кивая Сиверову через плечо. — Так что давай, смотри, где тебе там надо выйти в Пицунде.

Впереди уже вырисовывались белые корпуса международного корпуса. И тут в ночном неверном свете заблестели зеркальные стекла круглой башни. Глеб вспомнил, что когда в последний раз был здесь, то югославы и турки вели какую-то грандиозную стройку, о которой шепотом поговаривали, что это санаторий КГБ.

— А это пансионат «Самшитовая роща», — не без гордости сообщил спасатель.

— А в нем хоть одна живая душа есть? — поинтересовался Глеб.

Мужчина пожал плечами.

— Черт его знает. Я сам на берег никогда не схожу. Завезу человека — и назад.

— А хоть кого-нибудь назад ты отсюда привозил?

— Нет. Как-то все своими путями выбирались. У нас разделение труда, — усмехнулся спасатель, — я вожу сюда, а местные возят отсюда. И незачем нам портить друг другу бизнес.

— Поворачивай! — резко скомандовал Глеб.

Спасатель замешкался, и Сиверов сам вывернул штурвал. Лодка легла в галс, берег стал приближаться.

— Здесь так здесь, — согласился спасатель, немного сбрасывая скорость, а затем и вовсе заглушая мотор.

По инерции лодка дошла до самого берега и, подхваченная волной, ткнулась носом в гальку пляжа. Глеб соскочил на шуршащие под ногами камни. Следующая волна тут же накатилась на него, замочив джинсы до самых колен. Схватив лодку за бушприт, Глеб немного протащил ее вперед и остановился, чтобы отдышаться.

Спасатель протянул руку за ветровое стекло.

— Мы с тобой еще до конца не расплатились.

— Держи, — Глеб без всякого сожаления протянул ему полтинник, а спасатель посчитал за лишнее проверять, подлинный он или поддельный. — Ну что, — Глеб пожал протянутую руку, — остается пожелать счастливого возвращения.

— Рыбы возьми, — предложил, расчувствовавшись, сочинец.

Глеб не стал отказываться, подхватил плоский ящик и зашагал по пляжу. Лодка вскоре скрылась за мысом, и Глеб остался совсем один.

Казалось, мыс обезлюдел. Пляж, раньше поражавший Глеба своей чистотой, теперь был завален отточенными волнами обломками дерева, пустыми пластиковыми бутылками, флаконами из-под косметики.

Глеб опустил ящик на гальку и втянул воздух. Пахло эвкалиптами, кипарисами и совсем немного прелыми водорослями. Короткий пирс на высоких сваях недалеко уходил в море.

«И впрямь, этот пансионат готовили для КГБ, — усмехнулся Глеб, — если пирс соорудили такой высоты. Не иначе, собирались принимать возле него океанические лайнеры, а не прогулочные катера».

И тут Сиверова ждало приятное открытие. Прямо посреди пляжа стоял раскрытый полотняный зонтик с надписью «MARLBORO» по периметру и пластиковый лежак, застланный подранной циновкой. Тут же стоял и небольшой раскладной столик. Значит, жизнь продолжается!

Глеб еще пару минут постоял, прислушиваясь к звукам ночи, но ничего, кроме лая собак, разобрать не смог. Пансионат, горевший в ночи зеркальными стеклами своей башни, молчал, не подавая никаких признаков жизни.

«Будет день, будет и пища», — вспомнил пословицу Глеб, усаживаясь на лежак и с блаженством распрямляя ноги.

Он даже не стал нагибаться, чтобы развязать шнурки, сбросил кроссовки на песок и стал смотреть на ночное небо. Вскоре послышалось легкое похрустывание. К нему семенил, помахивая хвостом, огромный бродячий пес. Его глаза несколько раз блеснули из темноты. Собака, немного постояв в отдалении, осмелела и подобралась к Глебу поближе. При ближайшем рассмотрении пес оказался диковатой помесью колли и немецкой овчарки. Огромная, рыжая, почти как у льва, грива, длинная зубастая пасть шотландской овчарки. Собака жадно нюхала рыбу, сложенную в ящик, и слюна капала на разогретые камни. Но притронуться к еде пес не решался.

— Лови! — Глеб подцепил одну рыбину за хвост и кинул собаке.

Та тут же с жадностью набросилась на угощение и проглотила копченую ставридку, не оставив от нее ни хвоста, ни головы. Так повторилось раз десять, пока, наконец, пес не поднялся и, завиляв хвостом, подошел к Глебу и несколько раз ткнулся своим влажным носом ему в ладонь и улегся у самых ног. И только потом, когда Глеб несколько раз провел ладонью по его голове, он нащупал ошейник.

— Ого, так у тебя есть хозяин! Тогда чего же ты бродишь по пляжу и попрошайничаешь?

Собака преданно смотрела в глаза Глебу и виляла хвостом уже просто так, не претендуя на угощение.

— Ну, раз ты не просто бродяжка, тогда посторожи меня.

Глеб запустил свои пальцы в длинную собачью шерсть, повернулся на шезлонге и задремал, убаюканный шумом волн.

ГЛАВА 8

Спал Глеб спокойно, потому что знал, что собака отреагирует на приближение человека и предупредит лаем или хотя бы движением. Его рука все так же оставалась опущенной на голову собаки. Накатывались и отбегали волны, шумели заросли бамбука. В выброшенных на берег водорослях светились разноцветные искорки морских рачков.

Глеб проснулся оттого, что собака выскользнула у него из-под руки и помчалась, оглашая пляж громким лаем. Он поднял голову и сел, машинально проверив, лежит ли сумка у его ног. Со стороны пансионата к нему шел, прихрамывая, пожилой мужчина, опиравшийся на крючковатую самодельную трость. На плече у него поблескивало вороненым стволом охотничье ружье.

— Джек, тихо! — скомандовал старик и на всякий случай пошел медленнее.

Все-таки Глеб, поднявшийся во весь рост, выглядел довольно внушительно, а ружье у мужчины, скорее всего, не было заряжено и могло служить разве что для устрашения деревенских мальчишек, забравшихся через ограду пансионата. Пес подбежал к хозяину, преданно лизнул его в руку и пошел рядом. Глеб остался стоять на месте, ожидая, что же ему скажет тот, кто, скорее всего, являлся сторожем.

— Доброе утро, — не очень-то дружелюбно поприветствовал Сиверова старик и покосился на сумку.

— Доброе утро, — Глеб ждал объяснений и не спешил сам давать их.

— Время такое, — как бы извиняясь, произнес мужчина, взглядом указывая на свое ружье. — А вы, собственно, что здесь делаете?

То, что сторож назвал Сиверова на «вы» обнадеживало. Значит, он не собирался конфликтовать.

— Я отдыхающий, — рассмеялся Глеб, присел на корточки и почесал пса за ухом.

— Странно, — проворчал старик, — ни к кому мой Джек не подходит, а тут, наверное, учуял хорошего человека. А насчет отдыхающего... Да кто же теперь сюда отдыхать ездит?

— Что, совсем никого не бывает? — усмехнулся Глеб.

— Да нет, живет там, — старик указал рукой на юг, — колония нудистов, — и он сплюнул на камни. — Только проку от них никакого, одни безобразия.

— И что, ружья вашего не боятся?

— Да я и ходил-то к ним всего лишь один раз. Девки голые, мужики... Никого не стесняются... Да и покупать почти ничего не хотят, разве что помидоры да фрукты.

— А деньги тут у вас какие ходят?

Старик развел руками.

— Да всякие. Любые идут. Можно русские, можно грузинские, а то и американские с турецкими.

— А пансионат «Самшитовая роща» работает?

— Он-то работает, да отдыхать в нем некому. Как заладилась война да война, вот все и разбежались. А какая тут война? Один раз только вертолет по зданию выстрелил, — и старик показал Глебу на несколько окон верхнего этажа. Розовый туф, которым было облицовано здание, почернел от пожара. — А так все в порядке, даже мебель на месте.

— А персонал?

— Да так, ходит иногда на работу. Делать-то нечего, а тут с людьми поговоришь, делом каким-то займешься. Я вот уже второй год сторожу, а считай, денег никаких и не получаю. Так, изредка кто-нибудь приедет, продам что-нибудь со своего огорода, сада... Вот тебе и весь доход.

Джек, словно желая подтвердить слова своего хозяина,

усиленно завилял хвостом. Старик молчал. Спрашивать вновь прибывших, каким они путем сюда добрались, явно считалось в здешних местах дурным тоном, потому что попасть сюда из России законным путем было практически невозможно. Старик верил и не верил Сиверову, когда тот говорил, что приехал отдыхать. Для отдыхающего у него не было приличного багажа. Не считать же багажом сумку?

— А тут, в «Самшитовой роще», можно остановиться?

— На сколько?

— Месяц–полтора. У меня отпуск два месяца.

Старик задумался.

— Вообще-то можно, если вы, конечно, не очень требовательны к пище.

— А кто тут у вас теперь главный?

— Главный, как и раньше, — директор. Только приедет он через неделю, а пока и я могу вас устроить. Пошли.

Старик, а за ним и Глеб, двинулись по вымощенной бетонными плитами дорожке. В стыках давно уже не выпалывали траву, и она разрослась чуть выше колена. Здание, оконченное перед самой войной, поражало своим великолепием. Зеркальные стекла, облицованные мрамором стены, чаши бассейнов, бар, увитый виноградом. За стойкой блестел золотом большой купол кофейного аппарата, увенчанный орлом с расправленными крыльями.

— Раньше у нас тут людно было, — говорил сторож, открывая перед Глебом огромную стеклянную дверь, обрамленную рамой из нержавеющей стали, а теперь одно название — пансионат... Тараканы и те вывелись.

Ковры, раньше покрывавшие коридоры, оказались теперь аккуратно свернутыми в трубки и отдыхали вдоль стен.

— Вам повыше или пониже? — старик остановился перед лестницей, проигнорировав отключенный лифт.

— Мне все равно.

— Тогда давайте на четвертый. Оттуда хоть море видно.

Сторож проводил Глеба к двери его номера и пообещал вскоре принести ключ. Самое странное, разговор о деньгах пока не заходил, и Глеб не спешил выяснять подробности. Пансионат ему понравился с первого же взгляда. Он был одним из последних, возведенных за время существования СССР, явно не местными строителями. Мебель тоже оказалась заграничного производства — югославской. Чешская сантехника. Короче, сплошной СЭВ в турецком интерьере.

Старик не обманул. Море и впрямь было видно с балкона. Его отделяли от Глеба небольшой парк, теннисные корты и площадка, на которой стояли два вынутых из воды катера. Отсюда отлично просматривался и пирс, заканчивавшийся вышкой для ныряния в море.

Глеб едва только успел осмотреться да спрятать свою сумку в шкаф, как вновь появился сторож. Он нес в руках небольшой ключик, прикованный цепью к огромной деревянной груше с приклеенным номером. Ключ напомнил Сиверову арестантов в царской России, которым к ногам приковывали пушечные ядра, чтобы можно было ходить, но нельзя убежать.

— Раз вы на месяц, — улыбнулся сторож, — то приедет директор, с ним и расплатитесь. Я не хочу лезть в его денежные дела. А вот насчет еды, то я уже попросил. Моя жена, она на кухне работает, будет приходить и готовить вам обед и ужин. Вы только время назначьте. А на завтрак, если хотите, она будет оставлять вам с вечера что-нибудь в термосе.

— Меня зовут Федор, — представился Глеб.

— А меня — Саак.

Глеб удивился. Мужчина мало походил на армянина, хоть и носил явно армянское имя. Во всяком случае, Саак было для него всего лишь вариантом древнееврейского Исаака. Да, виделось в лице этого старика что-то древнее и первозданное: седые волосы, глубокие морщины, бесконечное спокойствие, исходящее от его темно-карих глаз. Особенно запоминалась сучковатая палка, которую он использовал во время ходьбы.

— Вижу, вас интересует моя трость, — улыбнулся старик, протягивая ее Глебу.

Тот только взял ее в руки, сразу ощутил, какая она тяжелая.

— Железное дерево, самшит. В лучшие времена я неплохо зарабатывал на этом. Тут целая самшитовая роща, которая и дала название пансионату. Я сидел себе на берегу, резал палки и продавал их отдыхающим. Если хотите, я и вам такую сделаю.

— Да нет, спасибо. Разве что кому-нибудь в подарок. Я подумаю. Если припомню такого знакомого, обязательно скажу вам.

Глеб присел в мягкое кресло и, оттолкнувшись ногами, проехал в нем немного по полу. Маленькие колесики крутились безупречно.

— А в самом городе что-нибудь действует?

— Что именно?

— Ну, какой-нибудь ресторанчик, кофейня... я не говорю уже о варьете.

Глеб спросил просто так, ради интереса. Варьете ему сейчас не хотелось, он еще не успел как следует насладиться одиночеством.

Старик наморщил лоб:

— Я не так-то часто выбираюсь в Пицунду, но знаю, там работает один ресторан. Мой сосед в нем готовит кофе, — Саак взглянул на часы. — Через час он откроется.

— А где это? Я давно бывал в Пицунде, и она слилась у меня в памяти с другими городами.

— Когда выйдете на променад, то это будет второй корпус после открытого бассейна.

— Подъехать на чем-нибудь можно?

Тут уж старику пришлось развести руками.

— Ничего здесь у нас не ходит — ни автобусов, ни маршрутных такси. Если повезет, то доедете на попутной машине. А так, пешком, минут сорок ходьбы будет.

Глеб дал задаток старику за обеды, ужины и завтраки на две недели вперед и, проверив надежность замка, покинул свой номер. В лучшие времена с его балкона можно было наблюдать пляжную жизнь.

Глеб улыбнулся, вспоминая те времена. Будучи мальчишкой, он любил выходить на балкон, пока отец еще обедал в столовой, смотреть в его тяжелый артиллерийский бинокль на девушек, загорающих без верха купальника. Потому что знал: после того, как на пляже появятся люди, те прикроют свою наготу. И вообще привычка подсматривать, подслушивать, наблюдать за жизнью людей со стороны была заложена в Глебе самой природой. Он даже на свою жизнь смотрел как бы сторонним взглядом, трезво оценивая все свои удачи и промахи.

— Электричество хоть здесь есть? — спохватился Глеб, включая на ходу свет в коридоре. Мягко зажглись и загудели лампы дневного света.

— Слава Богу, хоть это есть.

Он вышел на шоссе и посмотрел в сторону Гагр. Ни одной машины. От Пицунды — тоже.

«Не страшно. Хожу я быстро».

Хоть и было жарко, Глеб шел в куртке. Карман оттягивал самый легкий из его пистолетов. В стране, ведущей войну, все-таки лучше иметь в руках оружие.

Цивилизованная территория вскоре кончилась. Вдоль шоссе потянулись разграниченные заборами из колючей проволоки, спинками металлических кроватей маленькие огородики. Равнинная земля была здесь на вес золота, и возделывался каждый клочок. Исключение составляла территория, находящаяся между шоссе и морем. Здесь располагались пансионаты, дома отдыха, безлюдные и какие-то омертвевшие за последние два года.

— Боже, если ты есть... — начал Глеб и улыбнулся.

Как можно молиться Богу, начиная молитву подобными словами — «если ты есть»? Уже одно это должно привести Всевышнего в бешенство, если только он способен на такие чувства. А просьба у Глеба была весьма прозаическая — ему не хотелось идти пешком, уже достаточно он отмахал за последние дни. Он прошел мимо заросшей гигантским чертополохом автобусной остановки. На табличке, укрепленной на столбе, еще можно было прочесть расписание двухлетней давности. Несколько хмурых абхазов, копавшихся в огородах, смотрели на странного отдыхающего.

И тут вдалеке послышался шум мотора. Машина ехала со стороны Гагр.

— Ну вот, Бог есть на свете, если он услышал мои молитвы, — рассмеялся Глеб и пошел медленнее, то и дело оглядываясь.

Шум двигателя приближался, и вскоре из-за поворота выскочила несущаяся на бешеной скорости черная «волга».

«Эх, черт! — тут же позабыл о Боге Глеб. — Наверное, не остановится».

Он вскинул руку, но машина даже раньше, чем он успел сделать этот жест, затормозила.

— Садись! — крикнул шофер, махая рукой из открытой дверцы. — Я спешу, так что поспеши и ты.

Глеба не надо было долго упрашивать. Он сел на сиденье и спросил:

— До Пицунды подбросишь?

— Я туда и еду. Бензина теперь не так уж много, чтобы разъезжать по всему побережью.

Не успел Сиверов захлопнуть дверцу, как машина рванула с места и буквально воспарила над растрескавшимся асфальтом шоссе. Вид у шофера, несмотря на юный возраст, был солидный. А все благодаря автомату, лежавшему на коленях. К счастью, ствол его был обращен в сторону окна, и Глеб мог не опасаться неосторожного выстрела. В держателе перед самым ветровым стеклом был укреплен маленький абхазский флаг.

— Крутая у тебя машина, — Глебу пришлось вернуться в памяти лет на пять назад, когда ГАЗ-24 была самой крутой машиной на этом побережье.

— Это не моя, — почему-то с гордостью отвечал абхаз.

— А чья же?

— Председателя горисполкома. Но сегодня она в моём распоряжении, потому что зарплату давно не платят, и я получаю ее натурой.

— Сколько я тебе буду должен?

— Абхазы денег не берут, — не без ложной скромности сообщил шофер.

— Я как помню, в прошлые годы брали, и немало, — не удержался от едкого замечания Глеб Сиверов.

— Это были не абхазы, а грузины.

Переубедить парня в чем бы то ни было не представлялось возможным.

«Хорошо, хоть отпала сама собой еще одна проблема, — мысленно улыбнулся Глеб. — Раньше, когда садился в машину, нужно было думать, кого ругать — абхазов или грузин. А теперь все ясно с самого начала».

Автомобиль пронесся через пустынную площадь, и шофер спросил у Глеба:

— Тебе куда?

— Мне к ресторану. Хочу пообедать.

— Вот и отлично, — обрадовался парень, — я тоже еду туда. Так что можешь не сомневаться, хороший обед тебе обеспечен.

Автомобиль свернул в ранее запретную зону, где позволялось только пешеходное движение, выехал на набережную. Замелькали лавки, урны. Пустой пляж навевал уныние.

Но вот в открытое окно автомобиля ворвался привычный южный запах — дым мангала, сдобренный запахом печеной баранины.

«Волга» миновала пустую чашу открытого бассейна. Выбитыми стеклами смотрел на мир концертный зал. Но вот впереди показалось вполне обжитое место. В тени магнолий и финиковых пальм расположилась дюжина накрытых белыми скатертями столов. В мангалах тлели уголья, на открытых стеллажах привычно пестрели этикетки фанты, пепси-колы, спрайта и прочей дребедени. Словно солдаты, выстроились в шеренгу пачки американских сигарет.

Да, явно эту машину в Пицунде знали многие. Одно колесо заехало на бордюр, и, чуть не сбив столик бампером, парень остановил «волгу». Он привычно вскинул автомат на плечо и предложил:

— Пойдем, подкрепимся.

Многообразие и богатый выбор оказались ложными. Бутылки и пачки были пусты. Они сохранились здесь с той поры, когда на пляже было не протолкнуться от народа. Все сегодняшнее угощение сводилось к шашлыку, домашнему красному и белому вину, а также непонятно как попавшему сюда кофе.

Бармен, стоявший за стойкой, явно растерялся. Он рассчитывал на приезд шофера председателя горисполкома одного, а никак не с другом.

Но парень тут же разрешил все его сомнения.

— Дели на двоих, это мой гость.

Шашлык оказался на удивление вкусным и не таким жестким, как в былые годы, а домашнее вино — как минимум трехлетней выдержки. Оно возникло на столе както незаметно в запотевшем графине, и шофер, ничуть не смущаясь того, что ему снова садиться за руль, пил уже второй стакан. Немного утолив голод, Глеб принялся смаковать вино и сделался более словоохотливым.

— Я вот смотрю, у вас стоит много заброшенных домов. Наверное, и цены на них не очень-то высокие?

— Цены? — усмехнулся парень.— Это еще не все. У нас сейчас можно купить отличный дом за пару тысяч долларов, но только с одним условием.

— С каким?

— Боюсь, ты на него не согласишься, — рассмеялся парень.

— И все же?

— Каждый, кто имеет хоть какую-то недвижимость в Абхазии, обязан защищать ее с оружием в руках. Так что, если хочешь отдыхать здесь, то бери в руки автомат, желательно свой, и вперед — на фронт.

— И этот закон никак нельзя обойти?

Парень смерил Глеба презрительным взглядом, словно говорившим: ты так и не понял, кто такие абхазы.

— А вот еще, — Глеб отпил несколько глотков прохладного, приятного на вкус вина и зажмурился от удовольствия, — возле ваших домов я видел могилы. Откуда такой странный обычай?

— Это пошло еще со времен турок, — парень явно был исторически подкован и отвечал не задумываясь. — Они, когда захватили Абхазию, нередко выкапывали наших людей из могил, а потом требовали за тела выкуп. И вот тогда мы стали хоронить своих родственников возле домов. Не знаю, что тебя привело в наши края, — шофер, сжав зубами последний кусок мяса на шампуре, подмигнул Глебу, — но отдыхать тебе здесь будет скучно.

— Я никогда не скучаю.

— Посмотришь. Обручального кольца ты не носишь, значит, приехал один. А на девочек тут можешь не рассчитывать. Все русские шлюхи уехали, лишь только началась война, а наши никогда не позволят себе чего-нибудь лишнего. Даже и не пробуй. Вот разве что, — парень задумался, — можешь наведаться к нудистам, но обычно они приезжают парами, и у них уже все поделено.

Глеб вздохнул.

«Дались им эти девушки! Как будто кроме них ничего в жизни не существует!»

— Я приехал сюда за покоем, — сказал он, доставая пачку сигарет и угощая шофера.

— Да, вот этого здесь хватает, — не без грусти заметил парень, — настоящий кладбищенский покой и никаких развлечений. Смотри, не спейся.

Он посмотрел на часы и разочарованно протянул:

— Надо ехать, ничего не поделаешь.

Когда Глеб попытался расплатиться, шофер наотрез запретил ему это делать. Правда, и сам не стал платить бармену, выполнявшему заодно и функции мангальщика.

— Не обижай, — перенял местные формы обращения и Глеб Сиверов, протягивая бармену десятку.

Желая не ударить лицом в грязь и явно проклиная щедрость своего попутчика, парень тоже достал деньги.

Машина понеслась обратно, и Глеб, даже не ощутив расстояния, вновь оказался в «Самшитовой роще».

Но на этот раз за время его недолгого отсутствия здесь произошли разительные перемены. Наверное, весь уцелевший персонал пансионата был на своих местах. Горничные разносили белье, уборщицы мыли коридоры. Горели все лампочки в самых темных уголках здания. Мрамор и нержавеющее железо сверкали. У крыльца стояла директорская машина, а сторож, поселивший Глеба в номер на четвертом этаже, встретил его в будке за зеркальными дверями.

— Что случилось? — спросил Глеб. — Ожидается приезд президента?

— У нас нет президента, — заметил старик и тут же добавил: — И слава Богу.

Тем временем бармен протащил к себе за стойку еще ящик коньяка. А следом за ним двое рабочих несли еще несколько ящиков.

— Так что случилось?

— У нас теперь будет много посетителей.

— Как это? — не понял Глеб.

— Такое случается.

Старик вышел из своей стеклянной будки. Он смотрелся очень нелепо среди рукотворного великолепия пансионата. Куда больше к нему подошли бы горные пейзажи.

— У нас не так уж безлюдно, как может показаться на первый взгляд. Разные бывают времена, и иногда сюда заезжают какие-то странные люди.

Старик, постукивая посохом по мраморному полу, двинулся к выходу. Он явно не умел сразу отвечать на поставленный вопрос, а начинал издалека.

— Вон тот ваш директор?

— Да.

— Так может, мне сейчас подойти к нему и обо всем договориться?

— Я уже переговорил. Ничего против он не имеет, лишь только просил быть поосторожнее.

— А деньги?

— Расплатитесь, когда будете уезжать.

— Так все-таки, по какому поводу оживление?

Наконец-то Саак соблаговолил дать точный ответ:

— Приехал директор и сообщил, что сегодня к вечеру придет теплоход, а на нем приедут бандиты.

— Бандиты? — не удержался от восклицания Сиверов.

Это слово Саак произнес так спокойно, словно бы речь шла о самых простых курортниках.

— Больше к нам сюда никто и не ездит. Если им нужно провести какую-нибудь сходку, то они обычно и отправляются в наши края. Тут им никто не помеха. Наша милиция их не трогает, а российской до этого нет дела.

— Так вот почему здесь такой переполох.

— Бандиты — люди требовательные. Но они и платят хорошо. Пару таких приемов — и можно прожить целый год с семьей.

Глеб насторожился. Он заметил, как к директору подошел солидного вида мужчина, и они о чем-то стали перешептываться, то и дело поглядывая на него, Сиверова. Наконец тот, другой мужчина в сером костюме, явно не по погоде, подошел к Глебу и, представившись заместителем директора, предложил пройти в свой кабинет. Глеб согласился.

Вскоре шум и суета остались за обитыми войлоком дверями. Заместитель директора предложил Глебу закурить и сам устроился в уютном кресле. Для солидности на тумбочке стояло три телефона, один из которых не имел диска, а в углу, на журнальном столике, примостился компьютер с запыленным экраном, которым явно не пользовались, наверное, год.

— Я хотел бы начать свой разговор... — проговорил заместитель директора.

Глеб решил облегчить ему задачу.

— Называйте сумму. И если она вдвое не превысит моих представлений о вашем сервисе, то будет в порядке.

— Я не о том. Только что мне звонили с теплохода, вы, наверное, в курсе...

— Да, — простодушно признался Глеб, корча из себя незадачливого любителя отдыха на Черноморском побережье Кавказа.

— Так вот. Я переговорил с человеком, организовавшим этот тур, и ему очень не хотелось бы, чтобы в пансионате находились посторонние.

— Извините, но я вас не понял.

Заместитель директора нервно сплетал пальцы, а затем заговорил в открытую.

— Вы даже представить себе не можете, какие страшные люди вскоре появятся в нашем пансионате. Я бы их на порог не пустил, будь моя воля, но сами понимаете... Нужно чем-то кормить персонал. И если они просят, чтобы посторонних не было — так и должно быть.

— Вы предлагаете мне уехать? — усмехнулся Глеб.

— Да. Я даже готов договориться с директором соседнего дома отдыха, и он предоставит вам номер лучше, чем здесь. Я лично готов оплатить вам всю...

— Что «всю»? — перебил Глеб.

— Все неудобства, — уточнил заместитель директора.

— Вы боитесь бандитов? — все так же простодушно осведомился Сиверов.

— Да, — признался замдиректора.

— А я — нет, — Глеб развел руками.

— Я должен был вас предупредить. И мой вам совет — уезжайте отсюда, если не хотите нажить неприятностей.

— Все-таки пресса и телевидение — страшные вещи, — вздохнул Сиверов. — Они могут кого угодно вывести из равновесия. Вот вы, солидный человек, занимаете должность. Пройдет год, два, все здесь образуется, и вы вспомните это время как кошмарный сон. Сейчас же вы живете во сне и поэтому боитесь даже тени.

— Они в самом деле бандиты, и не стоит вам с ними встречаться.

— А откуда вы знаете, кто я сам такой? — рассмеялся Сиверов.

Заместитель директора насторожился. Тогда Глеб запустил руку в карман куртки и извлек пистолет. Затем вытащил обойму и только после этого положил пистолет на стол.

— Ну что, убедились? Я точно такой же, как и они, а может быть, пострашнее. Так что, если не хотите, чтобы мой пистолет когда-нибудь нацелился на вас, то не пробуйте меня уговорить.

И тут заместитель директора рассмеялся.

— Это и впрямь страшно, когда ты напуган и начинаешь шарахаться от собственной тени. Вот такая штука, — он указал на пистолет, — придает уверенность в себе. Но только попомните мои слова: я снимаю с себя всяческую ответственность за последствия. И если в один прекрасный день выяснится, что вы таинственно исчезли из своего номера, никто не станет вас разыскивать. А я сделаю вид, что вас вообще здесь никогда не было.

— Да. Я не приезжал сюда, — покачал головой Глеб, — во всяком случае, мой путь оборвался в Сочи, и вряд ли кто-нибудь догадывается о моем намерении провести отпуск в Абхазии.

— Вы мне понравились, — признался замдиректора, пожимая Глебу руку, — и я даже согласен не брать с вас плату за номер. Во всяком случае, я не стал бы брать ее вперед, а ограничился бы двумя днями, потому что за большее я не могу ручаться.

— Ну вот и отлично. Вот и договорились, — Глеб взялся за ручку двери. — Если к вам будут предъявляться какие-нибудь претензии, переадресовывайте их ко мне.

— А может быть, вас никто и не заметит, если не станете слишком интересоваться их делами.

— До свидания.

Глеб вышел в коридор. Происходившее в пансионате ему явно переставало нравиться. Тихий отдых в одиночестве уже неизбежно накрывался. Но самолюбие не позволяло ему покинуть пансионат.

«И впрямь, его строили для КГБ, — усмехнулся Глеб, — наверное, что-нибудь из аппаратуры все-таки сохранилось, если они могут связаться с теплоходом».

Глеб прихватил пляжные принадлежности и пошел к морю. Он устроился у самой кромки прибоя, разостлав большое банное полотенце, и каждый раз вздрагивал, когда одна из больших волн накатывалась, доставая его ноги. Прогревшись до изнеможения на солнце, Глеб решил окунуться. Вода показалась ему обжигающе-холодной, хоть он и знал, что ее температура явно выше двадцати градусов. Дно резко уходило из-под ног, и стоило ему сделать шагов пять, как ничего не оставалось, как поплыть. Он резко рассекал руками воду, пока не оказался дальше, чем пластиковый красно-желтый буек. Тогда Глеб раскинул руки и лег на воду. Волны то и дело заливали лицо, в безоблачном небе висел золотисто-желтый раскаленный диск солнца. На губах Сиверов ощущал солоноватый вкус воды, так похожий на вкус слез. В ушах, погруженных в воду, отзывались многочисленные звуки: шорох камней, стягиваемых прибоем в море, удары гребней о сваи причала.

И тут Глеб различил на общем шумовом фоне тихое гудение корабельного двигателя. Да, это была не лодка. У тех моторы ревут натужно, словно работают из последних сил, а этот двигатель работал мерно, явно используя не более трети своих возможностей. Глеб вскинул голову, сделал несколько гребков и тыльной стороной ладони протер глаза, залитые морской водой.

Из-за мыса выходил прогулочный катамаран. Обе его палубные надстройки связывались мостиком, где расположился бар. Полотняные зонтики с яркими надписями, пластиковые стулья, столы. Странным было то, что катамаран подходил к причалу в полной тишине. Обычно на таких кораблях во всю мощь играет музыка или звучит идиотически веселый голос гида.

Корабль принялся разворачиваться, чтобы подойти к причалу. Первая волна, поднятая движущимся судном, достигла Глеба, и он поднырнул под нее. На корме катамарана развевался украинский флаг. Портом приписки значилась Одесса.

«Не слабо, — заметил про себя Глеб, — наверное, конспирация у них солидная. Куда проще было бы приехать из Адлера».

Машины дали задний ход. За кормой забурлила вода. Корабль сбавил скорость и мягко коснулся бортом причала, увешанного автомобильными покрышками. Загрохотали мостки.

Среди встречавших Глеб узнал и Саака. Тот как раз закручивал канаты на причальной тумбе, отложив в сторону свою суковатую палку. На корабле, скорее всего, существовала жесткая иерархия. Никто не спешил сходить, пока не появится главный. Главных оказалось двое. Один мужчина в темно-зеленом пиджаке с золочеными пуговицами словно только что вышел из парикмахерской. Аккуратно причесанные волосы не мог разметать даже ветер. В руках он держал портфель с цифровыми замками. Рядом с ним шел мужчина лет тридцати. Отсюда, из воды, Глеб видел только его бритый затылок да широкие плечи. Вот этот даже не пытался смахивать на бизнесмена. Кожаная куртка, черные джинсы и массивная золотая цепь на шее. Мужчины и не пытались скрыть антипатии друг к другу. Но негласный протокол требовал того, чтобы они шли рядом, рука об руку.

Лишь только они двинулись по причалу, как пестрая толпа посыпалась с катамарана: девицы, молодые люди, даже пара стариков. Всех было человек сто. И как только они умудрились разместиться на прогулочном теплоходе!

Глеб поплыл к берегу. Он вышел на гальку, когда уже вся компания скрылась в пансионате. Ради приезда бандитов Глеб не собирался нарушать свой распорядок дня. Он поправил полотенце и вновь улегся на него, подставив лицо горячим солнечным лучам.

Катамаран явно не собирался никуда уплывать. Его двигатели смолкли, и команда тоже сошла на берег. Вскоре Глеб услышал постукивание трости по камням. К нему шел Саак. Старик присел на камни и долго смотрел на море. А затем извиняющимся тоном сообщил:

— Я только что поговорил с женой. Она обещала носить вам еду в номер, потому что все столики в столовой оказались занятыми.

— Мне это будет приятнее.

— Да, — вздохнул старик, — не очень-то улучшается настроение, когда смотришь на эти морды.

— А один из них мне показался вполне ничего. Вот только бы не золотые пуговицы на пиджаке, — рассмеялся Глеб.

— Этот уже приплывает к нам второй раз.

— Кто он? — осторожно поинтересовался Глеб, боясь спугнуть признание Саака.

— Не знаю. Откуда-то из Ленинграда. Не то банкир, не то бизнесмен. Не разбираюсь я в этом.

— Но для бандита он выглядит вполне прилично.

— Зря вы отсюда не уехали, — покачал головой Саак. — Ну да впрочем, это ваше дело. Может, ради них вы сюда и приехали? — он с надеждой посмотрел на Сиверова, явно ожидая, что тот является тайным сотрудником милиции.

— Да нет, отец, я и впрямь приехал сюда отдыхать, и никаких дел у меня здесь нет.

Глеб сел и критически осмотрел свои успевшие порозоветь под солнцем ноги. Прикоснулся к голени пальцем. Тот оставил желтовато-красный след.

— Нет, чего доброго, еще и сгорю, — пробормотал Сиверов, поднимаясь с полотенца. — Пойду приму душ.

— Я должен был вас предупредить, — слово в слово повторил сказанное заместителем директора Саак.

— Да не бойтесь, ничего со мной не случится. Вот только как-нибудь, если можно, я хотел бы покататься на лодке.

— Это можно устроить, — обрадовался старик тому, что разговор перешел к вещам более безобидным, чем разборки с бандитами.

— А где я вас смогу отыскать?

— Я всегда или в этой дурацкой стеклянной будке или здесь, возле причала.

Глеб взмахнул на прощание рукой и двинулся к корпусу. Уже успели наполниться морской водой чаши двух бассейнов, уже журчали фонтаны. На балконах появились люди. «Если глядеть отсюда, снизу, — подумал Глеб, — то можно подумать, что вновь началась мирная жизнь, спокойная и незатейливая. Все-таки не я один такой хитрый, кто решил убежать в Абхазию».

Он толкнул ладонью стеклянную дверь и вошел в холл. На удивление, работал даже лифт. На площадке перед лифтом стояла женщина в шелковом платье. Глубокий вырез доходил до середины спины. По обе стороны от нее стояло двое крепко сложенных парней с бритыми затылками. Они недовольно покосились на Глеба, явно пытаясь припомнить, видели ли они его на корабле, все-таки внешность у Сиверова была запоминающейся. Из этого Глеб сразу же заключил, что сюда прибыло как минимум две команды и далеко не все знают друг друга в лицо.

«Наверное, эта тетушка — довольно важная птица, —

подумал Глеб, нагло глядя на ее обнаженную спину, — если к ней приставили аж двух охранников. А теперь они, конечно же, попытаются помешать мне зайти в лифт».

Женщина не оборачивалась. Светлые квадратики на табло сменяли один другой: четыре, три, два, один. Створки лифта разошлись. Сперва зашел один из охранников, следом за ним — женщина. Второй встал, загородив собой вход.

«Ну и черт с вами, — решил Глеб, — поеду следующим рейсом. Шапка с меня не свалится, к тому же я ее и не надел».

Он скорчил гримасу, выказывая свое презрение к охраннику. И тут женщина, стоявшая в кабине лифта, обернулась. И Глеб встретился с ней взглядом. Тут же гримаса исчезла с его лица. Он замер, еще не зная, то ли ему почудилось, то ли он впрямь узнал ее. Охранник уже готов был придержать сходящиеся створки кабинки, чтобы разобраться с наглецом, но мягкий голос женщины остановил его:

— Поехали.

И вновь замигали белые квадратики. Зажглась цифра три. «Кабина остановилась», — отметил Глеб.

Он глянул в конец коридора. Лестница проходила совсем неподалеку отсюда. За три прыжка он достиг ее и, прыгая через ступеньки, побежал вверх. Один этаж, второй, третий... Застланный шумопоглощающим ковром коридор и идущие ему навстречу трое человек: женщина и двое мужчин. Он шел медленно, не сводя глаз с лица женщины.

Да, не могло быть сомнения: это она. Повзрослевшая, нет, даже немного постаревшая, но все равно прекрасная.

Она тоже не сводила с него взгляда, хотя, Глеб знал это точно, узнать не могла. Он и сам с трудом вспоминал собственное лицо, в памяти всегда всплывало прежнее, то, которое любили его друзья, близкие, из которых никого не осталось.

И вот сейчас он вновь встретил ее.

«Сколько же лет прошло», — подумал Глеб, отступая

в сторону и давая дорогу двум громилам, сопровождавшим женщину.

Он не мог вспомнить потому, что мысли смешались в его голове. Он шел по коридору, не оборачиваясь, но прислушиваясь к уже еле различимым звукам удаляющихся шагов. Затем проскрипел ключ в замочной скважине, открылась дверь. Глеб знал, нужно повернуться в самый последний момент, когда дверь закроется, тогда он сможет узнать, в каком номере живет она.

Дверь хлопнула. Глеб обернулся, один из телохранителей застыл около двери, другой направился в холл и вернулся оттуда с двумя стульями.

«Однако, — отметил про себя Глеб, — женщина, которую охраняют двое громил, это тебе не просто так».

Он не стал уточнять цифры на дверях, а только зрительно отметил себе, где расположен номер.

«Два вправо от моего, напротив холла».

Сиверов понял: жизнь его сейчас готова перевернуться с головы на ноги. Вновь появилась зацепка, ведущая его в прошлое, он встретил Ладу, свою первую любовь, которую неизвестно каким ветром занесло сюда, на абхазский берег. И еще он знал: эта встреча не сулит ничего хорошего, лучше про нее забыть, но он знал и другое: прошлое невозможно забыть, точно так же, как свое лицо.

Глеб поднялся на четвертый этаж, зашел в свой номер, остановился перед зеркалом.

— Я совсем другой человек, — трижды повторил он себе и не поверил в сказанное.

Он попробовал начать с другого конца.

— Она теперь совершенно другой человек... — но тут же Глеб оборвал себя, — если я узнал ее, значит, она прежняя, значит, осталось в ней что-то от той Лады, которую я знал.

Рука в кармане сжала рукоятку пистолета, и Глеб вспомнил, как в школе учил Ладу стрелять. Их военрук, исполненный уважения к должности отца Глеба, доверил ему ключи от тира, коробку патронов и мелкокалиберную винтовку.

И вот однажды вечером Глеб отправился вместе с Ладой в школьный подвал. Он помнил прекрасно, как лежал рядом с ней на жестком, обтянутом кожзаменителем мате. Лада прижималась щекой к цевью винтовки, а он показывал ей, как нужно целиться. Вспомнил, как после первого же выстрела Лада отказалась продолжать занятия. Вспомнил испуг на ее лице, маленькую гильзу на своей ладони, которую он протянул Ладе.

— Возьми на память, — сказал тогда Глеб ей.

Лада приняла этот странный подарок.

Она так никогда и не призналась ему, что ластик с надписью «Love» раньше принадлежал ей.

И после того дня у каждого из них была вещь, некогда принадлежавшая другому, с которой можно было разговаривать, поставив ее на стол, к которой можно было обращать самые ласковые слова и высказывать то, что страшно было сказать вслух, даже оставшись наедине.

Сколько же гильз перебывало в пальцах Глеба после того дня, он и сам не мог сказать, но помнилась только та, маленькая, черная, лоснящаяся, с небольшой квадратной вмятинкой на самом донце. Помнилась потому, что осталась в руках девушки, которую он любил или хотел верить, что любит.

Сколько пуль он посылал в других, но гильзы или падали в траву, или откатывались по бетонному полу, влипали в битумное покрытие крыш. Другие он старательно собирал и бросал в реку.

«А помнит ли она ту гильзу?» — подумал Сиверов и понял, что не сможет уехать отсюда, пока не спросит Ладу об этом.

ГЛАВА 9

Еще дня не прошло, как Глеб был на море, а он уже понял: первая усталость прошла и наступило такое состояние, когда не делать ничего невозможно. Он порылся в недрах своей сумки, извлек блокнот и, откинув страницы на тонкой пластиковой спиральке, склонился над чистым листком. В руках его застыл фломастер.

Он никогда не писал помногу, и ему нравились крупные буквы, оставляемые толстым стержнем. Яркие, цветные, они казались очень важными и полными смысла. Хоть имели они смысл только для того, кто оставил их на бумаге. Ведь Сиверов старался писать так, чтобы никто чужой, если в руки попадет блокнот, не догадался что написано. Письменный стол, конечно же, остался от прежних времен, когда в этих номерах отдыхали кэгэбисты. Тогда считалось, что каждый работник спецслужб чрезвычайно серьезный человек и не может обойтись без рабочего места, даже на отдыхе. Тут же рядом с графином и настольной лампой, снабженной темно-зеленым абажуром, лежала массивная мраморная доска с перекидным календарем двухлетней давности.

Глеб усмехнулся, глядя на праздники, которые предлагались читающему для того, чтобы отмечать их. Вряд ли о них в эти дни помнили даже их создатели. Но кое-какую полезную информацию календарь все же содержал — ведь есть в этом мире вещи, которые не меняются с ходом времени. Долгота дня, восход и закат, фазы Луны...

«Хотя нет, — подумал Глеб, — фазы Луны меняются,

а вот время восхода и захода солнца может мне пригодиться».

Он отыскал сегодняшний день и выписал время заката. Затем посмотрел в окно, занимающее всю стену, на море. «Да, оно здесь садится за горизонт, так что никаких поправок на горы делать не надо».

Затем в его блокноте возник схематический план дома, ряды окон, лоджии. Он сменил фломастер, еле заметная желтая стрелка вела с четвертого этажа на третий, наискосок через два номера.

— Ну вот и все, — словно бы он сделал самое главное, сказал сам себе Глеб и откинулся на спинку кресла.

Оно жалобно заскрипело, явно не будучи рассчитанным на столь мощное тело. Глеб уперся ногами в перекладину под столом и что было силы оттолкнулся. Кресло проехало половину комнаты и остановилось в двух метрах от тахты.

— Лада, — прошептал Глеб, — Лада, сколько мы с тобой не виделись? И вот довелось.

Медленно кружась, пролетел за окном сорванный ветром зеленый лист.

«Словно вертолет», — подумалось Глебу.

Сколько раз ему приходилось видеть эти военные вертолеты зеленого цвета, с виду невзрачные, но страшные в своем могуществе. Сколько ему приходилось самому летать на них и даже иногда сидеть за штурвалом. Но затем он понял, что только человек, способный полагаться на самого себя, а не на технику, достоин уважения, только тот, кто голыми руками способен победить врага, сможет выжить в этом мире. И он предпочитал, выполняя задание, не винтовки с оптическим прицелом, когда находишься на огромном расстоянии от жертвы и практически ничем не рискуешь; он предпочитал держать в руках револьвер, нож. И поэтому знал, как выглядит смерть и не боялся ее — не только чужой, но и собственной.

Небо успело приобрести темноватый оттенок, а солнце приближалось к полоске, отделяющей море от горизонта. Маленькой черной точкой двигался по ней корабль, и даже Глеб, обладавший чрезвычайно острым зрением, не мог разглядеть его силуэта.

А во дворе тем временем шли обычные приготовления. Накрывались столы, правда, пока что никто не выносил закуски и вина. Все это покоилось до поры до времени в недрах холодильника, ожидало своей очереди на кухне. Застолье предвиделось грандиозное. Столы стояли буквой П, ветер колыхал белоснежные скатерти. В вазах высились целые охапки цветов, подобранных по-провинциальному безвкусно.

Все это навевало на Сиверова грусть и скуку. Он подошел к окну, потянулся и, раскрыв створки, задернул шторы. Номер его погрузился в полумрак, и лишь только сквозь узкие щели пробивался луч солнца, и в нем плясали золотые веселые пылинки.

«Они так же бессмысленны, как люди в своей суете, — думал Глеб, лежа на тахте. — Точно так же, как и люди, они возникают передо мной в ярком луче света и затем исчезают. Нет, они продолжают существовать, но я уже не замечаю их. Я теряю к ним интерес. Ведь я уже почти забыл о Ладе, и тут она случайно оказалась в этом ярком, пронзительно-золотом луче света и заставила меня вспомнить прошлое, позабыть настоящее».

Он прикрыл глаза, ему казалось, что он слышит легкий звон пылинок, танцующих в воздухе. В своей жизни Глеб научился больше доверять чувствам, нежели разуму. Вот и сейчас в его блокноте был нарисован какой-то абсолютно безумный план. Но Глеб еще не успел его осмыслить. Чутье подсказывало ему, что сегодня ночью вряд ли удастся заснуть. И он, словно ночной хищник, прилег отдохнуть днем. Обычно Глеб засыпал быстро, точно организм повиновался приказу. А вот теперь что-то не получалось. То ли Сиверов противился тому, что вновь вернется страшный и в то же время приятный сон, сладостно щекочущий нервы, то ли предчувствовал опасность.

И вот тогда, когда сон уже готов был поглотить его, раздался неназойливый стук в дверь — короткий, всего три удара.

— Кого черт несет? — недовольно пробормотал Глеб, надел джинсы, набросил рубашку и, крикнув «сейчас», двинулся к двери.

Осторожность приучила его никогда не стоять прямо напротив двери.

Прижавшись к стене, он спросил:

— Кто там?

— Свои, — ответил невнятный мужской голос, который явно не принадлежал сторожу, единственному человеку, с которым Сиверов успел познакомиться в «Самшитовой роще» по-настоящему.

— Свои — это кто? — поинтересовался Глеб.

— Откройте, нужно переговорить, — в голосе явственно звучала угроза, хоть говоривший и пытался скрыть ее за безразличием тона.

Глеб прикинул ситуацию. Куртка с пистолетом висела на стуле. Значит, если открыть дверь и сесть на тахту, потом несложно будет выхватить его. Сиверов, словно бы предвидя ситуацию, приготовился к ней, повесив куртку на стул, а не в платяной шкаф.

Он еще раз прислушался к своим чувствам — те не предвещали ничего непоправимого. Можно открывать.

Глеб распахнул дверь. На пороге стоял элегантный молодой человек лет на пять моложе его, в темно-зеленом костюме, при галстуке и в идеально чистой, скорее всего, только что вынутой из упаковки рубашке. Да, это был тот самый, который первым сошел на пирс с катамарана. Его прическа, словно переводная картинка, перекочевала в действительность со страниц фирменного французского журнала. За ним стояли еще двое. Вот их-то никак нельзя было отнести к разряду приятных посетителей. Кожаные куртки, тренировочные брюки, бритые затылки, ничего не говорящие взгляды.

«Разделение труда в действии, — подумал Глеб. — Благородный бизнесмен и его безжалостные охранники. Всю грязную работу сваливают на них, словно отдать приказ убить человека — это не грязная работа».

— Я слушаю вас, — холодно проговорил Глеб, отходя в глубь комнаты и присаживаясь на тахту. Одно движение — и пистолет оказался бы в его руках.

Когда все трое оказались в номере, Глеб предложил:

— Садитесь, — но положил руку на спинку стула с курткой так, чтобы никто не мог его занять.

Оставались лишь два кресла от мягкого уголка и небольшой пуфик у трюмо. Бизнесмен сел в кресло, а вот двое охранников остались стоять, словно в присутствии короля.

— Дверь забыли закрыть, — напомнил Глеб.

— Здесь, в «Самшитовой роще», все свои, — улыбнулся бизнесмен.

— Я боюсь сквозняков, — улыбнулся Сиверов.

— Виктор, — негромко приказал гость, — если хозяину не нравятся сквозняки, то прикрой дверь.

Глеб благодарно кивнул и принялся ждать, что же такое скажут ему посетители. В общих чертах он уже имел представление, о чем пойдет разговор, но не хотел сам предвосхищать события.

Бизнесмен еще раз улыбнулся дежурной улыбкой, тоже явно позаимствованной из какого-то заграничного журнала, и, поправив лацканы пиджака, начал:

— Меня зовут Валентин Гуковский, председатель совета директоров «Комплекс-банка».

— Город Санкт-Петербург, — в тон ему сказал Глеб.

Тот приподнял брови.

— Вы из Питера?

— Нет, — коротко отвечал Сиверов.

Бизнесмен на всякий случай протянул плотную картонную визитную карточку, тисненную золотом и зеленым металлом.

— Что ж, очень приятно, — повертев карточку в руках и кладя ее на стул, ответил Сиверов. А затем, якобы только сейчас поняв, что не представился сам, назвал вымышленное имя:

— Федор, — и немного помедлив, добавил: — Южнов.

Ничего лучшего по аналогии с Сиверовым ему не пришло в голову. Несколько раз фамилия Гуковского попадалась ему в информации о банковской деятельности. Хотя точно сказать по памяти, чем именно знаменит

Валентин Гуковский, Глеб без подготовки не взялся бы.

— Приятно, когда тебя узнают если не в лицо, то хотя бы по фамилии, — рассмеялся Валентин, но тут же снова напустил на себя серьезный вид.

Было понятно, что роль председателя совета директоров крупного банка для него пока еще игра, которая не утратила прелести новизны. А если брать во внимание, что банки, связанные с криминальным миром, теряют своих директоров, когда те еще в расцвете сил, то вряд ли он имел время привыкнуть к этой роли. Правда, Глеб не стал ему об этом напоминать — уж слишком грустная тема.

— Как видите, Федор, я со своими друзьями решил немного отдохнуть, поразвлечься. А у нас, уж что говорить, существует такая традиция — в пансионате никого, кроме меня и моих друзей, быть не должно.

Валентин вежливо улыбнулся, как бы предоставляя Глебу самому делать выводы, но Глеб прикинулся непонятливым.

— И что же вы хотите от меня?

— Извините, если мне пришлось нарушить ваше спокойствие и вторгнуться в ваши планы... — Валентин говорил вычурно, словно находился на официальном приеме.

— Пока еще вы в мои планы не вторглись, — зло ответил Сиверов.

— Я готов оплатить вам номер в любой из гостиниц на побережье, даже классом выше, но нарушать традицию мне не хотелось бы.

— Так вы предлагаете уехать мне отсюда? — на лице у Глеба не дрогнул ни один мускул.

— Я не предлагаю, я ставлю вас в известность и надеюсь вас здесь больше не увидеть. В любое другое время, в любом другом месте, по делам — пожалуйста. Но не сейчас.

— А теперь послушайте меня, — Сиверов говорил уверенно и можно было не сомневаться — он, именно он является хозяином положения. — Я приехал сюда первым и поэтому не собираюсь никуда отсюда переезжать. Ведь когда вы заходите в троллейбус, то не требуете от сверстника уступать вам место?

— Я давно не езжу в троллейбусах, — расплылся в улыбке Валентин Гуковский.

— Нет, я не согласен, — покачал головой Глеб.

— И вас даже не соблазняет возможность занять куда более престижный номер? — глаза у Валентина нехорошо заблестели, но он пока еще сдерживал себя, надеясь решить конфликт по-хорошему.

Его рука скользнула во внутренний карман пиджака и извлекла бумажник.

— Сколько вам заплатить, чтобы вы покинули «Самшитовую рощу»?

— Я же сказал, никуда уезжать не собираюсь. А если вы со своими друзьями бандитами решили провести здесь сходку, то я готов рассматривать вас как обыкновенных отдыхающих, и не больше. Я не мешаю вам, а вы не мешаете мне.

— Я еще раз прошу, прислушайтесь к моему совету.

Валентин достал из портмоне деньги и веером протянул Глебу.

— Я не считал, сколько здесь, но надеюсь, хватит, чтобы хорошо отдохнуть и не мешать другим. Я готов даже простить вам, что вы назвали моих друзей бандитами.

— Надеюсь, мне не придется называть бандитом вас?

Глаза Валентина уже буквально налились злостью. Он не привык, чтобы с ним так разговаривали. Но он сделал скидку на то, что видит Глеба впервые.

— Я не хочу конфликтов. Ваши вещи перенесут в другую гостиницу и, если придется, перенесут и вас.

— Вы намекаете на гроб? — склонив голову к плечу, осведомился Глеб.

— Нет. Вы меня ничем не обидели, не стали у меня на дороге, и вас ожидает элементарная депортация.

— Попробуйте, — просто произнес Сиверов, опуская руку чуть пониже, к самому карману куртки.

— Виктор, — кивнул Гуковский одному из охранников, — пожалуйста, сделай так, чтобы его здесь не было. А ты, Алик, доставь его чемоданы в гостиницу «Апсны». Мой шофер ждет во дворе, — Валентин поднялся, твердо уверенный, что его приказание будет выполнено.

Но охранник Виктор в таких делах был более прозорлив, чем его хозяин. Он не сразу набросился на Глеба, а стал боком подбираться к нему.

— Ну же, ну же, — подбадривал его Сиверов кивками головы, — подходи, чего же ты боишься?

Вот это «боишься» вывело охранника из себя. Абсолютно молча, но бешено вращая глазами, он набросился на Глеба. Тот, казавшийся до этого совершенно разомлевшим и недееспособным, выхватил пистолет из кармана куртки, но ни стрелять, ни даже угрожать им не стал. Левой рукой он резко ударил Виктора по горлу, а затем еще раз коленом в живот. После чего, схватив его за воротник куртки, пустил головой в стену. Раздался глухой удар. Из носа охранника хлынула кровь, и он рухнул на пол, даже не успев выхватить из кобуры пистолет. Глеб сделал это за него, оружие разрядил и, опустив патроны в карман брюк, вернул пистолет владельцу. Но поскольку тот не мог взять его в руку самостоятельно, просто засунул его ему под мышку, словно градусник.

— Чемоданы нести не понадобится, — обратился он ко второму охраннику.

Валентин Гуковский смотрел на Глеба уже с интересом.

— Алик, — негромко приказал он, — по-моему, Виктор сегодня не в форме. Ну-ка, покажи, на что ты способен, а затем вернешься за чемоданами.

Первое, что сделал Алик, это вынул пистолет и тупо направил его на Глеба.

— Ну-ка, ты! — Алик говорил, почти не шевеля губами. — Бросай оружие и выметайся из номера.

— Слишком грубо, — спокойно ответил Сиверов.

— Бросай оружие! — повторил Алик.

Глеб с сожалением посмотрел на пистолет и покачал головой:

— Очень многое у меня с ним связано, и не хотелось бы, глядя на него, вспоминать еще об одном убийстве.

— Бросай пистолет! — ужс прохрипсл охранник, у нсго на лбу выступили маленькие капельки пота.

— Лови! — крикнул Глеб, изо всех сил запустив пистолетом прямо в лоб охраннику.

Тот даже не успел вскинуть руки, чтобы поймать его, хотя и попытался сделать это. Пистолет ручкой ударил в переносицу, в глазах у Алика на мгновение потемнело, рука, сжимавшая оружие, дернулась. Сиверову только этого и нужно было.

Он одним прыжком оказался у охранника за спиной, схватил его за правую руку, сжимавшую пистолет, заломил ее за спину. Чуть меньше секунды потребовалось ему на то, чтобы Алик лежал на полу и изрыгал из себя нецензурные проклятия.

Валентин Гуковский смотрел на происходящее так, как, наверное, смотрели на бои гладиаторов римские патриции, совсем не опасаясь за собственную жизнь.

Он даже не изменился в лице, когда Глеб слез с Алика и вновь уселся на тахту. Ствол его пистолета переходил то на лежащего на полу Виктора, то вновь резко направлялся на Алика, который сидел на паркете, прислонившись спиной к письменному столу, и усиленно тер переносицу, на которой горел ярко-красный след от удара пистолета.

Гуковский хорошо умел держать марку. Он несколько раз театрально хлопнул в ладоши, а затем уже зло бросил своим телохранителям:

— Ребята, подождите за дверью.

Хотя у Виктора не было сил самостоятельно подняться, но, заслышав голос хозяина, приказывавшего покинуть помещение, он собрался с духом, встал на четвереньки, потряс головой и, пошатываясь, двинулся к выходу. Алик, проходя мимо того места, где только что лежал его напарник, вынул из кармана неправдоподобно чистый для подобного гориллы носовой платок и аккуратно вытер кровь, сперва с паркета, а затем и с плинтуса.

— Руки можете помыть в ванной, — не без злорадства бросил ему вслед Глеб.

Алик не удостоил его даже взглядом.

— Просто отлично, — выдохнул Валентин Гуковский,

и Глеб по его взгляду понял, что тот готов пожать ему руку и сделает это от чистого сердца.

— Я рад, что сумел доставить вам удовольствие, — пошутил Сиверов.

— Нет, это в самом деле было великолепно. И мне приходится взять все свои слова обратно, кроме слов похвалы.

Глеб хитро усмехнулся:

— Если будет нужно еще что-нибудь, то заходите, не стесняйтесь.

— Если можно, — Валентин понизил голос, — я отниму у вас времени ровно пять минут, не больше.

— Я никуда не спешу, хотя и не стану врать — вы помешали моему отдыху.

— Вряд ли вы уснете сразу после моего ухода.

— Я слушаю, — не стал вдаваться в подробности Сиверов.

— Мне очень жаль, — Валентин подался вперед, — что так получилось. Но поймите, моя просьба была обусловлена только беспокойством за вашу безопасность.

— Полно, — остановил его Глеб, — свою безопасность я обеспечу не хуже, чем те двое ребят — вашу.

— Я не знаю, чем вы занимаетесь, и, скорее всего, вы тоже не любите об этом распространяться, но я рад был бы видеть вас среди своей охраны.

— Я привык быть вольным стрелком.

— Жаль, — абсолютно искренне признался Валентин, — таких людей мне ужасно не хватает. Надеюсь, вы не приняли меня за какого-нибудь бандита?

— Нет. Я знаю, вы и впрямь типичный председатель совета директоров банка.

Предположение о том, что он, Валентин Гуковский, может быть кем-то типичным, не единственным в мире, немного неприятно его поразило. Но он справился с собой.

— Вы правы. Заниматься бизнесом сегодня и не иметь связей с уголовным миром невозможно. Это раньше мне приходилось думать, что ты или с бандитами, или с теми, кто призван охранять закон. Но сегодня все перемешалось, и мне приходится иметь дело не с лучшими людьми.

— Вот поэтому я и предпочитаю быть вольным стрелком.

Гуковский поднялся и протянул руку Глебу.

— И вы тоже, если что-то понадобится, не стесняйтесь. Только прошу вас, старайтесь не попадать в самую гущу событий, потому что мой партнер не станет церемониться.

— Тем хуже для него, — усмехнулся Глеб и пожал руку Валентину.

Когда дверь за Гуковским закрылась, Глеб тяжело вздохнул и вытащил из кармана пригоршню патронов.

«Ну и громилы же ходят в охране у банкиров!» — рассмеялся он.

Патроны оказались такого гигантского калибра, что оружия для того, чтобы зарядить ими обойму или барабан, у Глеба в сумке не нашлось. И он выбросил их в мусорное ведро рядом с унитазом. А затем, отмотав метра два туалетной бумаги, бросил ее сверху, чтобы не пугать уборщицу.

«И какого черта я только ввязался в спор? — разозлился на себя Глеб. — Лучше было бы съехать в другую гостиницу и там спокойно провести несколько дней. Но Лада... — тут же вспомнил Глеб, — это она меня удерживает здесь. Хотя, почему, собственно, я должен с ней встречаться, заставлять ее вспоминать прошлое, если не хочу вспоминать о нем сам? Я совсем другой человек, она, судя по всему, тоже. И если два чужих человека поговорят о том, как двое детей любили на шелестящей бумаге в школьной кладовой, то мир от этого не изменится. Ребята эти незатейливые, особенно Гуковский, воображает себя пупом земли, хотя на самом-то деле в лучшем случае заработал пару миллионов, и теперь на него наехали бандиты».

Глеб понял, что Гуковский говорил правду — сейчас ему не заснуть.

А тем временем во дворе уже слышались голоса, несколько раз включалась музыка. Сиверов приоткрыл дверь балкона и выглянул на улицу. Гости небольшими группками кучковались возле столов. Их можно было разделить на две категоии, и это различие было видно даже отсюда, сверху. Люди, приехавшие вместе с Валентином Гуковским, изображавшие из себя благородных бизнесменов, и откровенные бандиты, явно гордившиеся своей униформой. Несмотря на жару, никто из них даже не удосужился снять кожаную куртку. Наверное, под легкую летнюю майку не так-то легко спрятать пистолет.

Он разложил шезлонг так, чтобы не сидеть в нем, а лежать, и пристроился за балконным экраном, невидимый для тех, кто собрался во дворе. Это был очень удобный наблюдательный пункт: ты видишь всех, тебя — никто. Погода стояла тихая, и только мерный шелест волн иногда мешал услышать слова, доносившиеся снизу.

Группка девиц собралась возле вазы с фруктами. Все они глупо хихикали, обступив огромную раковину рапана, лежавшую на столе.

Наконец Сиверов понял, в чем дело. Розовое нутро и покрытые перламутром загнутые края раковины уж слишком напоминали девушкам о том, что у каждой из них находилось под короткой юбкой. Одна из них догадалась взять из вазы огромный банан и, размяв его, откусила кончик, а затем под общий смех принялась выдавливать белую кашицу прямо из банана в розовую утробу раковины. Одна из девиц уже не в силах была стоять от смеха, к тому же ее изрядно разморило от выпитого. Глеб ощутил, как вместо отвращения испытывает легкое возбуждение.

Глеб сообразил: самые главные переговоры, наверное, ведутся в одном из номеров, а здесь и впрямь собрались люди, желающие отдохнуть и придать переговорам банкира и бандитов неформальную атмосферу, что-то вроде бывших парилок для партийных боссов, только масштабы побольше, да нравы покруче. Глеб поудобнее устроился в шезлонге, но, к сожалению, девицам надоели банан и раковина, и они переключили свое внимание на парней.

Одного из них Глеб узнал тут же — Алика, которому

еще совсем недавно заламывал руку. Тот держался молодцом. Глядя на него, трудно было предположить, что совсем недавно ему пришлось пережить страшное поражение, одно из немногих в его жизни.

И тут сердце Сиверова забилось учащенно. Стеклянная дверь главного корпуса отворилась, и в ней показалась пара — Валентин Гуковский и Лада.

Они шли чинно, под руку. На женщине безукоризненно сидело тонкое шелковое платье, и даже отсюда, сверху, Глеб мог рассмотреть под этим полупрозрачным покровом тонкие полоски белья.

«Так вот с кем она приехала! — усмехнулся Сиверов. — Парень моложе ее лет на пять, к тому же, иначе, как убожеством назвать его нельзя — убожеством, возомнившим о себе черт знает что».

И Глеб невольно принялся сравнивать Валентина с собой. Конечно же, сравнение было не в пользу первого, если не считать денег, которыми располагали они оба в пропорции как минимум десять к одному.

«А еще говорят, деньги не портят людей, — усмехнулся Глеб. — Портят и еще как! Кто бы сказал мне, что Лада польстится на деньги, я плюнул бы тому в морду. А теперь говорю о ней это сам. Хотя, кто знает, как сложилась ее судьба и что связывает ее с этим молокососом? К тому же, никогда нельзя обижаться на того, кто подобрал брошенное тобой. А ты за последние годы даже не удосужился разузнать, что с ней стало. Так что теперь пеняй на себя и не очень-то задавайся».

Эти невеселые мысли оптимизма Глебу не прибавили. Но он все равно продолжал следить взглядом за Ладой, пытаясь предугадать ее реакцию на то, что происходило внизу. На импровизированной сцене разворачивали аппаратуру, и вскоре появились музыканты. Парень, с которым Гуковский сошел с корабля на пирс, уже заправлял своей командой. Музыканты принадлежали явно ему, и он давал наставления, что и как следует играть. Несколько нестройных звуков, ритм гитары, глухое уханье баса и пронзительное в своей быстроте соло пронеслись над побережьем и умолкли. Замигали лампочки светомузыки, и только после того, как они включились, Глеб понял, что уже стемнело. До этого темнота опускалась постепенно, и он успевал привыкнуть к ней. Валентин и Лада на какое-то время исчезли из его поля зрения, оставшись во мраке. На площадке начались танцы. На столах зажглись настольные лампы, зазвенели стаканы, заскребли по тарелкам вилки и ножи. Правда, большинство из гостей обходилось без ножей абсолютно свободно, предпочитая действовать вилкой, а в критические моменты помогать себе руками. Это касалось как парней, так и девушек. И впрямь, публика подобралась незатейливая.

Но и Глеб был неприхотлив. Он прекрасно умел пользоваться приборами и не ударил бы в грязь за столом в самой изысканной компании, но вместе с этим он мог позволить себе есть с ножа, если под руками ничего лучшего не оказывалось. Поэтому не это поразило его в собравшейся публике. Он прямо-таки чувствовал, как от людей, сидевших за столами, от танцевавших перед эстрадой, исходят враждебность и страх. Каждый боялся соседа, и было понятно: достаточно кому-то первому начать ссору, как начнется всеобщая потасовка, и тогда уже никто не станет смотреть на приличия.

Глеб увлекся рассматриванием танцующих пар. А там посмотреть было на что. Одна девушка, подойдя к эстраде, продолжая извиваться, стала сбрасывать с себя одежду. Сперва она стянула легкую блузку и зашвырнула ее в толпу. И ее большая, но упругая грудь, словно бы страдала забывчивостью, двигаясь за своей хозяйкой с небольшим опозданием, и временами девушке даже приходилось придерживать ее рукой.

— Давай, Оля, давай! — крикнул кто-то из толпы.

И тогда девушка, положив руки на бедра, принялась освобождаться от юбки. Та, узкая, кожаная, скрипя, стала сползать вниз. Плотно сжимая колени, девушка позволила ей достичь земли, а затем одним прыжком освободилась от нее и, наподдав ногой, зашвырнула ее на эстраду прямо на клавиши. На ней остались только узкие черные трусики да пара сверкающих пряжками туфель.

— А дальше я не умею, — весело крикнула она.

— Поможем! Поможем! — раздались голоса.

Она повернулась спиной к зрителям, оперлась руками на эстраду и принялась бешено вращать бедрами. От этого зрелища и мертвый мог подняться бы из могилы. Затем одним молниеносным движением, последовавшим после того, как девушка развернулась на остром каблуке, оставив на асфальте черное пятно, она сбросила белье и принялась лихо отплясывать, вскидывая то одну, то другую ногу выше головы.

И тут в разгар всеобщего веселья на эстраду, тяжело ступая, поднялся самый главный из бандитов. Он обвел хмурым взглядом своих соратников, и тут же все смолкли. Девушка, даже не подумав одеваться, отошла к гостям. Все образовали плотное полукольцо, освободив место перед эстрадой. Музыка смолкла. Бандит снял микрофон со стойки и негромко произнес:

— Раз, два, три...

И тут на его лице появилась улыбка, не более приятная, чем оскал волка.

— Друзья мои, — с хрипотцой в голосе произнес он, — сегодня достаточно знаменательный день. Я встретился с Валентином Гуковским, и мы договорились с ним.

Среди гостей послышался робкий крик «ура», но никто не подхватил его. Бандит чуть-чуть приподнял голову и попытался отыскать взглядом крикнувшего.

— Да, мы договорились с ним. И теперь, с этого дня, я называю его своим другом. Валентин! — крикнул бандит, вскидывая руку.

Гости расступились, и по проходу проследовал Гуковский. Лада шла рядом с ним, немного опасливо поглядывая по сторонам. Она осталась стоять у эстрады, а Валентин легко взобрался на нее и встал рядом с бандитом. Тот передал ему микрофон.

— Я рад, что мы сумели договориться с... — он замялся, явно не зная, как назвать бандита.

Тот ободряюще потрепал его по плечу.

— Называй меня, как и раньше, — Боцманом.

— ...и отныне между нами не будет недоразумений.

Мои люди, мои девочки среди ваших. Вы все веселитесь и можете заглянуть друг другу в глаза, не найдя там злости. И пусть так будет впредь. Мне не жалко денег, если они попадают в руки людей, которые заработали их.

В толпе раздался истеричный смех. Смеялась голая девица, то ли от слов Валентина, то ли от того, что ее лапал парень с бритым затылком. Лада стояла, с ужасом глядя на обступивших ее людей, и Глебу стало на какое-то мгновение жаль ее, оказавшуюся среди чужих.

А затем он подумал:

«В конце концов, она знала, куда ехала, знала, с кем. И не мое дело осуждать или жалеть ее».

— Ну а теперь, когда официальная часть закончена, — рассмеялся Боцман, принимая микрофон из рук Валентина, — я предлагаю наш неизменный аттракцион...

Гуковский затравленно посмотрел на Боцмана. Это объявление явно не входило в программу.

— ...и если господину Гуковскому он понравится, то и он сам примет в нем участие. Стол! — закричал Боцман.

— Стол! — подхватила толпа, и несколько добровольцев бросились выполнять распоряжение Боцмана.

Вскоре на эстраде, перед музыкальными инструментами, поставили стол и застелили его длинной скатертью. Она доходила до самого пола.

— Играем в девятку! — закричал Боцман. — Ну-ка, желающие из девушек есть?

Тут же к эстраде подбежали несколько девиц и принялись предлагать свои услуги.

— Нет-нет, мне нужно только девять девочек, — хохотал Боцман, подавая руку и помогая девушкам взбираться на сцену.

Большинство из гостей явно знали о сути игры и объяснять им не было необходимости. Но затем главарь бандитов спохватился, глянув на Валентина и заметив, какой тот растерянный.

— Наверное, наш гость не знает о такой игре, и она не распространена среди банкиров. Поэтому я объясню правила. Девять девочек, абсолютно голых, становятся у стола спиной к публике. Ну-ка, девочки, займите свои места!

Те быстро разделись, а затем, весело смеясь, подбежали к столу и встали возле него. А потом все девять, как по команде, нагнулись.

— А вот теперь мы принимаем ставки. Сможет ли вот он, — рука Боцмана указала на одного из своих охранников, — пройти их всех и не кончить? Ставки можно делать на любой номер. Только не так громко, — тут же предупредил он загалдевшую толпу, — чтобы наш Ваня не услышал.

А тот уже начинал готовиться к игре, распуская ремень брюк.

Валентин, явно в шоке от таких игр на свежем воздухе при луне, сделал шаг назад, на что Боцман не обратил ни малейшего внимания.

— Делайте ваши ставки, господа! Сейчас начнется!

Валентин Гуковский бросил беглый взгляд на Ладу, спрыгнул со сцены и, взяв ее под руку, вывел за плотное кольцо людей. Они стояли почти под самым балконом, где примостился Глеб, и тот слышал каждое слово их разговора, несмотря на галдеж и речь Боцмана, усиленную динамиками.

— Я ухожу отсюда! — зло говорила Лада, пытаясь освободиться от цепких рук Валентина.

— Но это всего лишь игра. Ты же видишь, какие они твари!

— А ты вместе с ними! — упорствовала женщина. - Пусти меня!

— Нет, нужно остаться. Это невежливо уходить, когда тебя приглашают развлечься.

— Вот ты и развлекайся. Еще немного — и ты сам пойдешь трахать этих девиц на глазах у всей этой швали.

— Ладно. Я не могу уйти, я должен быть рядом с Боцманом.

— Раз! — послышался крик толпы, раздались крики, аплодисменты.

— На первый номер никто и не ставил, — крикнул Боцман, — а вы, девочки, немного поживее, иначе так он дойдет до девятого!

— Два, — загудела толпа.

— Э, нет, правила нарушать нельзя! — кричал Боцман. — Руками хватать мужчину запрещается! Здесь как в футболе — только ногами, бедрами да головой. Можешь брать и на грудь.

— Я ухожу! — крикнула Лада, наконец-то вырвавшись от Гуковского. — И слышишь, не приходи сегодня ко мне, все равно не пущу! Ты мне противен!

— Дура! — крикнул Валентин, но не очень громко, боясь, что его услышит кто-нибудь из гостей.

— Да, дура, — Лада обернулась, уже держась рукой за дверь, — а ты — хамло!

— Лада, запомни, нас связывает многое, — зло продолжал Валентин.

— Нас с тобой уже ничего не связывает! — женщина толкнула дверь, зазвенел колокольчик, и Глеб услышал, как стучат ее каблучки по мраморному полу.

Двое охранников, недовольно кривясь — ведь они рассчитывали досмотреть зрелище до конца, — двинулись за ней. Валентин, изобразив на своем лице улыбку, вновь вышел на освещенную площадку.

— А на кого ставит наш гость, господин Гуковский? — осведомился Боцман, приседая на корточки и стараясь заглянуть Валентину в глаза.

— На восьмую. И не ошибусь.

— Ну конечно же, девочка постарается доставить тебе это удовольствие, — и Боцман громко похлопал по заднице девушку под восьмым номером.

Глеб поднялся с шезлонга и, перегнувшись через перила балкона, заглянул вниз. Окно номера, который занимала Лада, все еще темнело. Но прошло еще секунд десять — и за ним ярко вспыхнул свет и послышался звук открываемой балконной двери.

Женщина вышла на балкон. Глеб еле успел отпрянуть и продолжал наблюдать за ней сквозь узкую щель между балконным экраном и выложенным кафельной плиткой полом. Она несколько раз глубоко вздохнула, затем поморщилась, глядя на сцену, но все-таки досмотрела до конца.

Представление и впрямь окончилось на девушке под

номером восемь. Не выдержав напряжения, парень, прижавшись к ней, закричал и вскинул руки над головой.

Лада смотрела, не скрывая своего интереса, хотя продолжала при этом брезгливо морщиться. Гуковский мило улыбался, принимая от Боцмана выигрыш. Следом за ним выстроилось еще десять человек, поставивших тоже на восьмой номер. Затем Лада резко развернулась и, оставив балкон открытым, зашла в номер. Вскоре раздался шум воды в ванной.

Глеб проскользнул к двери, открыл ее, спустился на третий этаж и осторожно выглянул в коридор. Двое охранников сидели на пластиковых стульях у ее двери и шепотом переговаривались.

«Ну вот, ребята, вы посидите, а я...»

И Глеб бесшумно взбежал по лестнице на свой этаж, стараясь не шуметь, замкнул дверь на ключ и, набросив куртку, карман которой оттягивал пистолет, вышел на балкон.

Он дождался, когда начнется следующий раунд игры в девятку, и тогда, зная, что внимание всех приковано к сцене, перебросил ногу через перила балкона. А затем, присев, ухватился руками за стойку и повис в воздухе. До перил балкона третьего этажа оставалось еще сантиметров пятьдесят. И, как понял Глеб, спрыгивать на перила, сделанные из трубы, с такой высоты не очень-то безопасно. Но делать ничего не оставалось, и он разжал руки. А когда почувствовал, что его подошвы коснулись перил, тут же развернулся и успел ухватиться рукой за перегородку между балконами. Он замер, затаив дыхание, и посмотрел вниз. Нет, никто не заметил его прыжка, да и рассмотреть что-нибудь, стоя у ярко освещенной сцены, не представлялось возможным.

Затем Глеб обогнул перегородку, прошел по перилам, балансируя руками. На это ушло немного времени. Еще один балкон, еще — и он спрыгнул на пол, выложенный плиткой. Этот балкон был чуть попросторнее его, ведь номер выходил на угол. Тут нашлось место и для холодильника, и для пластикового стола с двумя стульями.

Глеб заглянул в комнату. Там было пусто. Из приоткрытой двери ванной комнаты доносилось шипение душа, тянулся еле различимый шлейф пара. Он придержал рукой стеклянную балконную дверь и зашел в номер. А затем устроился в мягком кресле возле журнального столика, бросил себе на колени каталог итальянской мебели и принялся ждать. Лада негромко напевала, стоя под душем. Из-за двери номера то и дело раздавался приглушенный смех охранников: мужчины явно рассказывали друг другу пошлые анекдоты.

Наконец, душ смолк, послышался шорох полотенца. Глеб отложил каталог в сторону и приготовился. Когда Лада переступила порог ванной комнаты и подняла голову, то увидела сидящего в кресле незнакомого мужчину, который прикладывал указательный палец к губам.

— Тсс, — произнес Сиверов.

Лада чуть не вскрикнула и прижала ладонь к губам.

— Не нужно меня бояться, — мягко проговорил Глеб. — Я вам не друг, но и не враг, — и он поманил Ладу пальцем к себе.

— Я сейчас закричу, — прошептала женщина.

— Если бы вы собирались кричать, то сделали бы это с самого начала. Я знаю, возле вашей двери сидят двое охранников.

Лада словно бы вслушивалась в голос, показавшийся ей знакомым, и не улавливала смысла сказанного. Затем она остановилась на полдороге в трех шагах возле Глеба и посмотрела ему в глаза. Тот, не мигая, смотрел на нее.

— Я не хочу причинить вам вреда, — он поднял вверх руки и распрямил ладони. А затем резко сжал пальцы. — Если бы я находился в своем номере, то предложил бы вам сесть, — напомнил Глеб Ладе, что это он ее гость.

Та, спохватившись, запахнула халат и села в мягкое кресло по другую сторону журнального столика.

Если бы Глеб хотел, то мог бы дотянуться рукой до ее плеча. Влажные волосы рассыпались, и Лада, подхватив их рукой, забросила за голову.

— Я слушаю вас, — произнесла она, и в ее голосе послышалось разочарование.

— Вас удивит то, что я скажу сейчас.

ГЛАВА 10

Самое странное, Лада смотрела на Глеба совсем без страха, и это даже немного смутило его. В какое-то мгновение мужчине показалось, что она узнала его и весь этот маскарад не имеет смысла. Но затем Лада слегка улыбнулась и взяла с журнального столика сигарету.

— Может, вы предложите мне огонька?

Глеб охотно опустил руку в карман куртки, где лежали пистолет и зажигалка. Вскоре уже веселый язычок пламени плясал в вытянутой руке Сиверова. Лада глубоко затянулась и, умело скрывая свое волнение, сказала:

— Прежде, чем вы мне что-нибудь скажете, попытавшись оправдать свое не очень-то любезное появление, я хочу узнать, в каком качестве разговариваю с вами. Кто я? Ваша пленница или, может быть, я заложница? А может быть... — женщина улыбнулась хитрой улыбкой, — вы появились тут, чтобы признаться мне в любви?

— Во-первых, я хотел бы сказать, что я появился здесь как гость, пусть и незванный.

— Это немного утешает меня, — женщина поднялась и, опустив руки в карманы халата, нервно прошлась по номеру. Она делала глубокие затяжки, забывая сбивать пепел с кончика сигареты. Серый цилиндрик упал на ковер и рассыпался в пыль.

И тут Глеб Сиверов, понимая, что никакого нормального объяснения своему появлению придумать не может, да оно и прозвучит неубедительно, просто сказал:

— Я зашел, чтобы предложить вам прогуляться по берегу моря.

— Ого! — брови Лады взметнулись вверх, и она посмотрела на мужчину с нескрываемым интересом. — Такое предложение мне делают впервые.

— Неужели?

— Я имею в виду обстоятельства, в каких это предложение сделано. Только учтите... — Лада хотела сказать «молодой человек», но затем осеклась, все-таки она и Глеб с виду были ровесниками, — учтите, возле двери моего номера находятся два охранника, и они сцапают вас раньше, чем вы успеете показать нос из-за двери.

— Я знаю об этом, поэтому и появился через балконную дверь.

— А-а, — разочарованно произнесла Лада, — а я-то думала, вас подослал Валентин.

— Так вы пойдете со мной гулять? — Глеб закинул ногу на ногу и напустил на себя беззаботный вид, словно сидел в каком-нибудь летнем кафе на открытом воздухе, и не в стране, только что пережившей ужасы войны, а в самом благополучном государстве.

— Гулять? — в глазах женщины заблестели веселые искорки. — А как же охрана?

— Неужели и вы не сможете воспользоваться путем, по которому пришел я?

Лада с сомнением покачала головой.

— Боюсь, акробатки из меня не получится.

— А я уже все предусмотрел. Пойдемте на балкон.

Лада остановилась.

— А почему вы не боитесь, что я выдам вас охране?

— Тогда вы бы меня не предупреждали, что два амбала сидят возле двери.

— Логично, — согласилась женщина и предложила: Лучше оставайтесь за занавеской, я посмотрю сама.

Она вышла на балкон, углом огибающий здание, и внимательно осмотрелась. Если с этой стороны даже для Глеба преодолеть три этажа казалось сложным, то северная сторона представляла собой удивительную конструкцию — сварной трубчатый каркас, увитый диким виноградом.

— Ну что, вы пойдете со мной? — спросил Глеб, когда Лада вернулась.

— Вы, наверное, когда были мальчишкой, лазили к девицам через окна и имеете в этом огромный опыт?

— Нет, я просто люблю читать книги, — Глеб картинно поклонился Ладе.

«Узнает или нет?» — думал он, глядя на женщину.

Лада казалась веселой и беззаботной. Но он-то знал, что после ссоры с Валентином в ее душе все должно кипеть.

— Я иду с вами, но только сперва должна переодеться. Отвернитесь.

Глеб исполнил распоряжение и сидел в кресле, слушая шорох снимаемой и надеваемой одежды. Наконец, Лада негромко произнесла:

— Можете поворачиваться.

Глеб не заставил себя долго ждать и чуть не вскрикнул от удивления. Перед ним стояла почти та самая Лада, которую он знал в юности. Плотно облегающие стройные бедра джинсы и рубашка-ковбойка, ситцевая косынка в горошек, по-пиратски повязанная вокруг головы. Концы, завязанные узлом, свисали до самого плеча.

— Вам бы только нож в зубы и абордажный крюк в руки, — рассмеялся Глеб.

— Пожалуйста, говорите потише, — Лада приложила палец к губам, — потому что вы и представить себе не можете, что произойдет, если вас обнаружат в моем номере.

— Я смотрю, вы боитесь больше меня.

Глеб галантно открыл дверь балкона и пропустил Ладу вперед, а сам, пригнувшись под прикрытием балконного экрана, двинулся вслед за ней.

На улице веселье было в полном разгаре. Игра в девятку расшевелила публику, и теперь никто не стеснялся проявления своих самых звериных инстинктов. Мужской хохот, женский визг разносились по всему двору. Никто из персонала и носу на улицу не показывал.

— Теперь впереди пойду я, — шепотом произнес Глеб, перелезая через балконные перила и цепляясь руками за трубчатый каркас, по которому вился виноград.

Лада немного испуганно посмотрела вверх, а затем

приняла руку Глеба, который помог перебраться ей на виноградные опоры.

— Да, я предусмотрительно надела джинсы, — съехидничала она, глядя вниз на спускающегося Глеба.

— Осторожно, не стоит шуметь...

Они оказались внизу. Глеб немного дольше, чем следовало бы, задержал руку Лады в своей.

— А теперь пошли через самшитовую рощу.

— Вы знаете дорогу?

— Я знаю все, — ответил Глеб и увлек Ладу за собой в темноту.

Они пробирались сквозь первозданные заросли почти в кромешной темноте. Деревья сходились над их головами, словно своды старинного готического собора. Несколько раз Лада испуганно вскрикивала, но на это были веские причины. Оба раза в сухой листве прошуршали змеи.

— Как вы только здесь ориентируетесь? — прошептала она.

— Я иду на шум моря.

— А говорили, что знаете здесь все.

Вскоре впереди послышался шелест, словно ветер шевелил тысячи бумажных листков.

— Это бамбук, — проговорил Глеб, помогая Ладе выбраться на бетонированную дорожку.

К счастью, все фонари здесь были давно разбиты, и никто не заметил их появления. В перспективе дорожка замыкалась двором перед корпусом пансионата. А там продолжалось веселье.

— Не знаю, почему я решила пойти с вами, — призналась женщина.

— Наверное, потому, что там страшнее.

Лада хотела уже спуститься с откоса, но Глеб остановил ее.

— Через бамбук мы точно не проберемся, это настоящие джунгли. Тут где-то должен быть обход.

Они дошли до сложенных из дикого камня ступенек, за которыми уже серебрилось море.

— Какой чудный запах! — Лада остановилась, вдыхая полной грудью.

Глеб поддержал ее под локоть. Лада и не пыталась освободиться.

И тогда Сиверов сказал банальную фразу. Вернее, там, на берегу моря, она не прозвучала банальной. Есть вещи, которые можно говорить только в определенное время, например, при полной луне, на берегу моря, перед восходом или после заката солнца. А извлеченные из волшебного окружения, в котором родились, эти фразы теряют свой блеск и способность очаровывать.

— Вам не кажется, что это уже когда-то было с вами?

Лада тряхнула головой.

— Я всегда мечтала очутиться на берегу моря ночью и чтобы никто не мешал мечтать.

— Я мешаю вам?

Лада ступила на шуршащую гальку пляжа, сделала несколько шагов, а затем резко обернулась к Глебу.

— Как вас зовут? — спросила женщина, и по ее глазам Глеб понял, что́ она хочет услышать.

— Мое имя — Федор, — спокойно ответил он, а затем добавил: — Валентину Гуковскому я назвал фамилию Южнов, но это первое, что пришло мне в голову, если принять во внимание место, где мы находимся. А настоящая моя фамилия — Гибельман.

Лада рассмеялась.

— Таких фамилий просто не бывает, особенно у людей с голубыми глазами и светлыми волосами.

— Почему? — почти искренне обиделся Глеб.— Может, я фольксдойче.

— Тогда бы вас не звали Федор.

— А если у меня отец немец, а мать — русская?

— Ладно, хотите называться Гибельманом, так называйтесь. Но только должна заметить, это довольно мрачная фамилия.

— А Южнов вам больше нравится?

— Мне больше нравится Сиверов, — испытующе глядя на Глеба, произнесла Лада.

— Сиверов — это уж слишком похоже на татуировку на руке у какого-нибудь забулдыги.

Глеб подошел к женщине и сделал приглашающий

жест рукой, предлагая ей пройти по пляжу дальше.

— Куда мы идем? — спросила Лада, но в голосе ее не слышалось и тени опасения.

— Подальше от людей.

— Вы называете их людьми?

— Только потому, что нашел среди них вас.

— А вы не разучились делать комплименты.

— Лада, вы говорите так, словно знали меня раньше.

Женщина прошла несколько шагов в задумчивости и остановилась у самой кромки прибоя. Волна подкатилась к ее ногам и с шумом ушла назад в море.

— Мне кажется, я знала вас когда-то. Во всяком случае, мне так легко с вами. Давайте перейдем на «ты».

— Тебе будет так легче? — спросил Глеб почти шепотом.

— Идем, — произнесла Лада, сняла туфли и, держа их в руке за ремешки, пошла босиком по воде.

Они обогнули несколько каменных глыб и оказались у небольшой уютной бухточки, где, обложенный камнями, еще тлел костер. Угли уже успели подернуться черной сеткой пепла, и только ветер, иногда налетая на кострище, выдувал из-под черных угольев маленькие синие язычки пламени.

Женщина присела на камень, и ее лицо то выхватывалось из темноты призрачным светом, исходящим от тлеющих углей, то вновь терялось во мраке.

— Почему ты оказалась с Валентином в этой довольно странной компании? — спросил Глеб.

— А ты, Федор, что, журналист, и решил вот таким способом выведать у меня кое-что для очередной статьи?

— Мне просто интересно. Я абсолютно случайный человек, хотя и меня не покидает чувство, что знал тебя раньше.

— Это банально, — рассмеялась Лада.

— Да, но не на берегу моря, когда смотришь в темноту.

— Ты смотришь на меня, — сказала женщина.

— А ты?

— А я боюсь, что ты это заметил.

— Я знаю о тебе немного больше, чем ты думаешь, — признался Глеб.

— И что же?

— Например, я знаю, что твой отец был крупным партийным чиновником.

— Да? — чуть слышно произнесла Лада.

— И если тебе теперь приходится быть в компании вместе с Валентином, то скорее всего, он уже умер.

— Два года тому назад, — негромко произнесла женщина, а затем вскинула голову и посмотрела в глаза Глебу.

Тот выдержал ее взгляд.

— Ты прав. Я должна тебе рассказать о себе, хотя бы в благодарность за то, что ты подарил мне этот вечер.

— Уже ночь, — напомнил Глеб.

— Подарил ночь — это звучит двусмысленно, — женщина улыбнулась и протянула к костру руки. — Сперва все шло довольно хорошо. Отец успел приготовить себе запасной аэродром прежде, чем потерял должность. Он, как и большинство его друзей, занялся банковским делом. Меня мало интересовало, что там отмывается — партийные деньги или криминальные. Как ты, думаю, успел заметить, Федор, я не из тех людей, которые задумываются, откуда берутся деньги. А затем появился Валентин. Отец с годами сдал, и тот все больше и больше прибирал дело к своим рукам. И вот однажды вечером отец пожаловался мне, что уже не может уследить за всеми операциями банка. А потом у него случился сердечный приступ. Такое бывало и раньше, я, честно говоря, не сильно беспокоилась и даже позволила себе пойти в гости к одной из своих подруг и осталась у нее ночевать в то время, когда отец был в больнице. А наутро, когда пришла проведать его, узнала, что он скончался. Ты не подумай, я очень любила его и даже не подумала о деньгах. Прошло еще две недели, когда я поняла, что мне больше не на что жить. И тогда я пришла к Валентину, абсолютно не представляя, каким образом могу получить хоть что-то из отцовских денег. Он показал мне какие-то документы, убеждал, что отец ничего, кроме зарплаты, в правлении банка не получал и не владел никакими акциями. Короче, он довел меня до слез и дал понять, что без него я и гроша ломаного не стою.

— А потом? — поинтересовался Глеб.

— А потом он предложил встретиться в ресторане и обсудить наши дела не в такой официальной обстановке.

— И ты, конечно, согласилась?

— А что мне оставалось делать? Это вам, мужчинам, жить легче. Каждый из вас способен, если захочет, сделать свою жизнь сам.

— Ты тоже сделала свою жизнь сама.

— Но назвать это жизнью довольно сложно. Нет, ты только не подумай, Федор, я не жалуюсь тебе. Ты сам просил рассказать, хоть я понятия не имею, на кой черт тебе сдалась моя исповедь. Другой бы на твоем месте, думаю, уже воспользовался бы моментом...

— Ты только не говори, Лада, «моей слабостью».

— Нет, к любви я отношусь прагматично. И если отдаюсь мужчине, то не пытаюсь представить дело так, будто бы только он один получает удовольствие.

Глеб хотел услышать от Лады другие слова и понимал, что эти слова готовы сорваться у нее с губ, она только прячется за грубостью, представляя себя цинично-раскрепощенной.

— А ты хотела бы изменить свою жизнь?

— Это невозможно, — усмехнулась Лада. — Слишком я люблю деньги и спокойную жизнь.

— Спокойной твою жизнь назвать трудно.

— Это только сейчас. Надеюсь, мне все-таки удастся вырвать у Валентина свои деньги, и тогда я пошлю его к черту.

Лада зябко повела плечами, и это не могло укрыться от Глеба. Все происходило не совсем так, как ему мечталось. Слишком уж буднично и откровенно.

Он поднялся, подошел к женщине и обнял ее за плечи сзади. Та запрокинула голову и приоткрыла губы. Глеб наклонился, поцеловал ее, почти не испытав при этом возбуждения.

— Я тебе не нравлюсь? — спросила Лада.

— Ты мне не нравишься такой.

— Какой именно? — Лада прикрыла глаза. — Я умею быть разной, ты только подскажи.

— Все нужно делать так, словно это происходит впервые, — Глеб прикрыл глаза и его руки скользнули в разрез ее рубашки.

— Тогда это называется обманом, — Лада перехватила его руки и прижала к своей груди. — Можно притворяться сколько угодно, но новизна чувств никогда не возвращается.

— А ты задумайся, — посоветовал Глеб, — вспомни, как это было в первый раз.

— Ты начинаешь меня испытывать, — шепотом отвечала женщина, — но только запомни, если я вернусь в памяти в прошлое, то меня не будет здесь, с тобой.

— А я вернусь в свое, и мы затем вновь встретимся здесь, на берегу.

Он опустился на одно колено, положил голову женщины себе на руки и принялся слегка раскачивать ее, словно бы хотел убаюкать.

— Мне так хорошо, что не хочется ничего большего, — говорила Лада, а руки ее тем временем обвили Глеба за шею, и они вновь поцеловались.

Уже лежа на гальке пляжа, и Глеб, и Лада вслушивались в шорох камней, и каждый из них вспоминал шелест газетной бумаги на полу кладовки, подготовленной к ремонту.

— Лада... — шептал Глеб, ловя губами мочку ее уха. Женщина уворачивалась, но только сильнее прижимала к себе мужчину.

— Лада... — повторял Глеб.

А та молчала, не называя его по имени. Затем Лада присела на корточки, сбросила через голову рубашку. Куртка Глеба полетела на гальку, сверху он бросил майку. Мужчина и женщина стояли: Глеб — опустив руки, Лада — скрестив их на груди.

— Ты боишься, что я увижу тебя? — Сиверов взял ее за запястья и отвел руки от груди.

Лада молча расстегнула ремень джинсов. Скользнул

вниз ползунок застежки. Она освободилась от одежды, и уже не стесняясь своей наготы, посмотрела на Глеба. Тот, не сводя с нее взгляда, тоже принялся раздеваться.

Но лишь только Глеб сделал к женщине один шаг, та развернулась и побежала к морю. Он догнал ее уже в воде, когда она успела отплыть от берега и, перевернувшись на спину, смотрела в звездное небо. Каждый взмах ее руки сопровождали яркие искорки, расходившиеся лучиками в морской воде.

Глеб обнял Ладу и поцеловал. Они медленно погружались в воду, а затем, коснувшись ногами дна, оттолкнулись от него и вынырнули. Лада жадно вобрала в себя воздух, тряхнула мокрой головой.

— Впервые я не боюсь, купаясь ночью в море... наступить на утопленника, — рассмеялась она.

Вместе они подплыли к берегу. А когда стало совсем мелко, вновь обнялись. Волны то накатывались на них, то уходили, оставляя любовников на мокрой шуршащей гальке.

— Мы не утонем? — смеялась Лада, когда очередная волна пыталась утащить их вслед за собой в море.

Наслаждение они испытали одновременно. Глеб с глухим стоном лег на мокрую гальку. Лада лежала рядом. Она молчала, лишь морщась покусывала губы. И тут Глеб среди шума волн расслышал осторожные шаги.

Он тут же напрягся и, перевернувшись на живот, посмотрел на берег. Всего в пяти шагах от них стоял телохранитель Валентина — тот самый, которому он запустил в лоб пистолетом. Теперь на этом месте красовался ярко-белый крест из лейкопластыря. В руках он сжимал два пистолета. Глеб тут же узнал свой. Один ствол был нацелен на него, второй — на Ладу. На лице Алика блуждала ехидная улыбка.

Лишь только Глеб попробовал приподняться, как телохранитель тут же скомандовал:

— Лежать!

Лада вскрикнула.

— Так, — процедил сквозь зубы Алик. — Хозяин, думаю, очень обрадуется, когда я приведу вас к нему в таком виде, — он расхохотался.

Глеб, не раскрывая рта, сквозь зубы прошептал:

— Лежи и не двигайся. А когда он подойдет ближе...

— Не надо, — чуть слышно отвечала Лада, — я сейчас все улажу. Алик, — устало произнесла она, поднимаясь с гальки.

— Лежать! — закричал тот.

Лада лишь махнула рукой.

— Я знаю, выстрелить ты в меня не посмеешь, пока тебе не прикажет Валентин. Быстро подай мне одежду!

Алик колебался, а затем, нагнувшись, все-таки бросил Ладе рубашку. Та быстро оделась. Длинные полы доходили до середины бедра. Женщина склонила голову набок и отжала волосы.

— Ты никому ничего не расскажешь, Алик, понял?

Телохранитель стоял, часто моргая.

Глеб уже готов был наброситься на него, но между ними стояла Лада, а рисковать жизнью женщины ему не хотелось. Ствол пистолета все так же упрямо целился Глебу в голову.

— Я заплачу тебе, Алик, заплачу за молчание, — властно произнесла Лада.

Тот все еще колебался.

— Ты понимаешь, денег с собой у меня нет, а верить мне на слово тебе как-то не с руки.

Лада, нервничая, сняла с пальца золотое, с большим бриллиантом кольцо и протянула телохранителю.

— Ты же знаешь, подделок я не ношу.

Тот, не сводя взгляда с Глеба, сунул один пистолет в карман, взял перстень.

— И еще тысячу — потом.

— Нет, — резко отрезала Лада.

— Тысячу, иначе все станет известно Гуковскому.

— Хорошо.

Лада, уже не боясь, подняла со своих джинсов трусики, надела их и приказала:

— Опусти пистолет.

Алик отошел в сторону, но все равно продолжал держать Глеба на прицеле. Тот медленно поднялся и подошел к своей одежде. Когда они с Ладой уже стояли рядом, женщина сказала:

— Пойдем, Федор. А ты оставайся здесь. Если Валентин тебя послал, то скажи, что никого не нашел. Попозже я отдам тебе деньги.

Алик кивнул, и его рука с пистолетом медленно опустилась. Глеб смерил его презрительным взглядом и, пропустив Ладу вперед, двинулся вслед за ней.

— Вот так всегда, — зло говорила женщина, — какая-нибудь мразь испортит один из лучших моментов в жизни. Я бы могла вспоминать о том, что произошло с нами, но каждый раз мне придется вспомнить и унижение, когда в тебя, обнаженную, целятся из пистолета.

Теперь уже дорога через самшитовую рощу показалась совсем короткой. Лада остановилась у стены пансионата.

— Дальше я пойду одна. И если Валентин увидит меня, то я как-нибудь сумею объяснить ему свое пристрастие к обезьяньим занятиям, к лазанью по трубчатому каркасу для дикого винограда.

На удивление, Глеб не стал ей возражать, лишь только бросил:

— Я зайду к тебе попозже.

— Залезешь попозже, — улыбнулась Лада и поцеловала его в щеку холодными губами.

Глеб убедился в том, что она благополучно добралась до своего балкона и зашла в номер. А затем, крадучись, вновь стал пробираться в самшитовую рощу к морю. Глеб Сиверов не стал спускаться на пляж. Он шел по верху откоса, пригибаясь, то и дело перебегая от одной группы кустов к другой. Он двигался абсолютно бесшумно, а когда заметил идущего в одиночестве по пляжу Алика, замер. Присел на корточки на самом краю обрыва и, опустив руку в карман, нащупал перочинный нож. С еле слышным щелчком открылось лезвие.

Затем Глеб поднял с земли маленький камушек и бросил его. Тот ударился о гальку за спиной у телохранителя. Алик буквально подпрыгнул на месте и, обернувшись, застыл с пистолетом в руке. Глеб прыгнул на него с откоса, и мужчины, сцепившись, покатились по гальке. Сиверов успел схватить Алика за запястье и вывернул ему руку. Пистолет упал среди камней, и Глеб, продолжая сжимать противника, откатился в сторону. В глазах Алика застыл животный страх, когда он увидел занесенное над ним лезвие ножа.

— Шантажист! — только и выдохнул Глеб, опуская руку. Лезвие легко пробило кожаную куртку, и нож по самую рукоятку вошел в грудь Алику.

«Идиот, он даже не догадался закричать!» — подумал Глеб, вытаскивая нож.

Противник бездыханный лежал на пляже. Глеб сполоснул нож в море, затем вернулся к трупу. Гладкие, приятные на ощупь камни исчезали в карманах куртки. Несколько Глеб умудрился затолкать под ремень джинсов. Затем застегнул замок куртки и принялся запихивать камни под воротник. Отяжелевший от камней труп он подтянул к морю. Волна несколько раз перевернула его, а затем мертвый телохранитель исчез в воде.

Глеб сполоснул лицо, подобрал пистолет и с видом человека, совершившего не очень трудное, но очень важное дело, двинулся к пансионату. Он старался не попадаться на глаза никому из людей Валентина и Боцмана, но и не стал прятаться.

Он вошел в корпус через черный ход, кивнул Сааку, сидевшему в стеклянной будке, и взбежал на четвертый этаж. Ничто его не насторожило, когда он шел по коридору. Ключ легко повернулся в замке, и дверь отворилась.

Но лишь только Глеб сделал шаг в темноту, как тут же ему на голову обрушился сильный, но какой-то мягкий удар. В глазах у него вспыхнули и погасли искры, и он почувствовал, как пол уходит из-под ног. Последнее, что он слышал, был щелчок замка.

И Глеб Сиверов потерял сознание.

Он очнулся, наверное, через полчаса. Лампочка, чуть приглушенная желтым абажуром, била ему прямо в глаза и он, ослепленный на какое-то мгновение, зажмурился, а затем, повернув голову, огляделся. В его кресле, в его номере сидел, закинув ногу на ногу, Валентин Гуковский. Все тот же дорогой, не лишенный шарма костюм, мерзкая улыбка тонких губ.

— С возвращением, — мягко произнес Валентин и добавил: — Господин Гибельман. Ведь, кажется, таким было ваше желание насчет фамилии? — Валентин рассмеялся.

«Чем это они меня?» — подумал Глеб и тут же заметил на полу женский чулок, на треть набитый песком и завязанный на узел. Рядом с чулком стоял, возвышаясь над Глебом, второй телохранитель Валентина, Виктор. Разбитый нос успел посинеть, под глазом чернел страшный синяк. И по глазам телохранителя было понятно: если бы не Валентин, он сейчас разорвал бы Глеба на части.

«Так, руки и ноги связаны, — подумал Глеб, — и сделать сейчас я ничего не смогу. А раз прозвучала фамилия Гибельман, значит, он слышал или, во всяком случае, знает о нашем разговоре с Ладой. Скрывать нечего».

— Жаль, конечно, Алика, — проворковал Валентин, потирая указательным пальцем висок, — но, честно говоря, телохранитель, способный шантажировать любовницу хозяина, достоин такой смерти. Так что я не в претензии.

Виктор явно придерживался другого мнения, но старался держать его при себе.

— Выйди, — скомандовал Валентин, — и подожди за дверью.

Затем Гуковский приблизился к Глебу и помог ему сесть, правда, оставив веревки на месте.

— Какого черта? — сказал Глеб.

— По-моему, это я должен задать такой вопрос. В конце концов, я не сделал тебе ничего плохого. А ты мало того что порезвился с моей бабенкой, так еще и убил моего телохранителя. И спрашивается: за что?

— За дело, — ответил Глеб.

— А я и не спорю, — Валентин вытащил из-за дивана спортивную сумку Глеба, поставил ее на стол и принялся выкладывать оружие. — Прекрасный арсенал. Мне редко приходилось видеть что-либо подобное. И только не нужно меня уверять, что ты любитель. Охотнику глушители ни к чему.

Глеб сидел и лихорадочно соображал, что же он может предпринять и чего от него хочет Валентин.

Наконец, когда все оружие оказалось аккуратно разложенным на столе, словно в витрине музея криминалистики, Валентин заложил руки за спину и несколько раз нервно прошелся по номеру.

— Я уважаю профессионалов, — наконец сказал он, — и ничуть не сомневаюсь, что ты такой же Федор или Гибельман, как я — Папа Римский.

— Я только сказал, что мне нравится, когда меня называют Гибельманом.

— Юмор не худшая из человеческих черт, и меня радует, что убийцы-профессионалы тоже умеют посмеяться. В любое другое время я убил бы тебя на месте лишь только за то, что ты осмелился приблизиться к Ладе, а уж тем более спровоцировал ее на откровенность.

«Если бы он собирался меня убить, то сделал бы это не медля, — подумал Глеб. — Значит, планы у него немного другие».

— Надеюсь, ты не станешь бросаться на меня и пробовать душить? Кстати, хочу предупредить: все оружие разряжено, а патроны спрятаны, и сразу ты их не найдешь.

Валентин, достав перочинный нож, разрезал веревки на руках и ногах у Глеба. Тот размял затекшие запястья и угрюмо поблагодарил.

— Как я уже говорил, люблю профессионалов. И знаешь, почему?

Глеб вопросительно посмотрел на банкира.

— Они хорошо умеют делать порученное им задание.

— Ты хочешь предложить мне работу? — тоже перейдя на «ты», поинтересовался Глеб.

— Да, — Валентин остановился и поднял вверх указательный палец. — Не от хорошей жизни мне пришлось связаться с Боцманом, и надеюсь, наш союз не продлится вечно.

— Какая роль отведена в этом мне?

— Я предлагаю сделку. Боцман должен уехать из Пицунды не иначе, как в гробу.

— Ты предлагаешь мне убрать бандита? Неужели у тебя нет своих головорезов?

— Я хочу, чтобы все выглядело так, будто это сделал человек со стороны, и я бы еще выглядел потерпевшим, — Валентин подмигнул Глебу и продолжал: — Я уже разработал план, и тебе ничего не остается, как согласиться на него. Все произойдет сегодня ночью. Я с Боцманом усядусь за стол во дворе, и ты дважды выстрелишь. Одним выстрелом убьешь его, вторым можешь ранить меня в руку.

— А ты не думаешь, Валентин, что я промахнусь?

— Ты честный человек, — усмехнулся Гуковский, — и к тому же в тебе есть профессиональная гордость. Ведь если ты попадешь мне в голову, я подумаю, что ты промахнулся, — рассмеялся Валентин.

— А дальше? — поинтересовался Глеб.

— Моя машина будет ждать на шоссе. Ключи — в замке, полный бак горючего, дверцы открыты. Мои люди поднимут такую стрельбу, что никто из людей Боцмана не рискнет сразу же бросаться за тобой в погоню, чтобы не подставить голову под пули. А дальше — дело твоего везения. Сумеешь уйти — значит, ты счастливый человек, нет... — Гуковский развел руками.

— Хорошо. Предположим, я согласился, — кивнул Глеб.

— Вот это уже деловой разговор, — обрадовался Гуковский. — Называй сумму, а я скажу, устраивает она меня или нет.

— Речь пойдет не совсем о деньгах... — Глеб достал сигарету из пачки, лежавшей на столе, и закурил.

— Ах, да, сентиментальные воспоминания, — улыбнулся Валентин. — Что ж, я готов выслушать и их.

— Лада уедет вместе со мной, — твердо сказал Глеб.

Валентин задумался.

— Это выглядит довольно заманчиво. И честно говоря, может только радовать меня. Убийца, решившийся замочить банкира, похищает его любовницу. Или еще лучше: они в сговоре. Случайно убит Боцман, я ранен, Лада и некий Гибельман убегают. Для пущей важности мне придется сказать, что вы украли мои деньги.

— Это не далеко от истины, — улыбнулся Глеб, — у меня дополнительное требование.

— Какое?

— Лада должна получить все деньги своего отца и проценты, набежавшие на них.

— А если я пообещаю и не выполню? — рассмеялся Валентин.

— Я профессионал, — развел руками Глеб, — и сумею отыскать тебя.

— Хорошо, — Валентин сбросил с лица улыбку. — Можно считать, что мы договорились. Все равно я собирался расставаться с Ладой, и ты поможешь мне в этом.

— Еще у меня одно условие: ты ничего не скажешь ей.

— Да, романтично! И она по гроб жизни будет благодарна тебе за оказанную ей услугу.

— Нет. Я ей не скажу, что это я заставил тебя вернуть ее деньги.

— Какое благородство! — кривя губы в улыбке, ответил Гуковский. — Что-то мне подсказывает, у вас не просто пляжный роман, хотя не могу взять в толк, что может вас объединять.

— Где патроны?

Валентин открыл шкаф и указал на верхнюю полку.

— Только не спеши. Сперва ты поговоришь с Ладой, — и он подвинул к Глебу телефонный аппарат. — Договоришься с ней обо всем. Скажешь, где тебя ждать и расскажешь о машине, — и добавил уже шутливо: — Может быть, она и не согласится.

Глеб не стал отвечать на это замечание, дождался, пока Валентин наберет номер, и прижал трубку к уху.

— Лада?

— Ты? Надеюсь, ты добрался без приключений? Но почему звонишь так поздно?

— Пока отыскал номер, — рассмеялся Глеб.

— Я боюсь, чтобы Валентин чего-нибудь не заподозрил.

— Слушай, Лада, — Глеб постарался придать своему голосу побольше убедительности, — я хочу предложить тебе убежать со мной. Слушай меня и не перебивай. Если хочешь, то жди меня возле беседки за эстрадой ровно через полтора часа. Мы уедем, и никто нас не остановит.

Трубка ответила молчанием.

— Лада, ты слышишь меня?

— Да.

— Ты согласна?

— Думаю.

Еще несколько тягостных секунд ожидания, и затем тихое:

— Согласна.

— А теперь, после того, как ты приняла мое предложение, пообещай, что ты ничему не будешь удивляться, потому что случится что-то страшное, о чем я не могу сейчас говорить.

— Я догадываюсь, — прошептала Лада, — но все равно согласна убежать с тобой.

— Значит, через полчаса за эстрадой, возле беседки, — Глеб повесил трубку.

Валентин улыбнулся.

— Ну вот, как все быстро свершается в этом мире. Пойду отдам распоряжение насчет машины. Только учти, — Гуковский обернулся, стоя уже у самой двери, — если ты не выполнишь свое обещание, то живым тебе отсюда не уйти.

— Да, знаю. Ты сам говорил, можно быть или с бандитами, или с теми, кто охраняет порядок.

Гуковский кивнул.

— У тебя хорошая память.

— У меня еще верная рука и хорошее зрение.

Оставшись один, Глеб посмотрел на телефонный аппарат. Скорее всего, разговоры они не прослушивают, иначе бы Валентин не стал настаивать, чтобы я говорил с Ладой в его присутствии. Так что стоит рискнуть.

Он полистал тонкий служебный справочник, лежавший на столе, и отыскал номер вахтера. Старик Саак ответил ему хриплым немощным голосом:

— Дежурный слушает.

— Это я.

— Узнал тебя.

— А теперь, отец, один вопрос: есть ли в пансионате быстроходный катер?

— Есть. Остался после спасателей. С двумя моторами. И не стану хвалиться, но он самый быстрый на всем побережье от Гагр и до Сухуми.

— Он на ходу?

— Почти.

— Так вот, отец. Сегодня ночью я хотел бы покататься в одиночестве. Баки должны быть полные, и еще пару канистр в запасе.

— Это можно, — согласился Саак, но по тону, каким он говорил, он был не очень-то доволен желанием Глеба поплавать в одиночестве.

— Может случиться так, что катер не вернется, так что я заранее хотел бы оставить за него деньги. Если все пройдет удачно, то я верну его с кем-нибудь из людей, которым заплачу. Но все равно, деньги можете тогда оставить себе. Подождите, я сейчас подойду.

Глеб повесил трубку и спустился в холл. Он зашел к Сааку в его стеклянную будку, прикрыл дверь, затем положил перед стариком деньги в почтовом конверте.

— Здесь две тысячи долларов.

— Это много, — растерявшись, сказал Саак.

— Лишь бы не мало, — усмехнулся Глеб. — И пусть лодка стоит наготове.

— Я выкачу ее из эллинга, — сказал Саак, — и оставлю на тележке. Достаточно будет только отцепить трос, и она сама спустится в море.

— Я помню, как устроена эстакада, — ответил Глеб.

— Что-то недоброе ты задумал, — засомневался Саак.

— Главное, не признавайтесь потом, что все это подстроили мне вы. И спрячьте подальше деньги.

— Хорошо. Я сейчас же залью бензин и поставлю две канистры. Честно говоря, это все, что у меня осталось.

— Спасибо.

Глеб вышел из кабинки и подошел к лифту. Когда он

оказался на последнем этаже, то вышел на круговой балкон башни и осмотрелся. Машина Валентина уже стояла на шоссе. Но внимательно присмотревшись, Глеб сумел-таки отыскать взглядом пятерых вооруженных парней, устроившихся вдоль дорожки, ведущей от корпуса к шоссе.

«Кончено, если я побегу туда, меня тут же пристрелят. Хорошо еще, если Лада останется жива».

Глеб перешел на другую сторону балкона и принялся рассматривать пути отступления к морю. Он тут же определил для себя позицию — слева от сцены, за кустами шиповника. Отсюда рукой подать до беседки, где его будет ждать Лада, а затем до тропинки, которую проделали нетерпеливые отдыхающие, спешившие года два назад к морю. Вот только охранник, восседающий на вышке для волейбольного судьи... Его нельзя оставлять, с его позиции простреливается и пирс. Конечно, кое-кто дежурит и на катамаране, но вряд ли там успеют разобраться что к чему, и Глеб уже окажется далеко в море, прежде чем с борта судна прогремят первые выстрелы.

Сиверов дождался того момента, когда Саак отворил двери эллинга и выкатил на тележке катер — довольно легкий, предназначенный для буксировки лыжников. На корме поблескивали два мотора.

«Пока он будет катиться к морю, я успею завести двигатели», — подумал Глеб и спустился в свой номер.

Он подготовил винтовку, протер затвор, прочистил ствол, а затем отстегнул приклад и спрятал оружие в сумку. Два пистолета исчезли в карманах куртки. Теперь оставалось только ждать.

Глеб уселся в кресло, закинул ноги на стол и закурил. Ему казалось, что секундная стрелка приросла к циферблату и сдвинуть ее нет никакой возможности. Тогда он закрыл глаза и ждал столько, на сколько хватило его сил. Когда же он вновь взглянул на часы, то увидел — прошло пять минут.

Когда до назначенного времени оставалась четверть часа, Глеб с сумкой на плече вышел из номера и спустился черной лестницей. Ключ он оставил на подоконнике, прикрыв его скомканной газетой. Окно в конце коридора поддалось с трудом, его не открывали с последнего ремонта. Затрещала присохшая краска. Глеб замер и прислушался.

Нет, никто не заметил его. Он выскочил сквозь приоткрытое окно и оказался во влажном аромате южных растений. Сразу прикрыл окно, чтобы никто не заметил, каким путем он выбрался на улицу. Пригнувшись, он пересек бетонную дорожку, ярко освещенную фонарем, и исчез в зарослях. Глеб двигался очень осторожно, точно по намеченному маршруту, который он определил себе, глядя с обзорного балкона. Вот и кусты шиповника. Глеб оглянулся.

Возле беседки, за сценой, он увидел Ладу. Та, одетая в джинсы и рубашку, но на этот раз уже без пиратской повязки на голове, сидела на поручнях. В ее пальцах тлела сигарета. Глеб открыл сумку, приладил приклад к винтовке и поправил мешающие смотреть ветви. Ярко освещенный стол посреди площадки, за ним группки людей, пьяный шум. А во главе стола — Валентин Гуковский и Боцман. Они сидели рядом, негромко переговариваясь. Боцман смеялся, а Валентин поглядывал себе на запястье — туда, где отливал золотом массивный корпус наручных часов. Глеб посмотрел на циферблат своих.

Все, пора. Можно действовать.

Глеб буквально слился с оружием, припал к окуляру оптического прицела и увидел приближенные оптикой лица сидевших за столом — разомлевшее от выпитого лицо Боцмана и напряженное лицо Валентина. Банкир старался сидеть к сцене грудью, а Боцман — наоборот, сидел вполоборота. Перекрестье прицела сперва легло на предплечье Гуковского. Глеб несколько секунд подержал оружие, словно запоминая эту позицию, готовый в любое мгновение к ней вернуться, потом сдвинул перекрестие вправо, точно на голову Боцмана. Сейчас он не испытывал жалости к этому человеку, как не испытывал и ненависти. Перед ним была всего лишь мишень, в которую нужно выстрелить и желательно не промахнуться.

Почти беззвучно щелкнул предохранитель. Палец лег

на спусковой крючок. Глеб задержал дыхание и выстрелил. Ослабленный глушителем, выстрел показался ему легким хлопком. Боцман даже не успел вскинуть руки. Пуля вошла прямо в глаз, и бандит, оборвав свой рассказ на полуслове, рухнул в тарелку, расколов ее надвое. Гуковский даже не успел дернуться, как прозвучал второй выстрел. Пуля зацепила его предплечье, и из-под клочьев разодранного рукава показалась белая подкладка. Раненый Гуковский нырнул под стол.

Охрана даже сразу не сообразила, откуда стреляют. Затем кто-то выстрелил, и тут же послышались другие выстрелы. Беспорядочная стрельба разорвала тишину. Послышались истерические женские крики. Глеб, продолжая сжимать в руках винтовку, бросился к беседке. Лада даже не поняла, откуда он появился, и, ни о чем не спрашивая, послушалась приказа:

— Беги впереди меня! К морю!

Глеб злорадно ухмыльнулся, заслышав стрельбу на дороге, ведущей к шоссе. На ходу он выстрелил в охранника, который привстал на судейском сиденье и вертел своим автоматом то влево, то вправо. Тот выронил оружие и полетел с вышки вниз головой.

— Быстрее! — прикрикнул Глеб, потому что кто-то уже успел рассмотреть две стремительно удаляющиеся фигуры, и пули засвистели, сбивая листья бамбука.

Глеб первым вскочил в лодку, а затем, нагнувшись, подхватил Ладу под мышки и втянул ее наверх. Он тут же отсоединил трос, и тележка понеслась по наклонным рельсам к морю. Волны уже успели подняться не на шутку, и Глеб молил Бога, который, если, конечно, существует, должен помочь запустить ему двигатели прежде, чем нос катера войдет в воду.

Чихнул один мотор, затем другой. Бешено завертелись лопасти винтов. Глеб наклонил оба двигателя. Нос скрылся под водой, ветровое стекло залила пена. Винты плавно вошли в воду, и катер, медленно набирая скорость, принялся взбираться на гребень волны.

Глеб схватил штурвал и обернулся. По бетонной дорожке к морю бежали люди, слышались выстрелы. Конечно же, с такого расстояния никто не мог попасть в две маленькие фигурки на гребне волны. Катер перевалил через вал, и преследователи на какое-то время потеряли из виду беглецов. Но впереди возникла вторая волна, и вновь катер оказался в поле зрения. На этот раз стреляли уже с более близкого расстояния. И Глеб понял: единственное его спасение — это как можно скорее миновать гребень, а затем попытаться, двигаясь между валов, разогнаться до скорости глиссирования. Тогда он вновь покажется уже в стороне, там, где его никто не ожидает.

— Лодку спускай! — раздались крики.

Глеб, обернувшись, увидел, как спускают моторную лодку с борта катамарана. С кормы опускали вторую.

«Ничего, я должен успеть уйти!»

Глеб наконец-то почувствовал, как катер подбросило, и он заскользил по поверхности воды.

«Лишь бы не выбросило на берег!»

Вал уже начинал закипать белым буруном, и тогда Сиверов резко вывернул катер навстречу волнам. Брызги окатили их с ног до головы, и с вершины волны Глеб увидел, что две моторные лодки уже отчаливают от корабля, увидел людей, бегущих по пирсу, стреляющих в него на ходу.

Развить большую скорость не давали волны, но все равно Глеб каждый раз брался за рукоятку газа, проверяя, опущена ли она до конца. А затем поняв, что этим ничего не добиться, придавил тросик коленом, рискуя его оборвать. Двигатели взвыли чуть громче, на пределе своих возможностей. Берег в точках огней то возникал, то исчезал, наклонялся и, как казалось Ладе, вот-вот готов был перевернуться.

Она вцепилась руками в плечо Глеба и только коротко вскрикивала каждый раз, когда нос лодки зарывался в волны.

Лодки преследователей легко ориентировались по белой полосе, оставленной винтами. Вновь зазвучали выстрелы. Глеб, не выпуская штурвала из рук, обернулся. Он увидел метрах в трехстах от себя бешено мчащиеся лодки. В одной из них он различил Валентина. Тот держался рукой за раненое плечо и зло скалил зубы. Над его головой полыхнула вспышка, и Глеб ясно услышал, как пуля вонзилась в обшивку катера.

Около четверти часа расстояние между беглецами и преследователями не сокращалось. Глеб отстреливался наугад, надеясь лишь только испугать преследователей, а затем бросил это безнадежное занятие, весь сосредоточившись на управлении лодкой. Он даже не обращал внимания на причитавшую Ладу.

Та ухватилась руками за ветровое стекло, и казалось, ничто на свете не может оторвать ее от него. И вдруг ощутимо запахло бензином. Глеб обернулся.

— Черт! Прострелили бак.

Тонкой струйкой топливо вытекало в море. А тем временем лодки преследователей приблизились уже метров на сто. Нужно было срочно что-то предпринимать.

— Бери канистру! — скомандовал Глеб. — Вылей половину в море!

— Зачем? — слабо пролепетала Лада.

— Не время рассуждать!

Женщина на четвереньках пробралась к корме, к бешено ревущим моторам и, открыв канистру, стала выливать бензин.

— Готово! — крикнула она, закрывая крышку.

— Держи штурвал!

Глеб, не дожидаясь, пока Лада доберется до носа, сам перебрался на корму, схватил вторую канистру и тоже вылил половину бензина в море. А затем обе канистры полетели в море и замаячили удаляющимися черными прямоугольниками на вспененной поверхности воды. Глеб выхватил из карманов пистолеты и с двух рук принялся стрелять. Четыре пули прошли мимо, все-таки лодку сильно качало. А затем раздались оглушительные взрывы.

Канистры разнесло на куски, бензин вспыхнул. Теперь лодки было прекрасно видно в вспышках огня, который ковром стелился по морю. Глеб стал стрелять по лодкам, стараясь попасть в двигатели.

Обе лодки легли в галс, пытаясь обогнуть огонь, тем

самым подставив свои борта под выстрелы. Глеб считал, сколько патронов осталось в обоймах. Из простреленных баков полился бензин. Еще секунда — и огонь охватил лодки.

Послышались крики. Кто-то прыгал в воду. Еще прозвучало несколько выстрелов. Глеб отчетливо увидел охваченного огнем Валентина, пытающегося выбраться из горящей лодки.

«Как там Лада?»

Женщина сидела, забившись в угол, прижимая руки к груди. Никем не удерживаемый штурвал крутился сам по себе. Глеб, держась за борт, добрался до него и как раз вовремя: лодку уже разворачивало боком к волнам. В последний момент он успел ее выровнять. А когда миновал еще несколько валов, то обернулся.

Догорали остовы лодок. Сиверов скользнул взглядом по морю, пытаясь отыскать спасшихся, но никого так и не увидел.

Он гнал свой катер вперед и вперед. Вскоре чихнул и заглох один двигатель, за ним другой. Наступила зловещая тишина. Глеб огляделся. Берега не было видно. Они находились в открытом море. Ни весел, ни бензина. На востоке небо уже успело слегка порозоветь, волны немного улеглись. Он еще раз крутанул бесполезный теперь штурвал и устало опустился на сиденье, обтянутое красной искусственной кожей.

— Лада, — негромко позвал он.

Женщина с трудом подняла голову и посмотрела на него глазами, полными слез и страдания.

— Лада, все в порядке,— ласково проговорил Глеб, протягивая руку и прикасаясь к ее волосам.

Она чуть подалась вперед. И тут Глеб с ужасом увидел, что из-под пальцев руки, которую она прижимала к груди, сочится кровь. Он схватил Ладу за запястье. Та через силу отвела руку в сторону, и он увидел набрякшую от крови рубашку и маленькую дырочку в ней чуть пониже левой ключицы.

— Лада! — закричал он, хватаясь за отвороты рубашки и разрывая материю.

Но что он мог сделать? Из раны толчками выходила кровь. Губы женщины успели побледнеть.

— Сейчас, сейчас, я тебя перевяжу... — засуетился Глеб, прикладывая к ране носовой платок, который тут же сделался мокрым от крови.

Он понимал, что ничего не успеет сделать, что пуля засела глубоко в теле. Если бы рядом была больница, операционная, хирурги, и то Ладу вряд ли можно было спасти. Но он не решался сказать об этом женщине.

И тут Лада остановила его ненужную суету.

— Успокойся. Я все равно уже ни на что не гожусь. Лучше поцелуй меня.

Она обняла его за шею слабеющей рукой, и Глеб не решился противиться ее желанию. Он поцеловал Ладу в холодеющие губы и словно почувствовал на своем лице дыхание смерти.

Женщина прикрыла глаза.

— Скажи мне, это ты? — прошептала она, прошептала быстро, скороговоркой, словно боялась, что не успеет услышать ответ.

Сиверов сжал ее руку. У него потемнело в глазах от отчаяния.

— Это ты, Глеб? — спросила она.

— Да, — ответил Сиверов.

— Я сразу узнала тебя, лишь только ты поцеловал... я... — женщина сжала пальцы Глеба в своей руке и замолчала.

Мужчина заглянул в ее остановившиеся глаза и понял: все, смерть разделила их. Он сидел, положив голову Лады себе на колени. Утренний ветер шевелил ее длинные волосы, подхватывал их, бросал Глебу в лицо. Иногда ему казалось, что Лада еще жива. Он продолжал сжимать ее руку в своей, как бы боясь, что, если отпустит — не успеет вобрать в себя уходящее от нее тепло.

Диск солнца уже поднялся над горизонтом. В небе появились чайки.

И наконец Глеб решился разжать руку. Лада лежала на сиденье, ее лицо казалось умиротворенным и спокойным. В жизни Глеба редко случались минуты, когда он не знал, что делать. А сейчас он пребывал в растерянности. Ничего нельзя было изменить, все уже случилось.

Он поднял крышку деревянного ящика, идущего вдоль борта, и вытащил оттуда самодельный, сшитый из брезента и проложенный ватой спальный мешок, расстелил его на дне лодки, а затем перенес на него Ладу. Она лежала, освещенная утренним солнцем, и, глядя на нее, можно было подумать, что женщина спит. Вот-вот солнечные лучи коснутся ее лица, веки вздрогнут, глаза откроются, и она улыбнется Глебу.

Он достал из ящика все железки, которые там были, запчасти к моторам, грузы, плоский якорь, завернул полы мешка и застегнул молнию. Теперь, словно из огромного кокона, выступало только лицо женщины. Глеб мысленно помолился, затем поцеловал холодные губы, застегнул молнию и, с усилием подняв тяжелый спальный мешок, осторожно опустил его за борт.

Глеб был сильным мужчиной и, только оставшись один, позволил себе расплакаться.

Солнце уже стояло высоко, когда Глеб услышал далекий рокот корабельных двигателей. Он поднял отяжелевшую, словно налитую свинцом, голову и увидел, как в его сторону направляется небольшой пограничный катер. Чей флаг развевается на корме, он не мог рассмотреть из-за палубной надстройки. Да это его и не волновало.

Он даже не посчитал нужным отвечать, когда его окликнули с борта. Когда катер подошел совсем близко, матросы подцепили крючьями его лодку и подтащили к катеру. С грохотом на дно упала веревочная лестница. Глеб встал и, абсолютно безразличный ко всему, стал подниматься на борт. Только теперь он удосужился взглянуть на флаг — абхазский. Мужчина в полувоенной форме, но с босыми ногами, скорее всего, старший на этом судне, предложил Глебу пойти за ним. Глеб молча согласился. Открылась дверь, и Глеб шагнул в низкую каюту. Там за откидным столиком сидел, развалившись в шезлонге, человек в штатском. Но стоило Сиверову посмотреть ему в глаза, как он сразу понял, откуда прибыл этот человек и где он служит.

Губы мужчины, сидевшего за столом, расплылись в улыбке, и он легким взмахом руки отпустил человека в полувоенной форме.

— Ну, Слепой, и натворил ты дел! — рассмеялся мужчина, когда они остались одни.

Глеб, не меняясь в лице, опустился на стул, без спроса взял сигарету и закурил.

— Да, натворил ты дел, — повторил чин из ФСБ, — думал, не найдем мы тебя? Ан нет, ошибся.

— Что вам от меня нужно? — устало поинтересовался Сиверов.

— Ну, во-первых, нужно разобраться во всем. Да ты не волнуйся, никто всерьез заниматься твоими проделками не станет. Можно тебя понять — усталость, нервы не выдержали... А вот потом, — мужчина подмигнул Глебу, — потом тебя ждут новые дела.

Литературно-художественное издание

Воронин Андрей
Слепой стреляет без промаха

Редактор *Е.М. Тюрина*
Художественный редактор *С.А. Порхаев*
Технический редактор *В.С. Михайлова*
Компьютерная верстка: *Е.М. Фомкина*
Корректоры *Н.Н. Лемешева, Л.М. Хорошко*

Общероссийский классификатор продукции
ОК-005-93, том 2; 953000 — книги, брошюры

Гигиеническое заключение
№ 77.99.11.953.П.002870.10.01 от 25.10.2001 г.

ООО «Издательство АСТ»
Лицензия ИД № 02694 от 30.08.2000 г.
674460, Читинская область, Агинский район,
п. Агинское, ул. Базара Ринчино, д. 84
Наши электронные адреса:
WWW.AST.RU
E-mail: astpub@aha.ru

Фирма «Современный литератор»
Лицензия № 319 от 03.08.98.
220050, Минск, ул. Красная, 5-12

Отпечатано с готовых диапозитивов
на Книжной фабрике № 1 МПТР России
144003, г. Электросталь Московской обл., ул. Тевосяна, 25.